1920년대 문인 지식인의 대 사회적 글쓰기

송순기 문학연구

간호윤 지음

보고사

머리말

애초에 책으로 내고자 한 것은 아니었다. 한국연구재단에 제출할 논문 한 편을 쓰려했던 게 여기까지 와버렸다. 하기야 모든 연구가 가설에서 시작이기에, 미지를 향한 여행이기에, 열린 결과일 수밖에 없다.

필자가 송순기를 처음 만난 것은 지금으로부터 16년 전쯤, 그의 『기인기사록』 상·하라는 야담집을 통해서였다. 그리고 두어 차례 논문을 쓰고 『기인기사록』을 번역하여 대중서적 한 권(『기인기사』, 2008, 푸른역사)과 학술서(『기인기사록』 하, 2008, 2014, 보고사)를 출간하며 여기까지 왔다.

이 책을 내며 안타까운 마음부터 몇 자 서술하는 것이 예의인 듯하다. 까닭은 우리나이 서른여섯, 물재 송순기의 요절로 그의 문학 또한 요절해서이다. 또 하나는 이유야 여하하든 송순기는 1920년대 식민지 시대를 살다간 문인 지식인으로 분명 친일 신문 〈매일신보〉 기자요, 발행인 겸 편집장이라는 이력을 지녔기 때문이다.

송순기의 요절로, 그의 문학 또한 그만큼으로 멈췄지만 결코 녹록치만은 않다는 것을 이 책을 쓰면서 알았다. 1920년대 지식인 송순기의 대 사회적 글쓰기를 한마디로 줄인다면 '전방위적 글쓰기'라고 할 수 있다. 전방위적 글쓰기라함은 기자로서 기사뿐만 아니라 야담, 소설, 한시, 논설, 기행문, 전(傳) 등 그야말로 다양한 장르를 두루 섭렵

했기 때문이다. 그것도 10여 년이란 물리적 기간에 말이다.

이제 전방위적인 글쓰기를 한 까닭을 36세로 요절한 물재에게 물을 수는 없다. 다만 필자가 그에 대한 논문을 쓰고 이 책을 만들며 이해한 결론은 '식민지 하 지식인으로서 고육책'이 아닐까한다.

'식민지 하 지식인으로서 고육책' 여부는 이 책을 읽으면 알 것이고 친일에 대해서 몇 자 첨언을 한다. 언급한 바, 송순기가 친일 신문인 〈매일신보〉 기자를 거쳐, 발행인 겸 편집인이었던 것은 부정할 수 없는 명백한 사실이다. 그러나 필자가 지금까지 송순기의 문학세계를 추적해본 결론으로는, 그가 기자로서 쓴 기사나 기타 글에서 친일성에 대한 합리적 논증을 할 만한 글을 발견하지 못했다는 사실이다.

엄혹한 일제치하에서 20대와 30대, 16년을 살다간 송순기이다. 비록 그가 식민지 백성으로서 살아있는 영혼으로 국권회복을 외치지는 못했지만, 어떤 문인들처럼 자발적으로 조선인의 꿈을 훔치는 글은 쓰지 않았다. 지금도 그렇지만 저 시절 두루 춘향인 지식인과 구두선만을 들떼놓은 식자들이 좀 많았는가.

따라서 송순기를 친일 언론인이라 단정하고 그의 문학세계를 폄하할 것은 아니다. 그러기에는 송순기가 1920년대 우리 문학사에서 분명 의미 있는 존재임에 틀림없기 때문이다.

요절한 이치고 물재의 문학 자료도 적지 않았다. 하지만 필자의 발품은 더디고 천학이요, 비재인 탓으로 송순기 문학에 대한 전모를 밝히지 못하였다. 이 저서를 출간 후에 곧 『기인기사록』 상을 공간할 것이지만, 앞으로 뜻 있는 연구자들의 관심을 촉구해보며 머리말을 갈음한다.

한 마디 덧붙인다. 이 글을 쓰며 가장 많이 한 생각이다. '내가 저 시절 태어났다면 난 어떻게 살았을까?' 한 없이 자신 없는 질문이다.

홧홧증이 인다. 겸하여 이 책을 곱게 매만져 준 보고사 이경민 님과 늘 학문의 면려를 채찍질해 주시는 중산 허호구 선생님께 고맙습니다란 말씀을 올린다.

2016년 6월

휴휴헌에서 간호윤 지(識)

〈대동시단 금강산 탐승 만폭동 촬영〉

「대동시단」 문인들이 금강산을 탐승하고 만폭동에서 촬영한 사진이다. 아래 좌측에서 세 번째 중앙에서 양복을 입고 부채를 든 이가 물재 송순기이다. 물재는 「인생의 최대목적」 1에서 스스로 '색주(色酒)를 사양치 않는 벽이 있다'(〈매일신보〉, 1920.5.28.) 하였고 문장 또한 호방하였다. 앉아 있는 품새도 자못 호기롭다. 뒷줄 맨 우측에 있는 이가 스승 매하 최영년이다.

송순기가 찬(纂)한 『기인기사록』 서에서 녹동 최연택은 송순기를 이렇게 평하고 있다.

"송 물재 군은 이 시대의 역사가이다. 송 군은 널리 듣고는 기억을 잘하고 독실하게 학문을 닦아 지혜가 많은 것이 세상에 이미 정평이 났다.[宋君勿齋는 當時之一史家也ㅣ라 博聞强記ᄒᆞ고 篤學多智는 世旣有定評]"

차례

I장

송순기의 생애와 문학 활동

1. 송순기의 생애

송순기(宋淳夔, 1892~1927)의 생애는 그의 짧은 생만큼이나 간략하다.

1892년(1세): 송순기(宋淳夔, 1892~1927)의 자(字)는 중일(重一)이다. 호는 물재(勿齋). 필명으로 춘천자(春川子), 봉의산인(鳳儀山人), 물재산인(勿齋散人), 물재학인(勿齋學人), 물재생(勿齋生), 봉익동인(鳳翼洞人), 종남산인(終南山人)[1]을 사용하였다. 거하는 집은 독락재(獨樂齋)[2]라고 하였다. 물재는 진천송씨(鎭川宋氏) 안성공파(安城公波) 24세로 1892년 강원도 춘천에서 태어났다.

『진천송씨대동보』에 의하면 송순기는 송광보(松匡輔)의 23세손이다. 진천송씨는 조선시대 문과급제자만 40여 명을 넘게 배출한 명문가로 전서공파(典書公派), 낭장공파(郎將公派), 안성공파(安城公派), 송정공파(松亭公派) 등이 있는데 송순기는 안성공파이다. 고종의 제1부인으로 순종의 어머니이기도 한 순명효황후(純明孝皇后)의 모친이 바로 진천 송재화(宋在華)의 딸로 여흥 민씨 여은부원군(驪恩府院君) 민태호(閔台鎬)의 부인이다. 안성공파의 파 종조(派 宗祖)인 송광보는 고려 공민왕 때 등문과(登文科)하여 예부상서 등을 역임한 인물이다.

송순기의 아버지는 일진(一鎭, 1854~1910)으로 장남이 순긍(淳兢, 1877~1911: 字는 重克), 차남이 순익(淳益, 1884~?: 字는 重翊)이고 순기가 3남으로 막내였다. 대대로 현재의 강원도 춘천시 사북면 가일리, 신포리, 지촌리를 삶터로 거주하다가 송순기 대에 와서 모두 서울로 이주한 것

---

1) 물재는 이 호를 두 번 썼다. 같은 날 지면에 자신의 글이 여러 편 올라갈 경우이다. 예를 들어 〈매일신보〉 1920년 6월 6일 같은 경우 「인생의 최대목적」 4회는 종남산인, 「백제충신 성충을 논함」은 물재, 「십삼도군명부」는 송물재를 필명으로 썼다.

2) 독락의 즐거움은 천하 사람과 함께하는 즐거움이 아니니, 더불어 논할 것이 못 된다. 물재는 연암 박지원을 위인이라 하였다. 연암의 작품 중, 〈독락재기〉가 있는데 혹 물재가 이를 딴 것은 아닌가한다.

같은데 상세한 내력은 알 수 없다.

다만 그의 가세가 좋지 않음은 「이태백시와 수호전」에서 그 일단을 살필 수 있다. 이 글은 물재가 기자가 되어 쓴 일인데, 그는 이 글에서 책을 읽지 못한 이유가 여가가 없어서가 아니라 집에 책이 없어서라고 하였다. 그래 자신이 박문(博聞)도 다식(多識)도 할 수 없는 것이 한이 되었다고 서술하고 있다. 글의 일부를 발췌하면 아래와 같다.

> "記者가 幼時에 在하야 學을 修홀 時에는 家中에는 一部의 經書도 無하얏섯다. 그리하야 記者가 四書를 攻하고 三經을 治할 時에는 모다 人으로브터 차독한 것이얏다."3)

이로 미루어 물재는 어려서 제대로 한학을 배울 처지는 아니었던 듯하다.

1918년(27세): 물재가 언제, 어떻게, 매하 최영년을 스승으로 삼았는지는 알 수 없지만, 물재는 학문적 스승으로 최영년을 첫째로 꼽고 있다. 물재는 자신을 '윗사람을 능멸하고 아랫사람에게는 차마하지 못하는(凌上而不忍下) 성격이나 스승 최영년을 숭배'한다고 까지 하였다. 이러한 내용은 물재의 「최매하 선생 상·하」 글에서 알 수 있다. 물재는 이 글에서 자신의 성격, 그리고 최영년과 만남을 이렇게 적고 있다.

> "元來 才가 疎하고 性이 濁한 者로 身도 또한 窮峽의 中에셔 生長하야 早年부터 先生에게 親炙함을 得치 못한 것은 恨中의 恨事이얏섯다. 그러나 今을 去하기 八九年前부터 晩時의 歎은 不無하지마는 先

3) 「이태백시와 수호전」(매일신보, 1924.8.3.) 이 글을 보면 물재는 꽤 술을 좋아한 듯하다.

生의 門下에 踰암을 得하야 敎誨를 受한 旣이 多하고…"[4]

물재가 이글을 쓴 것이 36세인 1927년이다. 그러니까 8, 9년 전 최영년을 만난 셈이니, 물재가 최영년을 스승으로 만난 나이는 대략 1918년에서 1919년, 그의 나이 27세에서 28세쯤으로 짐작된다.

1919년(28세): 송순기는 그의 나이 28세인 1919년, 삼일운동이 일어나던 해 〈매일신보〉에 입사하였다. 입사 날짜는 구체적으로 알 수 없으나 〈매일신보〉에 물재생이라는 필명으로 '담편어설(談片語屑)'을 쓴 날짜가 1919년 10월 4일인 것으로 미루어 적어도 10월 달에는 기자로서 발령 받았음을 알 수 있다. 이후 21년 편집부 기자, 22년 논설부 기자를 거쳐, 23년 4월 24일부터 편집 겸 발행인이 되었다.

1920년(29세): 〈매일신보〉, 1920년 3월 6일 「춘천일별기」(상)에서 "留洛흔 지 有年"만에 춘천을 찾는다는 것으로 보아 그가 고향을 떠나 있었던 것이 꽤 여러 해인 것 같다.

〈매일신보〉, 1920년 6월 18일에 「병상에 누워」라는 글을 쓴 것으로 보아 이때부터 몸이 별로 좋지 못하였던 듯하다.[5]

1923년(32세): 1923년 4월 24일부터 1927년 5월 14일까지 송순기는 〈매일신보〉1면에 편집 겸 발행인으로 기재되었다. 기자가 된지 4년, 32세의 나이였다. 그는 이 경력으로 민족행위 친일인사 명단의 '언론' 부분에 이름이 올라 있다. 2008년 발표된 민족문제연구소의 친일인

4) 「최매하 선생」상(〈매일신보〉, 1927.7.13.)
5) 〈매일신보〉 사망기사로 미루어 폐병인 듯하다.

명사전 수록예정자 명단과 2007년 대한민국 친일반민족행위진상규명위원회가 확정한 친일반민족행위 195인 명단 중 언론 부문에 수록되었다.

민족문제연구소가 발표한 '친일반민족행위 결정 이유서'에서 지적한 그의 친일관련 직접 자료는 1921년 1월 1일 〈매일신보〉 신년호에 「문화정치는 시의적절한 정책」, 1924년 6월 1일 〈매일신보〉 창간 20주년 기념 글인 「송이기수영창(頌以其壽永昌)」[6]에서 '〈매일신보〉는 조선사회에 공명정대한 신문'이라한 논지의 글 딱 두 편이다. 이 두 편의 글은 송순기가 아닌 물재학인으로 표기되어있으며 〈매일신보〉라는 언론지에 대한 의례적인 표현들이다.

또한 '친일' 이유로 적시한 송순기의 〈매일신보〉 편집 겸 발행인 이력도 썩 친일파로 몰아세울 근거로는 좀 부족한 듯싶다. 실상 〈매일신보〉의 편집 겸 발행인은 일제가 1920년대 문화정치를 표방하면서 한국인들에게 거부감을 주지 않으려는 형식상의 직책이라는 점을 고려해야하기 때문이다. 따라서 이에 대해 필자는 여러 방증자료를 바탕으로 꼬느는 것이 마땅하다고 생각한다.

실상 〈매일신보〉의 발행인 겸 편집인을 맡은 이들은 대부분 편집부장, 또는 사회부장급일 뿐이었다. 『신문총람』에 의하면 송순기는 1921년에서 1926년까지 기자로만 되어 있다가, 1927년에 논설부주임으로 표기되었다.[7] 그러니까 송순기가 〈매일신보〉의 발행인 겸 편집

6) 『친일반민족행위관계사료집』Ⅲ, p.340-341 참조.

7) 정진석, 『한국언론사 연구』, 일조각, 1985, p.255와 정진석, 『인물 한국언론사』, 나남출판, 1995, pp.162-164 참조.
『신문총람』, 일본전보통신사, 1927, p.522.
송순기는 지병으로 1927년 5월 14일까지 편집 겸 발행이었고 이후 논설부주임으로 있었던 듯하다. 1927년 9월 13일 그의 사망기사에 '본사 논설부장'으로 호칭하였다.

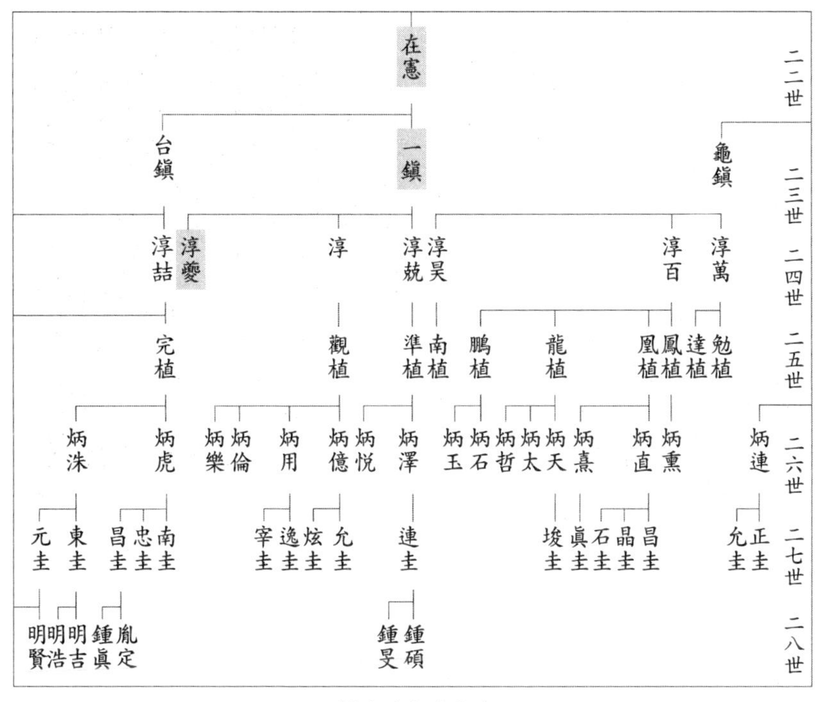

〈송순기의 가계도〉

족보에 송순기와 동갑내기인 부인의 졸년은 없으며, 절손으로 되어있다.

인을 맡은 기간은 4년이지만 그에게 실질적인 권한이 있었다고 단정하기에는, 그래 친일파라는 낙인을 찍기에는 자료가 영 마뜩찮다. 친일과 관련된 그의 글을 〈매일신보〉나 기타 글에서 쉽사리 찾을 수 없는 것도 한 이유이다.

1925년(34세): 금강산 여행하며 「봉래유기」를 〈매일신보〉에 연재하였다.

1927년(36세): 사망. 송순기의 부인은 동갑내기인 수성최씨로 최기주(崔基周)의 딸이다. 슬하에 삼남매가 있었으나 모두 일찍이 사망하여 절

本社論說部長
宋淳夔氏別世
십이일아츰봉익동자택에서

少年聯合會
創立準備
착々히진행

〈송순기 사망 관계기사〉(〈매일신보〉, 1927.9.13.)
송순기가 〈매일신보〉의 논설부장을 지냈으며 1927년 9월 12일 지병인 폐병으로 사망하였음을 알리는 기사이다.

손(絕孫)되었다. 송순기는 이 일로 상심 끝에 폐병이 도져 1927년 9월 12일 경성 봉익동 77번지에서 36세를 일기로 이승을 달리하였다. 그의 유해는 춘천시 사북면 지천리 선영에 안장되었다.

〈매일신보〉 송순기 별세 기사에는 "젿문(필자 주: 젊은) 한학자"로 기록해 놓았다. 선영(先塋)은 춘천 사북면이나 현재 절손으로 사적을 알 수 없다. 〈매일신보〉, 1927년 9월 12일자를 보면 '본사논설부장 송순기씨 별세-십이일 아츰 봉익동 자택'이라는 부고기사를 실었다. 그 기사에는 '1927년 9월 2일 오전 8시 30분 숙환으로 사망' 하였다는 내용과 '문장은 익히 세상이 찬양' 하였으며 '슬하에 삼남매가 모두 죽어 이것이 폐병의 증세를 덧쳐' 사망하였고 '강원도 춘천 선영'에 장례할 것이라는 내용이 담겨있다.

같은 신문 10월 15일 「송순기씨 장례 금일 집행 춘천에서」는 '가매장을 하였다가 10월 15일 오전에 춘천군 사북면 지촌리 선영에 안장' 하였다는 기사가 보인다.

2. 송순기의 문학 활동

1) 문학자료

송순기는 짧은 생애 동안 봉의산인(鳳儀山人)과 물재(勿齋), 혹은 '물재학인(勿齋學人)'이라는 필명으로 작품을 남겨 놓았다. 봉의산인이란 그의 고향 춘천에 있는 산 이름을 호로 삼은 것이다.

일반 단행본에는 송순기라는 이름을, 〈매일신보〉에는 물재, 혹은 물재학인이란 호를 사용하였다. '물재'는 사물재(四勿齋)로 『논어』 '안연(顔淵)'에 나오는 극기복례(克己復禮)이다. "예가 아니면 보지 말고, 예가 아니면 듣지 말고, 예가 아니면 말하지 말고, 예가 아니면 행하지 말라.[非禮勿視 非禮勿聽 非禮勿言 非禮勿動]"라는 '사물'이란 호에서도 물재 의식의 한 단면을 엿볼 수 있다. 망국의 지식인으로서, 일제치하를 살아가는 유학자로서, 자신의 삶을 다잡아보려는 의식이 투영된 호로 추정할 수 있다.

송순기의 문학활동 중 가장 처음 보이는 글은 1912년 「만향」이란 시이다. 그의 주요 작품을 연도순으로 따라가 보면 아래와 같다.

1912년(21세): 〈만향(晩香)〉[8](〈매일신보〉, 1912.8.14.)

1919년(28세): 〈낭자장군전(娘子將軍傳)〉(〈매일신보〉, 1919.10.22.)[9]

〈김처녀전(金處女傳)〉[10](〈매일신보〉, 1919.11.11.)

1920년(29세): 「고려의 대인물 김방경씨를 논함」[11](물재 송순기, 『개벽』 제2호, pp.31-36, 개벽사, 1920.7.25.)(기자라는 호칭을 사용)

---

8) 부록에 수록하였다.

9) 부록에 수록하였다.

10) 부록에 수록하였다.

11) 부록에 수록하였다.

〈홍수녹한(紅愁綠恨)〉[12](〈매일신보〉, 1920.7.3.~7.14까지 7회 연재, '단편소설'이라 하였음.)

「백제충신 성충을 논함」(〈매일신보〉, 1920.6.6.)

「신설회사(新設會社)」[13](〈매일신보〉, 1920.7.16. '문원(文苑)')

1921년(30세): 「대정구년(大正九年)의 소사(小史)」[14](〈매일신보〉, 1921. 1.1.)

'청창만록'〈전신전〉[15](〈매일신보〉, 1921.5.23.)

「낙심병과 탄식병」, 『신천지』, 제1년 제1호, 신천지사, pp.19-23, 1921.7.20.[16](1923.1.14. 매일신보에 재수록)

『기인기사록』 상, 물재 송순기, 문창사, 1921.12.(上澣)

'청창만록'〈기인기사〉, 물재: 〈매일신보〉, 1921.7.1.(「기인기사」(1화)

1922년(31세): 「해동야화」, 『신천지』, 제2년 제2호, 신천지사, pp.32-39, 1922.1.1.(『기인기사』에 재수록)

1922.1.12.「기인기사」(103화), 1922.3.13.「기인기사」(160화)

「금강산의 탐승」(봉의산인, 『회보-강원도유도천명회』 창간호, p.44-46, 1922.)

1923년(32세): 『기인기사록』 하, 물재 송순기, 문창사, 1923.

1923.3.20. 민립대학발기인 대표(경성)

「오등으로부터 청년제군에게」(봉의산인, 『회보-강원도유도천명회』 2호, pp.35-37, 1923.)

1924년(33세): 「고려의 최영전을 독함」(〈매일신보〉, 1924.1.8.)

「송이기수영창(頌以其壽永昌)」[17](〈매일신보〉, 1924.6.1.)

---

12) 부록에 수록하였다.

13) 부록에 수록하였다.

14) 친일반민족행위 결정의 근거가 된 글이다.

15) 부록에 수록하였다.

16) 국립중앙도서관 '전자저널'에 『신천지』 발행연도를 '1920.07.01'이라 한 것은 잘못이다.

1925년(34세): 「봉래유기」 1회(물재학인, 〈매일신보〉, 1925.7.8.)- 「봉래유기」 25회(물재학인, 〈매일신보〉, 1925.8.4.)

『아주기행』 1-3, 박영철 저, 송순기 편, 권양채 교, 장학사, 1925(편집인 겸 발행인).

『해동죽지』, 최영년 편저, 송순기 편, 김병채 교, 장학사, 1925(편집인 겸 발행인).(『해동죽지』에 「해동죽지기언」을 씀)

1925.4.12.: 기자대회 참석

1925.5.2.: 금강산 유람 출발

1926년(35세): 『시금강』, 송순기 집, 최승학 주, 송순기 인쇄, 신문관 발행, 장학사. 1926.1.15.(편집 겸 인쇄인).

〈호질〉[18](봉의산인, 〈매일신보〉, 1926.1.1.)

〈춘사(春詞)〉[19](물재학인, 〈매일신보〉, 1926.1.1.)

「대정십오년사(大正十四年史)」(물재학인, 〈매일신보〉, 1926.1.1.)

『시단(詩壇)』 제1호(홍우원 편집인 겸 발행인, 신문관 인쇄, 대동시단, 1926.11.5.)에 축시.

1927년(36세): 「인생의 설」(〈매일신보〉, '필원잡기' 1927.6.11.)

「최매하 선생」 상·하(〈매일신보〉, '필원잡기' 1927.7.13.~7.14.)

「토지겸병」(〈매일신보〉, '필원잡기' 1927.7.29.)

「승풍파랑(乘風破浪)의 거(擧)」(〈매일신보〉, '필원잡기' 1927.9.7.)

〈사업계의 금일〉(〈매일신보〉, '필원잡기' 1927.9.10.)

'본사논설부장 송순기 씨 별세'(〈매일신보〉, 1927.9.12.)

「경쟁심」(〈매일신보〉, '필원잡기' 1927.9.19.(물재유고))

---

17) 친일반민족행위 결정의 근거가 된 글이다.

18) 연암 박지원의 〈호질(虎叱)〉을 구두점만 떼어 놓았다.

19) 윤전도(輪轉圖)이다.

「진적자선(眞的慈善)」 상·하(〈매일신보〉, '필원잡기' 1927.9.27.~9.28. (물재유고))
「명리의 설」, 「전술과 상략(商略)」, 「생산제도」 등도 〈매일신보〉에 '물재유고(勿齋遺稿)'로 연재.
1928년에도 〈매일신보〉에 '물재유고'로 「금옥(金玉)의 결(訣)」 9회 (1928.1.21.~2.1.), 「소후자(小朽者)」(1928.2.4.~2.8.) 4회, 「신(新)의 의의(意義)」(1928.2.9.~2.14.) 4회, 「학문의 의의」(1928.2.15.~2.19.) 4회 더 연재되었다.

물재의 위 글들은 당대 인식을 바탕으로 쓰였다. 초기 글인 「호고비금(好古非今)의 폐(弊)」에 물재는 자신이 살아가는 일제강점기 사회를 이렇게 보고 있다.

> "文物制度도 文化의 盛衰을 伴ᄒᆞ야 不同ᄒᆞ고 人情風俗도 時代의 變遷을 隨ᄒᆞ야 各殊홈은 理의 常이다.… 그런즉 吾人도 時代로 더부러 共히 推移ᄒᆞ야 舊日의 思想을 拔去ᄒᆞ고 新時代의 思想을 注入ᄒᆞ는 것이 吾人의 善變이라 謂홀 것이 아인가. 故로 古人의 言의 [聖人도 亦與世推移]라 ᄒᆞᆫ 것이 實로 此에 準備的 語句이다."[20]

그렇기에 물재는 이어지는 글에서 옛 것에만 얽매여 현재를 배척하는 자들을 가련하다며 이렇게 지적한다.

> "그런딕 挽近 壯年者流와 老成者流等은 十年의 積滯가 肚裡에셔 그딕로 消融치 아니ᄒᆞ고 數斗의 塵堆가 胸中에셔 그딕로 委積ᄒᆞ야 尙

20) '담편어설(談片語屑)'(〈매일신보〉, 1919.11.19.)

往時의 狀態를 夢想ᄒᆞ며 舊日의 思想에 拘泥ᄒᆞ야 言必稱 古人의 言과 古人의 事를 援引ᄒᆞ야 써 此로 標榜을 作ᄒᆞ야 今日의 言과 現代의 事를 誹謗ᄒᆞ며 排斥ᄒᆞ야 不拔去의 病根을 深樹ᄒᆞᆫ 彼 好古非今의 癖이 有ᄒᆞᆫ 者야말로 反히 可憐ᄒᆞᆫ 者ㅣ 아닐가."

물재는 당대를 신시대로, 자신은 그 신시대를 살아간다고 한다. 하지만 물재는 신천지, 신인간까지 운운하면서도 모든 고를 거부하지는 않았다.

"大抵 今日의 現狀은 모다 新 아닌 것이 無ᄒᆞ다. 天地도 新天地오 人間도 新人間이오 文物制度도 新文物制度며 其他 事事物物이 無非新이니 可히 革舊從新ᄒᆞᆯ 時代가 아인가.…古人의 書와 古人의 言도 時代에 適當ᄒᆞᆫ 者도 有ᄒᆞ며 不適當ᄒᆞᆫ 者도 多ᄒᆞᆫ 것이니 其 可ᄒᆞᆫ 것을 擇ᄒᆞ며 其 不可ᄒᆞᆫ 것을 捨ᄒᆞ야 此를 應用ᄒᆞᄂᆞᆫ 것이니…"

결국 물재는 옛 것이라도 쓸 만하다면 현대의 사회에 응용해도 무방하다고 한다. 물재 글의 수많은 전고(典故)나 신사고를 계몽시키려는 그의 의식의 일단을 여기에서 찾을 수 있다.

또한 명령투의 '-인가', '-하라' 등의 구어적 어말어미나 '-하다', '-치 못하다' 등의 어투는 다분히 독자를 억누르는 듯한 문장구조이다. 이는 일제하 지식인으로서 글을 통해 독자를 계몽시키려는 물재 의식의 일단이 글쓰기에 투영된 것으로 보인다.

2) 문인교류

송순기가 활동하였던 문예지를 중심으로 기록을 찾으면 다음과 같이 『개벽』 동인을 제외하고는 대부분 친일 문인들이 그의 주변을 서성거렸다.

『개벽』: 1919.3.1. 독립만세 운동은 일본제국주의의 한반도 식민정책을 바꾸었다. 이른바 '문화정책'이다. 이 정책으로 1920년 3월에 〈조선일보〉, 4월에 〈동아일보〉와 〈시사신문〉이, 그리고 6월에 종합잡지 성격인 『개벽(開闢)』이 출간되었다.

그러나 『개벽』은 창간호부터 압수될 만큼 민족주의적인 성격이 강했다. 『개벽』은 천도교(天道敎)의 재정적인 후원을 받기는 했지만 내용은 정치 · 경제 · 사회문제 등에 관해 민족의 의사를 대변하는 언론에 주력하였다. 문학에도 매호 상당한 비중을 두었으며, 학술 일반과 역사 · 지리 · 종교 등에도 관심을 가져 특집을 냈다. 이때 문예면을 채운 작가들이 바로 김기진, 박영희, 현진건, 이상화, 염상섭, 최서해 등의 계급주의적 경향문학을 보이는 신경향파 작가들이었다. 하지만 송순기와 이들의 교류를 알 수 있는 문헌은 현재로서 찾을 수 없다.

송순기는 이 『개벽』 2호에 「고려의 대인물 김방경씨를 논함」이란 글을 발표하였다. "記者는 玆" 운운으로 미루어 〈매일신문〉 기자로서 쓴 글임을 알 수 있다.

『신천지』: 송순기가 「낙심병과 탄식병」을 실은 잡지가 『신천지』, 제1년 제1호(신천지사, pp.19-23, 1921.7.20.)이다. 『신천지(新天地)』는 1921년 7월 10일자로 창간된 종합잡지이다. 이 『신천지』는 '민족적 자각을 촉진' 하고 '정치적 사상을 함양'함을 목적으로 천명하였다. 주간은 백대진(白大鎭, 1893~1967)으로 그는 1919년 7월 〈매일신보〉 사회부장을 지냈다. 송순기가 이 『신천지』에 글을 싣게 된 연유는 이러한 연분으로서였다. 그런데 이 백대진은 〈매일신보〉 사회부장을 역임했지만 1922년 11월 『신천지』에 게재한 「일본 위정자에게 고(告)함」이라는 글 때문에 구속되어 징역 6개월을 선고받았다. 이유는 '조선의 독립을 주장했다'는 이유였다. 이유 여하와 전말이 어떻든 간에 1920년 일제가 문화정치를 표방한 후 필화(筆禍)로 유죄판결을 받기는 이 사건이 처음이었다.

『시금강』: 『시금강(詩金剛)』은 한자로 기록된 금강산에 대한 단일 시집이다. 한자로 기록된 '시금강'에 대한 단일시집은 『시금강』 전이나 후, 그 존재를 찾을 수도 없거니와 참여 문인으로도 가장 많다. 하지만 『시금강』은 대표적 친일 유림단체인 「대동사문회」[21]와 「유도진흥회」[22] 회원들이 주축을 이루었다. 이로 미루어 보면 금강산에 대한 한시 문집인 『시금강』 은 문학사적으로 가히 금강산 한시문학의 절정이지만[23] 참여 문인 대부분이 친일파란 매우 씁쓸한 사실을 건네준다.[24] 『시금강』은 식민지하 부유(腐儒)의 한시집이란 오명을 문학사에 이렇게 남겼다.

그런데 물재의 금강산에 대한 관심은 84회를 연재한 「봉래유기」(〈매일신보〉, 1925.7.9.~10.7)[25]에서도 알 수 있다. 이런 금강산에 대한

21) 「대동사문회」 회장 윤용구, 총무 어윤적, 발기인 최영년, 정만조, 심종순, 이순하, 서상춘, 이기, 어윤적, 송지헌, 회원 정병조, 서상훈 등이 『시금강』에 그 이름을 보인다.

22) 「유도진흥회」 이사 정봉시, 권순구, 최 강 등이 『시금강』에 그 이름을 보인다.

23) 고려시대 안축(安軸, 1282~1348)의 「금강산」이란 시집부터 시작하여 조선의 김시습, 이황을 거쳐 조선말까지 이어지며 금강산은 우리 문학사에 수많은 한시작품을 생산하였다.

24) 사실 이에 대해서는 『시금강』에 참여한 190여 문인 모두를 놓고 한 사람 한 사람을 추적조사해서 내릴 결론이다.

25) 이 글은 기행문의 성격을 이었을 뿐 아니라 금강산에 대한 모습을 사실적으로 전달하고 있다.

관심과 스승 최영년 등과 여행이 『시금강』이라는 금강산 단일 시집을 만든 것이다.

우선 『시금강』에 수록된 〈대동시단 금강산 탐승 만폭동 촬영(大東詩壇金剛山探勝萬瀑洞撮影)〉부터 살펴본다. 이 사진은 만폭동에서 촬영한 것으로 송순기를 포함 10명의 인물이 보인다. 『시금강』에 수록된 '금강유객영송초'를 보면 1925년 5월 2일 금강산 유람을 출발하였으니 아마도 이 해 촬영한 것으로 보인다.

사진 속 인물은 10명으로 송순기 외 9명은 추정(秋汀) 김종휴(金鍾烋), 죽헌(竹軒) 김수곤(金水坤), 학정(鶴汀) 오준근(吳濬根), 계헌(溪軒) 배병주(裵炳柱), 매하(梅下) 최영년(崔永年), 학정(鶴汀) 정준회(丁埈會), 정순환(丁淳煥), 안내를 맡은 한수월(韓水月) 화상과 학정의 부인 서씨이다. 사진 설명에 '대동시단 금강산 탐승'이란 말이 붙은 것으로 미루어 이들이 모두 「대동시단(大東詩壇)」의 회원임을 말해준다.

우리 문학사에서 「대동시단」이란 단체명은 생소하다. 하지만 「대동시단」은 『시단(詩壇)』 제1호(1926.11.5, 대동시단[26]), 편집 겸 발행인 홍우원, 축시 송순기)과 『신시보첩(宸詩寶帖』(乙丑, 榴夏, 大東詩壇)[27]), 『금란동심(金蘭同心)』(1926, 대동시단)도 발행하였다. 『금란동심』은 규약(規畧)과 이사회결의안(理事會決議案), 단우록(壇友錄)을 엮은 책이다. 본문 27장으로 본문에는 「대동시단」 단원(壇員)의 직책, 호(號), 이름, 나이, 본적 등 총 1,645명의 정보가 실려 있다. 「대동시단」 단원은 〈매일신보〉에 낸 '大東詩壇의 選詩大會'라는 광고[28])를 보고 전국에서 글을 보내 온

---

26) 발행소는 경성부 체부동 50번지라 되어있다. 축시는 'Ⅴ장 작품목록, 1. 한시' 항에 수록하였다.

27) 1925년 음력 5월.

28) 〈매일신보〉. 1925.1.18, 1925.3.25, 1927.1.3, 여러 차례 선시대회를 하였다.

문인을 수록한 책이다. 그러나 이들 중, 최영년을 제외하고는 모두 우리 문단사에서 그 이름을 찾아 볼 수 없는 인물들이 대다수이다.

『시금강』은 1926년에 발간되었다. 가장 중심축은 최영년으로 그는 이때 이미 70이 넘은 나이였다. 『시금강』에 시를 수록하거나 제를 쓴 이들은 무려 190여명에 달하는데 이름 석 자를 알만한 이들은 대부분 친일행적을 갖고 있다. 송순기를 제외한 이들을 대략 정리해 보면 아래와 같다.

최영년(崔永年, 1856~1935): 송순기의 문인활동에서 가장 주목할 이는 최영년이다. 한학자이며 문인이요, 언론인인 매하산인(梅下山人) 최영년은 바로 신소설 『추월색』을 쓴 최찬식의 부친이자 송순기의 스승이기 때문이다. 최영년은 시흥학교를 설립하고 〈제국신문〉을 주재한 근대적 지식인이었다. 그는 또 『실사총담』과 『해동죽지』의 작자이고, 〈매일신보〉에 '시가총화(詩家叢話)'를 200여 회에 걸쳐 연재하였으며, 소설가, 시조 연구가이기도 하였다.

송순기는 이러한 최영년과 사제 간이며 문인, 언론인, 개화의식, 친일지식인이라는 공통점을 갖는다. 최영년은 송순기가 밝힌 유일한 스승이다. 송순기가 『시금강』 외에 스승 최영년의 『해동죽지』도 편집, 발행인이었다는 사실은 〈매일신보〉의 기자 이력과 함께 꽤 흥미롭다. 최영년은 1920년 4월, 관변단체인 「대동사문회」[29]의 창간회보인 『대동사문회보』의 편집 겸 발행인으로 대표적 친일 유림이었다.

송순기로서는 이러한 친일 스승이 결국 그의 삶에 오점을 남기게

29) 윤용구가 회장, 총무는 어윤적이었다. 발기인 중에는 최영년, 정만조, 심종순, 이순하, 서상춘, 이기, 어윤적, 송지헌 등이, 회원으로 정병조, 서상훈 등이 『시금강』에 그 이름을 보인다. 이들 중, 정병조, 서상훈, 어윤적, 송지헌 등이 중추원 참의를 지냈다.

하였지만, 그를 스승으로 아낌없이 섬겼다. 「최매하 선생(崔梅下先生)」 상·하(〈매일신보〉, 1927.7.13.~7.14)는 최영년에 대한 사모의 글인데 물재는 이 글에서 최영년을 '천성이 온후하면서도 독실하여 화려함과 말은 적으나 실(實)은 많고 정(情)은 후하였으며 살림은 매우 가난했고 희로애락을 얼굴에 드러내지 않았다'라고 적어 놓았다.

최찬식(崔瓚植, 1881~1951): 최찬식은 최영년의 아들로 우리에게 신소설 작가로 알려져 있다. 최찬식은 한성중학에서 신학문을 공부하고 문학에 뜻을 두어 1912년에 『추월색』을 시작으로 『안(雁)의 성』, 『금강문』, 『춘몽』 등을 지었다. 송순기가 『해동죽지』를 편집할 때 최판식이 교열을 맡았음이 「해동죽지기언」에 보인다. 이로 미루어 송순기와 꽤 지근거리에 있던 사이로 어림짐작된다.

재등고수(齋藤皐水, 1858~1936): 『시금강』에 첫 번째 제(題)를 쓴 이로 바로 최장기 조선총독을 지낸 사이토 마코토(齋藤實)이다. '고수(皐水)'는 사이토 총독의 호이다. 그러나 이 사이토와 송순기의 친분은 알 수 없다. 비슷한 시기 『개벽』 창간호에도 사이토의 축하 휘필(揮筆)이 있는 것 등으로 미루어 보면 문화정책의 일환이나 관례적인 성격으로 보낸 글일 수도 있다.

사이토 마코토는 식민지 조선의 3대 총독으로 그의 재임기간(1919.8.12.~1927.12.10.)과 송순기의 〈매일신보〉 이력(1919.10월 경~1927. 9월 경)이 유사하다. 그는 조선총독으로 부임 전날 강우규(姜宇奎) 의사에게 폭탄세례를 받기도 하였다. 그의 취임 일성은 '일본인과 조선인을 동등하게 대우하는 그날까지 문화정책을 한다'[30]였다. 사이토

---

30) 사이토의 문화통치 훈시 내용 중, 이 글과 관련 사항을 찾으면 ①일본인과 조선인 차별 철폐, ②언론·집회·출판 등을 고려하여 민의를 창달, ③교육·위생·사회 등 행

의 통치전술은 "조선의 중견인물로 하여금 식민통치의 지지층을 확보하고 이들을 민족운동에서 분리시키는 것이었다."[31] '친일단체에게 편의와 원조를 주고 친일 인재를 육성하고 일정한 직업이 없는 양반이나 유생들에게 생활방도를 마련해 주는 등 유화전술로 친일파를 양성하였다. 사이토의 이러한 전술은 송순기의 〈매일신보〉 이력과 지근거리에 있다.

이도영(李道榮, 1884~1933): 『시금강』에 두 번째 제를 썼다. 이도영의 자는 중일(仲一), 호는 관재(貫齋)·면소(芇巢)·벽허자(碧虛子) 등을 사용한 화가이다. 그는 안중식(安中植)의 문하생으로 조선 서화계를 이끈 대표적 인물이다. 총독부와도 친밀하여 조선총독부가 주최한 조선미술전람회의 동양화부 심사원을 여러 차례 역임하였다. 신연활자본 고소설에 표지 그림을 그리기도 하였다.

성당(惺堂) 김돈희(金敦熙): 『시금강』에 세 번째 제를 썼다. 서예가이다.

석정(石丁) 안종원(安鍾元): 『시금강』에 네 번째 제를 썼다. 서예가이다.

금성정기(錦城丁奇): 『시금강』에 다섯 번째 제를 썼다.

오세창(吳世昌, 1864~1953): 『시금강』에 여섯 번째 단(耑)을 썼다. 3·1운동 민족대표 33인의 한 사람이다. 한말의 독립운동가·서예가·언론인으로 『한성순보』 기자를 지냈고 우정국 통신원국장 등을 역임했다.

회당(悔堂) 송지헌(宋之憲): 『시금강』에 일곱 번째 단(耑)을 썼다.

우하(又荷) 민형식(閔衡植, 1875~1947): 『시금강』에 여덟 번째 단(耑)을 썼다.

지당(志堂) 홍우원(洪祐遠): 『시금강』에 아홉 번째 단(耑)을 썼다. 윤희구

정 배려, ④조선의 문화와 관습 존중 등이었다.

이에 대하여 더 자세한 것은 이명화, 『1920년대 일제의 민족분열통치』, 한국독립운도사편찬위원회, 2009, p.47 참조.

31) 이명화, 위의 책, p.55.

와 『여말충현록(麗末忠賢錄)』[32]을 저술하였다.

우당(于堂) 윤희구(尹喜求, 1867~1926): 친일 단체인 유도진흥회[33]의 부회장과 경학원의 부제학을 지냈다. 홍우원과 『여말충현록』을 저술하였다.

『시금강』에 시를 수록한 인물 순은 다음과 같다.

〈금강유객영송초(金剛遊客迎送草)〉

소파(笑坡) 최승학(崔承學), 무정(茂亭) 정만조(鄭萬朝), 우려(又黎) 한진창(韓鎭昌), 우당(愚堂) 이호성(李鎬成), 추당(秋塘) 김병정(金炳定), 서농(西農) 김우현(金宇鉉), 소호(素湖) 정일용(鄭鎰溶), 우곡(愚谷) 정인호(鄭仁好), 춘관(春觀) 정원모(鄭元謨), 지산(芝山) 김기현(金基賢), 수관(水觀) 윤태흥(尹泰興), 성당(惺堂) 김돈희(金敦熙), 궐은(厥隱) 유병필(劉秉珌), 봉초(鳳樵) 이중열(李仲烈), 극재(克齋) 주정균(朱定均), 원사(園史) 김선호(金璿鎬), 현당(玄堂) 정의호(鄭義好), 운초(雲樵) 지성연(池成沇), 물재 송순기, 규원(圭園) 박용남(朴容南), 소정(少汀) 정순환(丁淳煥), 효산(曉汕) 김병채(金炳采). (이상 22명)

〈금강탐승초(金剛探勝草)〉

매하 최영년, 학정 정준회, 죽헌 김수곤, 학정 오준근, 추정 김종휴, 계헌 배병주, 물재 송순기, 정준환, 국사(菊史) 오화영(吳華英), 동몽(東夢) 이영우(李英雨). (이상 10명)

〈금강신곡초(金剛新曲草)〉

매하 최영년. (이상 1명)

---

32) 『여말충현록』은 고려 말 충현들의 전기·시·시조·찬 등을 수록하고 그에 대한 부수적인 사실들을 기록한 책이다.

33) 이사 정봉시, 권순구, 최강 등이 『시금강』에 그 이름을 보인다. 이들은 모두 일제강점기 때의 유교 교육 기관이요, 친일기관인 경학원(經學院) 소속이었다.

〈유외금강가시초부(遊外金剛歌詩草附)〉

매하 최영년, 회당(晦堂) 신면휴(申冕休), 동초(東樵) 최찬식(崔瓚植)(이상 3명)

〈시금강창화초(詩金剛唱和草〉

우당(于堂) 윤희구(尹喜求)(경성), 초원(初圓) 서상훈(徐相勛)(경성), 다산(多山) 박영철(朴榮喆)(강원도청), 화산(華山) 이정구(李鼎九)(무주), 이운(怡雲) 곽찬(郭燦)(경성), 창번(滄藩)[34] 박해철(朴海徹)(밀양), 하정(霞庭) 김일영(金日永)(경성), 남파(南坡) 김효찬(金孝燦)(순천), 아호(鵞湖) 이정규(李庭珪)(경성), 정와(靜窩) 허우(許寓)(무산), 이헌(怡軒) 정명섭(丁明燮)(경성), 초정(草亭) 김성규(金星圭)(목포), 지정(之亭) 안왕거(安往居)(경성), 춘정(春汀) 이인영(李寅榮)(경성), 청천(晴川) 유충형(柳忠馨)(신천), 학운(鶴雲) 김중환(金重煥)(경성), 추수(秋水) 김제덕(金濟悳)(임실), 추관(秋觀) 이빈승(李斌承)(경성), 표산(杓山) 성두식(成斗植)(태전), 석하(石霞) 김창수(金昌洙)(태전), 송강(松岡), 이규선(李圭璿)(경성), 만송(晩松) 임면재(任冕宰)(함흥), 석준(石尊) 최강(崔岡)(경성), 성옹(醒翁) 김영두(金泳斗)(남해), 향산(響山) 김영칠(金永七)(경성), 만포(晩圃) 도진내(都鎭匂)(홍원), 노석(魯石) 성전석(成田碩)(경성), 두산(斗山) 정인환(鄭寅煥)(경성), 운곡(篔谷) 조면형(趙冕衡)(당진), 옥소(玉蘇) 심형진(沈衡鎭)(청주), 열농(洌農) 김근영(金近永)(경성), 춘도(春島) 이규영(李圭瑩)(평양), 여수(如水) 강원선추(江原善槌)(경성), 풍산(豊山) 신기종(辛基鍾)(부풍), 혜산(蕙山) 권항(權沆)(경성), 우석(又石) 조남직(趙南稷)(경성), 소호(小湖) 조남준(趙南駿)(경성), 해촌(海村) 황희민(黃羲民)(밀양군청), 취파(醉坡) 한응교(韓應敎)(홍원), 송리(松里) 정봉시(鄭鳳時)(경성),

34) 창번(滄樊)이 아닌가한다.

호정(湖亭) 정종석(鄭宗錫)(무산), 수암(守巖) 김유탁(金有鐸)(경성), 검당(儉堂) 유영환(劉英煥)(백천), 소람(素覽) 이승현(李升鉉)(경성), 옥보(玉圃) 김종만(金鍾萬)(평양), 동화(東華) 송순필(宋淳弼)(경성), 하산(荷汕) 한관석(韓灌錫)(나남), 회와(晦窩) 민달식(閔達植)(경성), 시남(詩南) 민병석(閔丙奭)(경성), 회당(悔堂) 송지헌(宋之憲)(경성), 매은(梅隱) 박정두(朴貞枓)(동래), 불수자(弗須子) 윤녕구(尹寗求)(경성), 양화석(梁華錫)(동래), 성암(惺菴) 배병구(裵炳裘)(무안), 주재(注齋) 황영환(黃永煥)(평양), 목산(牧山) 최승술(崔升述)(청도), 해사(海槎) 권순구(權純九)(경성), 필산(必山) 김사설(金思卨)(김천), 앙산(仰山) 고성주(高性柱)(제주), 우졸옹(愚拙翁) 윤병순(尹秉純)(경성), 해춘(海春) 황석룡(黃錫龍)(평양), 석농(石農) 이성회(李星會)(경성), 김헌제(金憲濟)(통천), 운남(雲南) 변훈식(卞勛植)(경성), 오소(梧西) 박봉소(朴鳳韶)(강릉), 혜재(惠齋) 어윤적(魚允迪)(경성), 우석(友石) 최원순(崔元淳)(제주), 칠송(七松) 윤길병(尹吉炳)(경성), 원재(阮齋) 박봉우(朴鳳瑀)(진도), 소붕(笑鵬) 김하련(金河鍊)(제주), 덕천(德泉) 박완순(朴浣淳)(부안), 송강(松岡) 장재선(張在璇)(경성), 강재(康齋) 박진원(朴晉遠)(진도), 창사(蒼史) 유진찬(兪鎭贊)(경성), 난파(蘭坡) 김태주(金泰周)(진안), 미산(彌山) 심종순(沈鍾舜)(경성), 취헌(醉軒) 한택상(韓澤相)(김화), 수학(睡鶴) 박재림(朴栽林)(진안), 삼연(三然) 이순하(李舜夏)(경성), 약은(藥隱) 김병두(金炳斗)(진안), 일금(一琴) 조용소(趙鏞韶)(곤양), 양재연(梁在連)(진안), 석창(石倉) 오현규(吳賢奎)(경성), 해암(海菴) 채수형(蔡洙馨)(제주), 승은(繩隱) 고시운(高時運)(장흥), 대은(岱隱) 이동현(李東鉉)(경성), 월당(月塘) 문두찬(文斗燦)(제주), 백노수(白魯洙)(곡산), 소농(小農) 홍순용(洪淳容)(제주), 추당(秋塘) 송영대(宋榮大)(경성), 신준근(愼準根)(거창), 풍석(楓石) 이응직(李膺植)(경성), 은암(隱菴) 선우상(鮮于爽)(평양) 규원

(葵園) 정병조(鄭丙朝)(경성), 혜정(惠廷) 장세창(張世昌)(진주), 국사(菊史) 강창걸(姜昌杰)(함종), 성석(惺石) 한영원(韓永源)(경성), 관호(觀湖) 김창근(金昶根)(부안), 구당(懼堂) 이범성(李範星)(경성)[35], 소춘(素春) 이재식(李宰植)(철원), 하산(霞山) 박진규(朴縉圭)(경성), 성석(醒石) 김형찬(金炯燦)(전주), 원곡(圓谷) 이승천(李承天)(경성), 소파(小坡) 한준석(韓準錫)(홍원), 송헌(松軒) 윤홍섭(尹弘燮)(경성), 취음(翠陰) 권중면(權重冕)(공주), 필재(必齋) 권태훈(權泰勳)(공주), 송거(松居) 강대연(姜大蓮)(수원화산용주사주지), 무명씨 여사, 김일란(金一蘭) 여사(경성), 해강(海岡) 김규진(金圭鎭)(경성), 오은(五隱) 나청호(羅晴湖)(광주수도산봉은사주지), 난타(蘭坨) 이기(李琦)(경성), 한옹(漢翁) 김휘돈(金輝敦)(경성), 송정(松汀) 정교원(鄭僑源)(경성), 농암(礱巖) 송종철(宋鍾哲)(정읍), 백련(白蓮) 지운영(池雲英)(경성), 퇴경(退耕) 권상로(權相老)(경성불교종무원), 가동(可東) 이종룡(李鍾龍)(경성), 소범(小帆) 김한언(金翰彦)(경성), 우천(愚泉) 김일운(金一雲)(금강산유점사주지), 저재(樗齋) 황의필(黃義弼)(개경), 석운(石雲) 김용만(金容樠)(봉화), 괴헌(槐軒) 채주민(蔡周珉)(개경), 학농(鶴儂) 이상하(李相夏)(문경), 운송(雲松) 전진호(錢鎭浩)(문경), 제운(霽雲) 최신주(崔信柱)(고령), 권영기(權寧幾)(영덕), 추촌(秋村) 신석건(申錫建)(봉화), 아산(我汕) 안윤(安潤)(김천), 우은(愚隱) 김연설(金演禼)(양평), 지당(志堂) 홍우원(洪祐遠)(경성)[36], 금당(錦堂) 박천표(朴天表)(금산), 해정(海廷) 구찬서(具瓚書), 소파(小波) 송명회(宋明會)(광주), 석초(石樵) 이순훈(李舜薰)(경성), 자천(紫泉) 서상춘(徐相

35) 이범성은 1926년 6월 26일부터 7월 8일까지 13박14일 동안 금강산을 탐승(探勝) 하고 소산(韶山) 손봉상(孫鳳祥), 창암(蒼岩) 김진철(金鎭喆), 춘고(春皐) 김근용(金謹鏞), 춘포(春圃) 공성학(孔聖學), 성암(省庵) 이기소(李箕紹), 동석(東石) 이용준(李容俊) 등 일곱 명과 『봉래연상록(蓬萊聯賞錄)』이라는 시집을 내기도 하였다.

36) 『시단』의 편집 겸 발행인이며 윤희구(尹喜求)와 『여말충현록(麗末忠賢錄)』을 저술하였다.

春)(경성), 송천(松泉) 안병식(安秉軾)(경성), 주선(注仙) 송만식(宋晩植), 명농(明農) 홍종한(洪鍾瀚)(경성), 몽우(夢于) 안필중(安必中)(경성), 소오(小吾) 진응창(秦應彰)(예천), 문산(文山) 김석동(金錫東)(경성), 송호(松湖) 길두섭(吉斗燮)(장홍), 심석(心石) 김용관(金容觀)(경성), 우제(于齊) 이세기(李世基)(경성), 북교(北橋) 오숭억(吳崇億)(회계), 정운황(鄭雲瑝)(경주), 만취(晩翠) 임병수(林炳秀)(문경), 혜전(蕙田) 박노면(朴魯冕)(달성), 창강(蒼岡) 신석관(申錫觀)(봉화), 기정(杞庭) 김방혁(金方赫)(제주), 김주두(金珠斗)(창원), 이현승(李玄承)(통천), 용산(勇山) 김창수(金昌洙)(울산). (이상 153명)

이들 중, 삶의 족적이 뚜렷이 남아 있는 이들을 일별하면 아래와 같다.

정만조(鄭萬朝, 1858~1936)는 친일유림의 대표자이고, 한진창(韓鎭昌, 1858~1935)은 중추원 참의를 지냈으며, 일제치하 대표적 서예가 김돈희(金敦熙, 1871~1936), 의관(醫官)을 지낸 유병필(劉秉珌), 보성전문이사 주정균(朱定均), 구한말 순강원 수봉관을 지낸 정의호(鄭義好), 조선총독부직속기관의 의원인 지성연(池成沇), 경상북도 문경군 신북면장 김병채(金炳采), 안종원(安鍾元, 1874~1951)은 서예가, 민족대표 33인의 한 사람인 오화영(吳華英, 1890~1959), 탁지부주사를 역임하고 이승만의 스승인 신면휴(申冕休, 1845~1933), 의정부 총무국장을 지낸 민형식, 중추원촉탁이 되어 경학원부제학을 겸한 윤희구(尹喜求, 1867~1926), 중추원 참의를 지낸 서상훈(徐相勛, 1858~1943), 일본육사출신인 박영철(朴榮喆, 1879~1939), 밀양의 선비 창번(滄樊) 박해철(朴海徹, 1868~1934), 한학자 김효찬(金孝燦, 1861~1930) 윤심덕과 현해탄에서 자살한 김우진의 부친인 목포의 김성규(金星圭, 1864~?), 대한제국 시의(侍醫) 안왕거(安

往居), 경성평리원 판사를 지낸 이인영(李寅榮), 임실의 한학자 김제덕(金濟悳, 1855~1927), 『조선태조실기』를 쓴 이빈승(李斌承), 경찰간부를 지낸 성두식(成斗植), 전라북도관찰부 총순(全羅北道觀察府摠巡)을 지낸 임면재(任冕宰), 언론인 최강(崔岡), 일본어잡지 『조선』에 글을 발표한 성전석(成田碩), 『해동죽지』 발문을 쓴 조면형(趙冕衡), 『조선역사천자문』을 쓴 일제협력유림 심형진(沈衡鎭), 조선총독부 시보인 에하라 요시쓰치(江原善槌), 친일인명사전에 오른 조남준(趙南駿)·황희민(黃羲民), 일제하 경학원대제학(經學院大提學) 겸 명륜학원(明倫學院) 총재를 지낸 정봉시(鄭鳳時, 1855~1937), 일제하 대표적 서화가 김유탁(金有鐸, 1875~1936), 중추원 의관(中樞院 議官)을 역임한 민달식(閔達植), 중추원 부의장을 지낸 민병석(閔丙奭, 1858~1940), 중추원 참의를 지낸 송지헌(宋之憲), 총독부 편수관을 지낸 윤녕구(尹寗求), 면암(勉菴) 최익현(崔益鉉)의 문하인 배병구(裵炳裘, 1883~1967), 고등문관을 지낸 권순구(權純九), 매일신보 제주기자 고성주(高性柱), 이화학당 교사 이성회(李星會), 중추원부참의 어윤적(魚允迪, 1868~1935), 친일파명단에 이름을 올린 윤길병(尹吉炳), 유진찬(俞鎭贊, 1866~1947), 일제하 군수를 지낸 심종순(沈鍾舜), 친일유림 이순하(李舜夏), 중추원 한영원(韓永源), 친일 승려인 강대연(姜大蓮, 1875~1942), 국민총력조선연맹의 이사와 사무국 총무부장을 역임한 정교원(鄭僑源, 1887~?), 친일불교학자인 권상로(權相老, 1879~1965), 친일학자 구찬서(具瓚書)·홍종한(洪鍾瀚) 등이다.

이들 중, 배병구나 지운영 등 일부를 제외한 대다수는 친일파였음을 알 수 있다. 특히 경성에 거주지를 둔 이들은 더욱 그렇다. 따라서 완벽한 친일 문단이라고는 할 수 없지만 대강의 성격은 분명 친일 문단임에 틀림없다.

〈시금강창화초(詩金剛唱和草)〉에 수록된 사람들은 이름 아래에 거주지나 근무지를 표시하였으니 제주도에서 함경도까지 지역별 분포 또한 넓다. 신분도 이름 모를 여성과 승려에서 총독까지이고 일본인도 포함된 일제시대 최대의 친일 한문학단체인 셈이다.

이제 막 장년으로 들어선 서른다섯의 송순기가 이 『시금강』을 주재하였다는 것은 문학사적으로 매우 주목할 만하다.

Ⅱ장

송순기 문학 활동의 편폭

1. 야담작가(소설가)

단속적인 자료들이지만 송순기가 1920년에서 1926년까지 문필활동을 한 한학자요, 신문기자를 지낸 근대적 지식인임을 분명 현시하고 있다. 이 중, 「고려의 대인물 김방경씨를 논함」이란 논설과 〈전신전〉이라는 가전, 연암의 한문 소설을 구두점만 찍어 게재한 〈호질〉, 그리고 야담 연재와 이를 묶은 『기인기사록』 상·하는 송순기의 대사회적 의식을 알 수 있는 좋은 자료이다.

송순기로 본 1920년대 한국 문학사의 지도는 야담, 소설, 한문학과 시단, 언론, 출판 등 그 폭이 자못 전방위적이다. 또한 식민지하 지식인으로서 대 사회적 의식이 작품 곳곳에 들어 있음도 간취할 수 있다.

재삼 언급하겠지만 그의 작품 중, 『기인기사록』은 야담의 선별, 정리, 집필, 출판하는 과정에서 일제강점기 지식인 송순기의 대 사회적 글쓰기가 오롯이 들어 있는 문헌이다.

그의 글은 모두가 한주국종(漢主國從)의 현토체(懸吐體)였다. 당시에 이미 순국문체의 시대가 진행되는 데도 그는 시종여일하게 한주국종의 현토체를 사용하였다. 물재는 〈매일신보〉 기자임에도 일반 기사문이 아닌 야담류의 글을 많이 썼다. 처음 기자로 쓴 글이 '담편어설(談片語屑)'이란 연재란이었는데, 그 내용은 살아가는 이야기를 적어놓은 잡문류였다. 그렇기에 기자의 일반 기사문으로 볼 수 없다.

'담편어설' 이후에도 〈매일신보〉에 연재한 글들은 이와 동일선 상에 있다. 물재가 연재한 제명과 작품을 대략 정리해보면 이렇다.

담편어설(談片語屑, 1919.10.4.~1920.1.23.): 「호고비금(好古非今)의 폐(弊)」 등.

만록(漫錄, 1920.10.22.)[1]: 「지나여자의 악표본」.

청창만록(晴窓漫錄, 1920.10.28.~12.27.): 「온정과 냉정」, 「천진난만」 등.

청창만록 기인기사(晴窓漫錄/ 奇人奇事, 1921.1.1.~1922.3.13.): 「명견천리하는 부인의 지혜」 등.

문원총필(文苑叢筆, 1923.4.25.~5.8.): 「인생의 무한」, 「오인의 해탈」 등.

예원총필(藝苑叢筆, 1923.5.9.~5.14.): 「재자와 우자의 비교」, 「안신입명의 도」 등.

일일일어(一日一語, 1923.10.6.~1924.6.16.): 「규칙생활」, 「누의 생」 등.

만록(漫錄, 1924.6.19.~7.14.): 「진리의 반역자」, 「구복(口腹)의 계(計)와 정(精)」 등.

동각잡기(東閣雜記, 1924.7.19.~9.15.): 「자수의 설」, 「조화옹은 공호사호(公乎私乎)」 등.

필원잡기(筆苑雜記, 1923.10.8.~1927.9.28.)[2]: 「불효와 인생」, 「운동의 설」 등.

이를 보면 물재는 기자로서 기사문을 썼다기보다는 주로 생활전반에 걸친 잡기류의 글을 썼음을 알 수 있다. 이것이 물재의 야담가로서의 성격을 완연히 말해준다.

---

1) 만록은 1916년 〈매일신보〉에 숭양산인 장지연부터 연재했던 제명으로 해방까지 이어졌다.

2) 서거정의 『필원잡기』는 우리나라의 사적을 널리 채집하여, 위로는 조종조(祖宗朝)의 창업으로부터 아래로는 공경대부의 도덕언행과 문장, 정사(政事), 그리고 국가의 전고(典故)와 여항풍속의 세교(世敎)에 관한 것, 국사(國史)에 기록되지 않은 사실 등을 격식에 매이지 않고 간결하면서도 정연한 필체로 기술한 책이다.
 물재가 쓴 그 내용은 필원잡기 「不老와 人生」, 「人生의 說」 등과 같이 살아가는 이야기를 적어놓은 글이었다.

'만록'은 일정한 형식과 주제에 얽매이지 않는다. 그저 생각나는 대로 가볍게 쓴 글이란 뜻이다. '기사'는 기이한 일을 적어 놓은 글이다. '총필'은 우리 문단에서 잘 쓰지는 않으나 「오인의 해탈」 등 내용은 역시 자신이 보는 세상사를 풀어 놓은 글이다. '일어'와 '잡기' 또한 만록과 이름만 달리할 뿐이다.

다만 '동각잡기'의 동각은 '동쪽으로 열린 쪽문이라는 뜻'으로 한(漢)나라 공손홍(公孫弘)이 재상이 된 뒤에 "객관을 세우고 동쪽 쪽문을 열어서 현인을 맞이하였다.[起客館 開東閤以延賢人]"라는 고사에서 유래하였다. 이 말은 관리가 빈객을 예우하는 것을 비유한 말이다. 조선 중기 문인 이정형(李廷馨, 1549~1607)의 동일한 제목의 서적이 있다.

또한 송순기는 소설가이기도 하였다. 그는 성경현전을 공부한 유학자이지만 소설에 대한 관심도 꽤 많았다. 물재의 소설에 대한 관심은 「이태백시와 수호전」에서도 찾아볼 수 있다.

> "그러나 記者의 古書 中에는 若干의 汗漫文子가 無치 안이하얏다. 此汗漫文子 中에는 李太白詩 一篇과 水滸傳 一部가 有하얏섯다. 此 李白詩와 水滸傳은 記者가 他의 汗漫文子보다 가쟝 此를 愛讀하얏섯다. 萬一 聖經賢傳보다도 此를 愛讀하얏다하면 此는 記者의 妄靈일 것이다. 그럼으로 詩篇 中에는 李白詩를 小說 中에는 水滸傳을 특히 애독했다함이다."[3]

이 인용 부분은 물재 자신의 집안 형편이 곤란하여 책이 없었다는 것, 그래 제대로 배우지 못한 것이 한이라는 문장을 잡고 나오는 글이

3) 「이태백시와 수호전」(매일신보, 1924.8.3.)

다. 그렇다면 이백의 시와 〈수호전〉이 물재 학문의 출발점이라고 할 수 있다.

여기에 물재는 고백한 바, "원래 소설에 편벽(偏癖)"[4]이 있었다. 물재가 좋아하는 소설은 명말청초의 중국소설들이었다. 그가 〈매일신보〉, 1920.7.3.~7.14까지 7회에 걸쳐 연재한 단편소설 〈홍수녹한(紅愁綠恨)〉은 이러한 물재의 소설벽과 친연성이 있다. 특이한 점은 항상 한주국종체를 선호한 물재가 이 소설만큼은 순 한글로 썼다는 데 있다. 그는 〈홍수녹한〉을 '단편소설'이라 명명하였다. 이는 물재가 작심하고 단편소설을 쓴 것임을 알려준다.

우리 현대문학사에 처음 등장하는 소설이기에 각 회와 소설의 줄거리를 소개하면 아래와 같다.

1. 회
①슬흔 눈물 긴 한숨-하날도 무졍, 사람도 무졍, 유유흔 이 한을
②즁싱남 즁싱녀-ᄂᆡ 쌀이 이 ᄂᆡ 쌀이야, 쟝즁보옥갓치 길너ᄂᆡ여
2. 회
③강제의 결혼-한번 질슈로 평싱을 그르틔여준 그 부모
④결혼식 거힝-삼싱가약과 빅 년의 죠흔 인연을 밋는 이날의 강경
3. 회
⑤싱불여사의 신세-살냐 히도 살 수 업고 죽ᄌᆞ 히도 죽지 못히
⑥긔박한 이ᄂᆡ 팔ᄌᆞ-전싱의 죄악인가, 조물의 시긔인가
4. 회
⑦츈풍추월도 무졍-장우단탄으로 벗을 삼고 홍수록흔으로 ᄯᆡ를 보ᄂᆡ
⑧친가의 최후 수단-살아도 싀집에셔 살고 죽어도 싀집에셔 죽어

4) 「서관원정기」 1(매일신보, 1920.5.5.)

5. 회

⑨개가의 문뎨-잘 되나 못 되나 남편, 엇지 참아 이 노릇을

⑩무셔운 쇼년 적국-마음 쎄스려는 유레미결ᄒᆞ는 림랑

6. 회

⑪뜻밧게 남편-회과ᄌᆞ칙하는 심ᄉᆞ, 참말인가 헷말인가

⑫천인깅참의 악굴-졍됴를 씻트린 청두의 몸, 만ᄉᆞ무셕 남편의 거죠

7. 회

⑬참혹ᄒᆞᆫ 이 너 신셰-소소ᄒᆞᆫ 신명도 야속, 명명한 텬도도 무졍

〈소설의 줄거리〉

한 청루의 구석방에서 깊은 시름에 잠긴 여인이 있다. 여인의 이름은 림산식이다. 림산식의 부모는 비록 부유하지는 않으나 딸을 끔찍이 여겨 키웠다. 부모는 림산식에게 좋은 배필을 구해주고 싶어 열여섯 살이 되자 혼처를 서둘렀다. 림산식은 반대를 하였지만 부모는 적당한 혼처가 나자 시집을 보낸다. 그러나 남편은 림산식을 구타하는 등 시집살이가 호되다. 부모는 시집보낸 것을 후회하다가 림산식을 친정으로 오게 한다. 하지만 림산식이 시집 온 이상 친정으로 되돌아 갈 수 없다고 버티자 어머니가 아프다고 거짓 속여 딸을 불러들인다. 부모는 계속 재가를 권하지만 림산식은 듣지 않는다.

이때 옆집에 일본에서 학업을 마치고 돌아 온 청년이 림산식을 보고는 반하였다. 청년은 돈으로 한 노파를 꼬여 림산식을 달래고 림산식도 마음이 동하지만 시간을 미룬다. 이러할 때 남편이 찾아와 림산식과 부모에게 잘못을 빌며 함께 돌아가자고 한다. 림산식은 남편에게 고마움을 느끼며 따라 나선

> 다. 하지만 남편은 집으로 가지 않고 당고모집이라는 이상한 집에서 하룻밤을 묵자하고는 림산식을 두고 가버린다. 이집은 여인들이 몸을 파는 청루였다. 결국 림산식은 몸을 파는 여인이 되었고 죽으려하다 이 청루에서 벗어나 여승이 되어 살아가겠다고 마음을 바꿔 먹는다.

물재는 소설의 끝을 편집자적 논평으로 이렇게 맺고 있다.

"슯흐다.이 셰상에 이러ᄒᆞᆫ 쳔ᄒᆞᆫ 영업을 장사로 아ᄂᆞᆫ 자도 허○[5]ᄒᆞ지만ᄂᆞᆫ 이것은 다 하류사회 사람의 가치가 업ᄂᆞᆫ ᄌᆞ이로되 림산식으로 말ᄒᆞ면 특별ᄒᆞᆫ 정절을 존즁히 알며 아름다운 심덕이 잇ᄂᆞᆫ 녀ᄌᆞ로 이러ᄒᆞᆫ 들어운 함정에 빠짐은 참 불상ᄒᆞ고 ○이 업ᄂᆞᆫ 일이다."

이러한 편집자적 논평은 『기인기사』와 같은 야담류에도 자연스럽게 사용하였다.

또한 〈김처녀전〉(〈매일신보〉, 1919.11.11.)같은 경우는 "金處女之事ᄂᆞᆫ 曩已揭載於本報紙上 而其特異之行이 恐或逸 而無傳故로 作爲傳ᄒᆞ야 俾廣布○下ᄒᆞ노라"라는 사실적인 기사(記事)를 밝힘으로써 '-전(傳)'의 형성과정을 구체적으로 알 수 있게 하였다.

5) 〈매일신보〉 원문은 볼 수 없다. 따라서 이 글의 원본은 경인문화사에서 영인한 〈매일신보〉이다. 판독 불가능한 곳은 '○'으로 처리하였다. 이하 '○'은 모두 같다.

2. 한시인

물재가 한시를 처음 발표한 것은 그의 나이 21세인 1912년, 〈매일신보〉(1912.8.14.) '문원'이란 발표란을 통해서였다. 이때 발표한 시가 〈만향〉이란 작품인데 '글 배우는 이들의 한가한 정경' 정도를 읊은 시였다. 식민지라는 시대적 상황과 감수성 어린 스물이라는 나이를 고려한다면, 응당 있어야할 치열한 시대의식이 전혀 보이지 않는다. 이후 필자가 찾은 그의 작품은 1920년에 〈신설회사〉와 「춘천일별기」에 보이는 〈봉의산〉, 「백제충신 성충을 논함」에 실린 시까지 세 편이다.[6] 물론 이 시들에서도 물재의 시대의식은 찾아 볼 수 없다. 다만 그의 시가 꽤 전고(典故)에 밝고 야담에서처럼 이를 적절히 용사(用事)[7]하였다는 점이다.

이후 찾은 시가 『시금강』에 실린 시이다. 언급한 바, 『시금강』은 1920년대 우리 한문학사에서 시사하는 점이 크다. 또한 우리 문학사, 작게는 한문학사에서 새롭게 조명해야할 것은 「대동시단(大東詩壇)」과 송순기가 이 시단의 핵심문인이라는 점이다. 「대동시단」이란 존재는 근래 발굴된 『시금강(詩金剛)』이라는 한시집에 그 이름이 보인다.[8] 이 책의 앞부분에 한 장의 사진이 있는데 '대동시단 금강산 탐승 만폭동 촬영'이라 적혀있다. 『시금강』이 「대동시단」에 의해 엮였음을 분명히 하는 사진이다. 『시금강』은 1926년 금강산이라는 단일 주제로 엮은 독특한 한시집으로 무려 190여 명의 문인들이 참가하고 있다.

---

6) 이는 필자의 발품 부족이려니 한다. 물재의 문학적 깜냥으로 미루어 보건대 꽤 많은 한시를 지었고 어딘가에 남아있을 듯하다.

7) 한시를 지을 때, 전고(典故)나 사실을 인용하여 씀.

8) 『시금강』에 대한 연구는 조용호 교수가 「최영년의 『시금강』과 1920년대 한시계」(『한국고전연구』 18집, 한국고전연구학회, 2008, pp.47-76)로 선편을 잡았다.

그 이름 중에는 최영년과 송순기를 비롯, 정만조(鄭萬朝), 오세창(吳世昌), 박영철(朴榮喆), 어윤적(魚允迪), 지운영(池雲英), 최찬식(崔瓚植) 등 낯익은 이름은 물론 김일란, 학정 정준회 부인 서씨 등 여류 시인도 보이고 거주지 또한 제주도에서 함경도까지 팔도에 걸쳐있다. 이는 전국에 걸친 문학 활동 집단이라는 의미이다. 1920년대 이렇듯 190여 명이나 되는 문학 집단의 존재는 우리의 문학사에서 「대동시단」 밖에는 없다. 이 190여 명의 문인 중 주목을 요하는 대상은 바로 송순기와 최영년이다.

『시금강』에서 최영년의 작품은 240여 수로 그 편수에서 압도적이며 송순기 역시 17편의 한시와 편집, 인쇄까지 이름을 올린 것으로 보아 『시금강』 전체를 주재하였음을 알 수 있다.

그러나 사이토 총독의 제문과 수많은 친일 인물들의 면면으로 미루어 친일적 성격의 한문학 단체임은 부인할 수 없다. 이로 미루어 보면 친일기관지인 〈매일신보〉 기자 이력을 지닌 송순기도 여기에서 벗어날 수는 없다.

3. 출판인

송순기는 장학사(奬學社)라는 출판사와도 꽤 연관된 출판인이었다. 장학사에서 출간한 책은 『아주기행』 상·중·하(박영철 저, 송순기 편, 권양채 교, 송순기 편집인 겸 발행인, 인쇄자 심우택, 인쇄소 대동인쇄주식회사, 발행소 장학사, 1925), 『해동죽지』 1·2·3(최영년 편저, 송순기 편, 김병채 교, 송순기 편집인 겸 발행인, 인쇄인 심우택, 인쇄소 동대인쇄주식회사, 발행소 장학사, 1925)과 『시금강』(송순기 집, 최승학 주, 송순기 편집인 겸 발행인, 인쇄인 김익수, 인쇄소 신문관, 발행소 장학사, 1926)이다. 장학사에서 출간한 책은 1925년과 1926년, 기록상 이 세 권 밖에 없다.

이 세 권에 송순기가 모두 편, 혹은 편집인 겸 발행인으로 되어있다. 송순기가 당시 〈매일신보〉에 근무했다는 점과 연결시키면 책을 출간하기에 꽤 용이한 위치였던 듯하다. 판권지를 보면 세 권 모두 발행소인 장학사 주소가 '경성부 봉익동 35번지'이다. 이 주소는 편집인 겸 발행인인 송순기의 주소와 일치한다.

인쇄소는 대동인쇄주식회사, 동대인쇄주식회사, 신문관으로 세 곳이 모두 다르므로 발행소와 인쇄소를 달리 두었음을 알 수 있다. 대동인쇄주식회사(大東印刷株式會社, 『아주기행』)와 동대인쇄주식회사(東大印刷株式會社, 『해동죽지』)는 주소가 '경성부 공평동 55번지'로 동일하다. 당시에 동대인쇄소가 없는 것으로 미루어 대동인쇄주식회사의 오기이다. 대동인쇄주식회사는 1920~1930년대 우리나라를 대표하는 인쇄소였다. 삼일 운동 직후 경성의 출판사들이 모여 주식회사 형태로 설립된 것으로, 출판사는 조선도서주식회사이고 인쇄소는 대동인쇄주식회사였다.

송순기의 『기인기사록』도 이 대동인쇄주식회사에서 나왔다. 『기인기사록』에 「서」를 쓴 최연택의 『위인의 성』(윤치호 선생 교열, 백설원·

최연택 공편, 문창사, 1922)과 편집 겸 발행자로 〈죄악의 씨〉(문창사, 1922), 그리고 저작 겸 발행인인 〈단소〉(문창사, 1922)도 모두 이 대동 인쇄주식회사에서 인쇄한 것이다.

신문관(新文館)은 주지하다시피 1908년 육당(六堂) 최남선(崔南善)이 창립한 출판사이다. 송순기와 당대 인쇄인들과의 관계를 알 수 있다.

이제 이를 1927년 9월 12일, 송순기의 사망기사에 보이는 주소인 '경성 봉익동 77번지'와 연결시켜보면, 세 권의 발행소인 장학사가 위치한 '경성부 봉익동 35번지' 인근이다. 이로 미루어 발행소는 송순기의 자택 인근의 한 곳이거나 아니면 아예 송순기의 자택인 듯하고 인쇄소는 위에서 살핀 것처럼 다른 곳이다. 이를 종합해 보건대 당시에 발행소는 글을 편집만 하였고 인쇄는 따로 섭외를 하였음을 알 수 있다.

이상으로 미루어 한시인으로서 송순기는 출판인으로서도 분명한 역할을 하였음을 알 수 있다.

4. 언론인

송순기는 그의 나이 28세경(1919) 〈매일신보〉에 입사하였다. 이후 21년 편집부 기자, 22년 논설부 기자를 거쳐, 23년 4월 24일부터 논설부주임과 편집 겸 발행인이 되었다. 그는 1927년 5월 14일까지, 약 8년여를 〈매일신보〉에 근무한 셈이다.

그는 이 경력으로 민족행위 친일인사 명단의 '언론' 부분에 이름이 올라 있다.[9] 2007년 대한민국 친일반민족행위진상규명위원회가 확정한 친일반민족행위 195인 명단 중 언론 부문에 수록되었다. 민족문제연구소가 발표한 '친일반민족행위 결정 이유서'에서 지적한 그의 친일관련 직접 자료는 1921년 1월 1일 〈매일신보〉 신년호에 「문화정치는 시의적절한 정책」[10], 1924년 6월 1일 〈매일신보〉 창간 20주년 기념 글에 「〈매일신보〉는 조선사회에 공명정대한 신문」[11]이라는 논지의 글 딱 두 편이다.[12] 이 두 편의 글은 송순기가 아닌 물재학인으로 표기되어있다.

'친일' 이유는 그가 〈매일신보〉의 편집 겸 발행인을 지냈다는 것에서 연유하지만, 이에 대해서는 좀 더 그의 친일 행적이 명확해야만 할 것 같다. 더욱이 〈매일신보〉의 편집 겸 발행인은 일제가 1920년대의 문화정치를 표방하면서 한국인들에게 거부감을 주지 않으려는 형식상

---

9) 〈대한매일신보〉와 〈매일신보〉의 발행인겸 편집인은 경술국치(1910년 8월 29일) 후에도 이장훈(李章薰, 1910.6.~1910.10.21.)이 맡았다. 이후 이상협(李相協)을 거쳐 방태영(方台榮, 1919.8.29.~1921.3.2), 정우택(鄭禹澤, 1921.3.3.~1923.4.23), 송순기(1923.4.24.~1927.5.14.)가 맡았으며, 유만응(柳萬應, 1927.5.15.~7.23), 이기세(李基世, 1927.7.23.~1929)로 이어졌다. 방태영, 정우택, 송순기는 친일 언론인 명단에 있으나 이장훈과 이상협, 유만응은 없다.

10) 「대정 구년의 소사」

11) 「송이기수영창」

12) 『2007년도 조사보고서』 Ⅱ, pp.1810-1812.

의 직책이라는 점을 생각하면 여러 방증자료를 바탕으로 꼬느는 것이 마땅하기 때문이다.

실상 〈매일신보〉의 발행인 겸 편집인을 맡은 이들은 대부분 편집부장, 또는 사회부장급이었을 뿐이었다. 『신문총람』에 의하면 송순기는 1921년, 1922년, 1924년, 1925년, 1926년까지 기자로만 되어 있다가 어찌된 셈인지 1927년에 비로소 논설부주임으로 표기되었다.[13] 그러니까 송순기가 〈매일신보〉의 발행인 겸 편집인을 맡은 기간은 4년이지만 그에게 실질적인 권한이 있었다고 추론하기에는 자료가 영 부실하다. 친일과 관련된 그의 글을 〈매일신보〉나 기타 글에서 쉽사리 찾을 수 없는 것도 한 이유이다.

〈매일신보〉의 문예적 성격은 송순기의 문학성과도 일치한다. 1920년 〈조선일보〉와 〈동아일보〉가 창간되기 전까지 〈매일신보〉는 유일한 신문이었다. 더욱이 〈매일신보〉는 1915년 한국에선 처음으로 신춘문예를 시행한 신문이기도 하다. 1914년 12월 10일치 3면 중앙에 '신년문예모집' 공고를 냈기 때문이다. '신년문예모집'의 모집 분야는 '시, 문, 시조, 언문줄글, 언문풍월, 우슘거리, 가(창가), 언문편지, 단편쇼셜, 화(그림)' 등으로 문예 전반이었다.

한문학을 했던 물재로서는 〈매일신보〉의 이러한 문예적 취향이 꽤 지근거리였겠고, 나름대로 기자로서 자긍심도 있었던 게 사실이다. 물재는 「신문과 인생」(〈매일신보〉, '만록', 1924.6.30.)이란 글을 발표하였는데, 그는 이 글에서 자신의 신문기자로서의 변을 이렇게 밝혔다.

新聞의 主義는 어대ᄭᅡ지 公明한 것이며 新聞의 使命은 어대ᄭᅡ지 ㅇ

13) 정진석, 『한국언론사 연구』, 일조각, 1985, p.255와 정진석, 『인물 한국언론사』, 나남출판, 1995, pp.162-164 참조.

大한 것이다. 그럼으로 善한 者는 善한 것으로써 보도하며 惡한 者는 惡한 것으로써 보도하는 것이다.

물재는 신문의 공명정대함을 말하지만 그것은 실정(實情)이 아니라 선인과 악인이란 인물에 두고 있음을 알 수 있다. 이는 우리가 일반적으로 생각하는 사실보도와는 거리를 두는 발언이다. 물재는 선악 인물을 신문이 보도하기에 선인에게는 송덕표(頌德表)요, 포상장(褒賞狀)이라고 한다. 이어 그는 이러한 인물을 알아야 무식을 면하는 것이라 하였다. 물재가 말하는 신문기자는 독자들에게 계몽을 각성시키는 역할을 수행하는 자라는 뜻이다.

그럼으로 吾人의 過去의 歷史를 讀하는 것은 此가 古代의 人物을 知하기 爲함이오 現在 新聞을 讀하는 것은 此가 現代人物을 知하기 爲함이다. 過去의 歷史를 讀치 못하야도 常識이 無한 者이며 現代 新聞을 讀치 못하야도 常識이 無한 者이다.

그렇기에 물재는 "人이 愚하고 愚치 안이한 것은 專혀 新聞에 在"하다고 잇는다. 신문을 읽으면 선악의 사람을 알고 이는 상식을 키워주며 상식이 풍부해지면 인격이 향상된다는 순환의 논리이다. 나아가 물재는 신문기자를 사관(史官)에 비유하였다. 그래 물재는 "新聞記者는 此가 史官이다. 史官이란 曲치 않고 邪치 안는 것이다."라며 그렇기에 기자는 사람들에게 경외(敬畏)와 고상(高尙)의 대상이 된다며 이렇게 뒷글을 이었다.

"一般社會에 多大한 功勞가 有한 者는 則 新聞記者이다. 何故인고

하면 人의 善을 彰하는 것도 新聞記者이며 人의 惡을 ○하는 것도 또한 新聞記者임으로 써다."

이렇듯 기자로서 강한 의식을 지니고 있었기에 물재는 『춘추』까지 끌어온다.

"所爲 [春秋作而亂臣賊子懼]라는 것은 此가 正直한 筆法을 畏함이다. 그러면 此에 擬하야 [新聞作而不善善懼]라고 謂할 수 잇는 것이다."

결국 물재에게 신문은 선(善)한 자와 불선(不善)한 자를 가르는 기준인 셈이었다. 하지만 물재가 기자로서 근무한 신문은 〈매일신보〉라는 친일기관지이다. 물재의 이러한 선과 불선의 신문관은, 하나의 선악을 가르는 상상의 동물인 해태(獬豸)와 다를 바 없으니 이글을 쓰는 필자로서는 매우 유감이다.

하지만 이러한 의식을 지녔던 신문기자로서 물재는, 기자로서 나름대로 조선사회를 선하게 해보려 노력하였던 것만큼은 인정해야한다. 그가 〈매일신보〉에 연재한 글들을 보면 독자들에게 친일사관을 주입한 것은 아니었다. 물재의 글들은 여성과 역사, 그리고 향촌과 학자로서의 삶 등을 두루 다루었고 초점은 사회와 인물의 선(善)함에 맞춰져 있었다. 아쉽지만 이것이 한계점으로 작용하여 일제 식민지 사회를 살아가는 지식인으로서의 치열한 현실감을 떨어뜨리게 한 요인으로 보인다.

하지만 지금을 살아가는 우리가 물재의 기자로서 이러한 인식을 나무랄 수는 없다. 그것은 나름 근대 지식인으로서 당대 사회를 고민하였던 것은 분명하기 때문이다. 그의 글이 꽤 다방면에 걸쳐 있음을,

물재 나름대로 글로 조선을 선한 사회로 만들려 한 것으로 읽을 수 있어서다.

〈매일신보〉에 쓴 물재의 글 중에서 이러한 의식이 담긴 연재 글들을 찾아보면 아래와 같다.

「여자사회의 개혁」(1919.12.6.~1920.1.10.) 31회 연재
「조선인은 조선의 역사를 연구하라」(1920.4.29.~5.3.) 4회 연재
「이명론(理命論)」[14](1920.5.9.~5.25.) 6회 연재
「농촌개량문제」(1920.6.7.~6.26.)[15] 10회 연재[16]
「조선사담문답」(1920.7.16.~10.21.) 40회 연재
「향촌서당 개량문제」(1921.1.14.~1.19.) 5회 연재
「내청각독어(來靑閣獨語)」(1922.11.17.~11.25.) 8회 연재
「박연암 선생과 그의 우주학설」(1922.10.30.~11.6.) 5회 연재
「고려의 최영전을 독함」(1924.1.8.)
「인생과 목적」(1927.8.16.~8.19.) 4회 연재[17]
「학문의 의의」(1928.2.15.~2.19.) '물재유고'로 4회 연재[18]

---

14) '이명'은 부모가 평상시 정신이 맑을 때에 자식에게 명령한 말은 이치에 맞는 명령이라 하여 이명이라 하고, 죽을 때에 한 유언은 정신 상태가 온전한 때가 아니라 하여 '난명(亂命)'이라 한다. 물재가 나름대로 읽은 세상이치를 적어 놓은 글이다.
「이명론」(1920.5.19.)은 대부(大富)와 소부(小富)를 다룬 글로 물재의 빈부에 대한 의식이 잘 드러나 있다. 물재는 "大富ᄂᆞᆫ 勿論 天에 由ᄒᆞ지만 小富에 至ᄒᆞ야도 勤만으로 能히 致ᄒᆞ지 못할지니"라고 한다. 물재는 부의 대소를 불문하고 오직 '운명'에 있다는 운명론을 편다. 물재는 '사람이 부지런한 것으로 작은 부라도 이룬다면 세상에 걸인이나 굶주리는 자들이 왜 있냐?'라는 운명론이다. 인력으로는 어쩔 수 없다는 이 발언에 일제식민지하 지식인의 자조적인 한 모습이 투영되어있다.

15) 1, 2회는 '향촌개량문제'로 제명이 되어있다. 1920년 6월 18일 「병상에 누워」라는 글로 미루어 순연(順延) 되었음을 알려준다.

16) 농촌의 풍속 개량과 교육, 지금도 우리 사회의 문제점인 관혼상제 등에 지나친 음식비용 등을 비판하고 있다.

17) 3회(8.18)를 2회라 잘못 표기하였다.

마지막으로 언론인으로서 물재의 친일성에 관해 살펴보겠다. 현재 물재는 친일 언론인으로 '친일반민족행위자'이다. 물론 친일 언론인임은 명확하다. 그러면 어느 정도의 글을 썼는가? 물재의 '친일반민족행위자 결정 이유서'에서 물재의 글을 인용하면 이렇다.

"조선의 독립운동과 같은 것은 일본에 대한 내란이라 謂할지니 조선의 騷擾는 실로 ○鼻를 極한 事가 一二에 止 아니하였도다. 재작년에 돌발한 騷擾의 여파는 전년에 들어서는 더욱 旺旺의 勢를 呈하여 조선 각지에 亘하여 독립운동에 관한 비밀결사가 속출하여 全道에 枝葉이 蔓○함으로 警備의 力으로써 검거에 不殆하였으나 尙히 其 餘○이 未熄하여 根絶의 域에 이르지 못하고 특히 상해에 수립한 假政府는 其 根이 已沈하며 其 莖가 已固하여 其 勢가 益益猖獗함으로 일각으로는 해외에 산재한 동포에게 독립의 사상을 고취하며 군비 기타의 整頓을 圖하기 위하여 적극적 행동에 출함으로 지금에 이르러는 此가 중대한 문제로 결코 경시치 못함에 지하였음에…총독의 문화정치는 (중략) 우선 조선인의 언론을 존중히 하여 ○○로 동아, 조일, 시사의 3신문이 출현하고 往日에는 寂寂然無聞이던 잡지계가 (중략) 其 數를 증가함에 이르렀으며 또한 조선의 교육기관을 확장하기 위하여 특히 3명 1교의 제도를 채택하여 …차등은 모두 조선통치상 臨機制宜의 적절한 정책으로 모두 조선민중을 위하여 복리를 증진케 함에 不外함이니…또한 현저히 발달되어 각종 회사의 창업이 발흥함과 같음은 모두 조선문화상 특히 괄목의 ○를 有한 者이니 (중략) 이에 謹히 전년중에 在한 사실로 특필할만한 자를 간단히 망라하여서 (중략)一小史를 編하노라."

---

18) 3회(1928.2.18.)는 없음. '금일의 방송'이란 제하의 기사가 있는 것으로 미루어 3회를 고의로 삭제한 듯하다.

물재의 글을 읽으면 둘로 명확히 대립한다. 첫째는 '조선독립운동을 일본에 대한 내란이라 봄, 상해임시정부를 결코 경시치 못함에 이름, 군자금을 모금한다고 인민의 생명에 위해를 가함'이다. 조선쪽에서 독립운동을 모두 부정하는 발언이다. 그러나 이에 반하여 둘째, 조선총독부의 행위는 '총독의 문화정치는 3 신문을 출현, 교육기관 확장, 지방자치를 흥기, 유교사상 증진, 사상계의 발전, 회사의 창립 발흥'이라는 긍정적인 내용이다. 문면 그대로 읽으면 물재의 친일성과 반 민족성은 의심할 여지없다.

또 하나는 조선총독부 기관지인 〈매일신보〉의 존재가치를 극찬한 「송이기수영창」이다.

> "我 매일신보는 창간 이래로 ○은 ○計하고 星은 移計하여 旣히 20春秋를 ○하였다.…我 매일신보는 조선민중에 取하여 如何히 절대적 功勞를 有하였으며 또한 조선사회에 대하여 여하히 다대한 공헌을 ○하였는가를 卜할 것이다.
>
> 此가 본지의 自讚인 듯하지만은 사실은 自讚이 아니며 또 自負인 듯하지만 그 실제로는 自負가 아니다. 明言하면 我 매일신보는 조선에서 新聞界로는 母이며 霸王이다. 더구나 본지는 이때까지 公明正大한 자이다.…"

물재가 〈매일신보〉의 기자였다가 후일 편집 겸 발행인(1923.4.24.~1927.5.14.)이 된 이유를 찾을 수 있는 글이기도 하다. 식민지 유교적 지식인이었던 물재는 안타깝게도 잃어버린 조국을 되찾으려는 마음이 없었다.

물재의 「천심과 인심」이란 글을 보면 그는 조선이 망한 것을 어쩔 수 없는 일로 받아들이고 있는 듯하다.

> "天과 人은 此가 一體이다.…天心은 卽 人心이며 人心은 卽 天心이다.…그럼으로 國家의 興亡과 世代의 ○○는 此가 天의 任意로 左右하는 것이 아니오. 반다시 天下人心의 向背 如何에 鑑하야 그대로 此를 施行하는 것이다. 그러면 一國을 滅하고 一國을 興하는 것은 此가 天이 滅하고 天이 興케 하는 것이 아니라 卽 人民이 其 國을 滅하고 其 國을 興하는 것이다."[19)]

물재는 글의 뒤를 조선과 중국의 역사를 들어 설명한다. 그러나 일본에게 조선이 망한 것은 언급치 않는다. 다만 글의 끝을 "하늘은 우리 백성이 보는 것을 따라 보시고, 하늘은 우리 백성이 듣는 것을 따라 들으신다.[天視自我民視하며 天聽自我民聽]"는 『서경』 구절을 인용하였다.

물재의 이 맺음말에서 조선이 망한 이유를 조선 위정자의 잘못과 조선 백성의 민심 이반이란 민본사상으로 정리하는 듯한 견해를 찾을 수 있다.

그의 글 속에서 망국의 지식인으로서 조국은 찾을 수 없는 것은 이러한 이유에서가 아닌가한다. 그래서인지 그의 글들은 조국 대신에 과거에 대한 회한과 민족의 미래에 대한 각성 촉구로 나아갔다.

19) 「천심과 인심」(〈매일신보〉, 1923.12.5.)

5. 여행가

송순기는 〈매일신보〉에 근무하며 많은 여행기를 썼다. 이는 기행문학으로서 조금도 손색이 없는 글들이다.

시간 순으로 글을 정리해보면 다음과 같다.

「춘천일별기(春川一瞥記)」(1920.3.6.~3.7.) 2회
「해(海)를 관(觀)ᄒᆞ고」(1920.4.24.~4.25.) 2회
「서관원정기(西關遠征記)」(1920.5.7.~5.30.) 8회
「고양범주기(高陽泛舟記)」(1920.5.27.~5.30.) 3회[20]
「남정일기(南征日記)」(1921.9.17.~10.14.) 20회
「동정견문록(東征見聞錄)」(1922.2.15.~3.2.) 13회
「영도사유기(永道寺遊記)」(1922.11.7.~11.8.) 2회
「봉래유기(蓬萊遊記)」(1925.7.9.~10.7.) 84회

물재의 기행문은 꽤 흥미롭다. 아래는 여행 중 기차 안에서 중국인에게 소설을 빌려 읽는 장면인데 물재의 소설벽을 함께 볼 수 있어 진진한 재미를 준다.

"生面的인 初對者에게 向ᄒᆞ야 借讀ᄒᆞ겟다ᄒᆞᄂᆞᆫ 請求ᄂᆞᆫ 좀 常禮에 缺ᄒᆞᄂᆞᆫ 嫌이 有ᄒᆞ야 開口ᄒᆞ기 難홈으로 數分間을 此를 躊躇ᄒᆞ다가 畢竟은 此 小禮를 拘泥치 아니ᄒᆞ고 彼에 對ᄒᆞ야 借讀ᄒᆞ기를 請ᄒᆞ얏다. 그런딕 彼-ᄂᆞᆫ 此 請求에 對ᄒᆞ야 一毫의 難色이 無히 反히 喜色을 帶ᄒᆞ면서 一部의 小說를 手交ᄒᆞᆫ다. 記者ᄂᆞᆫ 忙心과 忙手로 此를 接ᄒᆞ야 滿心歡喜ᄒᆞ게 此를 讀ᄒᆞ니 本書ᄂᆞᆫ 신주광복연의라ᄂᆞᆫ 明末淸初의 歷

---

20) 1회는 물재, 2회는 봉익동인으로 표기되어 있다.

史小說인ᄃᆡ 頗히 津津ᄒᆞᆫ 趣味가 多ᄒᆞᆫ 者이다."[21]

물재의 글 거개가 그렇지만 자못 유쾌하며 생기발랄하다. 〈신주광복연의〉[22]를 받아드는 장면을 조급한 마음과 조급한 손이라는 '망심'과 '망수' 표현도 그렇거니와 '만심환희'라는 표현에서도 이 글을 읽는 이에게 빙그레 미소를 돌게 한다. 이어지는 책을 읽는 부분은 더욱 감칠맛이 도는 서술이다.

> "一行을 下ᄒᆞ고 更히 一行을 下ᄒᆞᆷ에 漸漸佳境에 入ᄒᆞ야 文은 더욱 ㅇᄒᆞ며 事ᄂᆞᆫ 더욱 奇ᄒᆞ야 記者의 內部的 精神은 腦와 心의 內를 脫出ᄒᆞ야 全部 紙上으로 運ᄒᆞ얏ᄂᆞᆫᄃᆡ 罷ᄒᆞ러도 罷ᄒᆞ지 못ᄒᆞ며 止ᄒᆞ러도 止ᄒᆞ지 못ᄒᆞ게 된 記者ᄂᆞᆫ 可謂 天君이 泰然ᄒᆞᆷ을 不覺ᄒᆞ얏다. 古人의 詩에 [讀書有味覺心閑] [23]이라 ᄒᆞᆫ 것이 此에 對ᄒᆞᆫ 準備的 詩句 아닌가. 俗語에 '絶處逢生'이란 말과 갓치 長時間을 心煩意燥ᄒᆞᆫ 境에셔 彷徨ᄒᆞ든 記者ᄂᆞᆫ 此 一部 小說의 趣味로 困惱를 忘ᄒᆞ며 十分慰安ᄒᆞᆷ을 得ᄒᆞᆷ은 欣幸의 極이라 謂치 아니치 못하겟다."

'정신이 탈출을 하여 전부 종이 위로 왔다'는 표현은 기지에 넘치는 표현이다. 또 각범의 문장을 차용해서 물재 자신을 위한 준비적 시구라는 표현은 호기롭다. 기차에서 소설책을 빌려 보며 잠시라도 번거롭고 건조한 마음이 사라지고 괴로움도 잊어 행복의 즐거움을 만끽하

---

21) 「서관원정기」 1(매일신보, 1920.5.5.)

22) 원제목은 〈수상신주광복지연의(繡像神州光復志演義)〉라는 중국소설로 왕설암(王雪庵)이 편(編)하였다.

23) '글을 읽음에 참맛이 있으니 마음 한가로움을 깨닫네.'라는 뜻이다. 송나라 승려 각범(覺範, 1071~1128년) 의 「이십일우서(二十日偶書)」 이수(二首) 중 제 2수의 〈원전 4〉 함련에서 따 온 문장이다.

는 물재의 모습이 선연한 글이다.

특히 84회나 연재한 「봉래유기」 같은 기행문은 금강산 문학으로 귀착될 수 있다. 분명 한국 기행문학에 자리매김은 넉넉할 터다. 이에 대해서는 필자의 역량부족으로 다루지 못하니 연구자들의 관심을 촉구해볼 뿐이다.

Ⅲ장

송순기 문학의 대 사회적 의의

1920년 일제강점기의 경성, 그 경성의 중심에 자리한 〈매일신보〉 기자인 물재는 조선의 망국을 제외한 현실문제에 관해서는 나름 치열한 인식을 갖고 있었다. 「현대 오인의 사활문제」에서 물재가 그려낸 조선은 이랬다.

> "엇지ᄒᆞ야 吾人은 柔弱으로 成性ᄒᆞ며 懶惰로 隨志ᄒᆞ야 勇往邁進의 氣槪가 乏ᄒᆞ며 不旺不屈의 精神이 匱ᄒᆞ야 人은 頭를 仰ᄒᆞᄂᆞᆫᄃᆡ 我는 頭를 垂ᄒᆞ며 人은 腕掖ᄒᆞ거늘 我는 手를 拱ᄒᆞ며 人은 脚을 進ᄒᆞ거늘 我는 步를 退ᄒᆞᄂᆞᆫ 狀態에 在ᄒᆞᆫ가. 그럼으로 其 結果ᄂᆞᆫ 人은 十에 能ᄒᆞ되 我ᄂᆞᆫ 一에도 能치 못ᄒᆞ며 人은 遠에도 明ᄒᆞ되 我ᄂᆞᆫ 近에도 闇ᄒᆞᆫ 것은 現下 吾人의 可掩치 못ᄒᆞᆯ 事實이니…"[1]

강개한 글투만큼이나 물재가 본 식민지 현실은 죽느냐 사느냐의 사활이 걸린 문제였다. 비록 일제 치하 〈매일신보〉의 기자였지만 그는 나름대로 현실을 정확히 인식하였다. 그래 물재는 당시 조선을 일으켜 세우는 일은 정신이라 여겼다.

> "吾人이 肉體的 生活을 安全히 ᄒᆞ기爲ᄒᆞ야 精神의 生活을 求ᄒᆞ라ᄒᆞᆷ에 在ᄒᆞ나 今에 更히 一步를 進ᄒᆞ야 論ᄒᆞ면 古來로부터 偉人과 勇士ᄂᆞᆫ 肉體的 生活은 此를 舍ᄒᆞ고 오로지 精神的 生活은 遂ᄒᆞᆫ 者 多ᄒᆞ니 …假令 馬韓의 宇定殼(?)[2]과 新羅의 朴堤上, 竹竹과 本朝의 死六臣과 如ᄒᆞᆫ 者等은 皆 忠魂義魄이 日月을 貫ᄒᆞ며 天地의 間 充塞ᄒᆞ야 그

---

1) 「현대 오인의 사활문제」 2(〈매일신보〉, 1920.5.26.)

2) 마한의 충신은 주근(周勤)이다. 주근은 『삼국사기』 「백제본기」 온조왕 34년(기원후 16) 조에 나오는 마한의 장수로 우곡성(牛谷城)을 근거로 반란을 일으켰다가 온조왕에게 패하여 죽임을 당하였다. '우정곡(宇定穀)'은 '우곡성(牛谷城)'의 오기인 듯하다.

光明훈 大氣는 萬古에 亘ᄒᆞ도록 滅치 아니홀지니."

물재는 「현대 오인의 사활문제」 1에서 육체적 생활은 '무감각하고 무의식적인 생활'이요, 정신적인 생활은 '감각의식을 갖춘 생활'이라고 하였다. 물재는 당시 우리 민족의 정신은 사멸하였다고 보았다. 이 사멸한 정신을 치료할 방법을 물재는 이렇게 주문한다.

"그러나 現에 우리 民族의 死滅훈 精神은 此를 醫홀 수 잇슬가. 世에 起死回生의 術이 無치 아니ᄒᆞ니 彼 扁鵲, 華佗의 囊中의 訣과 肘後의 方이 아닐지라도 學問智識에 勇毅果敢을 加味훈 良劑 卽 名詞를 附ᄒᆞ자면 加味四物湯을 服用ᄒᆞ면 幾日 不出ᄒᆞ야 아모리 沈痼훈 者라도 可히 完人이 되야 完全훈 生活을 遂홀 것으로 自斷ᄒᆞ노라."

물재가 우리 민족의 사멸한 정신을 위해 만든 영양제는 '학문과 지식의 증대'였다. 이러한 현실인식이 있었기에 물재는 「경쟁」이란 글에서 현실세계를 치열한 경쟁 속에서 보냄을 알 수 있다.

"人은 競爭에셔 生하야 競爭에셔 死하나니 故로 人生의 行路는 오즉 此 競爭場裏에셔 獨馳하는 것이다. 競爭이란 自我를 偉大케하며 高尙케 하는 唯一의 武器이다."[3]

물재는 같은 글에서 '문학가는 문학가와 경쟁하고, 상업가는 상업가와 경쟁하고 농업가는 농업가와 의사는 의사와 경쟁한다'는 사뭇 준엄한 경쟁인식을 보인다.

---

3) 「경쟁」(〈매일신보〉, 1923.10.6.)

이러한 시각으로 본 당시 우리의 모습을 물재는 「박연암 선생과 그의 우주학설」 5회에서 이렇게 적고 있다. 물재는 연암의 학설을 이어받지 못하여 나라가 진보하지 못하였다며 이는 전적으로 우리의 잘못이라고 이렇게 말한다.

> "그런즉 現在 我 朝鮮民族 此 燕巖先生에 對하야 모다 罪人이며 不肖한 子孫일 것이다. 現에 我 朝鮮人은 西洋을 崇拜하기에 熱中하얏나니 此는 其 文明을 羨望하는 ᄯᅢ닭이다. …저 西洋의 學者보다 발셔브터 우리 祖上이 此를 研究하얏스며 此를 發明한 것은 知치 못한다. 此가 더욱 寒心에 不堪한 者이다. 此가 願컨대 俗 所爲 '졔 졔 아비의 ᄒᆞᆫ 말은 銘心하얏 듯지 온타가 他人의 말에는 耳를 傾ᄒᆞ야 銘感ᄒᆞᆫ다'는 것과 無異ᄒᆞᆫ 것이다."[4]

물재의 지적은 물재로부터 1세기가 지난 지금도 유효한 발언인 듯싶다. 자기 것을 낮추고 남의 것만을 숭배하는 못된 습속이 지금도 남아있으니 말이다. 물재는 조선을 세계의 낙오자로 인식하였으며 그렇게 된 데에는 조상이 아닌 작금을 살아가는 이들에게 죄를 묻고 있다.

> "그런즉 今日 我 朝鮮人이 世界文明의 落伍者가 된 것은 此가 過去祖上의 罪인가? 우리의 罪인가? 前述ᄒᆞᆷ과 如히 勿論 그의 子孫된 우리의 罪이니…我 朝鮮 往古의 文化는 世界를 遇○侶를 罕見을만치 發達되지 아니하얏는가."

이러면서 물재는 이순신의 거북선을 끌어와 과학발달을 연결시킨

4) 「박연암 선생과 그의 우주학설」 5회(〈매일신보〉, 1922.11.6.)

다. 물재는 우리나라의 중고(中古) 시대에 대한 자긍심이 있었다.

"李忠武公의 龜船과 如흠은 그의 科學思想이 如何히 發達하얏는가.…我 朝鮮人이 此 李忠武公의 淵源의 學을 繼承하야 一般의 科學思想이 普及되얏슬진대 今日의 所爲 飛行機이니 潛航艇이니 하는 文明의 利器가 我 朝鮮에는 數歲紀를 先하야 發明되얏슬 것이 아니며 又 今日에 至하야 此 以上으로 神號鬼哭홀만한 器械를 創造할 것이 아닌가."

하지만 이러한 시대를 이어받지 못하고 부패한 정치와 인민의 지식이 점차 퇴영(退嬰)하며 마침내 흑통(黑洞) 속으로 빠진 것이 '최근의 조선현상'이라고 탄식한다. 하지만 물재의 마지막 말에서는 분명 희망이 섞여 있다.

"吾人은 今日에 在하야 徒히 往者를 追咎함보다 現在와 將來에 就하야 自覺으로써 自振을 促하며 自振으로써 自勉自勵에 力을 致하야 來日의 光明한 大道를 開拓하는 것이 吾人 全體責務이며 職分이라 謂홀지로다."

이러한 현실 인식을 본밑으로 한 물재의 글을 정리하면 여성, 역사, 인생, 문장 등 넷으로 나눌 수 있다. 이 중 가장 먼저 들 것이 여성에 대한 물재의 인식이다.

1. 여성

1) 기생

송순기의 여성에 대한 우호적인 시각은 작품 도처에 보인다. 그중 기생에 관하여 쓴 글이 유독 많다. 야담집 『기인기사록』만 하더라도 상권 51화 중 9화[5], 22화[6], 27화[7], 39화[8], 42화[9], 48화[10] 하권 역시 기생에 대한 여러 편의 이야기가 보이니, 3화[11], 24화[12], 31화[13], 43화 등이 기생을 주인공으로 내세운 이야기다. 특히 하권 43화는 홍율정의 부인 유씨, 허난설헌, 신사임당, 유희준 부인 송씨 등 조선의 명가집 여인들의 이야기인데 여기에 부안명기 계생, 성천명기 부용 등을 함께 넣었다.

1920년대의 기생, 당대에는 많은 기생들이 여학생 복장을 하거나 『신여성(新女性)』(1923.9 창간)이라는 잡지의 등장 등, 근대의 풍경 중 하나였다. 기자였던 송순기로서는 당연히 관심을 기울일만한 소재임에는 틀림없다. 하지만 성호 이익(李瀷, 1681~1763)이 『성호사설』에서 우리나라의 기생을 설명한 글[14]에서 알 수 있듯이 기생에 대해 호의

---

5) 명기(名技) 일타홍과 심일송 이야기이다.
6) 명기 동정월과 이기축 이야기이다.
7) 강계 기생 무운과 이경무 이야기이다.
8) 곡산 기생 매화 이야기이다.
9) 명기 황진이 이야기이다.
10) 명기 일지매 이야기이다.
11) 명기 김섬 이야기이다.
12) 명기 계월향과 논개 이야기이다.
13) 명기 설매와 소춘풍 이야기이다.
14) "우리나라의 기생은 본디 양수척(楊水尺)에서 나온 것인데, 양수척이란 곧 유기장(柳器匠)이다. 이들은 고려 태조가 백제를 공격할 적에도 다스리기 어려웠던 유종(遺種)들로서, 본디 관적(貫籍)도 부역도 없이 떠도는 신세라서 항상 정처 없이 이리저리 옮겨 다니면서 사냥이나 일삼고 버들가지를 엮어서 그릇을 만들어 파는 것으로 생업을 삼았다.

적이지는 않았다는 점을 짚으면, 송순기의 기생에 대한 시각은 그의 여성관과 연결된다.

우선 『기인기사록』 하 43화에 보이는 기생을 대충 정리해 본다.

계생(桂生, 1573~1610)[15]은 전라북도 부안의 이름난 기생이다.

성은 이(李)요 자는 천향(天香)이요, 호는 매창(梅窓)으로 시를 잘 짓고 노래와 춤을 잘하였다.

뒤에 이의민(李義旼)의 아들 지영(至榮)이 기첩(妓妾) 자운선(紫雲仙)을 선두로 관적시켜 놓고 여러 기생들에게 끝없이 부세를 징수했다. 지영이 죽은 후에는 최충헌(崔忠獻)이 자운선을 첩으로 삼고 기생들의 수효를 따져서 부세를 받아들여 부세가 불어났으므로, 양수척들이 거란 군사에게 항복하고 말았다.

그 후부터는 이들을 읍적(邑籍)에 예속시켜 남자는 노(奴), 여자는 비(婢)로 만들었는데, 비는 흔히 수재(守宰)들에게 사랑을 받아 얼굴을 예쁘게 꾸미고 춤을 익히므로 기생[妓]으로 지목받게 되었다. 이리하여 기악(妓樂)이 점점 번성해지자, 위아래를 막론하고 음탕해진 풍속을 금할 수 없었다.

『고려사』에 의하면, "신우(辛禑)가 기생 연쌍비(燕雙飛)에게, 허리에 활을 차고 젓대를 불게하고는 용을 수놓은 옷을 입혀 가지고 말고삐를 나란히 하여 다니면서 둘도 없이 총애하였다" 하였다.

아조(我朝)에 들어와서도 이런 풍속이 온새미로 존속되어, 국초(國初)에 청루(靑樓)를 설치, 열군(列郡)에까지 추한 풍속이 있었으므로 이를 혁파하자는 의논이 있었으나, 문경공(文敬公) 허조(許稠)가 저지하기를 "봉사(奉使)하는 신하들이 반드시 양가녀(良家女)를 겁탈하게 될 것이니, 이렇게 되면 그 해독이 더욱 심할 것이다." 하여, 드디어 그대로 두었다고 하였다."

이규경, 『오주연문장전산고』 경사편 5 - 논사류 1 논사(論史) '중국과 우리나라 기생(妓生)의 근원에 대한 변증설'(고전간행회본 권43) 한국고전번역원 DB 자료 인용.

15) 계랑은 계유년(1573) 태생이기에 계생, 또는 계랑이라 하였으며, 향금(香今)이라는 본명도 가지고 있다. 계랑, 이매창은 1573년에 당시 부안현리였던 이탕종의 서녀로 태어났다. 아버지에게서 한문을 배웠으며, 시문과 거문고를 익히며 기생이 되었는데, 이로 보아 어머니가 기생이었을 가능성이 크다. 부안의 명기로 한시 70여 수와 시조 1수가 전해지고 있으며 시와 가무에도 능했을 뿐 아니라 정절의 여인으로 부안 지방에서 400여 년 동안 사랑을 받아오고 있다. 매창은 부안읍 남쪽에 있는 봉덕리 공동묘지에 그와 동고동락했던 거문고와 함께 묻혔다. 그 뒤 지금까지 사람들은 이곳을 '매창이뜸'이라고 부른다. 그가 죽은 후 몇 년 뒤에 그의 수백편의 시들 중, 고을 사람들에 의해 전해 외던 시 58편을 부안 고을 아전들이 모아 목판에 새겨 『매창집』을 간행하였다.

계생은 한 태수와 몹시 사이가 가까웠다. 태수가 벼슬이 갈린 뒤 고을 사람들이 공덕비를 세워 그의 덕을 칭송하였다. 계생은 늘 달이 밝으면 가야금을 공덕비 곁에서 타고 긴 노래를 불러 그를 잊지 못하는 속내를 보였다.

계생이 처음에 촌은(村隱) 유희경(劉希慶, 1545~1636)[16] 첩이 되었는데, 그가 귀경한 후에 행방은 감감해지고 편지조차 끊어졌다. 계생은 희경을 그리워하는 마음을 그치지 못하여 이에 노래를 지어 그 심중을 나타냈다. 이 시조는 계생이 지은 단 한 수의 시조이다.

배꽃 비처럼 흩날릴 때 울며 잡고 이별한 임이
가을바람 떨어지는 낙엽에 임도 나를 생각할까
천 리 밖의 외로운 꿈만이 오락가락 하는구나

16) 유희경은 중인으로 본관은 강화(江華), 자는 응길(應吉), 남언경(南彦經)의 문인으로 임란 때, 의병을 모아 관군을 도왔기에 통정대부(通政大夫)가 되고, 인조반정이 일어나자 절의를 포상하여 종2품의 가의대부(嘉義大夫)가 되었다. 후일 아들 면민(勉民)의 공으로 한성판윤에 추증되었다. 허균은 『성수시화(惺搜詩話)』에서 그를 천인 신분으로서 한시에 능한 사람으로 꼽았다. 유희경과 매창은 스물여덟 살의 나이 차이가 난다. 그런데도 당대 최고의 명기(名妓)였던 매창이 평생 지순한 사랑을 바쳤던 인물이다. 시대의 풍운아 허균(許筠, 1569~1618)은 여러 번 매창을 찾았으나 유희경에 대한 변치 않는 사랑에 굴복하여 우정으로 만족해야 했다. 소설가 정비석(鄭飛石) 같은 이는 〈부안기(扶安妓) 계생(桂生)〉이라는 소설을 통해 극화하기도 하였다.
아래 시는 매창이 준 "배꽃 비처럼 흩날릴 때 울며 잡고 이별한 임이~,"라는 시조에 대한 유희경의 시이다. 몸은 한양에 머물고 있었지만 그의 마음은 늘 매창이 살고 있는 부안으로 달려갔음을 알 수 있는 시이다. 매창이 '이화우(梨花雨: 배꽃 비처럼 흩날릴 때)'라니 유희경은 '오동우(梧桐雨: 오동잎에 비 뿌릴 제)'란다. 두 사람이 이별할 때 계절은 봄이었는데, 그 새 계절은 여름을 지나 가을로 바뀌었음을 알 수 있다.

그대의 집은 부안에 있고	娘家在浪州
나의 집은 서울에 있어	我家住京口
그리움 사무쳐도 서로 못 보니	相思不相見
오동잎에 비 뿌릴 제 애가 탄다오	腸斷梧桐雨

계생이 한 시대의 이름난 선비들과 시를 주고받았는데, 시집 한 권이 세상에 전한다. 아래에 그녀의 시 두어 수를 기록한다.

〈임에게 보냅니다(贈人)〉 시는 이렇다.(이하 시 해석은 모두 필자)

물가마을 조그마한 사립문에 찾아와보니	水村來訪小柴門
연꽃 떨어진 연못에는 국화조차 쇠했구나	荷老寒塘菊老盆
갈가마귀 떼는 석양 고목에서 울어대고	鴉帶夕陽啼古木
기러기 떠날 때 알고 안개 내린 강 건너네	鴈含秋意度江雲
서울 사람 잘 변한다고 말하지 마세요	休言洛下時多變
정녕 인간만사 아예 듣고 싶지 않으니	我願人間事不聞
술동이 앞에 두고 한 번 취함을 사양 마오	莫向樽前辭一醉
신릉군의 호기도 풀숲의 무덤이랍니다[17]	信陵豪氣草中墳

이 시의 압운의 어구에서 기상이 퍽 뛰어남을 알 수 있다. 일찍이 한 지나가는 나그네가 시를 지어 계랑에게 집적거리니 계생이 곧 운을 차운하여 화답하였다.

평생 않는 건 여기서 먹고 저기서 자는 짓	平生不解食東家
다만 매화 창에 비끼는 달만 사랑했다오	只愛梅窓月影斜
글 짓는 이 남 깊은 속내 알지 못하고서	詞人未識幽閑意
행운이라 손가락질하며 그릇 알고 있군요[18]	指點行雲枉者嗟

17) 신릉군(信陵君)은 위 소왕(魏昭王)의 아들이다. 항상 식객(食客)이 3천 인이나 되었고 위엄과 명망이 천하에 떨쳤었지만 그 또한 죽었다. 세상 부귀영화의 덧없음을 비유한 말이다.

18) '행운(行雲)'은 『문선(文選)』 송옥(宋玉)의 고당부(高唐賦)에 "첩은 무산의 여자인데 아침에는 행운(行雲)이 되고 저녁에는 행우(行雨)가 되어 아침저녁마다 양대(陽臺)의 아래에 있습니다."라고 한 고사에서 인용. 더 자세한 것은 각주 30) 참조.

그리고 또 〈술 취한 나그네에게 준 시(贈醉客)〉가 있었다.

취한 나그네 내 옷을 휘어잡으니　　醉容執羅衫
손길 따라 옷자락이 찢어 진다오　　羅衫隨手裂
이깟 옷이야 아깝지 않소마는　　不惜一羅衫
다만 그대와 의 상할까 두렵소　　但恐恩情絶

또 〈봄을 원망하는 시(春怨詩)〉가 있다.

대나무 둘린 집에 봄바람 가득하니 새들은 지저귀니
竹院春心鳥語多
화장 지운 민낯엔 눈물 머금으며 드리운 발 걷고는
殘粧含淚捲窓紗
가야금 끌어안고선 홀로 상사곡을 연주하니　　瑤琴獨彈相思曲
꽃은 떨어지고 봄바람에 제비는 비껴나네　　花落東風燕子斜

그 시의 운율이 일으키는 운치가 청초하여 읊는 사람들로 하여금 입 안에 향이 절로 생기게 한다.

명기 취선(翠仙, 17세기 전후)[19]의 호는 운창(雲窓)이다. 시문에 능하여 일찍이 백마강(白馬江)을 건너다가 〈회고시(懷古詩)〉를 지어서는 읊었다.

---

19) 호는 설죽(雪竹). 안동 권씨 집안의 여종으로 남편은 석전(石田) 정로(鄭輅, 1550~1615)라고도 한다. 혹은 김철손(金哲孫)의 소실이라고도 한다.

저녁 늦게 고란사[20]에 배를 대고서	晩泊皐蘭寺
서풍 부는 망루에 홀로 기대 앉아	西風獨倚樓
나라 망해도 백마강 만 년 흐르고	龍亡江萬古
낙화암 꽃 져도 달은 천년 비쳐라	花落月千秋

추향(秋香)은 전라남도 장성군(長城郡)의 기생이었는데, 시에 능하였고 가야금을 잘 타 이름이 났다. 그녀의 〈창암정(蒼岩亭)[21]에서 쓴 시〉는 이렇다.

노를 저어 푸른빛 얹힌 강어귀에 이르니	移棹滄江口
잠 깬 해오라기 날아 사람을 놀래키고	驚人宿鷺飜
산 빛 붉은 것은 가을의 발자췬데	山紅秋有跡
흰 백사장엔 달 발자국은 없어요	沙白月無痕

계월(桂月)[22]은 관서(關西)[23] 명기이다.

황해도 감사 이광덕(李匡德, 1690~1748)[24]이 가까이 두고 사랑하였다가, 서로 이별을 할 때 시를 주었다.

눈물을 머금은 눈에 눈물을 머금은 이 보이고	含淚眼看含淚人
애간장 끊어지며 애간장 끊어진 임을 보내네	斷腸人送斷腸人

---

20) 고란사(皐蘭寺)는 충청북도 부여 부소산 북쪽 백마강변에 있는 절.

21) 경상북도 안동군 풍천면에 있는 정자.

22) 이광덕의 애첩으로 시재(詩才)가 뛰어났다 한다.

23) 평안남북도와 황해도 북부 지역의 별칭.

24) 본관은 전주(全州). 자는 성뢰(聖賴), 호는 관양(冠陽). 진사로서 1722년(경종 2) 정시 문과에 을과로 급제, 이듬해에 시강원설서로 임명되어 왕세제(王世弟: 뒤의 영조)를 보도(輔導)하였고 이후 대제학을 지냈다.

일찍이 책 속에서는 그런 일 예사로 보았거늘　　曾從卷裏尋常見
오늘 이 내 몸에 닥칠 줄이야 어찌 알았으리오　　今日那知到妾身

일지홍(一枝紅)[25]은 평안남도 성천(成川) 기생으로 시를 잘 지었다. 태천(泰川) 홍명한(洪鳴漢)[26]에게 준 〈태천 홍명한에게 올리는 시(上泰川 洪衙內詩)〉가 있다.

강선루[27] 아래에 말을 세우고　　馬駐仙樓下
"언제나 오셔요" 은근히 물어라　　慇懃問後期
이별 자리에 술도 다하였으니　　離筵樽酒盡
꽃은 떨어져 새만 슬피 우네　　花落鳥啼時

일지홍이 이 시를 지을 때에 잠시 생각하고는 붓을 당겨 지어냈다 한다.

훗날 어사 심염조(沈念祖)[28]가 성천에 지나가다가 이 시를 보고 일

---

25) 성천 기생의 일지홍은 18세기 중엽, 기생으로 당대 명성이 널리 알려 졌다. 신광수(申光洙, 1712~1775)의 『관서악부(關西樂府)』에는 일지홍에 관한 두 편의 시가 보이니, 그 중 한 편은 아래와 같다. 이 시는 신광수가 일찍이 서울을 떠나 와 평양을 유람하다 지은 시이다. '삼백 리'는 서울에서 평양까지의 거리요, '교서랑(校書郎)'은 본래 책이나 문서에서 글자나 내용을 살피어 잘못된 것을 바로잡는 벼슬이름이다. 당(唐)의 기녀 설도(薛濤)가 교서의 일을 맡아본 데서 온 말로 '기녀(妓女)의 이칭'이 되었다.

성도(成都: 성천)의 어린 기생 일지홍은　　成都小妓一枝紅
마음씨는 비단결 말을 어찌나 잘하는지　　錦繡心肝解語工
나는 말에 타고서는 삼백 리를 달려오니　　飛馬馱來三百里
교서랑은 곱고 고운 비단 속에 있구나　　校書郎在綺羅中

26) 홍명한(洪鳴漢, 1736~1819)은 본관은 풍산(豊山), 자(字) 공서(公舒). 명한은 초명으로 영조(英祖) 47년(신묘, 1771), 정시(庭試) 병과5(丙科5)에 급제하여 형조·예조판서, 지돈녕 부사 등을 역임하였다.

27) 강선루(降仙樓)는 성천(成川)에 있는 누각.

지홍에게 시 한 수를 주었다.

고당부[29] 같은 신기한 경지요 성당의 시체인데　　高唐神境盛唐詩
선관의 명화(아름다운 기생) 가운데 무르녹은 한 가지일세　　仙舘名花艶一枝
조운[30]에서 한림학사 만났다 이르지 말게나　　莫道朝雲逢內翰
노부는 재주 없어 감당하기 어렵다네　　老夫才薄不堪期

이 시에 대해 일지홍이 또한 시로 화답하였다.

서울 소식을 누구에게 물어 볼까요　　洛陽消食憑誰問
밝은 달 발에 비칠 때 둘이 서로 생각하리　　明月當簾兩地思

---

28) 심염조 (沈念祖, 1734~1783)의 본관은 청송(靑松). 자는 백수(伯修), 호는 함재(涵齋). 1776년(영조 52) 별시문과에 을과로 급제하였다. 1777년(정조 1) 관서암행어사, 이듬해에는 강화어사, 1780년 함종부사·규장각직제학·이조참의를 거쳐, 1782년 홍문관부제학으로 감인당상(監印堂上)에 임명되었으나, 대사간의 탄핵을 받아 홍주(洪州 : 현재의 충청남도 홍천)로 유배되었다가 곧 풀려났다. 1783년 황해도관찰사로 있다가 임지에서 죽었다.

29) 『청장관전서』 제35권 , 청비록 4, '일지홍(一枝紅)'에는 "어사(御史) 심염조(沈念祖)가 순찰하다가 성천에 이르러, 일지홍의 시를 보고 나서 종담(鍾譚)의 시를 읽도록 권하고 돌아갈 적에 지어 준 시"라고 하였다. 종담은 시로 명성이 높았던 명나라 종성(鍾惺)과 담원춘(譚元春)을 말한다. 또 "성천에 십이무봉(十二巫峯)과 강선루(降仙樓)가 있었으므로 고당(高唐)과 선관(仙館)과 조운 등의 일을 인용하였다."고 하였다.

30) 송옥(宋玉)의 '『고당부(高唐賦)』 서'에 "초 양왕(楚襄王)이 운몽대(雲夢臺)에서 놀다가 고당(高唐)의 묘(廟)에 운기(雲氣)의 변화가 무궁함을 바라보고 송옥(宋玉)에게 '저것이 무슨 기운이냐?'고 묻자 '이른바 조운(朝雲)입니다. 옛날 선왕(先王)이 고당에 유람왔다가 피곤하여 낮잠을 자는데, 꿈에 한 여인이 "저는 무산(巫山)에 있는 계집으로, 침석(枕席)을 받들기 원합니다."고 하였습니다. 드디어 정을 나누고 떠날 적에 "저는 무산 남쪽에 사는데 아침에는 구름이 되고 저녁에는 비가 되어 늘 양대(陽臺) 아래 있습니다." 했습니다.'고 하였다."라고 하였다.

그리고 또 윤감사(尹監司)에게 올리는 시는 이렇다.

작년 서리 내려 국화꽃 필 때쯤이지요	前年降節菊花時
어찌나 제 몸이 영예롭고 행복했는지요	何幸榮名耀一枝
듣자오니 봄 순행길에 금방 북쪽으로 지나쳤다니	聞道春巡纔北過
어째서 이곳에 오신다는 약속을 어기셨나요.	胡然仙駕此愆期

또 일찍이 그 이름으로 제목을 삼아 절구를 지었다.

혹 남들이 꺾기 쉽다고 여길까 봐서	或恐人易折
향기는 감춰 두어 짐짓 피지를 않지요	藏香故不發

또 김진사(金進士)가 지은 시의 운자를 딴 시가 있다.

신선 배 막호(莫湖)[31]에 두둥실 원앙이 놀라	仙舟莫湖驚鴛鴦
가고 오는 긴 물길만이 합쳐지네요	任去任來肥水長
일지홍 이름 얻음이 부질없어 되려 부끄럽기만	浪得花名還自愧
강마을 봄이 다하니 한스럽게 향기조차 없어라	江城春盡恨無香

복랑(福娘)은 전라북도 부안의 기생이다.

시를 잘 지어 일찍이 몇 구절을 쓱 읊었는데 이렇다.[32]

31) 중국 강남에 있는 능호(菱湖), 막호(莫湖), 유호(游湖), 공호(貢湖), 서호(胥湖)가 모인 오호(五湖)의 하나. 막리산(莫釐山)의 서북으로 50리를 두른 것이 막호이다.

32) 『청장관전서』 제32권 「청비록」 1 '복랑'에서는 "부안(扶安) 고을 기녀(妓女) 복랑이 승지(承旨) 이모(李某)에게 준 시"라고 하였다.

나직이 버드나무 가지 노래 부르노라니	楊柳枝詞唱得低
이별 나온 정자에 꾀꼬리 울고 비오네	離亭新雨早鶯啼
강가 갈대 짤막짤막 궁궁이[33] 파란데	洲蘆短短江蘺綠
임 돌아올 땐 말발굽 묻히리	之子歸時沒馬啼

또 〈비가 내려 기뻐 쓴 시(喜雨詩)〉는 이렇다.

뭉게뭉게 검은 구름 먼 봉우리에 일더니	數點玄雲起遠峯
하늘 가득 종일토록 넉넉히 내리는구나	漫天終日十分濃
잠시잠깐 인간 세상에 비를 만들어 내니	須臾化作人間雨
가을 온 들판에 농사꾼도 적시는구나	沾得三秋滿野農

연단(姸丹)은 성천의 기생이다. 그녀의 〈낭군을 이별하며(別郎)〉은 이렇다.

임도 나를 보내며 눈물지었고	君垂送妾淚
저도 눈물 머금고 돌아섭니다	妾亦含淚歸
양대에 비가 내리기를 바라며[34]	願作陽臺雨
다시 임의 옷소매에 눈물 뿌립니다	更灑郎君衣

채소염(蔡小琰)은 평안남도 양덕군의 기생으로 또한 시에 능통하였다. 그녀의 〈여행(旅行)〉시는 이렇다.

---

33) 미나리과에 속한 다년생 초본식물인 천궁의 뿌리줄기. 음력 3, 4월과 9, 10월에 채취하여 약재로 씀.

34) 무산(巫山)의 신녀(神女)가 초 회왕(楚懷王)을 그리는 것을 말한 것이다. 앞의 각주 30) 참조.

말 머리를 강동현[35]으로 돌리니 馬首江東縣
봄이 깊고깊어 꽃기운은 떠다니고 春深花氣浮
나루터는 평양으로 통하는데 津通箕子國
땅은 강선루[36]에 잇닿아 있구나 地接降仙樓

또 절구 한 수를 지었으니 이렇다.

나그네 길 늘 일찍 일어나 客行常早起
어렴풋이 새벽빛이 개네 依微曉色晴
촌 닭은 내 마음을 아는지 村鷄知我意
꼬꼬댁 날 밝아라 우는구나 喔喔喚天明

그녀의 〈죽은 이를 애도하는 시(輓人詩)〉도 있다.

가장 가슴 아픈 것 이것은 북망산[37]이라 傷心最是北邙山
사람이 한 번 가면 다시 돌아오지 못해 一去人生不再還
만약에 생사를 두고 부귀와 논한다면은 若爲死生論富貴
부귀영화가 어찌 무덤 사이에 있으리오 王侯何在夜臺間

부용(芙蓉)[38]은 성천(어떤 이는 평양이라고 한다)의 명기이다.

---

35) 강동현(江東縣)은 평안남도에 있는 고을.

36) 강선루(降仙樓)는 평안남도 성천에 있는 누각.

37) 북망산(北邙山)은 중국 낙양현 북쪽에 있는 망산을 말하는데, 한(漢) 나라 이후로 이곳이 유명한 묘지(墓地)이므로, 전하여 사람의 죽음을 뜻한다.

38) 운초 김부용(金芙蓉, 1820~1869)의 자(字)는 운초(雲楚), 호는 부용이다. 〈부용집제발시(芙蓉集題跋詩)〉를 보면 그는 무산(巫山) 12봉의 정기를 품고 성천에서 태어났다 한다. 부용은 가난한 선비의 무남독녀로 태어났다고 하는데, 네 살 때 글을 배우기 시작하여 열 살 때 당시(唐詩)와 사서삼경에 통하였다고 한다. 열 살 때 부친을 여의고 그

호는 운초(雲楚)이니 문장으로 한 시대를 울렸다. 일찍이 소약란(蘇若蘭)[39]의 직금회문체(織綿回文體)[40]를 모방하여 회문상사시(回文相思詩) 36운을 지어 그녀가 정을 둔 남정네에게 주었다. 그 시가 한 자, 두 글자로부터 구를 좇아서 한 글자씩 더하여 병려(倂儷)를 이루니 천하에 없는 절창이었다.

그 시는 이렇다.[41]

다음해 어머니마저 잃으니, 어쩔 수 없이 퇴기의 수양딸로 들어가 기생의 길을 걷게 되었고, 김이양(金履陽, 1755~1845)의 소실이 되었다. 김이양(金履陽) / 김이영(金履永)의 본관은 안동(安東), 자는 명여(命汝)로서 김헌행(金憲行)의 아들이다. 초명은 김이영(金履永)이었으나 예종의 이름과 비슷하여 개명하였다. 생원을 거쳐 정조 19년(1795) 정시 문과에 을과로 급제하여 1812년 함경도 관찰사, 1815년 예조·이조·병조·호조 판서·홍문관 제학·판의금부사·한성부 판윤 등을 지냈다.

39) 진(晉) 나라 때 장군(將軍) 두도(竇滔)가 사막(沙漠)에 강제로 옮겨지자, 그의 아내 소약란(蘇若蘭)이 비단을 짜면서 거기에 즉 전후좌우로 아무렇게 보아도 다 말이 되는 매우 처절한 내용의 회문선도시(回文旋圖詩)를 지어 넣어서 남편에게 보냈던 데서 온 말인데, 그 시는 모두 8백 40자(字)로 됐다고 한다. 『晉書 竇滔妻蘇氏傳』

40) 직금회문체(織綿回文體)란 직면에 수놓은 회문시의 문체를 말한다. 그리고 '회문시란(回文詩)'란 첫 글자부터 순서대로 읽어도 뜻이 통하고, 제일 끝 글자부터 거꾸로 읽기 시작하여 첫 자까지 읽어도 뜻이 통하는 시를 말한다.

41) 부용이 지은 회문상사시를 〈부용상사곡(芙蓉相思曲)〉이라 부른다. 이러한 시를 '층시(層詩)'라고도 하고, 또 탑 모양으로 생겼다 하여 '보탑시(寶塔詩)'라고도 한다.
운초가 김이양을 만난 것은 그녀의 나이는 겨우 19세, 당시 김이양의 나이는 77세였다. 무려 58세의 나잇살 차이이다. 그러나 시문을 통해 일찍이 김이양의 인품을 흠모해 온 부용은 평양에 머물면서 김이양의 신변을 돌보아 드리라는 사또의 명에 기쁜 마음으로 따랐지만, 김이양은 나이를 들어 거절하였다고 한다.
그러자 운초는 "뜻이 같고 마음이 통한다면 연세가 무슨 상관이겠습니까. 세상에는 삼십객 노인이 있는 반면, 팔십객 청춘도 있는 법입니다."라고 하여 부용을 거두게 되었다. 이 시는 김이양이 호조 판서가 되어 한양으로 부임하게 되어 이별하게 되자 쓴 시이다. 건장한 풍채에 구레나룻 뻗친 헌걸찬 사내도 관후한 장자풍의 도포자락 휘날리는 점잖은 선비도 아니련만 팔십 객을 향한 순정이 되려 애달프게 느껴진다.
후일 김이양은 직분을 이용하여 부용을 기적에서 빼내 양인의 신분으로 만들어주었다. 그런 다음 정식 부실(副室)로 삼았다가 83세로 벼슬에서 물러나자 부용과 한양 남산 중턱에 신방을 꾸미고 그 집을 녹천당(祿泉堂)이라 하였다. 이곳을 찾는 이들은 운초를 '초당마마(草堂)'라 불렀다.
그렇게 15년이 되는 1845년 이른 봄, 김대감은 부용의 손을 잡고 눈물을 흘리며 눈을

헤어짐 別

보고픔 思

길은 멀고 路遠

소식 더뎌 信遲

생각은 임에게 念在彼

내 몸은 여기에 身留玆

수건과 빗 눈물에 젖었건만 巾櫛有淚

가까이 모실 날은 기약 없어 紈扇無期

향기론 누각 종소리 울리는 밤 香閣鍾鳴夜

연광정[42]에서 달은 떠오릅니다 練亭月上時

외론 베개 기대어 못 다한 꿈 놀라 깨 倚孤枕驚殘夢

가는 구름 바라보니 먼 이별에 슬퍼요 望歸雲悵遠離

만날 날만을 근심으로 손가락 꼽아 기다리니 日待佳期愁屈指

새벽마다 정 밴 글 펴들고 턱 괴고 울지요 晨開情札泣支頤

초췌한 얼굴로 거울 대하니 눈물만 흐르고 顔色憔悴開鏡下淚

흐느끼는 노랫소리 기다리는 슬픔 머금었네 歌聲嗚咽對人含悲

은장도로 애간장을 끊어 죽는 것 어렵지 않으나 提銀刀斷弱腸非難事

비단신 끌며 먼 하늘 바라보니 의심만 자꾸 느네 躡珠履送遠眸更多疑

봄 지나 가을도 안 오시니 낭군은 어찌 신의가 없나요 春下來秋不來君何無信

아침저녁 먼발치에서 바라보니 첩만 속는 게 아닌가요 朝遠望夕遠望妾獨見欺

대동강이 평지가 된 뒤에나 말을 몰고 오시려 하시는지요 浿江成平陸伋鞭馬其來否

장림이 바다로 변한 뒤 노를 저어 배를 타고 오시려는지요 長林變大海初乘般欲渡之

전일 이별한 뒤 만날 길 막혔으니 세상일을 누가 알 수 있고 前日別後日阻世情無人其測

감았는데, 김이양은 92세요, 부용의 나이는 겨우 33세였습니다. 부용은 방안에 제단을 모시고 밤낮으로 김이양의 명복을 빌며 애통한 심정을 시로 달랬으니, 그 중, 한 수를 보면 아래와 같다.

풍류와 기개는 호산의 주인이고 風流氣槪湖山主
경술과 문장은 재상의 기틀이셨지 經術文章宰相材
십오 년 정든 님, 오늘은 눈물이니 十五年來今日流
끊어진 우리 인연 누가 다시 이어줄까 峨洋一斷復誰栽

42) 연광정(練光亭)은 평양에 있는 정자.

어찌 그리 끊어져 놀람을 그리 품었는지 하늘의 뜻 누가 알리 胡然斷愕然懷天意有誰能知
운우무산에 행적이 끊기었으니 선녀의 꿈을 어느 여인과 즐기시나요
一片香雲楚臺夜仙女之夢在某
월하봉대에 피리 소리 끊기었으니 농옥의 정을 어느 여인과 나누십니까
數聲淸簫秦樓月弄玉之情屬誰
생각 말자해도 절로 생각나 대고 몸을 모란봉에 의지하니 젊은 얼굴 아까워요
不思自思頻倚牡[43]丹峯下惜紅顔色
잊고자 해도 잊기가 어려워 다시 부벽루 오르니 외려 검은머리 꾸밈만 가련해라
欲望難忘更上浮碧樓猶憐綠鬢儀
외로이 잠자리에 누워 검은 머리 파뿌리 된들 삼생의 가약이 어찌 변할 수 있으며
孤處深閨頭雖欲雪三生佳約焉有變
홀로 빈 방에 누워 눈물이 비 오듯 하나 백 년을 정한 마음이야 어찌 바꿀 수 있으랴
獨宿空房淚下如雨百年定心自不移
낮잠을 깨어 창을 열고 화류소년을 맞아들이기도 하였지마는 모두 정 없는 나그네뿐
罷晝眠開竹窓迎花柳少年摠是無情客
향내 나는 옷을 입고 옥 베게를 밀치고는 동년배와 가무를 해도 모두 가증한 사내뿐이네
香衣推玉枕送歌舞同春莫非可憎兒
천리 밖 임을 기다리고 기다림이 이토록 심하니 군자의 박정은 어찌 이토록 심하십니까
千里待人難待人難甚矣君子之薄情如是耶
끼니때마다 문을 나가 바라보고 바라보니 슬픈 천첩의 외로운 심정은 과연 어떠하겠는지요
三時出門望出門望悲人賤妾之孤懷果何其
오직 너그럽고 인애하신 장부께서 결단을 내려 강을 건너와 머금은 정 촛불 아래 흔연히 대해 주세요 惟願寬仁大丈夫決意渡江含情燭下欣相對
연약한 아녀자가 슬픔을 머금고 황천객이 되어 외로운 혼이 달 가운데서 길이 울지 않게 해 주세요 人勿使軟弱兒女含淚歸泉哀魂月中泣長隨

어떤 사람은 이 시가 평양 기생인 죽향(竹香)이 지은 것이라고 한다. 또 아무개 어사에게 준 시가 있었다.

---

43) 원문에는 '枚'라 하였으나 문맥으로 보아 '牡'로 고쳤다.

난새와 봉새 같은 풍모와 자태 길 오른편에 자라 비치고

鸞鳳風姿映道周

좁은 길 낀 집집마다 발을 걷어 갈고리로 걷어 올렸다네

家家夾路捲簾鉤

북쪽지방에 설령 양주지방에서 나는 유자가 있다 한들

北方縱有楊州橘

멍하니 수레 먼지를 바라보며 감히 던지지 못하옵니다

悵望車塵未敢投

(이상 『기인기사록』 하 43화)

운초의 시 구절마다 꿰어 놓은 김이양에 대한 정이 애처롭다. 부용은 고인과의 인연을 회상하면서 일체 외부와의 교류를 끊고, 오로지 고인의 명복만을 빌며 16년을 더 살았고, 그녀 역시 님을 보낸 녹천당에서 눈을 감았다. 임종할 때, 부용은 "내가 죽거든 대감마님이 있는 천안 태화산 기슭에 묻어주오."라고 하였다.

사실 저 시절에 기생은 부용 같은 여인들이 많았다. 그녀들은 대개 나잇살깨나 든 양반들에게 노후를 의탁하였다. 노리개로 데리고 노는 젊은 첩이란 뜻의 '노리개첩'이니, 꽃처럼 가꾸고 본다는 '화초첩(花草妾)'은 그런 슬픈 여인들의 삶을 증명한다. 송순기는 이러한 부용과 김이양 같은 사랑을 찾았는지도 모른다.[44]

이렇듯 송순기가 다룬 기생들은 대부분 의리가 있고 지혜로운 여성들의 이야기다. 송순기의 초기작인 〈낭자장군전〉은 바로 이 기생을

44) 작자·연대 미상으로 1913년 신구서림(新舊書林)에서 간행한 활자본 소설 〈부용상사곡(芙蓉相思曲)〉이라는 작품도 있다. 그런데 운초의 이 보탑시와 유사한 시가 나온다. 내용은 미모의 평양 기생과 서울 선비 김유성이 파란만장한 연애의 역정을 거쳐 혼인하기에 이른 이야기를 그린 애정소설인 점으로 미루어, 운초와 김이양 이야기가 소설의 원천 자료일 가능성이 크다.

입전화한 작품으로 매우 흥미롭다.

〈낭자장군전〉은 "娘子將軍者는 京城靑樓人也ㅣ라"로 시작한다. 그런데 우리의 '-전(傳) 문학사'에서 흔히 볼 수 없는 직업군, 그것도 기생을 입전 대상으로 삼았다는 점이 특이하다. 청루의 기생을 장군으로 비유한 것도 그렇거니와 후일 청루에서 나와 어려운 사람들을 돕는 일에 여생을 바쳤다는 결말은 송순기의 여성관을 웅변하는 듯하다. 이는 〈낭자장군전〉이 기존의 '-전(傳)'의 독특한 형식적 특징을 일제치하에서 한국문학사에 남겼다는 사적 의의보다도 더 의미 있는 일로 보아야한다.

우선 청루의 기생을 어떻게 여성장군으로 만든 지부터 보자.

> "…擢拜爲代將ᄒᆞ니 於是에 始奮武揚威ᄒᆞ고 臨難制敵ᄒᆞ야 其用兵이 如神ᄒᆞ니 雖古之孫吳라도 實不能及也라. 以衽席으로 爲戰場ᄒᆞ고 以錦裳玉佩으로 爲甲冑ᄒᆞ고 以脂粉으로 爲弓矢ᄒᆞ고 以鍾鼓琴瑟로 爲銃砲ᄒᆞ고 以眄睞로 爲劍戟ᄒᆞ고 以金環玉簪으로 爲印符ᄒᆞ고 以繡屛錦帳으로 爲城寨ᄒᆞ고 以淸歌妙舞로 爲運籌畫策ᄒᆞ고 以甘言婉詞로 爲出奇設伏ᄒᆞ야 遂爲天下無敵焉이라.[45]

청루를 전쟁터로 비견하고 낭자장군, 즉 기생이 남자를 유혹하는 것을 장군이 적을 물리치는 것에 비유한다. '임석'이란 남녀의 이부자리를 전쟁터로 삼고, 비단치마와 패물을 갑옷에, 연지와 분으로 활과 화살, 풍악으로 총포, 눈흘김으로 창검을, 귀고리와 비녀로 장군의 징표인 부월로, 비단병풍과 금장막으로 성채를 삼았다. 그리고는 맑은 노래와 묘한 춤으로 전략을 운용하고 달콤한 말과 아름다운 말로 기이하게 복병을 배치하여 마침내 천하무적이 되었다고 한다.

---

45) 〈낭자장군전〉(〈매일신보〉, 1919.10.22.)

열거와 대구, 비유법 등을 현란하게 구사한 표현이다. 그러나 이 문장에서 글쓰기 기법보다는 물재가 기생에 대한 연민을 들떼어놓았음을 엿볼 수 있다.

마지막으로 '태사공왈'에서 이렇게 〈낭자장군전〉을 마무리 짓는다.

> 又及其成功之日에 決然解印ᄒᆞ고 超然避世ᄒᆞ니 此非武夫之所能行之而金波[46]能爲之ᄒᆞ니 其高志遠慮가 亦非常人의 所能及之니 如金波者ᄂᆞᆫ 可謂功成身退 而明哲保身者也로다

태사공의 입을 빌려 송순기는 "사내가 능히 행할 바가 아니"라고 하였다. 그리고는 "명철하고 몸을 보신한 자"라고 끝을 맺고 있다. 여성, 아니 기생에게 넉넉하게 품을 내주는 글줄이다. 분명 식민지하의 한계성을 지닌 한학자 물재의 발언이기에 방점을 두두룩하니 찍을 수밖에 없다. 이는 송순기의 다른 글들에서도 찾아 볼 수 있는 여성관이다.

2) 여자사회의 개혁

송순기의 기생에 대한 여성관은 「여자사회의 개혁」(1919.12.6.~1920.1.10.)을 31회나 연재하는 데에서도 알 수 있다. 그는 당시 여인들을 개혁하려는 데 남녀 교육의 동등성을 강조하였다. 그리고 여자들이 한자를 가르치지 않았기에 언문만 아는데 언문으로 된 책 중에는 볼 만한 것이 없다고 안타까워한다. 이유는 언문으로 된 것은 오로지 소설인데 그 소설들이 여자들의 교육에 마땅치 않기 때문이라 하였다.

46) 원문에는 '錦波'로 되어 있다. 문맥을 고려하여 바로잡았다. 이하 동일하다.

"從來 一婦女界에셔 半日에셔 恒常 誦之讀之ᄒᆞᄂᆞᆫ 者는 〈춘향전〉, 〈양풍운전〉, 〈전운치전〉, 〈금령전〉 등의 虛無荒誕ᄒᆞ고 怪惡罔測ᄒᆞᆫ 者ᄲᅮᆫ이다. 外他各種 小說이 擧皆如是ᄒᆞ야 同幹同滯의 類가 實로 五車에 不下하리로다. 今에 此를 正評을 試ᄒᆞ면 〈춘향전〉은 淫蕩敎科書이며 〈양풍운전〉, 〈금령전〉과 如ᄒᆞᆷ은 虛荒한 敎科書라고 謂ᄒᆞᆯ진즉 此로써 日常女子學習에 供ᄒᆞ얏스니 德性이 何에셔 出ᄒᆞ며 智識이 何에셔 求ᄒᆞ얏겠나뇨. 그 ᄲᅮᆫ만 아니라 天下의 女子를 ○ᄒᆞ야 淫蕩ᄒᆞ고 虛荒ᄒᆞᆫ 渦中에 投케 ᄒᆞᆫ 者이 아니리오."[47]

물재가 든 소설은 〈춘향전〉, 〈양풍운전〉, 〈전운치전〉, 〈금령전〉이다. 그리고는 이를 허무황탄하고 괴오하고 망측하다고 까지 폄하한다.

하지만 물재의 여성에 대한 시각은 사실상 전근대적인 남존여비에서 크게 벗어나지 못하였다. 물재는 당시에 유행하는 이혼이 미풍양속을 해친다며 이렇게 말한다.

"現今 我 朝鮮에셔 流行ᄒᆞᄂᆞᆫ 離婚의 弊ᄂᆞᆫ 夫가 妻에 對ᄒᆞᆫ 訴訟은 極히 罕少ᄒᆞ고 十의 七八은 擧皆 妻가 夫에 對ᄒᆞᆫ 訴訟ᄲᅮᆫ이다.…그런ᄃᆡ 其 離婚을 主張ᄒᆞᄂᆞᆫ 理由ᄂᆞᆫ 實狀 大ᄒᆞᆷ에 在치 아니ᄒᆞ고 但히 其 些少 感情에 由ᄒᆞᆷ에 不外ᄒᆞᆷ이니 一例를 ᄒᆞ건ᄃᆡ"[48]

물재가 사소한 감정으로 말미암아 이혼에 이르는 예로 든 것은 부지런하지 않은 자, 게으른 실업자로 가족을 굶주리게 하는 자, 품행이 불량하여 음주하고 아내를 구타하는 자, 기생에 빠져 요릿집을 드나

47) 「여자사회의 개혁」 9(〈매일신보〉, 1919.12.15.)
48) 「여자사회의 개혁」 31(〈매일신보〉, 1920.1.10.)

드는 자이다. 이러한 이혼 사유를 물재는 사소한 감정이라며 아래처럼 말을 잇는다. 물재의 여성관이 전근대와 근대의 임계점에서 엉거주춤 고의를 여미고 있는 모습이다.

"噫라 此가 無論 夫된 者의 不美ᄒᆞᆫ 者이 아닌 것은 아니나 未知케라. 此가 當然히 離婚치 아니치 못ᄒᆞᆯ 巨罪大罪惡이라 謂ᄒᆞᆯ가.…其 夫의 罪ᄂᆞᆫ 鍼孔만ᄒᆞ다ᄒᆞ면 夫를 棄코져 하는 罪ᄂᆞᆫ 門口와 如히 大ᄒᆞᆯ 것이 아닌가. 此가 今日 文明下의 惡化라고 可謂ᄒᆞᆯ 것이도다. 往日에ᄂᆞᆫ 夫가 出處ᄒᆞᄂᆞᆫ 例ᄂᆞᆫ 惑 有ᄒᆞ얏지마ᄂᆞᆫ 妻가 棄夫ᄒᆞᄂᆞᆫ 惡行은 別無ᄒᆞ얏스니 嗟홉다."

하지만 이어지는 글의 다음 부분은 물재가 당대의 여성을 주의 깊게 보았음을 증명해 준다. 물재는 아내를 천금에 비유하며 창기로 파는 악습과 만행이 날로 증가함을 비판하고 있다.

"近來 中流社會 以下階級에셔ᄂᆞᆫ 千金과 如ᄒᆞᆫ 其 女子를 藝妓에 入ᄒᆞ며 娼妓로 賣ᄒᆞᄂᆞᆫ 惡習과 蠻行이 逐日 增加ᄒᆞ야 漸次 猖獗ᄒᆞᄂᆞᆫ 兆○를 示ᄒᆞᄂᆞᆫ 現狀이다.…女子가 情操를 失ᄒᆞ면 亦 生치 못ᄒᆞᄂᆞᆫ 것이 卽 理의 原則이라 可謂ᄒᆞᆯ 것이라. 그런ᄃᆡ 彼等은 其 女子의 本性 卽 情操를 奪ᄒᆞ고 醜惡ᄒᆞᆫ 花柳界에 投ᄒᆞ야 天이 賦與ᄒᆞ신 그 本性을 抹殺케 ᄒᆞ고 …其 女의 骨을 剔ᄒᆞ야 食ᄒᆞ며 血을 搾ᄒᆞ야 飮ᄒᆞ나니 可痛ᄒᆞ다.

물재는 여자를 창가에 파는 당대의 악행을 애통해하며 '사람의 도리에 어긋남이 이보다 더한 것은 없다'고 한다. 물론 여자를 창가에 파는 악행을 '정조'에서 찾거나 남존여비 발언 등은 유감이기에 물재의 여성관이 한계성을 보이는 것도 사실이다. 하지만 그가 「여자사회의 개혁」을 요구하는 글을 31회나 연재하였다는 것은 분명 물재의 따뜻한 여성관이다. 비록 이러한 전근대적 의식을 보였지만 이는 당대 사회적 사고의 한계이기도 한 점은 분명 인정해야만 한다.[49] 따라서 그의 단편소설 〈홍수녹한〉[50]도 이러한 물재의 따뜻한 여성관에서 나왔다고 보아야한다.

물재는 다음처럼 맹분과 하육까지 동원하여 철퇴를 조선사회에 내리치는 것으로 「여자사회의 개혁」 31회까지의 긴 글을 맺는다.

> "孟賁·夏育과 如ᄒᆞᆫ 天下力士를 招來ᄒᆞ야 數千斤 鐵椎로써 此等 惡風을 一擧에 破壞ᄒᆞ야 써 一般女子로 ᄒᆞ야금 其 固有의 本性인 情操를 守ᄒᆞ게 ᄒᆞᆯ고"

---

49) 당시 숙명여학교의 교표에 둥글레꽃 잎사귀를 새긴 것은 '그 쏫과 갓치 정숙하게 여자다우라는 뜻' 이고 이화학교의 배꽃은 '리화와 갓치 순결하며 조흔 열매 만히 매즈라라는 의미'였다.
연구공간 수유너머, 『신여성』, 한겨레신문사, 2005, p.20.

50) 〈홍수녹한〉(〈매일신보〉(1920.7.3.~7.14.)은 여염집 부인이 남편에 의해 창가에 팔린 것을 안타까워하며 그려낸 소설이다. 실질적으로 이무렵 〈매일신보〉(1919.6.21.)에는 김선동(18세)이란 여자를 창기로 130원에 팔아버린 기사도 보인다.
그러나 당대 기생에 대한 남성들의 인식은 조선시대와 크게 다르지 않았다. 심지어는 민족신문임을 자임했던 〈동아일보〉(1924.7.5.)에서조차 기생을 찾는 남성을 풍류남아로 지칭하고 있다.
"서울 안에 기생이 대략 300명이 있는데 다방골에만 60명이나 있다고 하니 어쨌든 굉장하지 않습니까? 이 명물을 찾아 달 밝은 밤마다 들창문으로 새어나오는 은방울 소리 같은 노래를 찾아 문 앞에 대령하여 보는 것도 꽃을 탐하고 버들을 꺾는 풍류남아로 한번 해볼만한 놀음일 것입니다."
손종흠 외, 『근대 기생의 문화와 예술』, 보고사, 2009, p.155에서 재인용.

2. 역사

물재의 글 중에는 역사에 관한 글이 꽤 된다. 물재는 〈매일신보〉에 「조선인은 조선의 역사를 연구하라」(1920.4.29.~5.3)를 4회 연재, 「백제충신 성충을 논함」(1920.6.6.), 「조선사담문답」(1920.7.16.~10.21) 같은 경우는 무려 40회를 연재하였다.

「고려의 최영전을 독함」이란 글부터 본다. 이 글은 물재가 33세인 장년의 나이에 쓴 글이기에 더욱 의미 깊다. 제목상으로는 〈최영전〉을 읽고 쓴 글인데 아마도 『고려사』인 듯하다. 그는 이글에서 최영의 요동정벌을 애석해하면서 이렇게 서술하고 있다.

> "崔瑩氏가 廓然이 攻遼의 策을 決한 것은 高麗로 하야금 恢恢한 大地의 間에 堂堂한 獨立國家를 建設하야 明과 覇를 爭하려 함이니 彼의 氣가 如何히 壯하며 彼의 志가 如何히 廣하며 又 彼의 謨가 如何히 大한 것인가.…그런대도 朝廷의 大臣等은 事理에 暗하며 小節에 拘하야 所爲 [以小事大者는 畏天明]이라는 言을 唯一의 信條로 하야 攻遼의 事로써 事大畏大의 大義에 逆함이라하야 드대여 彼를 大罪로써 構하얏다.…如斯훈 大人物로 하야금 志를 展치 못하게 하고 反히 大戮에 陷케 하얏슴으로 국가는 自主自立으로 되지 못하고 맛참닉 明에게 복속하고 말은 것이다."[51]

물재는 최영의 요동정벌이 '당당한 독립국가를 건설하려 명과 쟁패를 다투는 전쟁'으로 보고 있다. 그리고는 조선이 '명나라에 복속'되었다고 끝을 맺는다. 최영의 요동정벌 실패는 그대로 조선으로 이어지기에 이 대목은 꽤 의미 깊다. 물재는 조선이 결국 명나라를 섬겼기에

51) 「고려의 최영전을 독함」(〈매일신보〉, 1924.1.8.)

복속이라는 말을 썼기 때문이다.

즉 추체성이 없다는 것을 지적한 뜻으로 보아야 한다. 실상 물재의 「조선인은 조선의 역사를 연구하라」에서 당시까지도 『사략』이나 『통감』 등 중국역사나 배우고 있는 식민지 현실을 통매하고 있다.

> "父兄 又 漢學者等의 口實은 通鑑을 讀ᄒᆞ지 아니하면 文理를 透得ᄒᆞ기 難홈으로 此는 可히 廢치 못할 것이라고 主張ᄒᆞ나 그러나 朝鮮도 東國通鑑과 東國綱目 有ᄒᆞ야 通鑑은 支那資治通鑑을 倣ᄒᆞ고 綱目도 亦朱子綱目에 倣ᄒᆞ야 編纂ᄒᆞᆫ 것인 故로 其文法體裁가 一致無違ᄒᆞᆫ 것이니 果然 彼의 主張과 如히 兒童의 文理 透得홈을 爲홀진ᄃᆡ 東國通鑑을 教授홈이 如何ᄒᆞ기에 何必 彼 支那通鑑을 教授ᄒᆞ얏ᄂᆞᆫ가 此는 不思의 甚이며 矛盾의 甚ᄒᆞᆫ 者이로다."[52]

물재의 "그런즉 人家의 父兄된 者ᄂᆞᆫ 罪가 實로 莫大" 하다며 한학계를 꾸짖는다.

> "朝鮮民族으로 ᄒᆞ야금 自我의 精神을 抹殺ᄒᆞ며 自我의 思想을 泯滅케ᄒᆞ고 唯 支那를 是尙ᄒᆞ던 것은 卽人家 父兄과 漢學者輩의 罪過라 ᄒᆞ겠도다."

물론 이 모든 책임을 민간의 사람들과 한학하는 이들에게만 돌릴 수는 없을 것이나 물재의 말이 일리 없는 것도 아니다. 저 물재로부터 한 세기가 되어가는 이즈음, 필자도 한학을 하며 『사략』이나 『통감』을 보지 우리의 『동국통감』과 『동국강목』을 강독한다는 이야기는 금

52) 「조선인은 조선의 역사를 연구하라」 3회(〈매일신보〉, 1920.4.29.~5.3)

시초문이기에 말문이 막히는 것도 사실이다.

「자비존인하는 근성을 타파하라」 상하 역시 대 중국인에 대한 굴종된 우리의 역사의식을 그대로 노정한 글이다.

「조선사담문답」은 무려 40회를 연재한 글이기에 물재의 역사의식을 소연히 찾아 볼 수 있다. 이 글은 아래처럼 [문][답]으로 되어 있다.

> **[問]** 朝鮮의 意義를 問흠
>
> **[答]** 我 朝鮮半島는 東方에 位흐야 朝日의 光鮮을 先受흠으로 朝鮮이라 稱흠이니라(1회)

이렇게 시작한 조선사에 대한 문답은 40회까지 이어지는 데 내용은 삼국시대까지의 상고사에 관한 내용이다. 「조선사담문답」은 그 내용으로 보아 『삼국사기』, 『동사강목』 등 여러 책을 보고 저술한 듯한데 『동사강목』을 가장 많이 인용하였다. 중요 부분 몇 항만 찾으면 이렇다.

> **[문]** 단군신화는 사실인가? **[답]** 단군 이하 삼국 이전의 일들은 문헌이 없어 신빙성이 떨어진다. 다른 나라들은 개국 초에 모두 문자를 만들어 기록해 두었는데 유독 우리만은 그렇지 못했다.(1회)

물재는 단군사상을 부인하는 입장이다. 이는 『동사강목』을 충실히 따른 답변이다. 다만 우리만 문자가 없기에 기록 못했다는 것은 물재의 소견이다.

> **[문]** 신라상고시대에 처음으로 일본과 교류한 연대 및 사실은? **[답]** 신

라 태조 8년 일본 숭신천황(崇神天皇)이 침략하였다가 신라왕의 성덕을 듣고 돌아간 것이 처음이다.(3회)

『동사강목』에 보이지 않는 『삼국사기』의 기록이다. 『삼국사기』에는 신라 태조(박혁거세) 8년에 '왜인이 군사를 이끌고 변방을 침범하려다가 왕의 신덕(神德)을 듣고는 물러갔다.'라는 기록이 보인다. 그러나 숭신천황이란 이름은 보이지 않는다. 숭신천황은 『일본서기』에 보이는 인물이지만, 학계에서는 『일본서기』 그 자체를 믿지 않는다.

물재는 일본의 역사에 대해서 꽤 호의적인 것이 사실이니 이러한 문답도 있다.

[문] 왜(倭)가 일본 최초의 국호인데 후일 고친 것인가? **[답]** 왜는 한 지방의 명칭이기에 국호란 오해이다. 신무천황(神武天皇) 때에 추진주(秋津州)라 하였다가 효덕(孝德) 때에 일본으로 고쳤다.(3회)

일본의 기록에 '일본(日本)'이라는 한자가 등장한 것은 다이호(大寶) 율령이 처음이다. 다이호 율령은 일본 최고의 완성된 법령집으로 701년 완성 됐다. 효덕 천황(596~654)의 재위기간(645~654)과는 약 50여년 간의 차이가 난다.

또 물재는 『삼국사기』를 부인하면서도 『삼국사기』 기록을 인용하여 답한다. 안정복(安鼎福)도 『동사강목』「서」에서 "『삼국사기』는 소략하면서 사실과 어긋난다(三國史 疏略而爽實)"라고 하였다.

[문] 『사기』[53]에 의하면 박혁거세, 고주몽, 석탈해, 김수로가 알에서

---

53) 김부식의 『삼국사기』를 말한다.

나왔다하는데? [답] 이는 『삼국사기』에 기록되어 있는데 족히 믿을 게 못된다. 단군과 거리가 이미 이천여 년인데 이러한 일이 일어날 수 없다.(5회)

[문] 탈해왕은 사적은? [답] 남해왕이 유리와 탈해에게 연장 순으로 계승하라 하였다. 떡을 물어 유리가 이 자국이 많아 먼저 한 뒤, 탈해에게 물려줬다. 니사금(尼斯今)은 방언으로 닛금이고 전와(轉訛)하여 닛이 님으로 바뀌어 임금이 되었다.(5회)

이렇듯 물재는 비교적 『동사강목』을 그대로 발췌하여 답변을 전재하였다.

[문] 고구려 초에 한(漢)나라와 교병한 사실이 있는가? 상세히 답변해 주기를 원한다. [답] 고구려 유리왕(琉璃王) 32년[54]에 장수를 보내어 이 만의 군사를 인솔하고 서쪽으로 가 양맥(梁貊)을 쳐 그 나라를 멸하고 또 진군하여 한(漢)의 구려현(句麗縣)을 취하였더니 대무신왕(大武神王)의 때에 한이 구원을 풀려 국내성을 쳤으나 실패하고 돌아갔다.

[문] 신라가 당병을 연합하여 백제 파멸한 전말은? [답] 무열왕이 백제를 병탄할 뜻이 있었는데…(중략)…의자왕이 오천 결사대를 주어 막게 하니 계백이 한 나라의 군사로 한 나라의 대병을 막게 하니 존망을 알기 어렵다. 반드시 처자에게 누가 될 것이니 …(40회)

물재가 의지한 책은 역시 『동사강목』이었다. 『동사강목』은 한국사의 독자적인 정통론을 세워서 체계화한 역사서이다. 지금까지의 중국

---

54) 유리왕 33년이다.

중심적인 역사관에서 탈피하고 우리의 주체적인 역사의식에 의해 실증적 사관으로 접근하였다는 데 의의가 있다. 물재는 여러 글에서 우리의 자주성을 내세우며 이 『동사강목』을 자주 거론하였다. 그 실증적 작업이 「조선사담문답」이다.

3. 인생

물재가 인생을 바라보는 자세는 「인생의 최대목적」에서 기본적으로 유교와 불교라고 밝힌다.

> "佛敎上으로 人은 如何흔 者인가 云할진딕 人은 卽 天地間 陰陽의 二氣顯흔 者로…그럼으로 天地는 最大體의 天地오 人은 卽 小體의 天地이니라."[55]

그래 물재는 대해의 물과 한 잔의 물이 다르지 않듯 인류도 천지우주와 대소의 차이가 있을 뿐이지 동일하다며 이렇게 잇는다.

> "其 形相上으로는 至大至小의 差가 有흐지마는 旣히 其 本體가 同一흔 以上에는 天地의 德은 卽 人性固有의 德이라고 아니치 못홀 것이라. 斯와 如히 人生最大目的은 此 天賦의 德性을 實現흠에…"

그런데도 세상에서는 각종 목적을 금전, 벼슬, 명예, 학술연구 등이 있으나 "一도 人生 最終의 目的이라고는 謂나키 難" 하다고 말한다. 물재가 꽤 실용적인 학문관을 지니고 있으면서도 금전, 벼슬, 명예 등을 인생의 목적으로 보지 않는 이유는 기본적으로 이러한 인생관을 지녀서인 듯하다. 물재가 본 인생의 목적은 하늘로부터 부여받은 천부의 덕성을 실현하는 일이었다. 이 글로부터 7년 뒤에 쓴 「인생과 목적」에서도 이러한 견해는 그대로 이어진다.

---

55) 「인생의 최대 목적」 1회(〈매일신보〉, 1920.5.28.) 이후 2회부터 4회까지 종남산인(終南山人)이란 필명으로 연재하였고 7년 뒤에 「인생과 목적」 4회(〈매일신보〉, 1927.8.16.~8.19)를 더 연재하였다. 이즈음은 물재의 병이 깊을 때이기에 이 연재 글에서 그의 고민을 살필 수 있다.

"人生의 最大 目的은 卽 天賦德性을 實現하는 事에 全體의 精神을 貢獻치 안이치 못할 것이다. …그러므로 此 德의 力, 德의 光에 對하야는 大災地變도 이를 如何키 難한 것이다.…그러면 自己天賦의 德性이란 것은 如何한 것인가. …此를 儒教上으로는 卽天地生生之德이라云하는 것이다."[56]

물재는 천부의 덕성을 '생생지덕(生生之德)'이라고 설명한다. 생생지덕은 유교에서 추구하는 인(仁)으로 들어가는 초입이다. 물재는 이 생생지덕으로 초목이 무성하고 봄꽃이 피는 천지생생의 덕을 이루는 길은 오직 지성(至誠)이라고 한다.

"孔子는 일즉 [誠者는 天之道也, 誠之者는 人之道也]라고 云云하섯나니 이갓치 天地는 唯一無二의 至誠으로 萬物을 發育케하는 者인故로 至誠이 無하면 決코 物을 완전히 發育케 할 수 업는 것이다."

그러며 물재는 이 지성을 하기 위해 자강불식(自强不息)과 반성(反省)을 요구한다.

"一日과 片時일지라도 間斷이 업시 勉强不息하는 것이 卽 天道이다. 吾人도 旣히 一小天으로 되어 잇는 以上 彼 天道와 갓치 自强不息의 功을 出치 안이하면 불가한 것이며 又 每日 反省치 안이하면 不可한 것이니 反省이라는 것은 卽 古人의 [內省不疚]라는 것을 함이다."[57]

56) 「인생과 목적」 2회(〈매일신보〉, 1927.8.17.)
57) 「인생과 목적」 3회(〈매일신보〉, 1927.8.18.)

물재가 추구하는 인생, 그것은 결국 덕을 실현하기 위해 끊임없이 자기를 독려하고 자기를 되돌아보아 조금도 부끄러울 것이 없는 내성불구(內省不疚)의 단계로 나아가는 것을 말한다. 물론 이러한 사람은 도덕성이 있는 사람이고 이러한 사람이 모인 국가는 도덕적인 국가라 할만하다. 하지만 식민지하 물재의 이러한 인생의 목적은 괘나 공허한 외침이었을 듯하다.

물재 자신이 이를 실현하려 했는지? 아니면 식자(識者)의 공허한 허장성세인지?는 알 수 없다. 다만 분명한 것은 식민지하 지식인으로서 이러한 글을 신문에 실었다는 사실만은 명백하다.

물재의 글 중에 우리 민족의 예의에 대해 쓴 「자비존인하는 근성을 타파하라」는 위의 글들과 연결된다. 물재는 조선인이 지나치게 예의를 찾는다며 지나치게 겸손한 과겸(過謙), 과공(過恭)을 나쁜 악습으로 단언한다.

> "我 朝鮮民族은 幾百年以來로 過恭過謙의 惡癖이 有ᄒᆞ야 己를 卑ᄒᆞ고 人을 尊ᄒᆞᄂᆞᆫ 根性이 各自 ○裏에 蟠據ᄒᆞ얏슴으로 其 結果ᄂᆞᆫ 自尊의 心이 無ᄒᆞ고 拜他의 熱이 澎湃ᄒᆞ얏스며 自主自立의 勇氣가 無ᄒᆞ고 依附從人의 醜態를 演ᄒᆞ얏도다."[58)]

물재는 이러한 악습은 고려 중엽이후로 중국을 우러러보는 모화열(慕華熱)이 배태되어 신라, 백제, 고구려 삼국시대의 자존자대(自尊自大)의 사상은 무너지고 동이(東夷)로 전락했다고 애석해한다. 또 한문을 진서(眞書)라 높이고 한글을 언문(諺文)이라 하거나 한학(漢學)의 노예가 되어 중국 팔대가의 글만 암송하고 우리에게 인물만 하더라도 단

---

58) 「自卑尊人ᄒᆞᄂᆞᆫ 根性을 打破ᄒᆞ라」 상(〈매일신보〉, 1920.5.21.)

군[59]과 기자가 있거늘 우임금과 탕임금만 받들고 을지문덕과 강감찬, 김방경과 이순신 등의 장군이 있는데도 손비와 오기, 오호대장만 추켜들고 문장대가로도 최치원, 이규보, 김부식 같은 이가 있는데도 이태백, 두보, 소동파만 안다고 하며 자아(自我)라는 관념을 찾자고 역설한다.

> "吾人은 모름직이 人을 對홈에 不撓不屈의 態로셔 ᄒᆞ며 物을 接홈에 自尊自大의 氣를 養치 아니ᄒᆞ면 不可홀지니 假令 支那人은 支那의 一帶를 天下라 稱ᄒᆞ거던 吾人도 朝鮮一帶의 地를 天下라 稱ᄒᆞ며 [洛陽은 天下之中]이라 ᄒᆞᄂᆞᆫ 말을 우리ᄂᆞᆫ 東京과 京城을 [天下之中]이라고 謂홈이 當然ᄒᆞ다 하노라. 如斯히 우리ᄂᆞᆫ 自卑尊人의 정반대로 自尊卑人ᄒᆞᄂᆞᆫ 氣風을 含蓄치 아니ᄒᆞ면 不可ᄒᆞ다."[60]

글로만 보면 물재의 민족의식은 분명하였다. 하지만 밑줄 친 부분처럼 조선과 일본을 동일시하는 데서는 식민지인으로서 그 한계점을 그대로 보이고 있다. 물론 이 글이 〈매일신보〉에 실린 것이라는 점도 고려해야겠지만, 물재는 이미 일본과 조선의 내선일치를 그대로 받아들이고 있는 것이 아닌가한다.

그의 삶이 어찌되었든지 간에 글을 쓰는 내내 식민지하 지식인이요, 일본의 기관지 기자로서 녹을 먹는 자연인 송 물재, '그는 꽤나 번민(煩悶)에 시달렸으리라.' 하는 생각이 의논성 있게 따라 붙는다.

---

59) 물재는 『동사고기』에 단군의 기록이 있지만 허황되다며 논리적으로 믿지 않으면서도(「조선사담문답」 1회(1920.7.16. 참조)) 감정적으로는 단군의 자손임을 부인하지 않는 모순된 태도를 보인다. 물재는 『동사고기』의 기록을 믿지 않는 한 이유로 유자(儒者)가 아닌 신라 승려인 무극(無極)의 소작이라는 점을 들었다. 현재 『동사고기』는 그 실존여부를 알 수 없는데 물재가 실지로 이 문헌을 본 것인지는 알 수 없다.

60) 「自卑尊人ᄒᆞᄂᆞᆫ 根性을 打破ᄒᆞ라」 하(〈매일신보〉, 1920.5.22.)

4. 문장

1) 실용지학

송순기가 문학을 바라보는 시각은 한마디로 실용지학이었다. 물재는 이백을 좋아하였지만 향리의 한 서당에서 〈장진주〉를 가르치는 것을 보고 이렇게 말한다.

> "李太白의 將進酒 一篇을 敎授혼다. 此 詩가 勿論 名作이 아닌 것은 아니나 大抵 文을 取호되 다만 其 章句의 飾繪와 體裁의 妙品에만 眼을 着호고 其 言의 善不善과 其 義의 美否를 採치 아니호면 畢竟 賊夫人子의 惡劇을 演호는 것이다. 其 詩에 曰 [千金散盡還復來]라호고 [古來賢達皆寂寞 惟有飮者留其名]이라 호며 又 [酒不到劉伶墳上土][61]라 하였으니 嗟흡다."[62]

물재는 〈장진주〉 가르치는 선생을 '팔자사나운 약간의 문자가 수용된 이'라고 폄하하며 "남의 자식 하나 해치는구나(賊夫人子)!"라고 일갈한다. 그러고는 이러한 시구가 '사람을 부랑자로 만들고 끝내는 멸망으로 이끈다'라고까지 경고한다. 물재는 문장의 좋고 나쁨이 아니라 글이 전달하고자 하는 의미에 뜻을 두고 있음을 알 수 있다.

물재는 그렇기에 문장을 하나의 기예나 현학적 구사에 두지 않고 실용지학의 도구로서 이해하였다. 아이러니 한 것은, 물재는 문장의 실용성은 인정하지만 학문 고유의 목적을 버리지는 않는 중간자 입장을 취한다는 점이다. 물재 사후에 연재한 「학문의 의의」는 이에 대한

---

61) 이것은 이백이 아닌 이하(李賀)의 〈장진주〉 구절이다.

62) '담편어설'(〈매일신보〉, 1919.10.4.)

물재의 학문 세계를 여실히 보여준다. 일단 물재는 학문을 물질의 교환가치로 환원하고 있는 당시의 현실을 인정한다.

"學問은 活動하기 爲하야의 學問이니 此를 打算하여보면 勿論 現金의 가치를 有한 것이 甚히 明白한 것이다.…吾人은 學問이 職業的으로 되지 안을 수 업는 것이며 따라서 現金的으로 되지 안을 수 업는 것이니 吾人은 此를 無理하다고 思치 아니하는 바이다."[63]

그러나 물재는 학문을 금전적 환전가치로만 쟁여두지 않는다. 그는 '학문을 이렇게만 두면 인생의 불행이 크다'며 다음과 같이 말한다.

"學問으로써 貨幣의 交換物을 作하며 萬一 貨幣로써 交換할 便宜가 無한 學問은 此를 無用의 者라고 함에 至할진대 彼 聖經賢傳을 首位로 삼아서 古往今來로 吾人의 靈性을 高潔케하며 知能을 博大케 하며 品質을 純情케하든 學問은 此가 곧 無用者로 됨에 止할 것이 안인가."

물재가 추구하는 학문의 가치는 사람의 '품성을 고결' 하게 하고 '지능을 넓혀'주며 '인간으로서 바탕을 순정' 하게 해주는 데 있다. 그러며 학문이 물질과 교환가치로서 전락하면 '사람으로서 사람 된 도리는 모두 상실'될 것이고 경고하며 「학문의 의의」를 마치고 있다. 결국 물재는 학문의 의의를 '사람 만들기'에서 찾은 셈이다.

그래서인지 물재가 생각하는 학문을 전달해주는 위인관(偉人觀)과 문장관(文章觀)은 상당히 흥미롭다. 그의 위인관은 「박연암 선생과 그의 우주학설」(1)[64]에서 일단을 볼 수 있다. 그는 이 글에서 위인을 이렇게

63) 「학문의 의의」 1(〈매일신보〉, 1928.2.15.)

정리한다.

"宗教家이던지 哲學家이던지 又는 文學家이던지 그 偉人의 偉人된 所以는 前人의 能히 發치 못하던 바를 發하며 往日의 能히 爲치 못하던 바를 爲홈에 있는 것이다."

송순기가 말하는 위인은 새로운 것을 찾는 인물임을 말한다. 따라서 그는 옛 학설을 부연하는 자는 위인으로 여길 수 없다한다. 그가 이러한 인물로 예를 든 이는 바로 주자학을 정립한 주자와 이황, 이이 등이다. 송순기는 주자는 이미 있는 이론을 부연하였기에 소위인이요, 이황과 이이도 고인의 학설을 부연함에 불과하다며 폄하하고 추켜세운 이가 바로 연암 박지원이다.

송순기는 연암 박지원이 새로운 우주에 대한 설을 펼쳤기에 위인이라 한다.[65]

"高麗以來로 李朝의 季葉에 이르기ᄭᅡ지 幾多의 文章家가 ○出하였지만은 余는 此等에게 偉人이라는 名號를 附與코져 아니한다.… 朴燕巖先生은 其 文章으로도 一世에 卓越하였지만은 此는 先生在하야 一陋末枝가 됨에 불과 홈이다. 오즉 先生의 天才에 ○하였으며 又 그의 學力에 感歎한 것은 그의 至小至微ᄒᆞᆫ 六尺의 軀와 一寸의 心으로써 廣大無邊ᄒᆞᆫ 宇宙의 體를 ○察ᄒᆞᆫ 力이 위대하며 玄玄妙妙ᄒᆞᆫ 天地의 理를 剖觀ᄒᆞᆫ 智가 精緻하였음에 作홈이다."

---

64) 〈매일신보〉, 1922.10.30.

65) 송순기가 연암의 우주학설로 든 것은 『열하일기』 소재 「곡정필담」 (2회), 지구지전설(3회~4회), 월중세계와 지광설(5회)이다.

결국 송순기가 찾는 위인은 신발견이요, 신사상을 가져오는 이이다. 엄혹한 일제치하, 그는 신세계를 열어젖뜨릴 백마 타고 오는 초인을 연암 같은 이에게서 찾은 것은 아닐까.

그래서인지 송순기는 글을 쓰는 문장가임에도 문장 그 자체를 크게 여기지 않았음을 알 수 있다.[66] 물재는 문자가 건네주는 뜻에 더 치중하였다. 그의 글쓰기가 글쓰기나 학문 그 자체의 즐거움 보다는 여성, 역사, 당대 등 현실적인 실생활과 연결됨을 여기서 알 수 있다.

물재는 이외에도 연암 박지원에 대해 많은 관심을 표명했으니 『기인기사록』(상) 19화는 연암의 〈허생〉 번역이요, 〈호질〉 원문을 〈매일신보〉(1926.1.1.)에 구두점만 찍어 게재하기도 하였다.

2) 기발 · 유쾌 · 문취

송순기는 한문현토체를 선호하였다. 송순기는 그만큼 한학에 밝았다. 그의 수학(修學)이 오로지 스승 최영년을 통해 이루어졌는지는 확인할 수 없지만 박람군자요, 박학다식했음은 그의 글들에서 무수히 발견되는 전고(典故)를 인용하는 데서도 알 수 있다. 이 책의 여러 인용문에서 보았듯이 문장 자체의 미묘를 추구하지 않으면서도 문인으로서 도리가 없는 듯이 문장의 조탁에 힘썼다. 대표적인 것은 그의 글에서 쉴새 없이 나타나는 속담과 전고이다. 심지어는 자신의 「병상에 누워」 같은 글에서까지 속담을 끌어다 썼다.

66) 그렇다고 송순기는 고답적인 문체를 사용하였다는 의미는 아니다. 그는 글의 다양한 장르만큼이나 문체에도 신경을 썼다. 예를 들어 소설 〈홍수녹한〉에서는 편집자적 논평을 보이거나 문체를 세련되게 표현하려는 의도를 여실히 볼 수 있다.

> "古人의 言에 ᄒᆞ얏스ᄃᆡ [病至然後에 知無病之快]ᄒᆞ며 又 曰ᄒᆞ되 [無病이 愈於長生]이라ᄒᆞ얏나이다."[67]

전고에 대해서는 이 책의 곳곳에서 나오기에 따로 정리하지 않는다. 송순기는 전고에 능숙했지만 또 언어의 조탁에도 꽤 신경을 썼다.

> 그러함으로 시시때때로 눈총알과 입뿌리창과 주먹대포는 허구헌날 림산식의 머리에 떨어짐에 연약한 림산식의 마음군사와 덕의 방패는 능히 이 무섭고 두려운 적국을 방어하며 대적치 못하여 날마다 동패서상(東敗西喪)하는 최후의 궁경에 빠졌더라.[68]

눈총을 눈총알로, 잔소리를 입부리창으로, 주먹질을 주먹대포로 바꾸어 버렸다. 물재는 '총알, 창, 대포'라는 금속성 전쟁 무기로 아내에게 주먹질을 하는 남편의 잔학성을 표현하였다. 또한 임산식을 '마음군사와 덕(德)의 방폐'로 남편을 '두려운 적국'으로 표현하였다. 그 어느 문인에게 비긴들 조금도 축나거나 버릴게 없는 언어의 조탁들이다.

물재의 이러한 문체 의식은 글은 기발하고 유쾌하게, 그리고 문취(文趣)를 추구하는 그의 문장관에 근거한다. 이는 「이태백시와 수호전」에서 알 수 있다. 물재는 이태백시와 〈수호전〉을 가장 좋아한다고 하였는데 그 이유를 이렇게 들고 있다.

> "詩에는 奇拔한 詩가 有한 것이다. 문에는 奇拔한 文이 있는 것이다. 그리고는 又 詩에는 快한 詩가 有하고 文에는 快한 文이 有한 것이

---

67) 「병상에 누워」(매일신보, 1920.6.18.)

68) 〈홍수녹한〉 5회

다. 그러면 彼 李白詩갓치 快하고 奇拔한 者가 無하며 水滸傳갓치 快하고 奇拔한 者가 無하다할 것이다.…李伯의 詩는 句句마다 酒趣를 帶치 안은 것이 無하다.…그리하야 李白詩를 讀할 時마다 그 酒에 대한 情趣가 油然히 人을 起케 하며 水滸傳을 讀할 時마다 그 酒을 對하는 光景이 森然히 目에 在한 것과 갓다."[69]

기발하고 유쾌한 글에서 나아가 정취(情趣)까지 찾아내는 물재이다. 물재의 글들에 흥이 있음은 이에서 알 수 있다.

이 글의 마지막 또한 물재 글의 정취를 느낄 수 있다. 주중의 선인 이백과 자신을 동일시하며 〈수호전〉을 읽음을 호기롭게 마무리하니 이렇다.

"記者는 酒中의 人이다. 酒中의 人과 酒中의 仙과는 同一로 論할 바 아니지만 如何間 酒의 情이 彼와 同하며 酒의 趣가 彼와 同한 以上 其 優劣은 足히 論할 바 ㅣ 아니다. 七月三十一日 午後四時三十分於獨樂齋ㅏ에서 ㅇ然이 臥하야 水滸傳을 手로브터 徐徐히 釋한 후에"

69) 「이태백시와 수호전」(매일신보, 1924.8.3.)

Ⅳ장

논문

1. 1920년대 문인 지식인의 대 사회적 글쓰기 연구*

송순기의 『기인기사록』을 중심으로

1) 서론

1910~1920년대, 전근대와 근대, 고와 금, 구문물과 신문물, …무수한 이항 대립의 길항(拮抗) 시기였다. 대한제국과 일제강점기의 중심에서 살다간 물재(勿齋) 송순기(宋淳夔, 1892~1927)의 『기인기사록(奇人奇事錄)』이라는 줄기만 당기면 야담, 한시, 언론, 시단, 친일 등 한국문학사의 예사롭지 않은 수확을 건진다. 특히 『기인기사록』은 우리 문학사에서 일제강점기 지식인으로서 송순기란 작가의 존재와 역할 등에 대한 인식론적 해명을 위한 유용한 야담집이다.

송순기의 야담집 『기인기사록』은 상·하 2권이며 현토식 한문으로 편찬한 신문연재 신연활자본(新鉛活字本)[1]이다. 신문연재란 〈매일신보〉에 연재된 것을 책으로 엮은 야담집이기 때문이다.

비슷한 시기 현토식 한문으로 된 신연활자본 야담집은 동기화(同期化)[2]를 보이지만 신문연재를 책으로 펴낸 것은 장지연의 『일사유사』

---

* 이 논문은 한국어문교육연구회 200회 학술발표회(2015년 3월 28일) 발표논문을 일부 수정·보완하였음을 밝힌다.

1) 학계에서는 '구활자본'이라하나 이는 현재적 관점으로 보아서고 당대적 관점으로는 신연활자이다. 구활자란 고려 때 이미 선보인 금속활자 일체를 지칭할 수도 있기에 시기적으로 곤란하다.
 따라서 당대를 중심으로 명칭을 부르는 것이 타당하다고 생각한다. 이를 통합할만한 명칭이 없기에 이글에서는 신연활자(新鉛活字)로 제언한다. 고소설이라는 명칭도 '고소설/구소설/신작구소설' 등이 뒤섞여 쓰였지만 학자들의 합의를 토대로 고소설로 칭한 바 있다.

2) 이 중 『조선야설 청구기담』(박건회, 조선서관, 1912), 『청야휘편』(고경상, 회동서관, 1913), 『반만년간 조선기담』(안동수, 조선도서주식회사, 1922)은 국문이고 『오백년기담』(최동주, 박문서관, 1913(개유서관, 1916(광학서포), 1923(박문서관), 『실사총담』(편집 겸 발행자 최영년, 조선문예사, 1918), 『동상기찬』(백두용, 한남서림,

와 『기인기사록』 상·하 정도이다. 『기인기사록』 상·하권은 총 107화로 상권(1921)은 51화 203쪽, 하권(1923)은 56화 195쪽이며 문창사에서 간행되었다.

1910~1920년대는 우리 야담사에 꽤 의미 있는 공간이었다. 문학사 속에서 필사와 식자의 여기(餘技)라는 척박한 토양에 근생(僅生)하던 야담이, 잠시나마 신연활자본 야담집의 간행으로 독서대중에게 머물렀던 시기였기 때문이다. '잠시'라는 한정적인 부사를 사용한 이유는 야담사에서 1910년대 이전이나 1930년대 이후의 야담에 비하여 그 독자성과 자가 의식이 강해서이다. 『기인기사록』은 그 중, 양적으로나 질적으로나 이 시기 야담집의 중심에 놓인다. 더욱이 시대를 고뇌하였던 야담작가 송순기는 『기인기사록』에 야담의 순기능인 '재미'와 '식민지 지식인의 고뇌라는 시대의 진정성'을 병치하였다. 병치라는 말은 송순기라는 일제강점기 지식인의 대 사회성(Sociality)[3]과 문학이라는 의사소통(Communicability)을 뜻한다.

이렇듯 송순기라는 인물이 1920년대 우리 문학사에서 그 결절이 선명하지만, 그 연구 성과는 미미하기 짝이 없다. 이윤석·정명기에 의해 발간된 『구활자본 야담의 변이양상 연구』(보고사, 2001, pp.36-44)에서 『기인기사록』 상권의 체계가 분석되어 학계에 소개된 이후, 간호윤의 「일제하 금서 『기인기사록』(하)에 나타난 김충선 화의 현재성」(『우리문학연구』 17집, 우리문학회, 2004, pp.115-137)과 「『기인기사록』 상·하 고찰」(『어문연구』 130호, 한국어문교육연구회, 2006, pp.337-365), 그리고 서신혜의 「물재 송순기의 〈전신전〉 연구」(『한국의 철학』 제41호, 경북대학교

1918), 『박안경기』(박건회, 대창서원, 1921), 『대동기문』(강효석, 한양서원, 1926)은 한문현토이다.

3) 인간은 누구나 사회적 존재이지만 누구나 '대사회적'의식을 갖고 있는 것은 아니다.

퇴계연구소, 2007, pp.195-218)와 이승은의 「활자본 야담집 『기인기사록』의 편찬 의식과 의미」(『Journal of Korean Culture』, 24, 한국어문학국제학술포럼, pp.39-60) 정도만 학계에 보고되었다.

이유는 송순기에 대한 문헌적 정보 발굴이 늦어서이기도 하지만, 『기인기사록』 상·하권이 1920년대 출간된 신연활자본 야담집임에도 거의 찾아 볼 수 없어서였다. 이유는 『기인기사록』 하권이 1937년 일제강점기 금서로 지정되었기 때문이다. 당연히 상권도 연구자들이 접하기 어려울 만큼 희귀본이다.

2) 본론

(1) 송순기의 삶에 나타난 대사회적 의식

① 언론인으로서 송순기

송순기는 진천송씨(鎭川宋氏) 안성공파(安城公波)[4] 24세이다. 송순기

---

4) 『진천송씨대동보』에 의하면 송순기는 송광보(松匡輔)의 23세손이다. 송광보는 안성공파의 파 종조(派 宗祖)로 고려 공민왕 때 등 문과(登文科)하여 예부상서 등을 역임한 인물이다. 아버지는 일진(一鎭, 1854~1921.2.16.: 〈매일신보〉, 1921.2.29. 기사 근거)으로 장남이 순긍(淳兢, 1877~1911:字는 重克), 차남이 순익(淳益, 1884-?:字는 重翊)이고 순기가 3남으로 막내였다.

『진천송씨대동보』 기록에 의하면 아버지 일진에게는 두 부인이 있었다. 첫 부인은 청주 한씨였고 두 번 째 부인은 해풍김씨(1851~1910)였다. 송순기는 형들과 나이차로 미루어 (백형과는 15년, 중형과는 8년 터울이다) 해풍김씨의 후손일 가능성이 크다. 그렇다면 송순기는 8살 때 어머니를 잃었다. 아마도 이 이후 송순기는 아버지와 고향을 떠난 것이 아닌가 한다. 『진천송씨대동보』에는 아버지 일진의 종년(終年) 기록과 순기와 부인 수성최씨의 종년이 보이지 않기 때문이다.

그러나 순기의 백형과 중형은 졸년이 기록되었다. 이는 『진천송씨대동보』를 만들 때 순기의 백형과 중형은 아버지와 동생의 졸년에 대해 명확히 인지하지 못했음을 알 수 있다. 이로 미루어 보면 송순기와 부친은 대대로 현재의 강원도 춘천시 사북면 가일리, 신포리, 지촌리를 근거지로 거주하다가 송순기 어머니 사후 고향을 떠난 것으로 추정할

의 자(字)는 중일(重一)이고 부인은 동갑내기인 수성최씨로 최기주(崔基周)의 딸이었다. 슬하에 삼남매가 있었으나 모두 일찍이 사망하여 절손(絕孫)되었다. 송순기는 이 일로 상심 끝에 폐병이 도져 1927년 9월 12일 경성 봉익동 77번지에서 36세를 일기로 이승을 달리하였다. 그의 유해는 춘천시 사북면 지천리 선영에 안장되었고 〈매일신보〉 송순기 별세 기사에는 "절문(필자 주: 젊은) 한학자"로 기록해 놓았다. 선영(先塋)은 춘천 사북면이나 현재 절손으로 사적을 알 수 없다.[5)]

송순기는 일반 단행본에는 송순기라는 이름을, 〈매일신보〉에는 물재(勿齋), 혹은 물재학인(勿齋學人)이란 호를 즐겨 사용하였다. '물재'는 사물재(四勿齋)로 『논어』 '안연(顔淵)'에 나오는 극기복례(克己復禮)이다. "예가 아니면 보지 말고, 예가 아니면 듣지 말고, 예가 아니면 말하지 말고, 예가 아니면 행하지 말라.[非禮勿視 非禮勿聽 非禮勿言 非禮勿動]"라는 '사물'이란 호에서도 의식의 한 단면을 엿볼 수 있다. 망국의 지식인으로서, 일제치하를 살아가는 유학자로서, 자신의 삶을 다잡아보려는 의식이 투영된 호로 추정할 수 있다. 이외에도 자신의 고향인 춘천과 고향 산인 봉의산 이름을 딴 춘천(春川子), 봉의산인(鳳儀山人)을 썼다.

송순기는 그의 나이 28세경(1919) 〈매일신보〉에 입사하였다. 이후 21년 편집부 기자, 22년 논설부 기자를 거쳐, 23년 4월 24일부터 논

수 있다.

5) 〈매일신보〉의 1927년 9월 13일 '본사논설부장 송순기씨 별세-십이일 아츰 봉익동 자택'이라는 부고기사를 길었다. 그 기사에는 1927년 9월 2일 오전 8시 30분 숙환으로 사망하였다는 내용과 '문장은 익히 세상이 찬양' 하였으며 '슬하에 삼남매가 모두 죽어 이것인 폐병의 증세를 덧쳐' 사망하였으며 '강원도 춘천 선영'에 장례할 것이라는 내용이 담겨있다. 같은 신문 10월 15일 '송순기씨 장례 금일 집행 춘천에서'라는 기사에서는 '가매장 중이었다 10월 15일 오전에 춘천군 사북면 지촌리 선영에 안장' 하였다는 기사가 보인다.

설부주임과 편집 겸 발행인이 되었다. 그는 1927년 5월 11일까지 〈매일신보〉에 근무하였다. 그는 이 경력으로 민족행위 친일인사 명단의 '언론' 부분에 이름이 올라 있다.[6] '친일' 이유는 그가 〈매일신보〉의 편집 겸 발행인을 지냈다는 것에서 연유하지만 이에 대해서는 좀 더 그의 친일 행적이 명확해야만 할 것 같다.[7]

실상 〈매일신보〉의 발행인 겸 편집인을 맡은 이들은 대부분 편집부장, 또는 사회부장급이었을 뿐이었다. 『신문총람』에 의하면 송순기는 1921년, 1922년, 1924년, 1925년, 1926년까지 기자로만 되어 있다가 어찌된 셈인지 1927년에 비로소 논설부주임으로 표기되었다.[8] 그러니까 송순기가 〈매일신보〉의 발행인 겸 편집인을 맡은 기간은 4년이지만 그에게 실질적인 권한이 있었다고 추론하기에는 자료가 영성하다. 친일과 관련된 그의 글을 〈매일신보〉나 기타 글에서 쉽사리 찾을 수 없는 것도 한 이유이다.

마지막으로 송순기는 장학사(奬學社)라는 출판사와도 꽤 연관성이 있는 출판인이었다. 장학사에서 출간한 책은 『아주기행』 상·중·하(박영철 저, 송순기 편, 권양채 교, 장학사, 1925), 『해동죽지』 1·2·3(최영년

---

6) 2008년 발표된 민족문제연구소의 친일인명사전 수록예정자 명단과 2007년 대한민국 친일반민족행위진상규명위원회가 확정한 친일반민족행위 195인 명단 중 언론 부문에 수록되었다. 민족문제연구소가 발표한 '친일반민족행위 결정 이유서'에서 지적한 그의 친일관련 직접 자료는 1921년 1월 1일 〈매일신보〉 신년호에 '문화정치는 시의적절한 정책', 1924년 6월 1일 〈매일신보〉 창간 20주년 기념 글에 '〈매일신보〉는 조선사회에 공명정대한 신문'이라는 논지의 글 딱 두 편이다. 이 두 편의 글은 송순기가 아닌 물재학인으로 표기되어있다.

7) 실상 〈매일신보〉의 편집 겸 발행인은 일제가 1920년대의 문화정치를 표방하면서 한국인들에게 거부감을 주지 않으려는 형식상의 직책이라는 점을 생각하면 여러 방증자료를 바탕으로 꼬느는 것이 마땅하다.

8) 정진석, 『한국언론사 연구』, 일조각, 1985, p.255와 정진석, 『인물 한국언론사』, 나남출판, 1995, pp.162-164 참조.

편저, 송순기 편, 김병채 교, 송순기 편집인 겸 발행인, 장학사, 1925)과 『시금강』(송순기 집, 최승학 주, 송순기 편집인 겸 발행인, 신문관 발행, 장학사, 1926)이다. 장학사에서 출간한 책은 1925년과 1926년, 기록상 이 세 권 밖에 없는 것으로 미루어 송순기가 임의로 만든 출판사인 듯하다.

이상으로 미루어 언론인으로서 송순기의 대 사회적 글쓰기 의식은 한학을 한 식민지하 근대적 언론인이며 자신의 삶을 다잡아 보려는 의지를 살필 수 있다.

② 문인으로서 송순기

1920년대 우리 문학사에서 새롭게 조명해야할 것은 송순기가 대동시단(大東詩壇)의 핵심문인이라는 점이다. 대동시단이란 존재는 근래 발굴된 『시금강(詩金剛)』이라는 한시집에 그 이름이 보인다.[9] 이 책의 앞부분에 한 장의 사진이 있는데 '대동시단 금강산 탐승 만폭동 촬영'이라 적혀있다. 『시금강』이 대동시단에 의해 엮였음을 분명히 하는 사진이다.

『시금강』은 1926년 금강산이라는 단일 주제로 엮은 독특한 한시집으로 무려 200여 명의 문인들이 참가하고 있다. 그 이름 중에는 최영년과 송순기를 비롯, 정만조(鄭萬朝), 오세창(吳世昌), 박영철(朴榮喆), 어윤적(魚允迪), 지운영(池雲英), 최찬식(崔瓚植) 등 낯익은 이름은 물론 김일란, 학정 정준회 부인 서씨, 실명씨 등 여류 시인도 보인다. 이는 집단적 문학 활동을 하였다는 의미이다. 1920년대 이렇듯 200여 명이 넘는 문학집단의 존재는 우리의 문학사에서 매우 희귀한 경우이다.

9) 『시금강』에 대한 연구는 조용호 교수가 「최영년의 『시금강』과 1920년대 한시계」(『한국고전연구』 18집, 한국고전연구학회, 2008, pp.47-76)로 선편을 잡았다.

이 200여 명의 문인 중 주목을 요하는 대상은 바로 송순기와 최영년이다.

『시금강』에서 최영년의 작품은 240여 수로 그 편수에서 압도적이며 송순기 역시 17편의 한시와 편집, 인쇄까지 이름을 올린 것으로 보아 『시금강』 전체를 주재하였음을 알 수 있다. 송순기가 『시금강』 외에 스승 최영년의 『해동죽지』도 편집, 발행인이었다는 사실은 〈매일신보〉의 기자 이력과 함께 꽤 의미 있다.

한학자이며 문인이요, 언론인인 매하산인(梅下山人) 최영년(崔永年, 1856~1935)은 바로 신소설 『추월색』을 쓴 최찬식의 부친이자 송순기의 스승이다. 최영년은 시흥학교를 설립하고 '제국신문'을 주재한 근대적 지식인이었다. 그는 또 『실사총담』과 『해동죽지』의 작자이고, 매일신보에 '시가총화(詩家叢話)'를 200여 회에 걸쳐 연재하였으며, 소설가, 시조 연구가이기도 하였다. 송순기는 이러한 최영년과 사제 간이며 문인, 언론인, 개화의식, 친일지식인이라는 공통점을 갖는다.

송순기는 짧은 생애 동안 봉의산인(鳳儀山人)과 물재(勿齋), 혹은 '물재학인(勿齋學人)'이라는 필명으로 작품을 남겨 놓았다. 봉의산인이란 그의 고향 춘천에 있는 산 이름을 호로 삼은 것이다. 그의 작품을 연도순으로 배열하면 아래와 같다.

21세: 〈만향〉, 〈매일신보〉, 1912.8.14.

29세: 「고려의 대인물 김방경씨를 논함」, 물재 송순기, 『개벽』 제 2호, 31쪽, 개벽사, 1920.7.25.

30세: 「청창만록/ 전신전」, 〈매일신보〉, 1921.5.23.

「낙심병과 탄식병」, 『신천지』, 제1년 제1호, 신천지사, pp.19-23,

1921.7.20.(1923.1.14. 〈매일신보〉에 재수록)

『기인기사록』 상, 물재 송순기, 문창사, 1921.12(上澣)

「청창만록/기인기사(1화)」, 물재라는 호로 〈매일신보〉, 1921.7.1.부터 연재.(1921.7.12. 「오십세의 신랑과 십오세의 신부」(중)부터 청창만록은 사라지고 '기인기사(10화)'로 기재. 이후 「기인기사」로 연재)

「기인기사(21화)」(〈매일신보〉, 1921.8.1) 춘천자라는 호를 사용 (춘천자라는 필명은 한 번뿐임)

「기인기사(22화)」(매일신보〉, 1921.8.3.)부터는 필명 없이 연재.

「기인기사(68화)」(매일신보〉, 1921.11.19)부터는 봉의산인으로 연재.

31세: 1922.1.12.「기인기사」(103화)–봉의산인: 〈매일신보〉, 1922.3.13.(160화)

「금강산의 탐승」, 봉의산인, 『회보–강원도유도천명회』 창간호, pp.44–46, 1922.

「오등으로부터 청년제군에게」, 봉의산인, 『회보–강원도유도천명회』 2호, pp.35–37, 1923.

32세: 『기인기사록』 하, 물재 송순기, 문창사, 1923.

33세: 「고려의 최영전을 독함」, 매일신보사, 1924.1.8.

34세: 「봉래유기」 1회, 물재학인, 〈매일신보〉, 1925.7.8. 「봉래유기」 25회, 물재학인, 〈매일신보〉, 1925.8.4. 『아주기행』 1–3, 박영철 저, 송순기 편, 권양채 교, 장학사, 1925. 『해동죽지』, 최영년 편저, 송순기 편, 김병채 교, 장학사, 1925(편집인 겸 발행인).

35세: 『시금강』, 송순기 집, 최승학 주, 송순기 인쇄, 신문관 발행, 장학사. 1926.1.15.(편집 겸 인쇄인).

〈호질〉, 봉의산인, 〈매일신보〉, 1926.1.1.

36세: 「토지겸병」, 매일신보사, 1927.7.29. 「승풍파랑(乘風破浪)의 거

(擧)」, 매일신보사, 1927.9.7. '본사논설부장 송순기 씨 별세', 매일신보, 1927.9.12.

단속적인 자료들이지만 송순기가 1920년에서 1926년까지 문필활동을 한 유학자요, 신문기자를 지낸 근대적 지식인임을 현시하고 있다. 이 중, 「고려의 대인물 김방경씨를 논함」이란 논설과 〈전신전〉이라는 가전, 연암의 한문 소설을 구두점만 찍어 게재한 〈호질〉, 그리고 야담 연재와 이를 묶은 『기인기사록』 상·하는 송순기의 대사회적 의식을 알 수 있는 좋은 자료이다.

이렇듯 송순기를 중심으로 한 1920년대 한국 문학사의 지도는 야담, 소설, 한문학과 시단, 언론, 출판 등 그 폭이 자못 전방위적인 글쓰기이다. 또한 지식인으로서의 대 사회적 의식이 작품 곳곳에 들어 있음도 간취할 수 있다. 재삼 언급하지만 그의 작품 중, 『기인기사록』은 야담의 선별, 정리, 집필, 출판하는 과정에서 일제강점기 지식인 송순기의 대 사회적 글쓰기가 오롯이 들어 있는 문헌이다.

(2) 『기인기사록』에 나타난 대 사회적 글쓰기

① 한문현토체의 전략적인 글쓰기

『기인기사록』 상·하는 원래 〈매일신보〉에 연재한 야담을 단행본으로 출간한 책이다. 『기인기사록』 상·하가 한문현토체란 점부터 유의해야한다. 송순기는 한문현토체를 선호하였다. 당연히 독자층도 한자를 아는 지식층이었다.[10] 이는 단순한 민중교화나 대중계몽이 아닌

10) 당시 〈동아일보〉와 〈조선일보〉가 고전 및 야담류를 수록하면서 한글로 기재한 것과 좋은 대비가 된다. 이는 〈매일신보〉의 독자층이 한자 해독에 능한 근대적 지식인 독자였다면 〈동아일보〉와 〈조선일보〉의 독자층은 상대적으로 대중이었음을 나타내는

한자를 아는 식자층을 독자로 상정한 수준 높은 글쓰기였음을 알 수 있다.[11] 물론 한문현토체는 전대의 낭독을 위한 독자들을 배려한 글쓰기이다. 따라서 '하고, 하니, 하야, 하나니,…' 따위의 구결(口訣)과 '-리잇가, -얏더라, -리오, 云하니라' 등은 어말어미를 넣음으로써 유려한 문장구조를 만들고 있다.

이것은 송순기가 한문에 능하였기에 가능한 글쓰기였다. 송순기는 한시에도 능하였다. 정명기 교수가 소장하고 있는 『기문(奇文)』[12]이라는 책에는 '송 물재찬'이라는 회문시 4수가 보인다.

이 외에 『시금강』[13]에 17수가 실려 있다. 『시금강』은 송순기가 모으고(輯) 소파(笑坡) 최승학(崔承學)[14]이 주(註)하였다. 이 『시금강』에 관여한 문인들을 이 책에서는 대동시단(大東詩壇)[15]이라 칭하였다.

그런데도 송순기의 『기인기사록』 상·하가 전래의 야담 선집(選集)이면서도 구태의연하지 않은 이유는 어디서 찾아야할까? 그것은 신문연재로 한정된 지면에 실었기에 화소 모두 글자 수를 고려하였기 때문

표지이다.

11) 김준형은 「근대전환기 야담의 전대 야담 수용 태도」, 『한국한문학연구』 제41집, 한국한문학회, 2008, pp.595-631에서 1920년대 야담을 '역사의 현재성'과 '오락을 위한 상업성'으로 나누고 『기인기사록』을 역사의 현재성에서 무게 있게 다루었다.

12) 이 책은 『기문총화』를 전사(轉寫)해 놓은 약 275×200mm의 크기이다. 필적은 힘이 있으나 필체에서 세련된 맛은 찾을 수 없는 것으로 미루어 적어도 연로한 분의 작품은 아닌 것 같으며, 지질로 보아 일제강점기를 넘어서지도 않는다. 또 붉은 방선이 쳐져 있는 것으로 미루어 관공서에서 사용하던 종이이다.

13) 『시금강』은 조용호 교수가 「최영년의 『시금강』과 1920년대 한시계」(『한국고전연구』 18집, 한국고전연구학회, 2008, pp.47-76)에서 서지적 사항을 정리해 놓았다. 『시금강』에는 문인 뿐 아니라, 학정부인 서씨, 승려까지 참여하였다. 조선총독인 재등(齋藤)의 제(題)도 보인다.

14) 최승학은 우리나라 최초의 야담잡지인 『월간야담』(계유사출판부, 1939.5.)에 「포수신의(砲手神醫)」라는 야담을 발표하기도 하였다.

15) 1926년 11월에 창간된 시전문지인 『시단(詩壇)』은 경성 대동시단사(大東詩壇社) 발행이고 편집 겸 발행인은 홍유원(洪裕遠)으로 되어있다.(발행호수 등은 미상)

이다. 즉 글자 수에 따른 화소의 전략적 배치 속에 구조화된 야담집이기에 작가의 글쓰기가 화소에 영향을 미칠 수밖에 없다.

일반적으로 학계에서는 대부분의 야담이 형상력의 발전이나 구성의 치밀함은 다소 변화가 있지만, 원천자료에 대한 편찬자의 적극적 이념 개입은 없고, 근본적으로 민중적 세계관을 기본으로 형성되었다고 보는 것이 정설이다. 그러나 『기인기사록』에서 이 점은 전연 다르다. 『기인기사록』은 1910~20년대가 신연활자본 야담집의 동기화라는 점으로는 결코 해명할 수 없는 독특성을 갖고 있어서다. 그것은 『기인기사록』이 다른 신연활자본 야담집처럼 전대 야담과의 친연성을 유지하면서도, 〈매일신보〉에 연재되었기에 '다른 의미'를 찾을 수 있기 때문이다.

'다른 의미'란 야담작가로서 송순기의 득의처인 '7자 대구의 결레 제명'과 평어인 '외사씨 왈'이다. '7자 대구의 결레 제명' 방식은 1910년대를 풍미하였던 장회체 고소설에서 찾을 수 있으며, 『사기』 '열전 형식'의 '외사씨 왈'에는 야담을 통한 계몽성이나 대중의 교화까지 염두에 둔 야담작가로서의 글쓰기 전략이요, 일제치하를 살아가는 한 지식인으로서 예사롭지 않은 사회적 시각이 고스란히 드러나 있다.

『기인기사록』은 신문연재야담집[16]이기에 글자 수에 따른 화소의

16) 『기인기사록』 상은 온전한 신문연재야담이나 『기인기사록』 하는 33화 '廉士獲財還本主 孝女許身報舊恩'까지만이 신문연재야담이다. 이유는 『기인기사록』 상은 1921년 7월 1일의 「기인기사」 1화 '明見千里하는 婦人의 智慧'에서 동년 12월 27일 100화 '男兒何處不相逢 以德報德君子事'(下)까지를 묶은 것이나 『기인기사록』 하는 1922년 1월 5일의 「기인기사」 101화 '致誠三日夢黃龍 易簀當夜騎異獸'(上)에서 동년 3월 13일 150화 '廉士獲財還本主 孝女許身報舊恩'(下)까지만 〈매일신보〉에 연재된 내용이기 때문이다. 『기인기사록』 하는 총 56화이고 〈매일신보〉 소재 「기인기사」 150화는 『기인기사록』 하 33화이니, 이후 23화는 모두 신문연재와는 관련이 없다.

『기인기사록』 하 33화까지는 제목과 차례도 그대로 신문 간행 순서를 따랐고 내용 또한 다르지 않다. 〈매일신보〉와 『기인기사록』 화소 번호의 차이가 보이는 것은 〈매일

전략적 글쓰기를 찾을 수 있다.

한정된 지면에 실었기에 화소 모두 글자 수를 고려하였기 때문이다. 즉 글자 수에 따른 화소의 전략적 배치 속에 구조화된 야담집이기에 작가의 글쓰기가 화소에 영향을 미칠 수밖에 없다. 모든 화소는 대략 1300~1500자 내외로 한 화가 이루어져 있다는 것이 이러한 사실을 증명한다. 이것은 작가가 다른 야담집에서 단순하게 작품을 발췌·수록할 수 없다는 점과 묵새긴 글이 아니라는 점을 명확히 한다. 「기인기사록 서」의 다음 글도 이에 방증 자료를 제시한다.

> 何幸 宋君勿齋는 當時之一史家也ㅣ라 博聞强記ᄒᆞ고 篤學多智는 世既有定評而君執筆於報壇也에 以我東之 奇人奇事로 將欲紹介於天下ᄒᆞ야 於是에 乃博採舊聞ᄒᆞ고 又 蒐集諸家之雜說ᄒᆞ야 或刪削之ᄒᆞ며 或敷衍之ᄒᆞ며 或折衷之ᄒᆞ야 以成篇ᄒᆞ고 名之曰 『奇人奇事錄』이라 ᄒᆞ니 此 書非特爲奇事奇譚也ㅣ라.

'널리 전에 들은 이야기를 채록하고 또 여러 대가의 잡설을 수집하여 혹은 불필요한 글자나 글귀 따위를 지워 버리고 혹은 덧붙여서 자세히 설명하며, 혹은 양쪽의 좋은 점을 골라 뽑아 알맞게 조화시켜서 한 편을 만들고 이름을 『기인기사록』이라 하였으니 이 책은 단지 기이한 일과 기이한 이야기만이 아니다.'라는 것이 「기인기사록 서」의 요지인 셈이다. 요지의 예는 여러 곳에서 찾을 수 있다.

『기인기사록』 하 55화는 '治身家君子有法, 現祠堂新婦敎禮'로 『일사유사』의 '固性 黃固執'을 저본으로 삼았다. [1]은『기인기사록』이고 [2]는 장지연의 『일사유사』로 황고집의 서두부분이다.

신보〉는 이어진 화소라 하여도 따로 번호 매김을 준데 따른 까닭이다.

1 그 所居村舍要路에 橋를 架設하는 자가 舊塚의 鑛灰를 堀하야 築하얏더니 順承이 以爲하되 아모리 古墳의 跡에셔 採取한 者이라도 此가 人의 墓物인즉 可히 써 踐踏치 못할 것이라 하고 每樣 橋를 避하야 水를 涉하야 行하더니 一日은(『기인기사록』(하), 55화 '治身家君子有法, 現祠堂新婦敎禮')

2 其所居宅舍要路에 架橋者ㅣ가 以舊鑛灰로 築之호디 公이 以爲墓物을 不可踐踏이라 호야 每避橋涉水行호더니 一日은(장지연(1922), 『일사유사』권5, '固性 黃固執', 회동서관, p.5)

이와 같은 현상은『일사유사』의 '고성 황고집'의 글자 수가 800자 정도에 지나지 않아 1,400여 자 정도로 확장시킨 데 따른 것이다. 신문에 연재하기에 날을 받아 놓고 쓰는 글이다. 묵새길 수 없으니 작가의 필력으로 칸을 메워 나갈 수밖에는 없다. 그래서 때에 따라서는『기인기사록』하 32화처럼 '송당 박영'의 화소에 '임식의 계실 유씨' 화소를 첨부하여 한 화를 만들기도 하였다. 글자 수에 따른 화소의 전략적 글쓰기 속에 구조화된 야담의 모습이다.

모든 화소가 이렇다보니 원천 자료와는 전혀 다른 이야기를 창작하기도 하였다. 상권 50화 온달 이야기가 한 예이다. 온달 이야기는『시경』의 시 형식을 모방하여 원천 자료와는 전혀 다른 내용을 삽입하기도 하였다.『기인기사록』상 50화의 원제는 '君王豈識公主志 城南乞夫爲駙馬'인데, 익히 알고 있는『삼국사기』소재의 '온달 이야기'와는 영 딴판이다. 평강공주가 온달을 찾아가는 일부분이다.

公主가 이에 寶釧 數十枚를 肘後에 繫하고 侍婢 綠介로 더브러 宮門을 出하야 溫達을 城南에 謗홀셰 遠히 淟水를 望하고 江有舟[詩名]

四章을 作하니, 其 詞에 曰

△江有舟 ○舟無篙 ○雖則無篙 ○從子于壕 興而比 又賦也 此欲從溫達 而無媒可道也

△江有舟 ○舟無楫 ○雖則無楫 ○從子于隰 興而比 又賦也

△江有舟 ○舟無枷 ○雖則無枷 ○從子于渠 興而比 又賦也

△江有舟 ○舟無柁 ○雖則無柁 ○從子于河 興而比 又賦也 (江有舟四章)

이 이야기 뒤에는 온달 역시 또 이 시경의 시 형식을 모방하여 지은 시가 보인다. 한문에 능했던 송순기가 원천 자료와는 전혀 다른 내용을 삽입한 것이다. 글자 수에 따른 화소의 전략적 배려에 송순기의 필력이 더하여, '온달 이야기'의 근대적 계승과 야담의 장르적 변용을 꾀하는 연진 과정도 짚을 수 있는 곳이다.

송순기의 전략적인 글쓰기 방법은 〈전신전〉에도 잘 드러나 있다. 그는 가전의 전통 문법인 일대기 형식 전기(傳記) 틀을 벗어난 글쓰기를 하였다.

이러한 일련의 과정은 원작품의 변개에 영향을 미쳤음은 물론이다. 화소에 따라서 원천 자료와 상당한 차이를 드러내어 '야담의 재창조'로 이어지는 것도 여기에서 연유한다.

결국 송순기는 한문현토체의 전략적인 글쓰기는 근대적 지식 독자층을 염두한 낭독, '7자 대구의 결례 제명'과 평어인 '외사씨 왈'과 화소의 전략적 배치로 인한 야담의 재창조라는 글쓰기로 이어졌다.

② 소설식 구성

『기인기사록』은 한문현토체로 근대적 지식인 독자들을 대상으로

하였지만 일반 대중독자들에게도 꽤 인기가 있었다. 〈매일신보〉에 연재되는 중간에도 독자들의 출간 요구가 줄곧 있었기 때문이다.[17]

그만큼 송순기의 글쓰기가 독자들의 요구에 부응했다는 뜻이다. 그것은 그의 글이 소설식 구성과 문체를 크게 선호한 데서 찾을 수 있다. 그 일면은 연암 박지원의 〈호질〉을 〈매일신보〉(1926.1.1.)에 봉의산인이란 이름으로 게재한 것에서도 찾을 수 있다.[18] 송순기는 이 〈호질〉의 원문에 구두점만 찍어놓은 것이기는 하지만, 게재 이유를 "연암의 글이 웅건(雄建)" 하다고 하였다. 송순기가 한학을 하였으면서도 소설식 구성과 문체를 선호하는 것은 이와도 잇댄다.

『기인기사록』 상·하가 소설과 밀접한 관련 있음을 가장 먼저 파악한 이는 김태준이다. 1930년 12월 4일 〈동아일보〉에 실린 김태준의 「조선소설사」 18회는 『기인기사록』 상권 48화 평양의 명기 일지매와 백호 임제의 사랑을 그대로 인용하였음을 명기할 정도이다.

상권, 3화 권진사 이야기는 4회, 10화 심일송 이야기는 4회, 38화 김안국 이야기는 7회에 걸쳐, 강감찬을 다룬 44화는 11회[19], 하권 28

---

17) 讀者에게 告함—本文에 對하야 讀者로부터 往往 出版與否를 照會하는 人士가 有하나 此는 脫稿흔 後에 決定하겟기로 玆에 通知함(〈매일신보〉, 1921.12. 8)

18) 〈호질〉은 『열하일기』 『관내정사』에 실려 있으니 1780년 44세 때의 작품이다. '〈호질〉은 순정(醇正)하지 못하다는 비판을 받아 연암집이 오래도록 간행될 수 없도록 만든 작품으로 〈허생〉과 함께 양반과 대립각이 첨예한 소설이다. 진리를 말하는 동물과 위선적 존재인 학자와 열녀를 묘하게 뒤틀어 내세워 놓고는 이야기를 진행시켰으니 바로 우언(寓言)이란 기법이다. 연암은 이 우언이란 난센스적인 발상에 동음어를 교묘하게 활용하였다. 또 여기에 우리의 민담과 전설을 적절하게 버무려 생략과 압축이 빛을 발하는 소설이 〈호질〉이다.'

간호윤, 『개를 키우지 마라-연암 소설 산책』, 경인문화사, 2005, p.270 참조.

19) 상권 44화 「千古偉人姜邯贊 抱懷濟世經國才」의 강감찬 화소는 〈강감찬전〉(우기선 편집·박정동 교열, 일한인쇄주식회사, 1908. 7.8)을 산삭한 것이다. 이승은, 「활자본 야담집 『기인기사록』의 편찬 의식과 의미」(『Journal of Korean Culture』 24, 한국어문학국제학술포럼, 2013, pp.39-60) 참조.

화 황해도 무변 이야기는 4회, 38화 김우항 이야기는 4회에 걸쳐 이야기가 진행되어 '단편소설로서의 가능성'까지 나아갔다. 이 또한 송순기의 대 사회적 글쓰기 의식의 일면임을 잇댄다.

③ 고뇌하는 지식인

우리의 서사문학사에서 1920년대와 1930년대는 가히 야담과 소설의 시대였다. 특히 30년대 야담[20]은 20년대를 거치며 완연히 대중화를 꾀하였다. 그러나 『기인기사록』은 1920년대 야담집의 동기화에 부응하면서도 30년대 야담과는 완연히 다르다.

1910~20년대 신연활자본 야담집이 야담이란 장르의 순기능인 재미를 고려하여 상업적으로 출판된 것임을 따진다면, 『기인기사록』과 다른 야담집과 뚜렷한 임계점은 더욱 분명하다. 녹동(綠東) 최연택(崔演澤)은 「기인기사록 서」에서 "箇中多有彰善感義之事야 使世人으로 可以教 可以法也ㅣ라 誰可以稗史閑話로 歸之也리요."라고 하였다.[21] 『기인기사록』이 단순히 상업적인 출판 목적에 머무르지 않음을 적시

20) 1930년대는 언필칭 야담의 시대였다. 1930년대의 야담은 『기인기사록』처럼 기존 야담을 의식적으로 변형시키며 흥미를 더 넣었으나 분명한 의식이 결여되었다. 1930년대를 풍미한 『월간야담』이 대표적인 예이다. 1934년 10월에 창간되어 1939년 10월 통권 55호로 폐간된 『월간야담』은 '야담의 통속성이라는 대중화'에 기여하였다는 점을 제하면, 우리의 야담사에서 그다지 의미 있는 공간을 확보하기 어렵다. 그것은 『월간야담』 '창간호 권두언'에 노정되어 있는 '주로 흥미 위주로 편집'에서 이미 그 한계성을 드러내고 있기 때문이다.
1930년대 야담의 단초는 1927년 11월 23일 조선야담사 창립으로부터 시작한다. 이들은 '역사적 민중교화운동'을 야담의 목적으로 내세웠다. 그러나 야담대회 연사들이 구속되며 시나브로 야담은 흥미위주의 오락물로 전락하였다.

21) 『기인기사록』 '서'를 쓴 최연택은 『위인의 성』(윤치호 선생 교열, 백설원·최연택 공편, 문창사, 1922)과 편집 겸 발행자로 『죄악의 씨』(문창사, 1922), 그리고 저작 겸 발행인으로 『단소』(문창사, 1922) 등의 소설을 내었으며, 〈매일신보〉에 〈김태자전〉(1914년)과 '송재총담'(1921) 등을 연재한 문인이며 『신조선』을 발행한 언론인이기도 하다.

하고 있음을 보여주는 문장이다.

이것은 야담 속 인물을 통한 창선감의(彰善感義)와 사상을 통한 민족적 자긍심을 연결시키려는 작가의 민족주의적 의식이 선명함을 보여주는 것이니, 바로 야담집 유일의 금서(禁書)도 여기에서 비롯된 것이다.

『기인기사록』 상・하권, 총 107화에는 이렇듯 일제를 살아가는 한 지식인의 대 사회적 모색, 즉 글쓰기가 각 화소마다 여며져 있다.[22] 『기인기사록』 상・하권은 총 107화 중, 화소의 특이한 점은 여인들을 다룬 화소가 많고 항왜담이 보인다는 점이다. 현부담은 상・하권, 총 13화로 단연 으뜸이다. 그만큼 송순기의 1920년대 여성에 대한 사회적 시각을 보여준다.

그 중 『기인기사록』 하 43화는 7회에 걸쳐 30여 명의 여류시인들의 작품을 실어 놓았다. 아래 시는 분애(汾厓) 신정(申晸, 1628~1687)의 며느리가 지은 〈달빛 아래 배꽃(月下梨花)〉이란 시이다.

백락천의 〈장한가〉는 양귀비의 원망이요	樂天歌說楊妃怨
이백의 시에선 백설에 향기가 날린다 했다지	李白詩稱白雲香
이 모습을 더 잘 그려낼 말 없으니	最是風光難畵處
깊은 밤 푸른 하늘엔 밝은 달이라[23]	碧空明月夜中央

송순기는 이 시를 "其 韻致의 飄逸한 것은 七尺丈夫의 能히 及할 바 ㅣ 아니더라"라고 평해 놓았다. 그리고 43화 '외사씨 왈'[24]에서 이 여

22) 간호윤(2014), 『기인기사록』 하, 보고사, pp.590-601 참조.

23) 간호윤, 위의 책, p.435.

24) '외사씨 왈'은 화소에 대한 작가의식의 노정(露呈)이다. 『기인기사록』(상)에 11화, (하)에 17화나 보이는 것으로 보아 상권에 비하여 하권이 더욱 뚜렷한 의식을 보여준다. 『기인기사록』 상・하권의 '외사씨 왈'은 인물과 사건에 대한 품평이 주를 이루며, 화소는

류시인들을 아래처럼 기리고 있다.[25)]

我 朝鮮名婦 才媛의 文章으로써 名이 高한 者ㅣ 其 數가 極多하야 此를 記錄하기 甚煩함으로 此에 止하거니와 我 朝鮮人物의 盛함이 엇지 七尺의 有髥丈夫에만 限하리오 …萬一 吾人으로 하야금 其 時를 並하얏더면 雙膝을 其 前에 屈함을 覺치 못하얏슬지로다.

『기인기사록』에서는 송순기의 여성에 대한 배려가 곳곳에 있다. ①은 『기인기사록』(하), 4화 處事明哲權夫人, 一朝防杜淫祀風에 보이는 '外史氏曰'이고 ②는 『기인기사록』(하), 25화 練光亭上蛾眉落, 矗石樓下香魂飛에 보이는 '外史氏曰'이다.

① 外史氏曰 自故로 人家의 婦女가 此에 惑치 아니하는 者가 無하니 婦世의 妖巫淫覡이 橫行하는 것은 此에 職由함이라. 故로 吾人이 恒常 人의 愚를 笑치 아니하는 자가 無하지마는 婦人으로셔 能히 理에 明하야 此에 惑치 아니하는 자는 幾希할 것이나 그러나 權婦人과 如함은 此等의 迷信을 一朝에 打破하여 淫祀의 風를 永杜하얏스니 可히 써 明哲의 婦이라 謂할진뎌![26)]

현부담, 혹은 명기담, 충신담에 집중된 것을 볼 수 있다. 이 중 사회 교화적 측면의 목소리와 더 나아가 일본을 자극할만한 '외사씨 왈'도 보인다.

따라서 『기인기사록』의 '외사씨 왈'을 단순하게 야담의 여운을 위해 따라 붙은 사설이나 군말이 아닌, 작가의식의 명시적(明示的) 표현으로 보아야 한다.

25) 이승은 「활자본 야담집 『기인기사록』의 편찬 의식과 의미」, 『Journal of Korean Culture』 24, 한국어문학국제학술포럼, 2013, pp.39-60에서 화소를 '영웅과 이인에 대한 서사', '신의와 도덕을 지킨 인물에 대한 서사', '뛰어난 능력을 지닌 여성'으로 나누어 보았다.

아울러 송순기의 작가의식을 첫째로 시대 현실에 대한 비판, 둘째로 조선의 뛰어난 인물에 대한 자긍심, 셋째로 보편도덕을 실천하는 인물을 등장시켜 독자에게 교훈을 주고자 하는 의도, 마지막으로 흥미라고 보았다.

② 外史氏曰 壬亂의 時에 忠義의 士가 其數가 不一이나 此는 皆 當時에 食祿하든 事이라 足히 稱道할 바이 아니어니와 紅裙의 中에 桂月香과 論介와 如한 者는 實로 特殊한 者이니 人物의 盛함이 支那만 如한 國이 無하나 其 四千年의 歷史에 徵하건대 女子로써 否라 賤人으로써 忘身死國한 者는 其類가 無하얏도다 所謂 蛾眉로써 劍戟을 作하고 脂粉으로써 兵士를 爲하얏다는 것이 則此이니 其烈〃한 忠義는 至今토록 凜〃하야 千古에 不朽할지로다

①은 미신을 타파한 권부인의 좇된 처사를 높이 평가하는 평어이고, ②는 계월향과 논개가 임란 중 왜병에게 항거한 충의의 행위를 추키는 평어이다. 비록 표면적으로는 대립각이 완만한 듯하지만, 감개(感慨)한 어세나 '미신 타파', '계월향', '논개' 등과 일제강점기라는 시대적 상황을 한껏 고려한다면 제법 긴장의 끈을 놓을 수 없는 것도 사실이다.

항왜담은 『기인기사록』 하권이 일제치하 금서가 된 이유인 만큼 송순기의 대 사회적 성격을 보여주는 좋은 자료이다. 금서의 이유는 치안(治安)이었다.[27] 대략 일제하의 금서들은 '민족주의 사상, 사회주의 사상, 자유주의 사상' 등과 밀접한 관련인 것들이 대부분임을 감안한

---

26) 이 이야기는 李厚原(원본에는 '李原厚'로 되어 있으나 '이후원'이 맞아 바로 잡았다.)의 집안에서 자손이 희귀해지자, 신사를 짓고 제사를 지나치게 지내는 바람에 가산이 기울었는데 權尙遊의 딸이 시집와서 이를 바로 잡는다는 내용이다.)

27) 『일제하의 금서 33권』(신동아 1977년 1월호 별책부록), 동아일보사, 1977, p.268에는 다음과 같이 기록되어 있다.

"著書名: 奇人奇事錄(下編), 著譯編者: 崔演德, 發行年月日: 1923.2.5, 發行者: 京城, 處分年月日: 1937.10.5, 處分理由: 治安"

『기인기사록』에 대한 정보는 1935년 『월간 야담』 제 3권 6호(통권 19호)에도 있다. 여러모로 보아 『기인기사록』은 1937년 10월 이전까지는 유통되다가 금서 이후 자취를 감춘 듯하다.

다면 『기인기사록』 하권의 사상 추론은 짐작이 간다.

그러나 『기인기사록』 하권 전체가 치안에 저촉된 것이 아니라 모하당(慕夏堂) 김충선(金忠善, 1571~1642)이라는 항왜(降倭) 화소가 결정적인 문제였다.[28] 당연히 '김충선이 항왜란 점에서 부닥뜨리는 일제와의 긴장성', '당시 지식인들이 모를 리 없을 것이라는 가설을 전제 삼아 역으로 추론' 하는 등[29]의 논의를 잇는다면 김충선 이야기는 그만큼 『기인기사록』 하권을 일제하 금서 이유에 용이하게 접근할 수 있다.[30] 그렇다면 금서 이유는 송순기의 '민족주의'였다.

민족주의자로서 송순기의 대사회적 시각은 기타 글들에서도 찾을 수 있다. 「고려의 대인물 김방경씨를 논함」이라는 글과 「낙심병과 탄식병」만 살펴보겠다. 「고려의 대인물 김방경씨를 논함」은 국한문현토체로 약 2500여 자, 6장 6쪽이나 되는 꽤 긴 논설이다.

송순기는 이 글에서 "記者는 玆에 高麗의 高元 及 忠烈의 世에서 名

28) 김충선(일본명: 沙也可)은 왜장으로 임진년 4월 13일 부산에 도착하여 같은 달 4월 20일 병사 박진(朴晋: 혹은 金應瑞)에게 강화서를 보내고 3,000명의 병사를 이끌고 귀화한 항왜로 선조임금이 김해김씨를 사성(賜姓)하였다. 현재 대구시 달성군 가창면 우록(友鹿)마을에는 김충선의 생전부터 지금까지 줄곧 후손들이 집단으로 거주하고 있다. 필자의 생각으로는 이 김충선 화소 때문에 『기인기사록』 하권이 금서가 된 것이 아닌가 한다.
이에 대해서는 졸고, 「일제하 금서 『기인기사록』(下)에 나타난 김충선 화의 현재성」, 『우리문학연구』 17집(2004), 우리문학회, pp.115-137 참조.

29) 실질적으로 일본인들이 김충선을 부정하는 연구는 1915년 '조선연구회'에서 『모하당문집』을 간행하면서부터 지속되었다. 이에 대해서는 졸고, 위의 논문에 자세하게 설명해 놓았다.

30) 김준형은 위의 논문에서 24화 '練光亭上蛾眉落 矗石樓下香魂飛'의 계월향과 논개 화소라고 금서 이유 폭을 넓혔다. 그러나 비슷한 시기 야담집인 『오백년기담』 110화가 '연광정계월향'이고 111화 '촉석루논개'이다. 더구나 이 『오백년기담』은 『주영편 오백년기담 운영전』(1923)과 『오백년기담 조선세시기』(1926)라는 제목으로 일역되기도 하였다. 또한 논개와 계월향에 대한 글은 다른 여러 글에도 보이지만 이 이유로 금서가 되지는 않았다.

聲이 赫赫하며 功績이 巍巍한 金方慶氏를 愛하고 敬하며 慕하노라"[31] 라고 하였다. 『기인기사록』에서 이것은 구국의 영웅을 기다리는 마음으로 연결되니 (상) 권 15화 박탁 화소 '외사씨 왈'에서는 이렇게 말하고 있다.

"옛말에 '영웅도 시대를 만난 연후에야 참으로 일개 영웅이 된다'함이 과연 헛말 아님을 깨닫는다.…만일 하늘이 효종에게 여러 해의 수명을 하락하시고 박탁으로 하여금 나라의 기둥을 맡기셨다면 제 이의 을지문덕(乙支文德)이 태어났을지도 모를 일이다. 아아! 중도에 만사가 이미 끝나버렸으니 애석하도다!"

"아아! 중도에 만사가 이미 끝나버렸"다는데서 일제강점기 지식인으로서 민족을 고뇌하는 의식이 선명함을 읽는다. 그래서인지 송순기는 「낙심병과 탄식병」에서 1920년대 일제치하 사회를 낙심과 탄식으로 이렇게 진단하고 있다.

"歎息은 落心으로부터 釀出하야 外面에 表現함이니 此는 우리 社會에 一般으로 常套語와 如히 發하는 것으로 卽『할 수 없다』,『큰 일 낫다』,『到底히 餘望이 업다』하는 等으로 事에 臨하야 長吁短歎을 發치 아니하는 者ㅣ 無함과 如하도다."[32]

그는 이유를 "金錢恐慌과 商業의 無時勢하다는 聲은 實로 社會 全面에 充滿"[33])에서 찾고 있다. 송순기는 나라의 흥망성쇠에서 경제의 위

31) 『개벽』 제2호(1920), 개벽사, p.31.
32) 「落心病과 嘆息病」, 『新天地』, 제1년 제1호, 新天地社, p.21.
33) 위의 글, p.22.

력을 알고 있었다. 그가 쓴 가전 〈전신전〉은 식민지 지식인으로서 경제의 절대성이 얼마나 큰 지를 그대로 노정한 작품이다.

송순기는 고뇌하는 지식인으로서 그의 작품에 여인과 민족주의자로서 영웅들의 야담을 선별하였으며 한 국가에서 경제의 심각성을 인식하였음을 알 수 있다.

④ 유학적 사고의 혼란

송순기는 한학에 능통한 한학자였다. 그의 한시는 공자의 세계에 노닒을 노래하고 있다.

물가에 그득한 버들 봄빛은 연기처럼	滿汀楊柳長春烟
비 지나니 앵두꽃에 하늘이 비치네	經雨櫻桃映午天
나라 안의 문장들은 비단 위에 꽃이요	四海文章花上錦
오호에 산수 비치니 거울 속에 배로세	五湖山水鏡中船
신이 노니는 세상 삼천리가 확 트였고	神遊大界三千濶
꿈 속에 금강산 만이천봉이 달려있네	夢到金剛萬二懸
중니를 배우고자하면 마침내 굳건해져	願學仲尼須及健
천하를 주유한 올해가 또 내년이로구나[34]	轍環今歲又明年

그러나 송순기는 유학에서 오는 폐단 또한 읽은 지식인이었다. 그의 글에는 이러한 혼란이 드러나 있다. 『기인기사록』 전체 화소에서 열녀담, 명기담, 충신담, 효자담, 보은담 등, 유교적 내용이 적잖이 보이면서

34) 송순기 집, 최승학 주, 『시금강』, 장학사, 1926, p.4. 이 시는 대동시단 문인들과 금강산 유람을 약속하고 1925년 5월 2일 한강에 나들이하여 지은 시이다. 『시금강』에 실린 16편의 시는 자연을 완상하는 정도의 시상이다.

도 전근대적인 의식이나 유학의 폐단을 이렇게 지적하기도 한다.

> "吾等 數千載의 精神的으로 支配한 儒道 中 或은 自然 廢滅의 運命을 有한 事項이 읍지 못하다."[35]

위에서도 언급한 돈을 소재로 한 가전 〈전신전〉[36]도 그의 유학적 사고의 혼란을 드러낸다. 유학자라면 응당 배척해야할 돈을 송순기는 오히려 개결한 선비라 하고 현인과 비교하며 절대적 가치로 추켜세우고 있다.

> 作傳者ㅣ曰 夫 賢士ㅣ 薦則國治ᄒᆞ고 錢神이 立則家興ᄒᆞ나니 是以로 明主與哲人은 或 勞於政事ᄒᆞ며 或 勤於家業ᄒᆞ야 愛賢士如爪牙ᄒᆞ며 待錢神如手足 故로 彼 亦 竭忠盡力ᄒᆞ야 以輔翼之ᄒᆞ나니 昔者에 管仲薦而齊桓이 覇ᄒᆞ고 金谷이 出而石崇이 富焉者ᄂᆞᆫ 皆以此通也ㅣ라. 若有庸君愚夫ㅣ 用之不以其道 待之不以其禮ᄒᆞ면 賢士ᄂᆞᆫ 去其國ᄒᆞ고 錢神은 去其家ᄒᆞ야 國必亡ᄒᆞ고 家必敗ᄒᆞ리니 可不成哉리오.[37]

그는 돈은 근면하게 벌어야 가정이 부유해지고 현인을 잘 대접해야 나라가 부강해진다고 한다. 돈의 효용을 적극 역설하고 있는 장면이

---

35) 「오등으로부터 청년제군에게」, 봉의산인, 『회보-강원도유도천명회』 2호, 1923, p.37, 물재는 '강원도유도천명회'가 발족하자 이에 대해서도 「동정견문록」 8(〈매일신보〉 1922.2.24.)에서 '음풍농월' 하는 모임 같은 마뜩치 않은 글을 썼다. 옥정생(玉汀生)이 세 차례에 걸쳐 쓴 「강원도유도천명회에 대하야」(1922.3.8.~1922.3.10.)는 물재의 글을 비판하는 내용이다.

36) 〈전신전〉에 대해서는 서신혜(2007), 「물재 송순기의 〈전신전〉 연구」, 『한국의 철학』 제41호, 경북대학교퇴계연구소, pp.195-218 참조.

37) 〈전신전〉, 〈매일신보〉, 1921.5.23.

다. 이전의 가전에서 돈에 대해 부정적이거나 약간의 긍정을 보이는 것과는 완연한 차이를 보인다.[38]

3) 결론

지금까지 이 글은 '1920년대 문인 지식인의 대 사회적 글쓰기'를 송순기의 야담집 『기인기사록』을 중심으로 살펴보았다. 그것은 일제치하를 살아가는 고뇌하는 지식인으로서의 대사회적 글쓰기였다. 비록 우리의 문학사에서 송순기란 이름이 없다고 배타적 정전(正典)의 목록에 그의 작품들을 넣을 것만도 아니다. 연구를 요약하면 다음과 같다.

첫째: 언론인으로서 송순기의 대 사회적 글쓰기 의식은 한학을 한 식민지하 근대적 언론인으로서 자신의 삶을 다잡아 보려는 의지를 살필 수 있다.

둘째: 문인으로서 송순기의 대 사회적 글쓰기 의식은 야담, 소설, 한문학과 시단, 언론, 출판 등 그 폭이 자못 전방위적인 글쓰기이다.

셋째: 송순기는 한문현토체의 전략적인 글쓰기를 하였다. 이는 근대적 지식 독자층을 염두한 낭독, '7자 대구의 켤레 제명'과 평어인 '외사씨 왈', 그리고 화소의 전략적 배치로 인한 야담의 재창조라는 글쓰기로 이어졌다.

---

38) 임춘(林椿)의 〈공방전〉과 조규철(曺圭喆)의 〈공방전〉은 돈의 폐해를, 김만진(金萬鎭, 1856~1923)의 〈전신전〉은 돈에 대해 비교적 긍정적으로 그리고 있다.
하지만 물재의 돈에 대한 이해를 물질로 치환한다면 견해는 달리 나타난다. 물재는 물욕을 경계하였기 때문이다. 물재는 「人間性」(〈매일신보〉, 1923.12.5.)에서 맹자의 성선설을 따르며 사람에겐 '天性과 人性이 있다'고 한다. 그러고 천성이 인성으로 되는 이유를 물욕에서 찾고 '물욕을 선한 천성을 악한 인성으로 만드는 가장 큰 적'이라고 한다.

넷째: 송순기가 소설식 구성과 문체를 선호하는 것 역시 그의 대 사회적 글쓰기 의식의 일면이다.

다섯째: 송순기는 고뇌하는 지식인으로서 그의 작품에 여인과 영웅들의 야담을 선별하였으며 한 국가에서 경제의 심각성을 인식하였다. 이는 민족주의자로서 대사회적 의식의 일면이다.

여섯째: 『기인기사록』 전체 화소에서 열녀담, 명기담, 충신담, 효자담, 보은담 등, 유교적 내용이 적잖이 보이고 한시 같은 경우는 현실과는 유리된 세계를 읊고 있으면서도 전근대적인 의식이나 유학의 폐단을 지적하기도 하였다. 이는 1920년 식민지하를 살아가는 근대지식인의 유학적 사고의 혼란이다.

참고문헌

-야담관계 문헌

『기인기사록』 상(1921) · 하(1923), 문창사.

〈매일신보〉, 1921년 7월 1일-1921년 3월 13일, 1925년 7월 8일-1925년 8월 4일, 1926년 1월 1일, 1927년 9월 12일.

『고려사』 104권 열전 제17.

『기문총화』(국립중앙도서관본).

『조선야담집』(1912),아오야기 쓰나타로, 조선연구매.

『오백년기담』(1913), 최동주, 박문서관.

『실사총담』(1918), 편집겸 발행자 최영년, 조선문예사.

『동상기찬』(1918), 백두용, 한남서림.

『박안경기』(1921), 박건회, 대창서원.

「에피큐리안」(1920.05.04.) 최연택, 〈동아일보〉 4면.

『일사유사』(1922), 장지연, 안동서관.

『대동기문』(1926), 강효석, 한양서원.

『시금강』(1926), 송순기 집 ; 최승학 주, 장학사.

『해동죽지』(1925), 최영년 편저 ; 송순기 편 ; 김병채 교, 장학사.

『월간 야담』(1935) 제 3권 6호(통권 19호)

『일제하의 금서 33권』(신동아 1977년 1월호 별책부록), 동아일보사, p.268.

『한국야담 자료집성』전 23권(1996), 정명기 엮음, 계명문화사.

『교주 청구야담』 상 · 하(1996), 정명기 엮음, 교문사.

『청구야담』 I · II · III(1996), 최웅 엮음, 국학자료원.

『양은천미』(2000), 정명기 외, 보고사.

『국내외항일운동문서』 '조선출판경찰월보' 제20호 출판경찰개황 - 불허가 차압 및 삭제 출판물 목록(4월분)[출처 : 국사편찬위원회 한국사데이터베이스 http://db.history.go.kr]

-논문 및 저서

송순기(1920), 「고려의 대인물 김방경씨를 논함」, 『개벽』 제 2호, 개벽사, pp.31-36.

최연택(1922), 『단소』, 문창사(국립중앙도서관 소장).

최연택(1922), 『죄악의 씨』, 문창사(국립중앙도서관 소장).

권영철(1967), 「모하당시가 연구」, 효성여대연구논문집.(국어국문학회 편, 『국문학 연구 총서 3 가사문학연구』, 정음사, 1981, pp.312-370에 재수록)
김근수 편(1974), 『일제치하 언론 출판의 실태』(한국학자료총서 제2집), 영신 아카데미 한국학연구소, p.581.
정진석(1985), 『한국언론사 연구』, 일조각, p.225.
안병렬(1986), 『한국가전 연구』, 이우출판사.
이동영(1987), 『가사문학논고』, 부산대학교출판부, pp.271-287.
서대석 편저(1991), 『조선조문헌설화집요』(Ⅰ)·(Ⅱ), 집문당.
성기동(1994), 『조선조 야담의 문학적 특성』, 민속원.
정명기(1996), 『한국야담 문학 연구』, 보고사.
이경우(1997), 『한국야담의 문학성 연구』, 국학자료원.
정진석(1999), 『인물 한국언론사』, 나남출판, pp.162-164.
최원식(1999), 「1910년대 친일문학과 근대성: 최찬식의 경우」, 『민족문학사연구』 14, 펴낸곳.
이윤석·정명기 공저(2001), 『구활자본 야담의 변이양상 연구』, 보고사, pp.36-44.
조태영(1991), 『고려사열전의 인물형상과 서술양상 연구』, 서울대학교박사학위논문, pp.301-338.
권선우(1999), 「고려 충렬왕대 김방경 무고사건의 전개와 그 성격」, 『인문과학연구』 5, 동아대학교인문과학대학 인문과학연구소, pp.93-134.
김진송(1999), 『서울에 딴스홀을 허하라』, 현실문화연구.
김창룡(1999), 『한국의 가전문학』 하, 태학사.
정명기(2001), 『야담문학연구의 현단계』 1·2·3, 보고사.
김창룡(2001), 『가전문학의 이론』, 박이정.
이중연(2001), 『책의 운명』, 혜안.
남윤수(2002), 「『기인기사록』(제1집) 51화소 경개(1)」, 『고서연구』, 19집, 한국고서연구회, pp.41-278.
남윤수(2002), 「『기인기사록』(제1집) 51화소 경개(2)」, 김경수 편, 『고전문학의 현황과 전망』, 역락, pp.119-178.
천정환(2003), 『근대의 책읽기』, 푸른역사.
간호윤(2004), 「일제하 금서 『기인기사록』(下)에 나타난 김충선 화의 현재성」, 『우리문학연구』 17집, 우리문학회, pp.115-137.
간호윤(2005), 『개를 키우지 마라-연암 소설 산책』, 경인문화사.

간호윤(2006), 「『기인기사록』(상·하) 고찰」, 『어문연구』 130호, 한국어문교육연구회, pp.337-365.
함복희(2007), 「야담의 문화콘텐츠화 방안 연구」, 『우리문학연구』 22호, 우리문학회, pp.149-181.
서신혜(2007), 「물재 송순기의 〈전신전〉 연구」, 『한국의 철학』 제41호, 경북대학교 퇴계연구소, pp.195-218.
조용호(2008), 「최영년의 『시금강』과 1920년대 漢詩界」, 『한국고전연구』 18집, 한국고전연구학회, pp.47-76.
천정환(2008), 『대중지성의 시대』, 푸른역사.
고은지(2008), 「20세기'대중 오락'으로 새로 태어난 '야담'의 실체」, 『정신문화연구』 31(통권 110호), 한국학중앙연구원.
김준형(2008), 「근대전환기 야담의 전대 야담 수용 태도」, 『한국한문학연구』 제41집, 한국한문학회, pp.595-631.
박다정(2009), 『야담을 통한 1920년대 중반 이후 식민지 시기 대중문화 연구』, 서강대 대학원, 신문방송학 석사학위논문.
김준형, 「청구야담의 상반된 가치와 문학 교육의 가능성」, 『批評文學』 제33호, pp.93-112.
아오야기 쓰나타로 저, 이시준, 장경남, 김광식 옮김(2012), 『조선야담집』, 숭실대학교 동아시아언어문화연구소, 제이앤씨.
김민정, 김자우수(2010), 「『월간야담』을 통해본 윤백남 야담의 대중성」, 『한국어문학국제학술포럼 학술대회』
장경남, 이시준(2011), 「일제강점기에 간행된 야담집에 대하여-오백년 기담을 중심으로」, 『우리문학연구』 34, 우리문학회, pp.157-182.
김영민(2011), 「〈매일신보〉 소재 장형 서사물의 전개 구도: 1920년대 이후를 중심으로」, 『현대문학의 연구』 45, 한국문학연구학회, pp.211-241.
이강옥(2012), 「야담 연구의 대중화 방안」, 『어문학』 제115집, 한국어문학회, pp.289-319.
장진숙(2013), 『야담 서사변개의 사회문화적 맥락과 의미』, 인하대 대학원, 한국문학 박사학위논문.
이승은(2013), 「활자본 야담집 『기인기사록』의 편찬 의식과 의미」, 『Journal of Korean Culture』, 24, 한국어문학국제학술포럼, pp.39-60.
간호윤(2014), 『기인기사록』 하, 보고사, pp.1-611.

2. 『기인기사록』(상 · 하) 고찰*

1) 序論

『奇人奇事錄』은 상 · 하 2권으로, 勿齋 宋淳夔(1892~1927)가 懸吐式 漢文으로 編纂한 新聞連載[1]舊活字本野談集[2]이다. 상 · 하권 총 107화로 상권(1921)은 51화 203쪽, 하권(1923)은 56화 195쪽이며 文昌社에서 간행되었다. 序는 綠東 崔演澤이 잡았다. 1910~20년대는 우리 야담사에 꽤 의미 있는 공간이다. 문학사 속에서 筆寫와 識者의 餘技라는 척박한 토양에 僅生하던 야담이, 잠시나마 活字本 野談集의 간행으로 讀書大衆에게 머물렀던 시기였기 때문이다. 『기인기사록』은 양적으로나 질적으로나 이 시기 야담집의 중심에 놓인다. 더욱이 시대를 고뇌하였던 야담작가 송순기는 『기인기사록』에다, 야담의 順機能인 '재미'와 '時代의 眞情性'을 병치하였다.

그러함에도 이 야담집은 그동안 落張된 '상권'으로 미루어 '하권'이 있음을 추정할 뿐 그 실체를 찾을 수 없다가, 근자에 『기인기사록』(상 · 하)권을 남윤수 교수가 소장하고 있는 것이 밝혀졌다. 그 뒤 남윤수 교수는 상권을 영인하였으며,[3] 이윤석 · 정명기 교수에 의해 상권

---

* 이 논문은 한국어문교육연구회, 『어문연구』 130호 여름호(2006년 6월 30일) 수록 논문을 일부 수정 · 보완하였음을 밝힌다.

1) 『기인기사록』은 〈매일신보〉에 연재된 야담을 간행한 것이다. 이에 대해서는 3장에서 자세히 살펴보겠다.

2) 懸吐式 漢文으로 된 구활자본 야담집에는 이 외에 『五百年奇譚』(최동주, 박문서관, 1913), 『實事叢談』(편집겸 발행자 최영년, 조선문예사, 1918), 『拍案驚奇』(박건회, 대창서원, 1921), 『東廂記纂』(백두용, 한남서림, 1918), 『大東奇聞』(강효석, 한양서원, 1926) 등이 있다.

3) 남윤수, 「『기인기사록』(제1집) 51화소 경개(其1)」, 『古書硏究』, 19집, 2002, pp.41-278과 「『기인기사록』(제1집) 51화소 경개(其2)」, 김경수 편, 『고전문학의 현황과 전망』, 역락, 2002, pp.119-178.

의 체계가 분석되어 학계에 소개되었다.[4] 『기인기사록』 하권에 대해서는 지금까지 졸고에 의해 한차례 논의되었을 뿐이고,[5] 상·하권을 아우르는 결과물은 이 글이 처음이다.

따라서 이 글은 우리 야담사에서 그 結節이 오롯한데도 아직 자리매김을 못 하고 있는 『기인기사록』 상·하권의 書誌的 狀況, 作家意識, 文學史的 意義에 논지를 대고 고찰해 보겠다.

2) 本論

(1) 『기인기사록』의 書誌的 狀況과 禁書 理由

서론에서 짚은 바, 『기인기사록』에 대한 소략한 연구 결과는 이 야담집이 1920년대 출간된 구활자본임에도 불구하고 하권을 거의 찾아볼 수 없다는 데서 비롯된 것이다. 이유는 『기인기사록』 하권이 일제강점기에 禁書로 지목되어서인 듯하다. 이 문제는 『기인기사록』(하)의 성격을 이해하는 데 중요한 자료임과 동시에, 지금까지 『기인기사록』에 대한 본격적인 연구를 할 수 없었던 종요로운 까닭이기에 논의의 출발점을 여기에 놓는다.

우선 '하권' 만이 금서인 것으로 미루어 더위잡을 수 있는 것은 『기인기사록』(상)과 (하)의 변별성이다. 『기인기사록』 상권은 綠東 崔演澤의 서문(1921년 12월 10일)에 의하면 1921년이요, 하권은 1922년(하권의 발행은 1923.2.5)으로 되어 있다. 그런데 왜 하권만이 1937년에 금서 조

---

4) 이윤석·정명기 공저, 『구활자본 야담의 변이양상 연구』, 보고사, 2001, pp.36-44.

5) 간호윤, 「日帝下 禁書 『奇人奇事錄』(下)에 나타난 金忠善 話의 現在性」, 『우리문학연구』 17집, 2004. 이 논문은 『奇人奇事錄』(下) 13화에 초점을 두고 '野談文學에 투영된 戰爭體驗의 篇幅을 중심으로 살핀 글이다.

치를 당하였을까?

일단 전술한 졸고의 견해를 그대로 인용해 보겠다.

> 『기인기사록』은 상하 두 권 중, 하권만 금서이며 그 이유는 治安이었다.[6] 대략 일제하의 금서들은 '민족주의 사상, 사회주의 사상, 자유주의 사상' 등과 밀접한 관련인 것들이 대부분이다. 이를 그대로 받아들인다면 『기인기사록』 하권은 상권과는 다른 위의 사상들과 밀접한 연관을 맺고 있다고 미루어 생각할 수 있다. 하지만 두루 살펴 본 바, 상권과 하권을 뚜렷이 구별할 만한 차이는 별로 없다. 다만 일제와 우리의 역사적 관계를 고려할 때, 하권이 상권에 비하여 임진왜란 관련 화소가 두어 편 많은 정도이다.
>
> 그렇게 자료를 정리 중 우연히 김충선 이야기를 발견하였다. 그리고 필자의 생각으로는 이 김충선 이야기 때문에 『기인기사록』 하권이 금서가 된 것이 아닌가 한다.[7]

그리고 '金忠善[8]이 降倭란 점에서 당연히 부닥뜨리는 일제와의 緊

---

6) 1941년 1월 총독부경무국에서 만든 『금지단행본목록』에는 아래와 같이 치안을 이유로 금서목록에 올려 놓았다.
"著書名: 奇人奇事錄(下編), 著譯編者: 崔演德, 發行年月日: 1923.2.5, 發行者: 京城, 處分年月日: 1937.10.5, 處分理由: 治安"(저역편자를 崔演德이라 한 것은 잘못이다.) 김근수 편, 『일제치하 언론 출판의 실태』(한국학자료총서 제2집), 영신 아카데미 한국학연구소, 1974, p.581과 『일제하의 금서 33권』(신동아 1977년 1월호 별책부록), 동아일보사, 1977, p.268 참조.
『기인기사록』에 대한 정보는 1935년 『월간 야담』 제 3권 6호(통권 19호)에도 있는 것으로 미루어, 1937년 10월 이전까지는 유통되다가 금서조치 이후 자취를 감춘 듯하다.

7) 졸고, 앞의 논문, pp.116-117.

8) 慕夏堂 金忠善(1571~1642)은 왜장으로 임진년 4월 13일 부산에 도착하여 같은 달 4월 20일 병사 朴晋(金應瑞)에게 강화서를 보내고 3,000명의 병사를 이끌고 귀화한 降倭로 선조임금이 金海金氏를 賜姓하였다. 현재 대구시 달성군 가창면 友鹿마을에는 김충선의 생전부터 지금까지 줄곧 賜姓金海金氏의 후예들이 집단으로 거주하고 있다.

張性', '당시 지식인들이 모를 리 없을 것이라는 가설을 전제 삼아 역으로 추론' 하는 등의 논의를 이어 '『기인기사록』(하) 소재 김충선 이야기는 그만큼 일제하 금서 이유에 용이하게 접근할 수 있다.'라고 결론지었다.

졸고의 연구 결과를 따르면 상권과 하권의 차이는 없으며, 다만 『기인기사록』(하)에 수록된 김충선 화소 때문으로 결과를 도출하였으나 『기인기사록』 상·하를 모두 분석하여 얻은 결과는 아니었다.

따라서 본고에서는 다시 한 번 상·하권 모두를 분석하여 변별적인 요소를 찾아보려 하였다. 결과는 아래와 같다.

> 『기인기사록』(상): 보은담:6, 피화담:5, 현부담:5화, 기인담:4, 연애담:4, 결연담:3, 명기담:3, 명장담:3, 이인담:3, 지인담:3, 취첩담:3, 고승담:2, 귀신담:2, 복수담:2, 예지담:2.
> 기타: 거유담, 경쟁담, 귀물담, 급제담, 명복담, 방사담, 보수담, 중매담, 징치담, 충복담, 개과담, 해원담.
> 『기인기사록』(하): 현부담:8, 열녀담:5, 명기담:4, 충신담:4, 효자담:4, 보은담:3, 성혼담:3, 이인담:3, 지인담:3, 취첩담:3, 효자담:3, 기인담:2, 급제담:2, 명관담:2, 연애담:2, 용력담:2, 중매담:2, 충비담:2.
> 기타: 결연담, 명당담, 명복담, 명부담, 몽조담, 실의담, 악한담, 예지담, 이인담, 중매담, 피화담, 호협담, 특이(아이를 대신 낳은 이야기), 남녀이합담, 항왜담(분류표에 없음)

김충선에 대해서는 권영철, 「모하당시가 연구」, 효성여대연구논문집, 1967(국어국문학회 편, 『국문학연구 총서 3 가사문학연구』, 정음사, 1981, pp.312-370에 재수록)과 이동영, 『가사문학논고』, 부산대학교출판부, 1987, pp.271-287의 7장 「모하당의 가사」 등이 있다.

* 분류의 기준은 서대석 편저, 『조선조문헌설화집요』(Ⅰ)·(Ⅱ), 집문당, 1991의 '자료의 항목별 분류'표를 그대로 따랐으므로, 분류기준에 따라 다를 수 있음을 밝힌다.(중복도 있음)

위로 미루어 보아 『기인기사록』(하)가 상권에 비하여 다양한 항목의 이야기가 실려 있으며, 현부담:8화, 열녀담:5화, 충신담:4화, 효자담:4화 정도가 도드라진다. 그러나 이로 미루어 조선인의 자긍심과 국가에 대한 충심을 읽을 수 있지만, 이것이 『기인기사록』(하)의 직접적인 금서 이유(치안)로는 미약하다. 이에 다시 壬亂과 관련된 2화(金德齡), 3화(東萊府使 宋象賢의 죽음과 妾 李氏의 節義, 사후 정령이 된 李慶琉), 13화(歸化 將軍인 金忠善), 24화(桂月香과 論介), 45화(鄭生과 紅桃)에 주목해 본다.

하지만 13화를 제외하면, 『기인기사록』(상)의 임란 화소들과[9] 별반 다르지 않으니 금서의 이유로 보기에는 역시 무리가 따른다.

따라서 앞의 졸고 결론과 동일하게 금서의 직접적인 원인은 13화(원본은 12, 13화) '김충선 화소'로 보아야 한다. 다만 여기에 '외사씨 왈' 정도의 가능성을 탐색할 수 있는데, 이에 대해서는 (2)②와 (3)② 장에서 살펴보겠다.

(2) 野談作家 宋淳夔의 文學的 情況과 作家意識

① 야담작가 송순기의 문학적 정황

송순기는 총독부의 기관지인 〈매일신보〉에 1919년경 입사하여, 21

9) 1화: 金千鎰의 妻 9화: 李如松을 꾸짖은 老翁, 14화: 李如松과 역관 金譯, 20화: 柳成龍의 安東 守成.

년 편집부 기자, 22년 논설부 기자를 거쳐 23년 4월 4일부터 논설부 주임으로 편집 겸 발행인이 되어 1927년 5월 11일까지 자리에 있었다. 『기인기사록』이 〈매일신보〉에 연재된 신문연재야담이라는 특징, 야담작가 중 신문기자라는 독특한 이력은 여기에서 연유한다. 하지만 송순기에 대한 기록은 필자 발품의 부족인지 궁벽하다. 8년 정도를 언론인으로 있었던 셈이니 그의 묵은 자취를 넉넉히 짐작할 수 있으련만, 이삭으로 주은 낟알 몇이 전부이다.

송순기는 〈매일신보〉를 그만둔 그 해인 1927년 9월 12일 36세로 병사하였다. 그가 몸담았던 〈매일신보〉의 1927년 9월 13일 '本社論說部長 宋淳夔씨 別世-십이일 아츰 봉익동 자택'이라는 부고기사는 아래와 같다.

> 본사 논설부장(論說部長) 물재(勿齋) 송순기(宋淳夔)씨는 작 십이일 오전 팔시 삼십분 숙환으로 봉익동(鳳翼洞) 칠십칠 번지에서 삼십륙셰를 일긔로 별세를 하얏다. 씨는 세상이 다 아는 절문 한학자로 본사에 재직 팔년간 씨의 문장은 익히 셰상이 찬양하야 마지안튼 바이엇거니와 씨는 슬하에 삼남미를 거나렸다가 불힝히 뒤를 이워 참쳑을 보게되매 인하야 심화와 쳑료에 못 니기어 폐병의 증세가 덧처 맛참내 앗가온 재조와 유위한 반싱을 남기고 이 세상을 떠고 마랏는대 쟝의는 강원도 츈천 션영 집힝할 터이요 쟝의 날자는 아즉 졍하지 못하엿다.「사진은 별세한 송씨」(띄어쓰기는 저자)

이로 미루어 송순기는 고종 29년(1892)에 태어나 1927년 36세를 일기로 봉익동(지금의 서울 종로구)에서 사망하였음을 알 수 있다. 또 그는 자식을 일찍이 잃었으며 선영이 춘천에 있음을 알 수 있다.

하지만 이외에 송순기의 삶에 대해서 구체적으로 알 수 없다. 야담작가 송순기의 의식을 찾기 위하여, 이 글이 다소 번다함을 감수하며 부득이 그의 주변을 탐색할 수밖에 없는 이유는 여기에 있다.

현재 송순기가 반민족행위 친일인사명단의 '언론' 부분에 이름이 올라 있으니, 이에 대해 잠시 언급하는 것으로부터 야담작가 송순기의 문학적 정황을 짚어 나가겠다. '親日' 이유는 그가 〈매일신보〉의 편집 겸 발행인을 지냈다는 것[10]이다. 하지만 〈매일신보〉의 편집 겸 발행인은 일제가 1920년대의 文化政治를 표방하면서 한국인들에게 거부감을 주지 않으려는 형식상의 직책이라는 점을 생각하면 여러 방증자료를 바탕으로 꼬느는 것이 마땅하지 않을까 한다.[11]

〈매일신보〉는 주지하는 바, 일제하 대표적 친일매체이다.[12] 그러나 이러한 친일전력에서 약간 각도를 달리하여 우리의 문학사 쪽에서 넘겨다보면 〈매일신보〉는 적지 않은 의미가 있음도 분명한 사실이

---

10) 민족문제 연구소에서는 '친일인명사전' 6. 언론 분야에 송순기를 명단에 올려놓았다. 송순기가 〈매일신보〉에 근무하였다는 이유인데, 이에 대해서는 좀 더 그의 친일 행적이 명확해야만 할 것 같다.

11) 정진석, 『한국언론사 연구』, 일조각, 1985, p.255와 정진석, 『인물 한국언론사』, 나남출판, 1995, pp.162-164 참조.
'대한매일신보' 발행인겸 편집인은 이장훈(李章薰, 1910.6-1910.10.21)을 시작으로 방태영(方台榮, 1919.8.29.~1921.3.2), 정우택(鄭禹澤, 1921.3.3-1923.4.23)을 이어 송순기(1923.4.24.~1927.5.10)가 맡았으며 이후에는 유만응(柳萬應, 1927.5.11.~7.23), 이기세(李基世, 1927.7.23.~1929) 등으로 바뀌었다. 그러나 이들은 대부분 편집부장 또는 사회부장급이었을 뿐이었다.(『신문총람』에 의하면 송순기는 1921년, 1922년, 1924년, 1925년, 1926년까지 기자로만 되어 있다가 1927년에 비로소 논설부 주임으로 되어있다.)

12) 〈매일신보〉의 전신은 〈대한매일신보〉이다. 이 신문은 일제의 침략에 저항했고 민족의식을 드높여 신교육에 앞장섰으며 애국계몽운동에 크게 이바지했다. 1910년 8월 28일, 일제에게 강점이 된 다음날부터 '대한'이란 두 자를 떼어내고 〈매일신보〉로 문패를 바꾸어 달았다. 紙齡은 '대한매일신보'를 그대로 이어 받았으나, 사장과 편집국장은 일본인이었고 민족지였던 '대한매일신보'와는 정반대로 內鮮一體를 강조하면서 일제 침략전쟁의 앞잡이 노릇을 했다.

다.[13] 송순기가 〈매일신보〉에 근무하였다는 사실에 비추어 보면, 이러한 〈매일신보〉의 '친일 행적'과 '문학사의 연표'에 그대로 촉수가 닿아있을 것이다.

송순기는 1920년대에 활발한 언론활동을 펼쳤는데, 이에 대한 기록을 찾으면 야담작가 송순기의 문학적 정황에 묘한 언질을 받는다.

「高麗의 大人物 金方慶氏를 論함」, 勿齋 宋淳夔, 『開闢』 제 2호, 31쪽, 개벽사, 1920, 7, 25.
「晴窓漫錄/奇人奇事」(1화), 勿齋, 每日申報, 1921.7.1. 「奇人奇事」(103화), 鳳儀山人, 每日申報, 1922.1.12. 「奇人奇事」(150화), 鳳儀山人, 每日申報, 1922.3.13.
金剛山의 探勝, 鳳儀山人, 會報-江原道儒道闡明會江原道儒道闡明會, 1922(?)
吾等으로부터 靑年諸君에게, 鳳儀山人, 會報-江原道儒道闡明會江原道儒道闡明會, 1922(?)
「蓬萊遊記」 1회, 勿齋學人, 每日申報, 1925.7.8. 「蓬萊遊記」 25회, 勿齋學人, 每日申報, 1925.8.4.
『亞洲紀行』, 朴榮喆 著, 宋淳夔 編, 權陽釆 校, 奬學社, 1925.
『海東竹枝』, 崔永年 編著, 宋淳夔 編, 金炳釆 校, 奬學社, 1925(편집인 겸 발행인).
『詩金剛』, 宋淳夔 輯, 崔承學 註, 三五奬學社, 1926(편집겸 발행자).
「虎叱」, 鳳儀山人, 每日申報, 1926.1.1.
'本社論說部長 宋淳夔씨 別世', 每日申報, 1927.9.12.

13) 우선 1913년 이인직의 〈모란봉〉이 〈매일신보〉에 연재되었으며, 이광수의 〈무정〉은 1917년 1월 1일부터 시작하여 6월 14일까지 126회에 걸쳐 지면을 할애 받고 뒤를 이은 이광수의 두 번째 장편소설 〈개척자〉 역시 1917년 11월 10일부터 1918년 76회 분까지 연재된 것도 이 신문이기 때문이다.

斷續的인 자료들이지만 송순기가 鳳儀山人과 勿齋, 혹은 '勿齋學人' 이라는 필명을 사용하였으며, 1920년에서 1925년까지 문필활동을 한 유학자요, 신문기자를 지낸 근대적 지식인임을 현시하고 있다.

이 중, 30세 무렵 송순기의 의식을 또렷이 알 수 있는 자료는 『開闢』 제 2호에 실린 「高麗의 大人物 金方慶氏를 論함」이다. 이 글은 國漢文懸吐體로 약 2500여 자, 6장, 6쪽이나 되는 꽤 긴 논설이다. 송순기는 이 글에서 "記者는 玆에 高麗의 高元 及 忠烈의 世에서 名聲이 赫赫하며 功績이 巍巍한 金方慶氏를 愛하고 敬하며 慕하노라"[14]라고 하였다.

그리고 3장에서 5장에 걸쳐 그 이유를 밝혔는데, 章 題目에 잘 나타나 있다. 장 제목을 그대로 옮기면 아래와 같다.

3장: 博學廣聞, 多知多能, 文章大家의 金方慶氏

4장: 前知의 能, 先見의 明, 大智大慮의 金方慶氏

5장: 赳赳한 武夫, 矯矯한 虎臣, 雄謀大畧을 抱한 金方慶氏

지혜롭고도 고상한 품격, 용맹 과감과 커다란 지략, 그리고 文武를 겸비한 강직성을 體現한 김방경의 모습을 한껏 기리는 내용이다. 송순기가 김방경을 흠모하는 정도를 넉넉히 짐작할 수 언명인 셈이다. 결론에서 송순기는 "吾人이 彼의 德을 彼의 智를 學하며 彼의 勇을 學하야 得할진대 幾百萬의 金方慶이가 我 半島 天地에 簇出할 지 未知이니 吾人은 '願學 金方慶'이란 五字를 忘却치 말지어다"[15]라고 한다. "오인은 '원학 김방경'이란 오자를 망각치 말"자는 송순기의 외침에서 일제 강점기를 살아가는 지식인의 '苦惱' 하는 마음을 우회적으로 읽

14) 송순기, 「高麗의 大人物 金方慶氏를 論함」, 『開闢』 제 2호, 개벽사, 1920, p.31.

15) 송순기, 위의 글, p.36.

을 수 있다.

김방경(金方慶, 1212~1300)은 고려시대의 명장으로 삼별초를 평정하였고 일본을 정벌하였다는 족적을 뚜렷이 남긴 이이다. 여러 문헌에서는 김방경을 대체적으로 긍정적인 인물로 적어놓고 있는데, 그 중 『고려사』의 기록을 옮기면 이렇다.

> 김방경은 충직하고 진실하고도 후하였으며 도량이 아주 넓어서 사소한 일들에 얽매지 않았고 엄격하고도 굳세었으며 말수가 적었다. 아들, 조카 등에 대해서도 반드시 예의로써 대하였으며 옛 일을 많이 알았으므로 일을 처리해 나가는 데 있어서 조금도 어그러짐이 없었다. 자기 몸을 잘 거두고 근면하고 절약하는 기풍을 견지하였으며 대낮에는 드러눕는 일이 없고 늙었는데도 머리칼이 검은 채로 남아 있었으며 날씨가 춥거나 덥거나 능히 견디어 내었고 병이라곤 없었다. 또 옛 친구들을 잊어버리지 않고 누가 죽기라도 하면 곧 조상하러 갔으며 일평생 임금의 잘잘못을 남에게 말하지 않았다. 비록 현직에서 물러가 한가롭게 된 이후에도 나라 일을 집안일 근심하듯 우려하였고 무슨 중대한 문제를 의논할 일이 있으면 왕이 반드시 김방경에게 물어 보았다.
>
> 方慶忠直信厚 器宇弘大不拘小節 嚴毅寡言 待子姪必以禮 多識典故 斷事無差 身勤儉晝不偃臥 至老頭髮 不白能寒暑無疾 不遺故舊有喪輒往弔 平生不言君上得失 雖致仕居閑 憂國如家 有大議王必咨之[16]

김방경의 성품을 잘 알 수 있는 글이다. 김방경에 대한 여러 기록들은 그의 강개함과 고려에 대한 충절을 형상화해 놓은 것이 대부분이다. 이러한 김방경이기에 조국 고려와 원나라 사이에서 꽤나 '苦惱하

16) 『고려사』 104권 열전 제17.

는 삶'을 살았던 인물이었던 듯하다. 그가 몽고군과 함께 두 차례에 걸쳐 일본 정벌에 참여한 것도, 실상은 고려의 의지와는 상관없이 원나라의 강압으로 이루어진 것이며, 여러 기록으로 미루어 몽고와의 관계도 편치 않았음을 알 수 있다. 김방경이 반역을 꾀했다하여 몽고군 洪茶丘로부터 혹독한 고문을 받고 귀양 간 것 등이 이를 증명해준다.[17] 이로 미루어 생각해보면 송순기의 일본에 대한 이해도 넘겨짚을 수 있다. 조선을 고려로 둘러댄다면 약소국의 지식인 송순기가 딱한 현실을 살아갔던 김방경의 삶에서 切實한 憧憬과 憐憫을 느꼈음을 짐작할 수 있기 때문이다.

이제 송순기의 주변 인물로 시선을 돌려보자.

「기인기사」의 서를 잡은 녹동 최연택은 당시의 선각자였다. 최연택은 『위인의 성』(윤치호 선생 교열, 백설원·최연택 공편, 문창사, 1922)[18]과 편집 겸 발행자로 『죄악의 씨』(문창사, 1922), 그리고 저작 겸 발행인으로 『단소』(문창사, 1922) 등을 내었으며, 〈매일신보〉에 〈김태자전〉(1914)과

---

17) 김방경은 1274년과 1281년 두 차례에 걸쳐 일본 정벌에 나선 고려의 장군이었다. 하지만 김방경과 몽고의 관계가 편치 않았음을 여러 곳에서 알 수 있다. 진도의 삼별초를 공격할 때 삼별초와 내통하고 있다는 밀고를 받아 몽고군의 장수 阿海와 알력을 빚었으며, 1277년에는 김방경 부자가 왕과 다루가치를 죽이고 강화도를 점거하여 항쟁을 벌이려 했다는 혐의까지 받는다. 김방경은 이 사건으로 충렬왕과 원의 앞잡이 홍다구 일파 앞에 끌려가 살점이 튀는 고문을 당한 끝에 大靑島로 귀양을 갔다가 원나라로 이송되었다. 그러나 이때 김방경을 구해준 것은 바로 충렬왕이었다. 자신에게 반란을 꾀한 김방경을 위해 원의 세조에게 적극 무죄를 호소하여 귀국시킨 데서, 김방경의 결백을 읽을 수 있다. 그 뒤 김방경은 몽고군과 2차 일본 원정을 떠나고 수상인 中贊의 직위까지도 받았다. 충렬왕과 김방경, 그리고 몽고와의 미묘한 관계를 짚을 수 있는 부분이다.
조태영, 『고려사열전의 인물형상과 서술양상 연구』, 서울대학교 박사학위논문, 1991, pp.301-338 참조. 이 논문에서 저자는 『고려사열전』을 통하여 고려의 국권을 두고 국내외의 역학관계가 중첩되어 복잡한 갈등과 긴장이 빚어진 혼미한 정국 속에서 공적 주체의 위상을 지켜낸 김방경의 모습을 짚어내고 있다.

18) 英鮮對譯으로 윤치호 선생이 교열을 보았고 백설원·최연택 공편으로 되어 있는데, '男子'로부터 '經濟'까지 81개의 항목으로 되어 있다.

「송재총담」(1921) 등을 연재한 문인이었다.

위의 언론기록에서 송순기의 또 한 모습을 각별히 읽을 수 있게 하는 인물은 최영년이다. 崔永年(1856~1935)[19]은 『해동죽지』[20]의 작가이며 송순기의 스승이었다.[21] 『해동죽지』의 출판을 송순기가 맡은 것이나 최치원의 필적과 최영년의 금강산에 대한 시를 묶어 놓은 『詩金剛』을 편집한 것 또한 이에 연유함은 물론이다. 야담작가 송순기의 문학적 정황에 최영년이 핵심적 인물임을 알 수 있으며, 미루어 송군기의 친일성에 대한 혐의를 이르집어 주는 부분이다. 최영년의 친일성은 한말 일진회의 기관지였던 '국민일보'의 4대 사장을 지냈으며, 이 인직의 뒤를 이어 1910년대에 대표적 친일문학자로 꼽히는 〈추월색〉의 작가 崔瓚植이 그의 아들이라는 데서 그 정도를 가늠할 수 있다.

송순기가 編한 『아주기행』의 작가 朴榮喆(1879~1939)[22] 또한 일본

19) 최영년은 胥吏출신의 교육자·언론인·문인으로 호는 梅下山人이다. 그는 일찍이 개화사상에 눈을 떠 신교육과 언론을 통해서 민중에게 새로운 지식을 불어넣고, 樂府詩와 설화를 지어 민중에게 민족적인 자주정신과 긍지를 일깨웠으며, 신교육에 앞장섰다. 한때는 '제국신문'을 주재하여 민족의 자주정신의 배양과 계몽에 힘쓰기도 하였으나 끝내 친일파라는 멍에를 짊어졌다.

20) 최영년은 우리 문학사에 문인으로서의 족적도 뚜렷이 남겼으니, 야담집인 『實事叢譚』(朝鮮文藝社, 1918)과 기문이사와 세시풍속을 칠언절구와 율시로 읊은 악부시집인 『해동죽지』(崔永年 編著 ; 宋淳夔 編 ; 金炳采 校, 奬學社, 1925)가 그것이다. 『해동죽지』는 그의 제자 송순기에 의해 뒤늦게 출간된 것이다.

21) 『해동죽지』에는 송순기가 쓴 두 장 남짓 되는 「海東竹枝紀言」이라는 글이 실려 있다. 송순기는 이 글에서 '梅下山人之詩弟子', '門生'이라 하여 사제관계임을 밝히고, 『해동죽지』를 간행하게 된 전말을 상세히 기록해 놓고 있다. 「해동죽지기언」에서는 이 외에 최영년의 아들인 최찬식과 '大同月報'의 편집인이었던 崔承學, 勇山 金昌洙 등과 知人으로 지냈음도 알 수 있다. 尹喜求도 「해동죽지서」에서 "물재 군은 산인(최영년)의 제자이다(勿齋君者 山人之候芭也)"라고 하였다.

22) 1902년 관비유학생으로 일본육군사관학교에 입교한 대표적 친일인사이다. 그는 일본군 소좌로 예편하여 익산군수·함경북도지사 등을 역임하였으며, 1937년에는 경성주재 만주국 명예총영사가 되었다. 그의 친일정도는 그가 죽자 일제 총독부가 旭日中綬章을 수여하여 죽음을 애석히 여겼다는 데서 미루어 짐작할 수 있다.

육사 출신으로 대표적인 친일 인사였다는 점을 간과할 수 없다.

조국을 위해 충성을 다했던 김방경, 그리하여 '원학 김방경'을 잊지 말자던 송순기의 모습은, 이러한 주변 인사들의 친일행보를 예각화하면 꽤 혼란스런 해석을 가져온다. 여기에 전근대적인 세계를 遊泳해야만하는 야담이란 장르적 성격과 근대적 삶의 최일선에 선 신문기자로서의 송순기가 어긋맞게 놓이고, 더하여 일제강점기라는 시대적 상황까지 섞어 놓으면, 야담작가 송순기의 문학적 정황은 사북이 어디쯤인지를 쉬이 가늠할 수 없다. 선명치는 않지만 대단히 수상쩍은 이러한 송순기의 행보를, 그의 文學的인 情況에 夭折을 얹어 무던히도 '고뇌하였던 지식인'으로 읽을 수밖에 없다.

② '제명'과 '평어'로 살펴 본 작가의식

『기인기사록』의 '7자 對句의 결례 題名'과 評語인 '외사씨 왈'은 야담작가로서 송순기의 得意處라 할만하다.

이유는 '7자 대구의 결례 제명' 방식은 당시 야담집에 상용하는 방식이 아니라는 데 있다. 이러한 제명의 모양새는 1910년대를 풍미하였던 章回體 고소설에서 찾을 수 있다.

예를 들자면 "劉皇叔三顧草廬 赤壁江山結戰船"(〈적벽가〉, 유일서관, 1916), "黃處士禱山生子 石道人遺書接客"(〈오선기봉〉, 태학서관, 1917), "玄生兄弟參金榜 河朱兩門娶淑女"(〈현씨양웅쌍린기〉, 덕흥서림, 1920) 따위이다. 아마도 송순기는 이러한 고소설을 보고 '7자 대구의 결례 제명' 방식을 택한 것 같다.

'외사씨 왈'이라는 평어는 『기인기사록』(상)에 11화, (하)에 17화나 보인다.

'기인기사'를 연재한 〈매일신보〉에는 '물재왈'로 되어 있으나 특이하게 104화만 '기자왈'로 110화는 '외사씨 왈'로 되어 있다. 추단컨대 아마도 송순기가 평어를 하는 것에 대한 고민을 하였던 듯싶다. 그러하여 『기인기사록』 상·하로 간행하며 『사기』 '열전 형식'의 '외사씨 왈'로 고친 것이다. 뒤에 다시 언급하겠지만, '외사씨 왈'이라는 형식으로 된 데에는 『靑野談藪』[23] 혹은 장지연(張志淵, 1864~1921)이 엮은 『逸士遺事』[24]라는 야담집과 영향관계가 있는 듯하다.

우선 '외사씨 왈'을 쓴 〈매일신보〉의 기록을 찾아보면 아래와 같다.

> [1] 33화, 41화, 47화, 48화, 54화, 71화, 97화, 100화(99화로 잘못 되었음)–물재왈 :『기인기사록』(상)
> [2] 118화, 131화, 133화, 141화, 145화, – 물재왈, 104호(기자왈), 110화(외사씨 왈) : 『기인기사록』(하)
> *모두 〈매일신보〉에 따름.

이로 미루어 볼 때, 『기인기사록』의 '외사씨 왈'은 책으로 묶으며 붙인 평어라는 것을 알 수 있다. 아울러 작가의 생각을 잔뜩 머금어 인물을 褒貶하고 사건을 비평하는 데서, '외사씨 왈'이라는 형식에 담긴 내용은 독자들에게 꼭 전달하고픈 이야기일 것임을 생각하기는 어렵

23) 『청야담수』는 '우리나라 민간에 전하는 이야기의 덤불'이라는 뜻으로 한문현토 필사본인데 누가 지었는지 알 수 없는 미완성 야담집이다.

24) 이 책은 장지연이 1916년 〈매일신보〉에 '송재만필'이란 제하로 연재한 列傳體를 모방한 글들을 그의 사후, 1922년에 遺作으로 출간한 것이다. 6권 1책의 한문현토 구활자본으로 조선시대의 중인에서 하층민들까지 奇人·畵家·文人·孝婦와 烈婦·才女 등 다양한 인물들을 모아 엮었는데, 대본은 『於于野談』·『壺山外記』·『兼山筆記』 따위이다. 따라서 화소에 따라서는 그 내용이 확대, 과장되고 첨삭된 부분이 많아 일부의 작품은 야담의 성격을 지니고 있다.

지 않다. 따라서 송순기의 野談作家로서의 의지는 단순히 商業的인 목적에 머무르지 않고 야담을 통한 啓蒙性이나 大衆의 敎化까지 나아갈 수 있다.

이를 일제강점기라는 시대적 상황과 잇대 생각한다면, '외사씨 왈'에는 일제를 살아가는 한 지식인으로서 예사롭지 않은 사회적 시각 또한 여며져 있음을 넘겨짚을 수도 있다.

『기인기사록』 상·하의 '외사씨 왈'이라는 평어가 붙은 화를 찾아 항목별 분류를 살피며 논의를 이어보겠다.

> 『기인기사록』(상), 16화:명장담, 21화:귀물담, 25화:충복담, 26화:보수담, 31화:귀신담, 39화:연애담(열녀), 42화:용력담, 44화:기인담, 48화:명기담, 49화:결연담, 51화:구인담 (총 11화)
> 『기인기사록』(하):4화:현부담, 9화:열녀담, 14화:호협담, 20화:명당담, 22화:명부담, 24화:명기담, 25화:효자담, 28화:효자담, 31화:명기담, 37화:특이(대신 아이를 낳아 줌), 41화:현부담, 42화:용력담, 43화:현부담, 44화:충신담, 46화:충비담, 47화:열녀담, 52화:이인담 (총 17화)

위를 보면 『기인기사록』(하)에 '외사씨 왈'이 17화나 보이는 것으로 보아 상권에 비하여 더욱 뚜렷한 의식을 보여준다. 그리고 '외사씨 왈'은 인물과 사건에 대한 품평이 주를 이루며, 화소는 현부담, 혹은 명기담, 충신담에 집중된 것을 볼 수 있다. 이 중 사회 교화적 측면의 목소리와 더 나아가 일본을 자극할만한 '외사씨 왈'도 보인다.

> 1 外史氏曰 自故로 人家의 婦女가 此에 惑치 아니하는 者가 無하니 婦世의 妖巫淫覡이 横行하는 것은 此에 職由함이라. 故로 吾人이 恒

常 人의 愚를 笑치 아니하는 자가 無하지마는 婦人으로셔 能히 理에 明하야 此에 惑치 아니하는 자는 幾希할 것이나 그러나 權婦人과 如함은 此等의 迷信을 一朝에 打破하여 淫祀의 風를 永杜하얏스니 可히 써 明哲의 婦이라 謂할진뎌!

〈『기인기사록』(하), 4화 處事明哲權夫人, 一朝防杜淫祀風에 보이는 '外史氏曰'〉[25]

[2] 外史氏曰 壬亂의 時에 忠義의 士가 其數가 不一이나 此는 皆 當時에 食祿하든 事이라 足히 稱道할 바이 아니어니와 紅裙의 中에 桂月香과 論介와 如한 者는 實로 特殊한 者이니 人物의 盛함이 支那만 如한 國이 無하나 其 四千年의 歷史에 徵하건대 女子로써 否라 賤人으로써 忘身死國한 者는 其類가 無하얏도다 所謂 蛾眉로써 劍戟을 作하고 脂粉으로써 兵士를 爲하얏다는 것이 則此이니 其烈〃한 忠義는 至今토록 凜〃하야 千古에 不朽할지로다

〈『기인기사록』(하), 25화 練光亭上蛾眉落, 矗石樓下香魂飛에 보이는 '外史氏曰'〉

[1]은 미신을 타파한 권부인의 죳된 처사를 讚하는 평어이고, ②는 계월향과 논개가 임란 중 왜병에게 항거한 忠義의 행위를 추키는 평어이다. 비록 표면적으로는 대립각이 완만한 듯하지만, 感慨한 어세나 '미신 타파', '계월향', '논개' 등과 일제강점기라는 시대적 상황을 한껏 고려한다면 제법 긴장의 끈을 놓을 수 없는 것도 사실이다. 따라서 '외사씨 왈'을 단순하게 야담의 여운을 위해 따라 붙은 사설이나 군말이 아닌, 작가의식의 明示的 표현으로 보아야 한다.

---

25) 이 이야기는 李厚原(원본에는 '李原厚'로 되어 있으나 '이후원'이 맞아 바로 잡았다.)의 집안에서 자손이 희귀해지자, 신사를 짓고 제사를 지나치게 지내는 바람에 가산이 기울었는데 權尙遊의 딸이 시집와서 이를 바로 잡는다는 내용이다.)

그런데 이러한 '외사씨 왈'은 앞에서 언급한 것처럼, 『청야담수』나 장지연의 『일사유사』와 여하한 관계가 있다. 예를 들자면 『기인기사록』(하) 47화 '三門外烈婦割乳, 九重闕寃女訴恨'의 '외사씨 왈'은 장지연의 『逸士遺事』 '廉烈婦'에도 보이는데, 그 첫 문장이 너무도 흡사한 것으로 미루어 송순기가 이를 모방한 것이 아닌가 한다.

1은 『기인기사록』(하)이고 2는 『逸士遺事』이다.

> 1 外史氏曰 古人에 言에 『君子는 不言怪』라 하얏스나 廉烈婦의 事는 果然 奇異하도다 廉氏가 里巷常賤家에셔 生長한 婦女로써 能히 其大節의 所在를 知하고 이에 萬金외 軀를 捐하야 辱을 洗하얏스니 엇지 그 烈함이 此와 如하뇨 大抵 貞操라 하는 것은 婦人의 生命이라 否ㅣ라 生命으로써 此를 易치 못할 것이라 或은 士夫의 女로 正當히 結婚하얏던 것를 相對하야 動輒離婚訴訟을 提起하는 者等에게 比하면 엇지 天淵(天然의 잘못인 듯)의 相距가 아니리오
> 〈『기인기사록』(하), 47화 三門外烈婦割乳, 九重闕寃女訴恨에 보이는 '外史氏曰'〉
> 2 外史氏曰 君子 不語怪ㄴ 廉烈婦事ㄴ 果奇矣로다 旣有恩褒ᄒ고 又 有貞珉以紀之ᄒ니 奚可與閭巷瑣術而比擬哉아
> 〈장지연, 『일사유사』 권5, 회동서관, 1922, p.201, 廉烈婦에 보이는 '外史氏曰'〉

밑줄 그은 부분에 유념하여 두 작품의 선후관계를 고려한다면 『기인기사록』(하)(1923년 2월)가 『逸士遺事』(1922년 11월)를 풀어 쓴 것임을 알 수 있다. 더욱이 『기인기사록』(상)(1922)과 장지연의 『일사유사』(「송재만필」 제하의 〈매일신보〉 연재는 1916년)의 시간을 고려한다면 송순기가 이를 차용했을 가능성은 더욱 크다.

이제 저 앞에서 말문을 열어 놓기만 하였던, 『기인기사록』(하)의 금서조치와 '외사씨 왈'의 관련 정도에 대해 언급해 보겠다. 결론부터 말하자면 17화의 '외사씨 왈' 중, 앞의 '김충선 화소'에 버금갈 정도의 내용은 찾기가 어려웠다. 비록 일제강점기를 苦惱하며 살아간 知識人으로서 송순기의 의식을 찾을 수 있다고는 하나, 위에서 언급한 정도를 넘지는 않는다. 따라서 많은 話의 '외사씨 왈'이 일제의 신경을 거슬렸음은 분명하지만, 이를 『기인기사록』(하)의 직접적인 금서조치 이유로 보기는 어렵다.

(3) 『기인기사록』에 나타난 野談認識과 文學史的 意義

① 신문연재야담집으로서 『기인기사록』의 야담인식

『기인기사록』은 신문연재야담이다. 따라서 그 독특한 출생만큼이나, 연재 과정을 따라잡는데서 산견할 수 있는 야담을 인식하는 과정 또한 흥미롭다.

가. 漫錄에서 野談으로

『기인기사록』은 1921년 7월 1일 勿齋라는 필명으로 〈매일신보〉 일면 중단쯤에 「晴窓漫錄/奇人奇事」(一)제하의 '明見千里하는 婦人의 智慧'라는 제목을 달고 출발하였다가, 10화 '五十老郎과 十五歲의 新婦(中)'(1921년 7월 12일)부터는 「청창만록」은 없어지고 「奇人奇事」로만 쓰기 시작하였다.

본래 「晴窓漫錄」은 이전부터 쓰던 물재의 고정 칼럼인데, '獨善主義와 兼濟主義'(1921년 5월 17일), '錢神傳'(1921년 5월 23일), '現代 朝鮮 青年의 人格觀'(1921년 5월 26일), '吾人의 達觀'(1921년 5월 31일), '生産 制

限의 必要(上)'(1921년 6월 4일) 따위의 글들로 개화사상과 관련된 논설들이 주 내용이다.

이로 미루어 보면 「奇人奇事」는 본래부터 야담을 연재하려 하였던 것이 아니었음을 추정할 수 있다. 송순기가 「청창만록」을 쓰던 중 우연히 야담을 넣었고, 이 야담이 10화를 넘으며 칼럼의 성격과 맞지 않는다는 것을 알고 아예 「奇人奇事」라는 야담 연재란으로 바꾼 것이다.

이러한 단정을 내릴 수 있는 것은 1921년 7월 12일부터 보이지 않던 「청창만록」이 다시 7월 28자에 '爲親的 孝와 爲己的 孝'라는 논설을 싣고 나타나서는(이 날 「기인기사」는 보이지 않음), 7월 30일자에는 「청창만록」이라는 제하의 '村學究先生을 訪홈(下)'라는 논설과 「기인기사」라는 제하에 '一代名士沈一松 天下女傑一朶紅'이 나란히 일면에 보이고는 사라지기 때문이다.

나. 懸吐에서 7言 對句로

『기인기사록』 1화는 '明見千里하는 婦人의 智慧'라는 제목을 달고 출발하였다. 한문현토로 된 제목이었는데, 이러한 현토식 제목은 3화 '旅店의 奇緣 悍婦의 懾伏'(1921년 7월 7일), 13화 '川邊의 奇遇와 賤門의 淑女(하)'(1921년 7월 16일)에서 그치고, 14화부터는 '三個女娘事一人 此是人間天定緣'(하)'(1921년 7월 16일)로 바뀌었다. 이러한 7언 대구 결례 형식은 이후 줄곧 유지되었다.

다. 勿齋, 春川子, 鳳儀山人

「기인기사」는 1921년 7월 1일 勿齋라는 필명으로 시작하여 春川子(21화)로 한 차례 바꾸었다가는, 22화 '一代名士沈一松 天下女傑一朶

紅'(中)(1921년 8월 1일)부터 한동안 아예 필자명이 보이지 않는다. 아마도 이 기간 중에 물재라는 필명으로 「南征日記」(1921년 9월에서 10월까지)를 연재하였는데, 이와 상관있는 듯하다. 이후 「기인기사」 68화 '三年不解一字人 誰知他日文章家'(五)'(1921년 11월 19일)부터는 줄곧 鳳儀山人이라는 필명만을 사용하였다.

라. 新聞連載野談의 出刊

『기인기사록』(상)은 온전한 신문연재야담이나 『기인기사록』(하)는 33화 '廉士獲財還本主 孝女許身報舊恩'까지만이 신문연재야담이다. 이유는 『기인기사록』(상)은 1921년 7월 1일의 「기인기사」 1화 '明見千里하는 婦人의 智慧'에서 동년 12월 27일 100화[26] '男兒何處不相逢 以德報德君子事'(下)까지를 묶은 것이나 『기인기사록』(하)는 1922년 1월 5일의 「기인기사」 101화 '致誠三日夢黃龍 易簀[27]當夜騎異獸'(上)에서 동년 3월 13일 150화[28] '廉士獲財還本主 孝女許身報舊恩'(下)까지만 〈매일신보〉에 연재된 내용이기 때문이다. 『기인기사록』(하)는 총 56화이고 〈매일신보〉 소재 「기인기사」 150화는 『기인기사록』(하) 33화이니, 이후 23화는 모두 신문연재와는 관련이 없다.

아울러 살핀바, 『기인기사록』(하) 33화까지는 제목과 차례도 그대로 신문 간행 순서를 따랐고 내용 또한 다르지 않다. 〈매일신보〉와 『기인기사록』 화소 번호의 차이가 보이는 것은 〈매일신보〉는 이어진 화소라 하여도 따로 번호 매김을 준데 따른 까닭이다.

이렇게 출간된 『기인기사록』은 당시의 廣告文을 통하여 이후의 상

26) 1921년 12월 27일자, 「기인기사」에는 99화로 되어 있으나 잘못이다.
27) 원문에는 '易算'으로 되어 있으나 내용으로 미루어 '易簀'이 맞다.
28) 1922년 3월 13일자, 「기인기사」에는 160화로 되어 있으나 잘못이다.

황을 어림할 수 있다.

최연택 작 『단소』[29]와『罪惡의 씨』[30] 뒷부분에 보이는 『기인기사록』(상)에 대한 광고문이 그것이다.

[1]은 『단소』, [2]는 『罪惡의 씨』에 실려 있는 광고 문안이다.

[1] 綠東 崔演澤 序/ 勿齋 宋淳夔 撰/ 奇人奇事錄 第一輯
우리 朝鮮의 인물의 盛함이 自古로 彬彬 可觀하야 君子淑女와 名媛才子 奇事異蹟이 諸家에 雜出됨이 其頻가 不事를 考하며 其實을 窺혈슈 업스며 世에 혹 蒐集하야 刊行허는 者1 有허나 대개 訛誤, 遺佚疏略이 多하야 可히써 全豹의 一般을 得키 難허니 엇지 哀惜치 안이허리요 何幸 宋君 勿齋는 當時 史家이라 博採舊聞허고 또 諸家의 雜說을 蒐集하야 刪削, 敷衍, 折衷허기에 오랜 時日과 만은 心力을 費하야 써 成篇하야 名을 命하야 曰 奇人奇事錄이라 허고 先爲 每日申報 上에 年餘를 連載하야 十萬 讀者의 喝采를 博得허고 更 爲刊行하야 不過 數旬에 거의 絶版이라 其의 色彩와 內容은 此로써 足証이 기贅言을 不縷허노라

[2] 海東野話 奇人奇事錄 第一輯
本書ᄂᆞᆫ 我 半島 古今 偉人巨傑의 奇事異蹟을 網羅 蒐集ᄒᆞ야 刊行ᄒᆞᆫ者로 文人으로ᄂᆞᆫ 不可不 一讀의 良書됨은 勿論이요 客을 接ᄒᆞ고 賓을 待ᄒᆞᄂᆞᆫ 應接室床에도 必히 備置ᄒᆞ야 遠至良明으로 顔을 開케 ᄒᆞ며 睡를 逐케 ᄒᆞᆷ에 好個 讀物임을 自誇ᄒᆞᆷ에 羞愧ᄒᆞᆷ이 無ᄒᆞ다ᄒᆞ노라
絶版=再版 又 絶版 不遠

29) 표지에 '사회소설 단소'라 하였으며 발행소는 文昌社, 출판년도는 1922년 6월이다.
30) 표지에 '사회소설 罪惡의 씨'라 하였으며 발행소는 文昌社, 출판년도는 1922년 9월이다.

『단소』에 실려 있는 광고 전문에서는, 송순기가 史家로서 널리 야담을 수집하였으며 이를 删削, 敷衍, 折衷하였음을 밝히고 있다. 이 광고문에서 신문에 연재하는 과정과 『기인기사록』이라는 야담집으로 간행하였으며 수정, 보완이 이루어 졌음을 알 수 있고, 〈매일신보〉에 연재된 야담임도 적시하고 있다.

『단소』로부터 3달 뒤, 『罪惡의 씨』광고문에는 '지식을 접하게 하고 잠을 쫒는다'고 『기인기사록』(상)의 효용성을 적어 놓았다. 그리고 '絕版=再版 又 絕版 不遠'이라는 문안을 적극 믿는다면, 당시 『기인기사록』(상)의 사회적 反響이 적잖았음도 알 수 있다.

② 『기인기사록』의 문학사적 의의

우리 문학사에서 『기인기사록』 상·하의 의의는, 야담문학의 演進過程 속에서 '신문연재구활자본야담집'이라는 독특한 출현과 1910~20년대가 구활자본 야담집의 同期化라는 結節 이외에 다음과 같은 몇 가지를 보탤 수 있을 것이다.

첫째로 야담 源泉資料의 폭이 넓고 야담작가의 明澄한 作家意識이다. 『기인기사록』은 다른 구활자본 야담집처럼 전대 야담과의 親緣性을 유지하면서도 源泉資料를 중심으로 살필 때, 적지 않은 의미가 있다. 『기인기사록』은 『오백년기담』, 『동상기찬』과 『실사총담』에서 많이 인용하였으며 하권의 '烈婦'에 관한 화소는 『일사유사』가 典據 문헌이다. 『오백년기담』은 崔東洲가 博文書館에서 1913년 간행한 133쪽의 야담집이며, 『동상기찬』은 白斗鏞이 汶陽散人의 희곡 〈東廂記〉에 전대 문헌에서 발췌한 야담을 덧붙여 1918년 翰南書林에서 간행한 책이다.

특히 상당수 화소의 일부 문장은 『오백년기담』과 『실사총담』, 『일사유사』를 그대로 옮겨 놓기도 하였다. 『실사총담』(1918)은 전술한 최영년의 작품인데, 이 야담집에 원천을 두고 있는 작품이 많은 것은 최영년과 송순기가 사제 관계라는 데서 찾을 수 있다. 『일사유사』는 1916년 〈매일신보〉에 「松齋漫筆」이란 제하로 연재하였던 것을 묶은 것이기에, 〈매일신보〉 기자였던 송순기가 어떠한 형태로건 이를 참조했을 蓋然性은 충분하다.

『記聞叢話』와 『溪西野談』에서도 원천자료를 찾을 수 있었다.[31)]

『기인기사록』과 다른 구활자본 야담집, 혹은 전대 야담(집)과의 親緣性을 미루어 알 수 있다.

정리하자면 아래와 같다. 화소는 비슷하나 내용이 다른 경우는 화소에 넣지 않았다.

> 『기인기사록』(상): 『기문총화』(36화), 『동상기찬』(23화), 『실사총담』(17화),
> 『청구야담』(9), 『오백년기담』(7)
> 『기인기사록』(하): 『일사유사』(28화), 『동상기찬』(18), 『오백년기담』(17), 『청구야담』(10), 『실사총담』(9화), 『기문총화』(2화).
> * 밑줄 그은 작품은 일부의 내용과 문장에서 『기인기사록』과 거의 동일한 야담집이다. 『기인기사록』 상·하권 내용 분류와 원천문헌 관련 양상은 이 논문 후미에 기재하였다.

하지만 위에서 언급한 원천자료 외에도 『삼국사절요』, 『동야휘집』,

---

31) 조사결과 『기문총화』의 화소가 많이 보이는 것으로 미루어, 송순기가 참고한 것은 『계서야담』보다는 『기문총화』쪽에 가깝다.

『모하당실기』, 『병세재언록』 등으로 그 폭이 넓다. 작가의 야담 選別意識이 예사롭지 않음을 눈여겨 볼 대목이다. 언급한 『일사유사』만 하더라도 순수한 야담집이 아니다. 『일사유사』는 『기인기사록』(상)에서는 전연 찾을 수 없고 하권에서만 원천문헌으로 집중되었다. 내용은 賢母, 烈婦, 貞節 등으로 여성과 관련된 것이 주를 이루는 것으로 보아, 송순기가 작심하여 선별한 듯하다.

원천문헌의 폭과 선별의식은 야담작가 송순기의 明澄한 作家意識으로 이어진다. 일별하였거니와 『기인기사록』 하가 禁書라는 점, 評語 따위를 염두에 둔다면 야담작가 송순기의 대 사회인식, 즉 일제와의 긴장성은 넉넉히 가늠할 수 있다. 금서의 직접적인 단초로 민족의식을 기저로 매만져 놓은 김충선 화소[32]나 편찬자의 평어인 '外史氏曰'이라는 보론 따위로 미루어 볼 때, 화소의 선집과 기술 태도에 명징한

---

32) 김충선 화소는 『기인기사록』 하 13화(원본은 14, 15화) '棄暗投明丈夫志 能文兼武英雄才'로 모든 야담집에서 찾을 수 없다. 여러 정황과 문헌들로 미루어 볼 적에 김충선 이야기는 조선 팔도에서 널리 퍼졌을 이야깃거리임에 틀림없는데도 우리 야담집에 보이지 않는다는 것은 우정 그러한 것이라고 볼밖에 없다.
그 이유는 김충선이 가해국인 왜국의 장수라는 점에서 찾은들 크게 어긋나지 않을 듯하다. 조선이란 제도사회에서 항왜는 까끄라기였을 터였기에, 뚜렷한 족적을 남긴 인물임에도 실록이나 문학 속에서 囹圄되었던 그였다. 그런 김충선을 송순기는 300여 년이 지나 일제 치하 야담집에 등장시킨 것이다. 송순기의 암중모색을 『기인기사록』 하가 금서라는 점에 유의하여 살핀다면, 김충선의 등장 속에는 일제에 대한 상대적 우월성을 쉽게 감지할 수 있다. '일제 치하'와 '김충선은 항왜'라는 사실을 병치하면 作意가 오히려 도드라진다. 『기인기사록』의 문학사적 의의에 김충선 화소의 예각화가 필연성을 갖는 이유이다.
더욱이 15화는 김충선의 『慕夏堂文集』 소재 〈金忠善傳〉을 보고 부연·첨삭한 듯하나 14화는 서두에 禮儀之國 조선을 강조하고 金應瑞에게 김충선이 귀화 의사를 밝히고 이를 김응서의 부관들이 의심하는 부분이 제법 길게 서술되어 있다. 다분히 작가의 시점에서 당대를 논하고 있으니, 야담이란 문장의 결치고는 사뭇 다르다는 것을 알 수 있다. '민족의식'이니 '시혜'니 하는 용어를 쓸 수 있을 정도로 설교적이기 때문이다. 『기인기사록』을 다른 야담집들과 동일선상에서 논할 수 없는 한 이유이다. 이에 대해서는 졸고, 앞의 논문, pp.126-131 참조.

작가의식이 내배있으리라는 추론은 어렵지 않기 때문이다. 1910~20년대 구활자본 야담집이 야담이란 장르의 순기능인 재미를 고려하여 商業的으로 출판된 것임을 따진다면, 『기인기사록』과 다른 야담집과의 뚜렷한 臨界點이기도 하다.

최연택이 「奇人奇事錄序」에서 "箇中多有彰善感義之事ᄒᆞ야 使世人으로 可以敎 可以法也ㅣ라 誰可以稗史閑話로 歸之也리요."라는 언급 또한 『기인기사록』이 단순히 상업적인 출판 목적에 머무르지 않음을 적시하고 있는 것이다. 여기에는 일제를 살아가는 한 지식인의 對社會的 摸索이 여며져 있다. 야담작가 송순기의 문학적 정황에서 찾을 수 있는 '식민지 지식인의 고뇌'를 선차적으로 읽어야 할 곳이다.

둘째로 글자 수에 따른 화소의 戰略的 배려 속에 構造化된 야담집이다. 『기인기사록』은 신문연재야담집이기에 화소 모두 지면 관계상 글자 수를 고려하였다.

즉 『기인기사록』은 모든 작품이 대략 1,700자 내외로 한 화가 이루어져 있다. 이것은 작가가 다른 야담집에서 단순하게 작품을 발췌, 수록할 수 없다는 점과 묵새긴 글이 아니라는 점을 명확히 한다. 전술한 광고에서 '산삭, 부연, 절충'이라함도 여기에 事由를 둔 것이요, 「기인기사록서」의 다음 글도 이를 말한다.

> 何幸 宋君勿齊는 當時之一史家也ㅣ라 博聞强記ᄒᆞ고 篤學多智는 世旣有定評而君執筆於報壇也에 以我東之 奇人奇事로 將欲紹介於天下ᄒᆞ야 於是에 乃博採舊聞ᄒᆞ고 又 蒐集諸家之雜說ᄒᆞ야 或刪削之ᄒᆞ며 或敷衍之ᄒᆞ며 或折衷之ᄒᆞ야 以成篇ᄒᆞ고 名之曰 奇人奇事錄이라 ᄒᆞ니 此 書非特爲奇事奇譚也ㅣ라.

'널리 전에 들은 이야기를 채록하고 또 여러 대가의 잡설을 수집하여 혹은 불필요한 글자나 글귀 따위를 지워 버리고 혹은 덧붙여서 자세히 설명하며 혹은 양쪽의 좋은 점을 골라 뽑아 알맞게 조화시켜서 한 편을 만들고 이름을 『기인기사록』이라 하였으니 이 책은 단지 기이한 일과 기이한 이야기만이 아니다.'라는 것이 「기인기사록서」의 요지인 셈이다.

요지의 예는 여러 곳에서 찾을 수 있다.

『기인기사록』(하) 55화는 '治身家君子有法, 現祠堂新婦教禮'로 『일사유사』의 '固性 黃固執'을 대본으로 삼은 것이다. [1]은 『기인기사록』이고 [2]는 장지연의 『일사유사』이다.

> [1] 그 所居村舍要路에 橋를 架設하는 자가 舊塚의 鑛灰를 堀하야 築하얏더니 順承이 以爲하되 아모리 古墳의 跡에셔 採取한 者이라도 此가 人의 墓物인즉 可히 써 踐踏치 못할 것이라 하고 每樣 橋를 避하야 水를 涉하야 行하더니 一日은
> 〈『기인기사록』(하), 55화 治身家君子有法, 現祠堂新婦教禮〉
>
> [2] 其所居村舍要路에 架橋者ㅣ가 以舊鑛灰로 築之ᄒᆞᄃᆡ 公이 以爲墓物을 不可踐踏이라ᄒᆞ야 每避橋涉하야 水行하더니 一日은
> 〈장지연, 『일사유사』 권5, 회동서관, 1922, p.5, 固性 黃固執〉

이와 같은 현상은 『일사유사』의 '고성 황고집'의 글자 수가 800자 정도에 지나지 않아, 1400여 자 정도로 확장시킨데 따른 것이다. 날을 받아 놓고 쓰는 글이라 묵새길 수 없으니 작가의 필력으로 칸을 메워 나갈 수밖에는 없다. 그래서 때에 따라서는 『기인기사록』(하) 32화처럼 '송당 박영'의 화소에 '임식의 계실 유씨' 화소를 첨부하여 한 화를

만들기도 하였다. 글자 수에 따른 화소의 戰略的 글쓰기 속에 구조화된 야담의 모습이다. 이러한 일련의 과정은, 원작품의 변개에 영향을 미쳤음은 물론이다. 화소에 따라서 원천자료와 상당한 차이를 드러내어 '야담의 再創造' 혹은 '소설로서의 가능성을 제기'할 수 있는 작품이 보이는 것은 여기에서 연유한다.

(상)권만 하여도 강감찬을 다룬 44화는 11회에 걸쳐 이야기가 진행되어 단편 소설로 까지 나아갔으며, 『기인기사록』(상) 50화 온달 이야기는 『시경』의 시 형식을 모방하여 원천자료와는 전혀 다른 내용을 삽입하기도 하였다. 『기인기사록』(상) 50화의 원제는 '君王豈識公主志城南乞夫爲駙馬'인데, 익히 알고 있는 『삼국사기』 소재의 '온달 이야기'와는 영 딴판이다. 평강공주가 온달을 찾아 가는 일부분을 보자.

> 公主가 이에 寶釧 數十枚를 肘後에 繫하고 侍婢 綠介로 더브러 宮門을 出하야 溫達을 城南에 謗홀세 遠히 淈水를 望하고 江有舟[詩名] 四章을 作하니, 其 詞에 曰
>
> △江有舟 ○舟無篙 ○雖則無篙 ○從子于壕 興而比 又賦也 此欲從溫達 而無媒可道也
>
> △江有舟 ○舟無楫 ○雖則無楫 ○從子于隰 興而比 又賦也
>
> △江有舟 ○舟無枷 ○雖則無枷 ○從子于渠 興而比 又賦也
>
> △江有舟 ○舟無柁 ○雖則無柁 ○從子于河 興而比 又賦也 (江有舟四章)

이 이야기 뒤에는 온달 역시 또 이 『시경』의 시 형식을 모방하여 지은 시가 보인다. 한문에 능했던 송순기가 원천자료와는 전혀 다른 내용을 삽입한 것이다. 글자 수에 따른 화소의 전략적 배려에 송순기의 필력이 더하여, '온달 이야기'의 근대적 계승과 야담의 장르적 변용을 꾀하는 연진과정도 조심스럽게 짚을 수 있는 곳이다.

4) 結論

지금까지 본고는 '신문연재활자본야담집' 『기인기사록』 상·하에 대한 서지지적 상황, 작가의식, 문학사적 의의에 초점을 두고 논의를 진행하였다. 고찰한 결과를 살피고 못 다한 문제를 적바림하여 연구자의 마음 빚으로 남긴다.

1) 『기인기사록』은 1920년대 출간된 구활자본임에도 불구하고 하권을 거의 찾아 볼 수 없었는데, 이유는 『기인기사록』 하권이 일제 강점기의 금서였기에 자취를 감춘 듯하고 금서이유는 '김충선 화소' 때문이다.

2) 송순기의 호는 勿齋이며 필명으로 春川子, 鳳儀山人, 勿齋散人 등을 사용하였고, 총독부의 기관지인 〈매일신보〉에서 8년 정도를 신문기자로 있었다. 『기인기사록』이 〈매일신보〉에 연재된 신문연재야담이라는 특징, 야담작가 중 신문기자라는 독특한 이력은 여기에서 연유한다. 송순기는 1920년대에 활발한 언론활동을 펼쳤는데, 기록을 살핀 바 야담작가 송순기의 문학적 정황은 '식민지 지식인의 고뇌'로 읽을 수 있다.

3) 『기인기사록』의 '7자 對句의 결레 題名'과 評語인 '외사씨 왈'은 야담작가로서 송순기의 得意處이다. '7자 대구의 결레 제명' 방식은 1910년대를 풍미하였던 章回體 古小說에서 찾을 수 있으며, 『史記』 '列傳 形式'의 '외사씨 왈'에는 야담을 통한 啓蒙性이나 大衆의 教化까

지 염두에 둔 야담작가로서의 의지요, 일제를 살아가는 한 지식인으로서 예사롭지 않은 사회적 시각이 여며져 있다.

4) 『기인기사록』은 新聞連載野談集이기에 연재 과정을 따라잡는데서 볼 수 있는 야담을 인식하는 경로 또한 흥미롭다. 송순기는 본래부터 야담을 연재하려 하였던 것이 아니었다. 〈매일신보〉에 「晴窓漫錄」이란 칼럼을 쓰던 중 우연히 야담을 넣었고, 이 야담이 10화를 넘으며 「奇人奇事」라는 야담시리즈로 바뀐 것이다. 특히 『기인기사록』은 신문연재야담이기에 글자 수를 고려한 흔적이 보인다. 즉 모든 작품이 대략 1700자 내외로 한 화를 만들었는데, 이것은 작가가 다른 야담집에서 단순히 작품을 발췌 수록한 것이 아니라는 점을 명확히 한다.

5) 『기인기사록』에 대한 광고 문안에서 송순기가 史家로서 널리 야담을 수집하였으며 이를 刪削, 敷衍, 折衷하였음을 밝히고 있다. 이 광고문에서 신문에 연재하는 과정과 『기인기사록』이라는 야담집으로 간행하였으며 수정 보완이 이루어 졌음을 짐작할 수 있고, 당시 『기인기사록』(상)이 적잖이 팔렸음도 알 수 있다.

6) 『기인기사록』은 『오백년기담』, 『동상기찬』과 『실사총담』, 『기문총화』에서 많이 인용하였으며 하권의 '烈婦'에 관한 화소는 『일사유사』가 전거인데서 전대 야담집과의 친연성을 볼 수 있다.

7) 우리 문학사에서 『기인기사록』의 의의는, 야담문학의 연진과정 속에서 '신문연재구활자본야담집'이라는 독특한 출현과 1910~20년대가 구활자본 야담집의 同期化라는 結節, 그리고 야담 源泉資料의 폭이 넓고 야담작가의 明澄한 作家意識과 글자 수에 따른 화소의 전략적 배려 속에 구조화된 야담집이라는 데서 찾을 수 있다. 광고에서 볼 수 있는 『기인기사록』에 대한 소란스런 반향은 저러한 송순기의 의식에 대한 사회적 共鳴으로 이해한들 오독은 아닐 듯싶다. 더하여 '온달 이

야기'의 경우는 근대적 계승과 야담의 장르적 변용까지를 조심스럽게 짚을 수도 있다.

이상을 통하여 야담집으로서 『기인기사록』 상·하의 모습은 대략 살폈다고 생각한다. 하지만 세부적인 고찰에는 이르지 못하였기에 미처 살피지 못한 문제를 적어 갈무리한다.

우선 『기인기사록』과 다른 야담집과의 차이이다. 이를 위해서는 각 화소의 원천을 찾고 이를 대조해 보는 정밀한 작업과 전대 야담집의 수용을 통한 變移樣相을 추적하는 작업이 필요할 것이다.

그리고 『기인기사록』이 여러 문헌에서 발췌했다는 점을 고려한다면, 傳寫 혹은 變改·飜案, 개별 화소의 탐구 등이 깊이 있게 다루어져야 할 것이다.

마지막으로 남은 문제는 기자이자 야담작가이기에 글의 호흡이 다른 야담집과는 다를 것이라는 점도 들 수 있다. 이러한 세밀한 고찰이 야담의 演進과정 속에서 이루어 질 때, 『기인기사록』이 야담집으로서 온전한 자리매김을 하게 될 것이다.

『기인기사록』 상·하권 분류와 원천문헌 관련 양상

일러두기
* ( ) : 화소는 비슷하나 내용은 다른 경우
* 「 」 : 일부의 내용과 문장이 거의 동일한 경우
* 표시가 없는 것은 내용이 동일한 경우
* 오백: 『오백년기담』, 동상: 『동상기찬』, 기문: 『기문총화』, 실사: 『실사총담』, 청구: 『청구야담』

표1) 『기인기사록』 상권

화	화소명	중심인물	분류	오백	동상	기문	실사	청구	기타
1	明見千里婦人智 功成一世丈夫榮	김천일	현부담(명장)			301		193	일사유사와 비슷 (부인은 양씨)
2	爲主報讐忠義婢 代人殺仇義俠兒	동계 정온	징치담(취첩)			295			
3	奇遇分明前生緣 悍婦不敢生妬忌	안동인 진사 권모	취첩담 (엄부, 투부)		5권15	304			
4	夕陽窮途亡命客 托身賤門配淑女	이 교리	성혼담 (현부, 피화)		3권2	292			
5	十年新婦五十郎 長壽富貴又多男	해풍군 정효준	성혼담(몽조)			289	권2,(1)		
6	三個女娘事一人 此是人間天定緣	경성인 유모	취첩담, 우애담		2권9	214	「38」	175	

화	화소명	중심인물	분류	오백	동상	기문	실사	청구	기타
7	靈卜能知鬼所爲 邪孽不敢犯正人	백사 이항복	명복담, 연명담 (명관)			198	「58」		
8	人間命數難可逃 死後精靈亦多異	감사 김치(백곡김득신의 부)	예지담, 혼령담 (반정, 연명)			294			
9	野老豈是盡愚夫 一代名將喪氣魄	이여송과 일노옹	이인담			300			
10	一代名士沈一松 天下女傑一朶紅	일송 심희수	연애담(현부)		2권11	290			
11	君子獨處遠其色 淫婦行奸喪厥身	남파 홍우원	피화담(음부)			291			
12	尹家娘子徹天恨 人間必有報復理	윤씨 남원부사	귀신담, 복수담	「영남루 윤낭자」					
13	豪傑豈是終林泉 名妓元來識英雄	옥계 노진	연애담(치사)		2권10	302		176	
14	一國首相非所望 但願天下第一色	이여송과 김 역관	결연담 (구인, 보은)	「기우」	(3권11)	256		247	
15	夫人明鑑勝於龜 言人窮達如合符	문곡 김수항의 부인 나씨	지인담(성혼)		1권9	207	「50」		
16	可憐豪傑終林泉 十年經營一朝非	정익공 이완	명장담(실의)			306			

화	화소명	중심인물	분류	오백	동상	기문	실사	청구	기타
17	積善家中必有慶 投以木桃報瓊救	강릉 김씨 일 사인	보은담			251	「51」		
18	見得思義是君子 聞善感化亦不俗	경성 김씨 성	개과담	빈궁한 경성의 김씨가 은 세봉을 습득하고 돌려주는 가운데 결의형제를 맺고 도둑을 개과시킨 이야기					알수없음
19	燕雀安知鴻鵠志 可惜豪傑老林泉	경성 묵적동의 허생	이인담 (치부, 실의)			249	(12)	289	
20	外愚內智誰能識 料事如見柳痴叔	서애 유성룡의 치숙	이인담(피화)			298			동패락송 12
21	早榮早敗南將軍 天於偉人不假壽	남이	귀물담	「粉鬼爲媒」	1권3	569			
22	志操非凡洞庭月 微賤出身李起築	명기 동정월/ 이기축	명기담	「生年作名」		(196)		52	
23	人生莫作人間惡 禍福無門惟所召	종암 김대운	고승담(변신)				「165」(권2)		
24	早窮晩逢非偶然 神聖豫言亦不誣	영조때 김씨	기인담, 예지담				151		
25	莫以兇捍咎其人 忠奴言立世罕有	남원인 윤진의 노비 언립	충복담(용력)		1권16	427			
26	處高驕人非君子 出乎爾者反乎爾	기천 홍명하	보수담 (지인, 박대)		1권10				
27	初爲成生灸其肉 後以李將斷其指	강계 기생 무운/이경무	연애담(열녀)		5권14	237	75		

화	화소명	중심인물	분류	오백	동상	기문	실사	청구	기타
28	天下異人不常有 可惜郭生終林泉	현풍인 곽사한	방사담(초혼)			240	「61」		
29	一朝洗盡千古恨 人間報復天理昭	김상국 모	해원담(혼령)			252	「24」		
30	申公識鑑如蓍龜 平日豫言如合符	한죽당 판서 신임	지인담(성혼)		1권11	212			
31	妬婦斷却婢子水 少年能作黑頭相	취춘당 상국 송질	귀신담, 복수담		1권17				
32	膽力絕倫朴松堂 識鑑過人俞夫人	송당 박영/임식의 계실 유씨	피화담		1권20 /1권18	580			
33	出身成名伊誰力 師僧恩德不可忘	그리 오래되지 않은 옛날 합천수 이모	고승담 (치사, 피화)			213	39		
34	婦人識見勝丈夫 華使不敢逞其慾	금남 정충신	현부담, 명장담	「이포대은」	1권23	244	(48)		
35	大膽男兒不畏死 凶賊不敢肆其凶	정익공 이완	담대담, 보은담		1권24	307			
36	片言能回元帥志 後妻反爲正室人	상국 홍윤성	지략담(성혼)		2권3	567			
37	兩個姊妹不相下 書生權謀亦不俗	안동지방의 강녹사	경쟁담 (치사, 보은)		2권4	260	72		

화	화소명	중심인물	분류	오백	동상	기문	실사	청구	기타
38	三年不解一字人 誰知他日文章家	김안국	기인담		2권12				
39	再嫁烈婦谷山妓 女中豫讓世罕有	곡산 기생 매화	연애담(열녀)		5권12	230	9(권2)	195	
40	人間窮達元無常 苦盡甘來果不誣	성종시절 공주 땅에 이 진사	급제담		3권1				
41	三日新婦求婢厄 一穴明堂報主恩	안동땅의 한광근	구인담, 보은담			253	「25」	260	
42	十年工夫阿彌佛 松都三絕世所稱	진랑은 개성 맹녀의 소생	명기담	「송도삼절」		334			
43	一飯受報朴童子 處事明快朴御史	영성군 박문수	중매담		3권7	271	(43)		
44	千古偉人姜邯贊 抱懷濟世經國才	문헌공 강감찬	기인담			(377) (380)	(146) (권2)		
45	窮鄉前日捆屨夫 朱門今朝宣傳官	양산인 오모	결연담, 현부담		5권9				
46	接神通道徐花潭 佛經一偈能活人	서화담 경덕	거유담, 구인담 (변신)			189			
47	驅邪役鬼宋尙書 此是秉忠立節人	상서 송광보	기인담	고려말 사람 송광보가 한 노옹의 제가된 구미호를 물리치고 마을을 폐허로 만든 악귀를 쫓고 과거에 급제해서는 대의열절을 지켜 태조의 부름에도 응하지 않았다는 이야기					알수없음
48	富貴不能奪其志 佳人才子兩相得	평양의 명기 일지매	명기담				「28」		

화	화소명	중심인물	분류	오백	동상	기문	실사	청구	기타
49	男女婚約重千金 信義嘉尙兩夫婦	신라 진흥왕 년간 백운과 제후	결연담						삼국사절요 권6, 진흥왕27년조. 동사강목권1
50	君王豈識公主志 城南乞夫爲駙馬	온달과 평강공주	결연담						(삼국 사기 권145) (삼국사절요 권7, 평원왕32년조)
51	男兒何處不相逢 以德報德君子事	통제사 유진항	구인담(보은)	「이덕보덕」		285		226	

일러두기

* ( ): 화소는 비슷하나 내용은 다른 경우
* 「 」: 일부의 내용과 문장까지 거의 동일한 경우
* 표시가 없는 것은 내용이 동일한 경우
* 오백: 『오백년기담』, 동상: 『동상기찬』, 일사: 『일사유사』, 기문: 『기문총화』, 실사: 『실사총담』, 청구: 『청구야담』

표2) 『기인기사록』 하권

화	화소명	중심인물	분류	오백	동상	실사	일사	기문	청구	기타
1	致誠三日夢黃龍 易簀當夜騎異獸	참판 이진항/ 허 상국 허목	급제담 (몽조)	「초룡주장」/ 「이모취서」					(204) 이진항	
2	勇冠三軍金德齡 可憐最後杖下死	김덕령	용력담, 실의담	「석저장군」						동야휘집 (22)
3	生前忠義宋府使 死後精靈慶將軍	함흥 명기 김섬/이경류	충신담, 열녀담/ 혼령담	「김섬」 「효귀투귤」		71		(71) 이경류 (415) 김섬		
4	處事明哲權夫人 一朝防杜淫祀風	우재 이후원	현부담 (퇴치)		2권8					원문에는 이원후로
5	假新郎爲眞新郎 此是人間天定緣	동악 이안눌	악한담, 피화담 (반정)		4권4	(76)			32	
6	山中隱逸是異人 平日豫言皆合符	우복 정경세	이인담			「95」				

화	화소명	중심인물	분류	오백	동상	실사	일사	기문	청구	기타
7	縱令沈氏悍妬性 名物之前亦無奈	상국 조태억의 처 심씨	명기담 (한인, 피화)		5권8				188	
8	見得思義眞君子 賢妻一言萬戶寠	일포수	현부담			「42」				
9	兩度夢事甚奇異 吉婦不愧貞女名	영변인 길정녀	열녀담 (남녀 이합)		2권13				80	
10	名雖無學實有學 解得異夢又定都	태조와 무학대사	몽조담 (신인)	「무학해몽/ 삼인봉/杠尋/ 伐李」					49	
11	發奸摘伏李趾光 吏民莫不服其神	이지광	명관담 (송사)	「罰紙覓紙」					125	
12	重義輕色誠君子 弄假成眞莫非緣	판서 송반	지인담 (취첩)	판서 송반이 젊은 시절 과부의 유혹을 거절하고 나이 들어 형리의 딸 매희라는 소녀를 별실로 맞아들이게 된 이야기						알수없음
13	棄暗投明丈夫志 能文兼武英雄才	모하당 김충선	충신담 (항왜)							『모하당실기』, 『병세재언록』 (우예록, 김충선조)
14	伐槐斬蛇修大樑 一代神勇張兵使	대장 장붕익	호협담						(217) (275)	알수없음
15	狗峴下一壺靑絲 半空中兩道白虹	감사 박엽	예지담 (명장)			「55, 56」				
16	半夜避難騎白虎 百年佳約配紅娘	중고때에 한 재상의 동비	충비담		4권6					
17	千里關山續舊緣 九重宮闕拜新恩	중고때에 한 재상의 아들	연애담 (부자 이합)		3권10					

화	화소명	중심인물	분류	오백	동상	실사	일사	기문	청구	기타
18	雖知弄假竟成眞淑 女原來配君子	봉래 양사언의 부	취첩담		3권4	241				
19	愛物遠色君子志發 奸摘伏良吏政	참판 김니	기인담	잉어를 구해주고, 자신을 붙따르는 기생들을 콩을 이처럼 꾸며 쫓고, 혀 잘린 소에게 한 사람씩 물을 먹이게 하여 범인을 잡는 등의 유당 김니가 기지를 발휘한 이야기						알수없음
20	十年恩情同父子一 穴明堂昌子孫	상서 김모	명당담 (지인, 보은)			「28」 (권2)				
21	黜太子骨肉相殘 還舊都君臣重會	태종대왕	충신담	「咸興差使/ 子馬諷諫/ 僞盟成讖/ 大木爲柱」						
22	誤入冥府還陽界 死而復生權尙書	판서 권적	명부담 (환생)					311		
23	有何神童來相濟 一個輪圖致萬金	안동인 이생원	기인담 (치부)			「32」 (권2)				
24	練光亭上蛾眉落 矗石樓下香魂飛	평양명기 계월향/논개	명기담 (충절)	「연광정 계월향」/ 「촉석루 논개」				(64) /논개	(252) 논개	
25	救死父小女陳情 釋罪囚老伯感義	공주인 김성달의 딸	효자담 (효녀)				「권5, 취매담」			
26	醮禮後新郎奔喪 葬奉日新婦得標	중고때에 한 선비	현부담		2권14					

화	화소명	중심인물	분류	오백	동상	실사	일사	기문	청구	기타
27	富時誰知呼驚嘆 絶處自有逢生路	황해도 봉산 이씨 성의 무변	결연담 (담대, 치사)		5권16				54	
28	訴夫寃崔婦隕身 脫父死洪童殉孝	동자 홍차기	효자담 (신령)						25	
29	救父徒行六千里 養親未嫁四十歲	평양 이효녀	효자담 (효녀)				「권5, 이효녀전」			『차산필담』의 '이효녀전'과도 동일
30	淸白公正金守彭 一朝防杜民間弊	김수팽	충신담				「권2, 김수팽」			
31	事王李首相赧顔 間齊楚名妓巧辯	송경 명기 설매/소춘풍	명기담	(설중매) 「소춘풍」				(515) 설중매 602 소춘풍		
32	誦經傳丘生得官 善書賦金童救父	찬성 구종직	현군담 (급제)	「투간 경회루」						
33	廉士獲財還本主 孝女許身報舊恩	묵재 허적	강직담, 성혼담 (이승)		4권9(염희도, 염시도로 되어 있음)					
34	太守戱五女出嫁 牧使政一郡頌德	연안부원군 이광정	중매담 (작희)		3권6					
35	奠雁日大虎入門 委禽夕新娘救夫	그리 오래되지 않은 옛날 일사인	성혼담, 현부담		2권15					

화	화소명	중심인물	분류	오백	동상	실사	일사	기문	청구	기타
36	萬里關山明鏡破 一隅江亭香魂消	백천인 복흥 조반	연애담 (지략)		5권10	61				
37	三日夜老翁借胎 卄年後古者還生	그리 오래되지 않은 옛날 경성 일 사인	특이 (대신 아이를 낳아 줌)		4권10					
38	訪窖穴名妓知人 拜綉衣寒士得官	상국 김우항	지인담, 취첩담 (원조, 치사)		3권5				67	
39	背道枉學堪輿術 積善自有明堂報	가산인 성거사	명풍담 (성혼)		4권7				65	속성은 장취성
40	享晩福老郎得配 得早榮少年聯壁	안동권씨 모	중매담 (보은)		3권9					
41	通古今閨門博學 辨是非婦人明見	고흥 유당의 딸 유 부인	현부담				「권6, 유부인」			
42	角戲場少年賭婦 糞窖中頑僧殞命	그리 오래되지 않은 옛날 곽운	용력담	용력을 자랑하던 곽운이, 힘으로 악행을 일삼던 중을 조그만 소년이 씨름으로 제압하고 채권을 빼앗아서는 백성들에게 돌려주는 것을 보고 다시는 힘자랑을 하지 않았다는 이야기						원전은 조선 후기의 역관인 밀산(密山) 변종운(卞鍾運, 1790~1866)의 시문집인 『소재집(嘯齋集)』에 실려 있는 〈각저소년전〈角觝少年傳〉이다.
43	通詩書婦人博學 善文詞閨門絕唱	홍율정의 부인 유씨 등/ 허난설헌/ 신사임당/	현부담				「1, 권6. 최부인, 윤부인, 심부인,			

화	화소명	중심인물	분류	오백	동상	실사	일사	기문	청구	기타
		유희준 부인 송씨/이옥봉/홍인모부인 서씨/부안명기 계생/성천명기 부용					정부인, 성부인, 이부인 /2. 권6. 허씨난설, 이부인, 심씨,3, 권6. 신사임당, 정문영의 처, 해서사인, 4권6, 이옥봉」			
44	討國賊娘子從戎 患金寇婦人料事	평안도 자성 여자 부랑	충신담				「권6, 부랑」			
45	萬里域夫婦相逢 卄年後父女重會	남원 정생	남녀 이합담, 부자 이합담				「권6, 정생처 홍도」			「신한민보」 1918년 8월 1일자, 작가미상의 '홍도'와 비슷.
46	報舊主忠婢殺仇 陷大臣奸人遭禍	문정 유인숙	충비담				「권5, 柳家忠婢」			
47	三門外烈婦割乳 九重闕寃女訴恨	경상도 염열부	열녀담				「권5, 염열부」			
48	七年後舊緣更續 百里地新官得除	병사 우하형	열녀담, 현부담		5권13			296	149	

화	화소명	중심인물	분류	오백	동상	실사	일사	기문	청구	기타
49	神卜豫算吉凶機 人間命數難可逃	상신 윤필상/ 조위/ 홍계관	명복담	「삼림일지/낭 과출암하숙/ 아차현」		(387)				홍계관은 알수없음
50	失節婦爲夫守節 未嫁女爲人不嫁	영동의 일상민 부부/경성 賣粉媼/황진이	열녀담, 명기담				「권5, 영동의부 /賣粉媼」			
51	識禍機名媛料事 謀國事哲婦畫策	충정공 허종의 부인/조부인/	현부담				「권6, 허부인」			
52	莫以狂誕咎其人 此是慷慨不遇士	최북(최칠칠)/임 희지	이인담				「권3, 최북 /임희지」			
53	萬古綱常三父子 五城風雨一男兒	덕원 정기	충신담 (의기, 의마)				「권1, 정기」			
54	意氣兒千金贖娼 窈窕女三年報恩	당성군 홍순언	구인담, 보은담					(89)	(114)	
55	治身家君子有法 現祠堂新婦敎禮	평양 황고집	이인담				「권1, 황고집」			
56	感微物誠孝出天 褒孝子朝廷旌閭	高靈人 김려택/晉州人 강천년/庇仁人 임응정	효자담 (이호담)	~고령 사는 김려택이란 효자가 호랑이의 도움을 받고 도와 준 이야기 ~진주 사는 강천년이란 효자가 서울에 갔다가 모친이 위독하다는 급보를 받고 호랑이의 도움으로 돌아온 이야기 ~비인 사는 임응정이란 효자가 여막살이를 하는데 호랑이가 배행하여 '기호효자'라 불린 이야기						알수없음

참고문헌

『기인기사록』 상(1921)·하(1923), 문창사.
〈매일신보〉 1921년 7월 1일-1921년 3월 13일, 1925년 7월 8일-1925년 8월 4일, 1926년 1월 1일, 1927년 9월 12일.
『고려사』 104권 열전 제17.
『기문총화』(국립중앙도서관본).
『오백년기담』(1913), 최동주, 박문서관.
『실사총담』(1918), 편집겸 발행자 최영년, 조선문예사.
『동상기찬』(1918), 백두용, 한남서림.
『박안경기』(1921), 박건회, 대창서원.
『일사유사』(1922), 장지연, 안동서관.
『대동기문』(1926), 강효석, 한양서원.
『해동죽지』(1925), 崔永年 編著 ; 宋淳夔 編 ; 金炳采 校, 奬學社.
『청구야담』Ⅰ·Ⅱ·Ⅲ(1996), 최웅 엮음, 국학자료원.
『월간 야담』(1935) 제 3권 6호(통권 19호)
『일제하의 금서 33권』(신동아 1977년 1월호 별책부록), 동아일보사, p.268.
송순기(1920), 「高麗의 大人物 金方慶氏를 論함」, 『開闢』 제 2호, 개벽사, p.31. p.36.
최연택(1922), 『단소』, 文昌社(국립중앙도서관 소장).
최연택(1922), 『罪惡의 씨』, 文昌社(국립중앙도서관 소장).
남윤수(2002), 「『기인기사록』(제1집) 51화소 경개(其1)」, 『古書硏究』, 19집, 한국고서 연구회, pp.41-278.
남윤수(2002), 「『기인기사록』(제1집) 51화소 경개(其2)」, 김경수 편, 『고전문학의 현황과 전망』, 역락, pp.119-178.
김근수 편(1974), 『일제치하 언론 출판의 실태』(한국학자료총서 제2집), 영신 아카데미 한국학연구소, p.581.
권영철(1967), 「모하당시가 연구」, 효성여대연구논문집.(국어국문학회 편, 『국문학연구 총서 3 가사문학연구』, 정음사, 1981, pp.312-370에 재수록)
이동영(1987), 『가사문학논고』, 부산대학교출판부, pp.271-287.
정진석(1985), 『한국언론사 연구』, 일조각, p.225.
정진석(1999), 『인물 한국언론사』, 나남출판, pp.162-164.
서대석 편저(1991), 『조선조문헌설화집요』(Ⅰ)·(Ⅱ), 집문당.

이윤석·정명기 공저(2001), 『구활자본 야담의 변이양상 연구』, 보고사, pp.36-44.
정명기(2001), 『야담문학연구의 현단계』 1·2·3, 보고사.
간호윤(2004), 「日帝下 禁書 『奇人奇事錄』(下)에 나타난 金忠善 話의 現在性」, 『우리문학연구』 17집, 우리문학회, pp.115-137.
조태영(1991), 『고려사열전의 인물형상과 서술양상 연구』, 서울대학교박사학위논문, pp.301-338.
권선우(1999), 「고려 충렬왕대 김방경 무고사건의 전개와 그 성격」, 『인문과학연구』 5, 동아대학교인문과학대학 인문과학연구소, pp.93-134.

3. 일제하 금서『기인기사록』하에 나타난 김충선 화의 현재성*

야담문학에 투영된 전쟁체험의 편폭을 중심으로

1) 서론

전쟁의 비극이야 이 자리에서 새삼 말할 필요가 없다. 하지만 '전쟁이 남긴 그 무엇들' 중, '傷痕'만이 전쟁의 뒤끝을 담당하는 것은 아니라고 생각한다. 그렇다고 아픈 상처를 시비하고 '그 무엇들'만을 새김질만 하자는 뜻은 물론 아니다. 이 글은 전쟁에 대한 반성과 미래에 대한 공존의 대화를 나누자는 것이다. 문학작품의 행간을 조금만 유념하면 전쟁 체험의 篇幅에 웅크려있는 미래를 발견할 수도 있다는 생각이다. 그것은 과거에서부터 현재를 걸쳐 미래로 이어지는 일련의 흐름을 보여준다. 역사 속의 전쟁이 事後에만 머무를 수 없는 한 이유이기도 하다.

이 글에서 다루고자하는 日帝下 禁書『奇人奇事錄』下의 金忠善 話의 現在性에는 이러한 戰爭 體驗의 篇幅[1]을 적잖이 발견할 수 있다.『기인기사록』[2]은 상·하권으로 勿齋 宋淳夔가 編纂하고 綠東 崔演澤이 序를 잡은 懸吐式漢文으로 된 구활자본 야담집이다. 이 야담집에

---

* 이 논문은 우리문학회,『우리문학연구』17호(2006) 수록논문을 일부 수정·보완하였음을 밝힌다.

1) 여기서 '篇幅'이라는 용어는 "책"과 "넓이"라는 한자의 어의를 그대로 살린 말이다. 김충선이야기가 400여 년이라는 時間的 相距를 뛰어넘어 문헌 속에서 현재성을 확보하고 있다는 점, 그리고 책의 갈피와 행간과 폭을 흐르는 의미 따위를 아우르는 용어로 사용하였음을 밝힌다.

2) 이 야담집은 현재 南潤秀 교수가 소장하고 있다. 이 자리를 빌어 자료를 후학에게 선뜻 내어준 남윤수 교수님께 감사하다는 말씀을 드린다. 아울러 필자에게 책자를 우송하며 도움을 주신 賜姓金海金氏宗會 金在錫 회장님께도 감사의 뜻을 전한다.

대해서는 이미 상권이 영인 되었으며 소개된 바도 있어 알려진 자료임에는 틀림없다. 그러나 이것은 상권만 해당된다.[3] 지금까지 학계에서는 '상권'으로 미루어 '하권'이 있음을 추정할 뿐 그 실체가 공개된 적이 없었기 때문이다.

후술하겠거니와, 그 이유는 아마도 『기인기사록』 하권이 일제 치하의 禁書로 지목되어서가 아닌가 한다. 『기인기사록』은 상하 두 권 중, 하권만 금서이며 그 이유는 治安이었다.[4] 대략 일제하의 금서들은 '민족주의 사상, 사회주의 사상, 자유주의 사상' 등과 밀접한 관련인 것들이 대부분이다. 이를 그대로 받아들인다면 『기인기사록』 하권은 상권과는 다른 위의 사상들과 밀접한 연관을 맺고 있다고 미루어 생각할 수 있다. 하지만 두루 살핀 바, 상권과 하권을 뚜렷이 구별할 만한 차이는 별로 없다. 다만 일제와 우리의 역사적 관계를 고려할 때, 하권이 상권에 비하여 임진왜란 관련 화소가 두어 편 많은 정도이다.

그렇게 자료를 정리 중 우연히 김충선 이야기를 발견하였다. 모하당(慕夏堂) 김충선(金忠善, 1571~1642)은 降倭이다. 그는 왜장으로 임진년 4월 13일 부산에 도착하여 같은 달 4월 20일 병사 朴晋(金應瑞)에게 강화서를 보내고 3,000명의 병사를 이끌고 귀화하였다. 그리고 필자

---

3) 이에 대해서는 남윤수, 「『기인기사록』(제1집) 51화소 경개(其1)」, 『古書研究』 19집, 2002, pp.41-278과 「『기인기사록』(제1집) 51화소 경개(其2)」, 김경수 편, 『고전문학의 현황과 전망』, 역락, 2002, pp.119-178. 그리고 이윤석·정명기 공저, 『구활자본 야담의 변이양상 연구』, 보고사, 2001 참조.

4) 『일제하의 금서 33권』(신동아 1977년 1월호 별책부록), 동아일보사, 1977, p.268에는 다음과 같이 기록되어 있다.

"著書名: 奇人奇事錄(下編), 著譯編者: 崔演德, 發行年月日: 1923.2.5, 發行者: 京城, 處分年月日: 1937.10.5, 處分理由: 治安"

『기인기사록』에 대한 정보는 1935년 『월간 야담』 제 3권 6호(통권 19호)에도 있다. 여러모로 보아 『기인기사록』은 1937년 10월 이전까지는 유통되다가 금서 이후 자취를 감춘 듯하다.

의 생각으로는 이 김충선 이야기 때문에 『기인기사록』 하권이 금서가 된 것이 아닌가 한다.

따라서 이 논문의 주 목적은 『기인기사록』이라는 야담 소재 金忠善話를 中心으로 살펴 본 전쟁 체험의 편폭에 두지만, 의의는 대략 세 가지로 정리할 수 있을 것 같다. 첫째는 일제 치하 금서인 『기인기사록』[5] 하권을 처음 학계에 소개하는 것이며, 둘째는 전쟁의 상흔을 안고 살아갔던 항왜 김충선의 이야기를 통하여 전쟁의 편폭과 그 현재성을 살피고 셋째는 우리의 국문학사에서 일제시대 야담 문학에 차용된 김충선이란 인물에 대한 논의[6]라는 점이다.

---

5) 이 책은 시기적으로 야담집의 거의 마지막에 해당된다. 그리고 여러 문헌에서 발췌했다는 점을 고려한다면, 전사 혹은 변개·번역·번안·야담의 소설화 등도 깊이 있게 다루어져야 할 것이다.

6) 김충선에 대한 학계의 논의는 한 차례 선학에 의해 이미 소개된 바 있다.
권영철, 「모하당시가 연구」, 효성여대연구논문집, 1967(국어국문학회 편, 『국문학연구 총서 3 가사문학연구』, 정음사, 1981, pp.312-370에 재수록)과 이동영, 『가사문학논고』, 부산대학교출판부, 1987, pp.271-287의 7장 「모하당의 가사」 등이 있다. 그러나 이후 김충선에 대한 논의는 학계에서 찾아 볼 수 없는데 아마도 자료의 부족 때문이 아닌가 한다. 따라서 현재 우록리라는 차원의 문화교류만이 외로이 활성화되는 시점이다. 여러 관계문헌들을 발굴하여 생산적인 논의가 이루어졌으면 한다.
참고로 「慕夏堂述懷」는 총 462구의 장편가사로, 국문학사상 보기 드문 歸化人의 작품이라는 데 문학사적 의의가 있다. 제 1 단은 조선국을 흠모하다가 가토 기요마(加藤淸正)의 선봉장이 되어 출정함에 귀화의 결단을 내리게 되었음을 말하고, 제 2 단은 자연의 아름다움과 예악의 풍속에 감탄하여 투항하였음을, 제 3·4 단은 임진왜란과 李适의 난, 병자호란을 통해 조선에 공을 세웠음과 왕명으로 벼슬과 성명이 내려졌음을 말하고, 제 5 단은 난리가 평정된 後 友鹿洞에서 자연과 더불어 노니는 생활, 제 6 단은 자손에 훈계하는 내용, 제 7 단은 평생의 뜻을 이루었으나 고국의 생각과 혈육들의 소식이 궁금함을 술회하고 있다.

2) 본론

(1) 김충선 화와 『기인기사록』 하권의 일제하 금서 이유

① 김충선은 누구인가.

『기인기사록』 하권의 일제하 금서 이유를 밝히기 위해 그 입론점으로 우선 김충선에 대한 기록부터 살펴본다.

잠시 이야기를 임란 시절의 김충선에게 옮겨 보겠다. 과연 김충선은 역사적 인물인가? 아니면 일제 치하의 日人들의 말대로 작위적 인물인가?

사실 이에 대해서는 논쟁적인 소모를 할 필요가 없다. 그의 후손들이 현재 그가 살았던 삶의 터전을 지키며 자료도 충분하기 때문이다. 자료를 통해 본 김충선은 임란 시절에는 大義 없는 기병에 분명한 의사로 옳지 않음을 외친 이이요, 현재는 전쟁이 낳은 비극을 치유하려는 양국 평화의 가교 역할을 하는 인물이다.

『모하당 문집』[7]에 의거하면 김충선에 대한 기록으로 가장 먼저 보이는 것은 유성룡(柳成龍, 1542~1607)의 『징비록』과 『선조실록』의 기록이다. 그런데 『징비록』의 기록에서는 찾을 수 없었고 다만, 『선조실록』[8]과 『인조실록』[9], 『승정원일기』[10]에 짤막하게 언급되어 있다. 따라서 비교

---

7) 김충선의 문집으로 6세손 김한조가 1798년(正祖 22)에 간행했으며, 그 뒤 1842년(憲宗 8)에 재간되었으나 현재 남아 있지 않다.

8) 『선조실록』 권 94, 30년 11월 22일.
"권율이 장계하기를, … 항왜 첨지 沙也加·항왜 念之는 한 급을 베었다."

9) "칙사가 삼공, 육경, 비국·금부 당상, 승지, 육조 참판을 일제히 모이게 하여 그 앞에다 전 江界府使 金鏔, … 外怪權管 金忠善, … 등을 결박하여 앉혔다."
김충선은 이 때(1643) 외괴권관으로 국경수비를 맡고 있던 중이었는데, 청나라 칙사의 항의로 해직되어 대구의 우록동으로 돌아온다.

10) 『승정원일기』 인조 6년 4월23일.
"어영청에서 말씀 올리기를, 山行砲手 17명과 降倭軍人 25명을 지방진으로부터 데려

적 소상한 첫 기록은 『병세재언록』이 아닌가 한다. 『병세재언록』은 이규상(李奎象, 1727~1799)이 지은 책으로 김충선에 대한 기록이 「寓裔錄」에 비교적 소상하게 기록되어 있다. 여기서 寓裔란 "다른 나라 사람으로 우리나라에 와서 산 사람의 자손을 말한다. 寓는 『春秋』에 나오는 寓公의 의미이다(寓裔者 他國人來我國者子孫也 寓春秋寓公之意也)."[11]

다소 길지만 『기인기사록』 하 소재 김충선 화와도 관련이 있으니, 『병세재언록』의 기록을 요약 정리해 보겠다.

> 대구의 녹촌에는 임진란 때 항왜로서 선조 임금에게 김충선이라는 이름을 하사 받은 사람이 있는데 그 자손이 녹촌 근처에서 많이 살고 있다. 지금 조정(정조)에 이르러 충선의 자손들이 글을 예조에 올려 은전을 받고자 하였다. 당시 예조 판서는 오재순이었다. 내가 오 판서의 종제인 오재신을 통하여 김충선의 행적을 얻어 볼 수 있었는데 그 대략은 다음과 같다.
>
> 충선은 임진년에 가등청정의 선봉장이 되었는데 그때 나이가 22살이었다. 평생 중원의 문물을 사모하였기에 조선을 공격하는 것이 불의하다고 여겼다. 자청하여 동국 싸움에 출정하여 우리나라와 풍습을 보고서는 좋아하여 병사 김응서(金應瑞)[12]에게 글을 보내어 귀화를

와 본청에 두기로 한 일은 이미 재가를 받았습니다. 인솔한 대장은 降倭領將 김충선인데 그 사람됨으로 말하면 담력과 용력이 뛰어났으나 성질은 매우 공손하고 근신합니다. 지난번 이괄의 반란 때 목숨을 보존하기 위해 달아난 괄의 부장 서아지를 뒤쫓아가 잡는 일을 경상감사가 김충선에게 맡겼더니 아무런 수고로움 없이 능히 이를 처치했습니다. 진실로 가상한 일입니다."

11) 민족문학사연구소 한문분과 옮김, 『18세기 조선 인물지 병세재언록』, 「병세재언록 원문 교주문」, 창작과비평사, 1997, p.292.

12) 『모하당문집』 권지일, 「謝嘉善疏」를 보면 경상병사인 朴晋에게, 「慕夏堂文集序」에서는 김응서와 박진에게 歸附하였다고 되어 있다. 그러나 『기인기사록』에서는 김응서로 되어 있다. 「사가선소」는 李适의 부장 徐牙之를 포참한 김충선에게 서아지의 땅과 백성을 빼앗아 하사하자 이를 사양한 내용이다.

원한다는 뜻을 밝히고 3,000명의 병사를 데리고 귀화하였다.…조정에서 조총도감을 설치하고 충선을 감조관으로 삼으니 조총을 쏘는 법과 화약을 만드는 법을 모두 전수하였다.…이괄(李适)의 장수 서아지(徐牙之) 역시 항왜였는데 이괄이 패주하자 아지도 마침내 망명하였다. 아지가 날래고 용맹스러워 사로잡지 못하자 조정에서는 충선에게 밀명을 내려 잡으라 하니 충선이 계획을 세워 사로잡아 바쳤다. 병자호란 때 쌍령(雙嶺)의 전투에서 충선이 의병을 일으켜서 영남의 군사를 따라서 오랑캐를 많이 죽이니 거의 만 명에 이르렀다.…나이 70여 세에 이르러 대구 녹촌에서 살았는데 가선대부의 작위를 받았다.…충선의 당호는 모화(慕華)[13]이고 왜국 이름은 사야가(沙也可)였으며 대대로 왜국에서 작위를 받았는데 호적을 가져왔다. 그 외할아버지는 평수철(平秀喆)이고 김충선은 위에서 내린 이름으로 본관은 김해로 하였다. 평생동안 왜국의 일에 대해서는 말하지 않았는데 부사 홍춘점(洪春點)의 딸[14]을 아내로 맞아 많은 자녀를 두어 후손이 매우 번성하였다(大邱鹿寸 有壬辰降倭 賜姓名金忠善 於宣廟朝者 其子孫 多居鹿村近處 當宁朝 忠善子孫 呈書于禮曹 祈蒙恩典 時禮判吳判書載純 余因吳判書從弟載紳 得見忠善行蹟 則略曰 忠善 壬辰年爲 清正先鋒將 時年二十二 平生慕中原文物 以攻朝鮮爲不義 自請於倭 出來東戰 及見我俗 心好之 貽書兵使金應瑞 願歸化 以三千兵自歸…朝廷設鳥銃都監 以忠善爲監造官 盡傳鳥銃放銃 造火藥法…适將徐牙之亦降倭 适敗 牙之遂亡命 驍虜莫能捕 朝廷密命忠善捕之 忠善設計捕獻…丙子虜亂 雙嶺之戰 忠善起義兵 隨嶺南軍 多殺胡兵 幾至萬…年至七

---

13) 『기인기사록』에도 '慕華'로 되어 있다. 그러나 『모하당 문집』에는 일관되게 '暮夏'만으로 기록하였고 碑文이나 邑誌 등에도 '暮夏'로 된 점으로 미루어 보아 『모하당 문집』의 기록이 맞다.

14) 『모하당 문집』에는 "28년 경자년, 공의 나이 30세에 인동장씨 진주목사 춘점의 딸에게 장가들었다(二十八年 更子 公三十歲 娶仁同張氏 晋州牧使 春點女)."라고 되어 있다. 여러 기록으로 미루어 보아 『모하당 문집』의 기록이 맞다.

十餘 居大邱鹿村 爵嘉善…忠善堂號慕華 倭名沙也可 世有倭官爵 持來戶籍 其外祖平秀喆 金忠善 上賜之 籍金海 平生不言倭國事 娶府使洪春點女 多子女 後孫甚繁衍).[15]

이를 보면 김충선은 사사 받은 이름이며, 임진왜란 때 가등청정의 선봉장으로 들어와 조선의 풍속, 문물을 흠모한 나머지 3,000명의 군사를 이끌고 金應瑞에게 귀화한 降倭 沙也可임을 알 수 있다. 그는 조총·화약 제조 방법 등을 전수하였으며 李适의 난에는 徐牙之를 사로잡았고 병자호란에서도 큰 공을 세워, 三亂의 공신이라는 이름을 남긴 이임을 알 수 있다.

다만 이 기록에서 부인의 성과 호, 그리고 누구에게 귀부하였느냐가 『慕夏堂文集』과 약간의 차이를 보이는 부분이다. 그러나 이것은 시대적 相距나 문집을 엮는 과정에서 빚어진 것이 아닌가한다. 이러한 문제로 김충선이란 존재가 부정될 수는 없다.

② 『기인기사록』 하권의 일제하 금서 이유

이제 이야기를 『기인기사록』 하의 일제하 금서로 돌려보겠다. 『기인기사록』은 장르상 야담에 속한다. 그것은 이 책에 수록된 많은 이야기가 이미 야담집에 수록된 것들이기 때문이다. 즉, 많은 이야기가 『계서잡록』이나 『기문총화』에서 선별 수록한 것이다.[16] 야담이란 장르의 순기능은 재미이고 이 재미를 고려한다면 작가의 선집 태도는 박물학적인 지식의 나열 혹은 잡록의 성격 등을 끌어들일 것이다. 그러나 『기인

---

15) 민족문학사연구소 한문분과 옮김, 전게서, p.296.

16) 『奇人奇事錄』 上에 대한 원천 검토는 이윤석·정명기, 『구활자본 야담의 변이양상 연구』, 보고사, 2001, pp.62-63 참조.

기사록』 하가 금서라는 점을 염두에 둔다면 작가의 선집과 기술 태도에 명징한 작가 의식이 있었으리라는 추론은 어렵지 않다.

예를 들어 작가가 유념하는 데에는 편찬자의 評語인 '外史氏日'이라는 보론을 달아 놓았다. 그 보론이 짧지만 선집자의 의지는 단순히 상업적인 목적에 머무르지 않음을 알 수 있다. 『기인기사록』도 야담집이기에 知機, 占卜, 呪術, 知人知鑑 따위의 이야기가 주를 이룬다. 하지만, '외사씨 왈'을 유념해보면 마치 사마천의 사기열전 형식을 빌어 인물과 사건에 대한 品評을 한 것임을 알 수 있다. 물론 여기에는 일제를 살아가는 한 지식인으로서 예사롭지 않은 사회적 시각이 여며져 있을 것이다.[17]

이점은 서론에서 밝힌 바, 『기인기사록』 하권이 '치안유지에 저촉된 금서'와 연결된다. 『일제하의 금서 33권』을 내며 좌담한 「日帝下發禁圖書의 性格」을 보면 대략 일제하의 금서는 자유주의 사상, 민족주의 사상, 사회주의 사상의 세 갈래로 나뉜다는 것을 알 수 있다.[18] 그리고 이 세 갈래의 금서 이유와 일제와 우리의 역사적 관계, 여기에 다시 야담집이라는 특수성을 고려해 볼 때, 전쟁이란 화소가 금서의 한 임계점이 될 듯하다.

---

17) 『기인기사록』 하권, 4화 處事明哲權夫人, 一朝防杜淫祀風에 보이는 '外史氏日'은 다음과 같다.

外史氏日 自故로 人家의 婦女가 此에 惑치 아니하는 者가 無하니 婦世의 妖巫淫覡이 橫行하는 것은 此에 職由함이라. 故로 吾人이 恒常人의 愚를 笑치 아니하는 자가 無하지마는 婦人으로셔 能히 理에 明하야 此에 惑치 아니하는 자는 幾希할 것이나 그러나 權婦人과 如함은 此等의 迷信을 一朝에 打破하여 淫祀의 風를 永杜하얏스니 可히 써 明哲의 婦이라 謂할진뎌!

이 이야기는 李厚原(원본에는 '李原厚'로 되어 있으나 '이후원'이 맞아 바로 잡았다.)의 집안에서 자손이 희귀해지자, 신사를 짓고 제사를 지나치게 지내는 바람에 가산이 기울었는데 權尙遊의 딸이 시집와서 이를 바로 잡는다는 내용이다.)

18) 『일제하의 금서 33권』, 앞의 책, p.246 참조.

『기인기사록』 상권과 하권의 전쟁 체험 화소는 합쳐 전체의 10퍼센트가 조금 안되나 그 중, 임란과 직접 관계있는 것이 11편이나 되었다. 그러나 일별해 보아도 대부분 다른 야담집에서 찾아 볼 수 있는 작품들[19]로 상권과 하권 모두 금서 이유와 맞닥뜨릴만한 화소는 찾지를 못 하였다.

그런데 하권에 보이는 김충선 이야기만이 유독 다른 야담집에서 찾아 볼 수 없는 화소였다. 김충선이 항왜란 점도 일제와의 긴장성을 더하는 대목이었다. 1910~20년대 구활자본으로 나온 국문본 야담집 『靑野彙編』(1913), 『靑邱奇談』(1911)이나 한문현토본인 『拍案驚奇』(1921), 『東廂記纂』(1918), 『實事叢談』(1918) 따위의 야담집에서도 전연 김충선 이야기는 보이지 않는다. 김충선 이야기를 당시 지식인들이 모를 리 없을 것이라는 가설을 전제 삼아 역으로 추론한다면, 『기인기사록』 하 소재 '김충선 이야기'는 그만큼 일제하 금서 이유에 용이하게 접근할 수 있다.

사실 김충선 이야기는 일제시대만의 문제는 아니었다. 역사적 연원을 따라 올라가면 그가 항왜가 된 그 시점으로까지 거슬러가기 때문이다. 시기적으로 보아 야담은 임란후라는 시대적인 정황과 상관성이 있다. 야담의 주 독자층은 그것을 누가 기록하였던 간에 서민과 호흡한다. 그래서인지 임란과 관련된 야담 속 인물들은 대개 주목받는 이들의 작은 화소에서 비롯되었고 인물은 조선인, 중국인을 가리지 않

---

19) 『기인기사록』 소재 전쟁 화소를 찾아보면 다음과 같다.
『기인기사록』 상권
1화: 金千鎰의 妻, 9화: 李如松을 꾸짖은 老翁 14화: 李如松과 역관 金譯 20화: 柳成龍의 安東 守成 44화: 姜邯贊의 傳記
『기인기사록』 하권
2화: 金德齡, 3화: 東萊府使 宋象賢의 죽음과 妾 李氏의 節義. 사후 정령이 된 李慶玧, 13화: 歸化 將軍인 金忠善, 24화: 桂月香. 論介 44화: 夫娘과 鄭忠臣, 45화: 鄭生과 紅桃 54화: 洪純彦

았다. 따라서 여러 야담집에서 임란 기간 활동한 곽재우, 김응서, 이여송 등에 대한 화소를 흔히 찾을 수 있다.

그렇다면 김충선은 야담이 되기 위한 충분 조선을 지닌 인물이었다. 임란이란 비극을 부를 정도로 무능한 조선, 그 조선이 좋아 귀화하였다는 김충선, 가해국의 장수로서는 거의 유일한 긍정적 인물 따위는 분명 좋은 야담의 화소임에 틀림없다. 그러나 그의 야담 문헌에서 전혀 찾을 수 없다.

이야기를 다시 정리해본다. 여러 정황과 문헌들로 미루어 볼 적에 김충선 이야기는 조선 팔도에서 널리 퍼졌을 이야깃거리임에 틀림없다. 그런데도 김충선 이야기가 우리 야담집에 보이지 않는다는 것은 우정 그러한 것이라고 볼 밖에 없잖은가. 그리고 그 이유를 별 어려움이 없이 그가 가해국인 왜국의 장수라는 점에서 찾은들 크게 어긋나지 않을 듯하다. 조선이란 제도사회에서 항왜는 까끄라기였을 터였다. 임란 후, 그렇게 300여 년이 지나며 김충선이라는 인물은 조선에서 서서히 잊혀진 인물이 되었다.

그러던 그가 일제 치하에서 임란 시기의 야담에 등장한 것이다. 임란 시절 뚜렷한 족적을 남긴 인물임에도 실록이나 문학 속에서 항왜이기에 囹圄되었던 그였다. 이는 예각화 시키지 않을 수 없는 점이다.

그렇다면 저자는 왜 김충선을 『기인기사록』에 넣었을까? 『기인기사록』이 금서라는 점을 유의하여 다시 살핀다면, 김충선의 등장 속에는 일제에 대한 상대적 우월성을 쉽게 감지할 수 있다. '일제 치하'와 '김충선은 항왜'라는 사실에서 도드라진 作意를 읽는 것은 어렵지 않다.

이야기를 일제로 돌리면 김충선은 위계가 전복된다. 조선 침략을 진출이라는 애매함으로 덮고 싶었던 일제시대였다. 침략의 야욕이 드디어 조선을 점령하였을 때, 그들에게 김충선은 낭패스런 인물이었음에 틀림없다. 김충선이란 존재가 식민지 조선인과 일제에게 던지는 메시지는 너무나 분명하다.

일제시대 김충선이란 존재에 대해 꽤나 고민한 흔적을 여러 곳에서 엿볼 수 있다. 김충선 사후 146년만에 간행되었던 『모하당 문집』[20]은, 다시 1915년 7월 靑柳綱太郎이 主宰하는 '朝鮮硏究會'에서 간행되었다. 그런데 이 책을 펴낸 저의가 따로 있으니, 『모하당 문집』을 바라보는 일인 역사 학자들의 견해 몇을 들어보면 그들의 의도를 가늠키 어렵지 않다. 감정에 치우친 발언임이 언표에서 그대로 드러나 있다.[21]

> ㉠ 이와 같은 위서를 믿고서 사야가와 같은 매국노가 동포 가운데 있다는 사실을 믿는 자가 있다는 것은 극히 유감스럽지 않을 수 없다.[22]

---

20) 현재 국립도서관에 소장되어 있는 『모하당 문집』은 아래와 같다.

1. 『慕夏堂集』 金忠善 著 [刊寫者未詳] 憲宗8(1842) 한古朝44-가49.
2. 『慕夏堂文集』 金忠善 著 [刊寫者未詳] 憲宗8(1842) 승계古3648-10-239.
3. 『慕夏堂文集』 金忠善 著 [刊寫者未詳] 1902 위창古2511-10-12.
4. 『慕夏堂文集』 金忠善 著 [刊寫者未詳] 1908 古3648-10-1.
5. 『慕夏堂集』 靑柳綱太郎 編 朝鮮硏究會 大正4[1915] 3648-1.
6. 『慕夏堂集』 靑柳綱太郎 朝鮮所究會 大正4[1915] 朝45-A03.
7. 『慕夏堂文集』 金忠善 著 ; 金漢正 編 [刊寫者未詳] [刊寫年未詳] 古3648-10-357.
8. 『慕夏堂實記』 [刊寫者未詳] [刊寫年未詳] 古朝57-가779.
9. 『慕夏堂文集』 金忠善 著 [刊寫者未詳] [刊寫年未詳] 古3648-10-193.

최근의 것으로는 『모하당 문집』과 『모하당실기』를 모으고 번역까지 한 『국역 주해 慕夏堂文集 附實記』, 1996이 있다.

21) 이들 외에도 幣原은 1907년 「歷史地理」에서 아예 "이런 이름은 일본에 없다"거나 "신뢰성 있는 사료에 보이지 않아 실존인물이 아니다(1924)"라고 줄곧 주장하였다.
일제 치하에서 현재까지 일인들이 김충선을 본 기록에 대해서는 『金忠善·沙也可·友鹿里』, 녹동서원, 2000에 수록된 辛基秀의 「풍신수길의 조선침략에 반기를 든 사야가·김충선」과 小山帥人의 「한국인과 일본인의 심금을 울린 사야가」라는 글에 자세히 소개되어 있다.

22) 『慕夏堂集』 靑柳綱太郎, 朝鮮所究會, 大正4[1915].

㉡ 당시 일본인 가운데 퇴각할 때 붙잡혀 남게된 이유보다 그 땅에 남아서 항복한 자가 있다는 사실로도 이 문집은 전혀 근거가 없으며 아마도 후세 사람들의 손으로 꾸며진 것이라고 확신한다.[23)]

㉠은 河合弘氏의 「僞書慕夏堂 文集」의 일부이고 ㉡은 內藤虎次朗의 「慕夏堂史論」이라는 글로 '조선연구회'에서 1915년에 간행한 『慕夏堂集』의 卷頭에 수록한 글이다. 河合弘氏는 동양협회 전문학교 경성분교장이었고 內藤虎次朗은 문학박사로 동경제국대학 문과대 교수였다. 『慕夏堂集』을 일본어로 번역한 것은 그렇다손 치거니와 남의 문집에 이런 천박한 臆說을 굳이 남겼다는 것에서 그들이 김충선을 바라보는 시각을 짐작케 한다. 그들의 『모하당 문집』 간행 의도는 단순한 행티가 아닌 僞書요, 김충선은 國賊·賣國奴임을 분명히 하려는 데 있다. "명나라를 치기 위해 길을 빌린다(征明假道)"는 임란이 토요토미의 輓歌였음을 상기하는 그들로서는 그 序曲인 항왜 김충선을 잊을 리 없을 것이다.

김충선이란 인물이 그들에게 꽤 가슴 아픈 존재였음을 짐작하고도 남음이 있다. 사실 집단 몽상에 젖어 전쟁의 광기에 취한 일제로서는 正午砲 처럼 선명하게 마비된 평화를 일깨우는 자였을 터이다. 그러니 몇 사람의 어용학자들의 소치에서 한 걸음만 나아가면 일제하 금서까지 연결짓는데 큰 무리는 없을 듯하다.

하지만 김충선이란 존재는 우리의 역사 속에서 너무도 선명히 남아 있다. 더욱이 그들이 증거로 들기도 한 항왜는 문헌상에서 얼마든 찾을 수 있다. 특히 실기에서는 甲午年(1594) 무렵부터 降倭와 倭虜의 기

23) 『慕夏堂集』 위의 책.

사를 적잖이 찾을 수도 있으니,[24] 일고조차 필요 없는 견해들이다.

이러한 여러 정황으로 미루어 『기인기사록』 하권이 일제하 금서가 되었으리라 추정해본다.

(2) 김충선 이야기의 문학사적 가치와 현재성

① 김충선 이야기의 문학사적 가치

『기인기사록』에 수록된 14, 15화 棄暗投明丈夫志 能文兼武英雄才는 대체로 『모하당 문집』을 보고 기술한 듯하여 큰 내용의 차이는 없다. 다만 『기인기사록』 하 소재 김충선 이야기에서는 야담으로 꾸미려는 흔적과 항일의 뜻으로서 민족 긍지를 찾을 수 있다는 점이다. 이것은 일제 치하 야담의 보편적 문학성과는 색다른 면이다.

우선 김충선에 대한 이야기가 이 『기인기사록』 하에 처음 야담의 문헌으로 올랐다는 점이다. 그렇다면 여기서 문제되는 것은 전대의 어느 문헌을 보고 야담화하였느냐는 텍스트 상호성의 문제를 일차적으로 살펴야될 것 같다. 더구나 송순기는 이 이야기를 14, 15화 2회에 걸쳐 연재하였다.[25]

필자가 조사한 바로는 딱히 그 원본을 찾지 못하였는데 다만 15화는 完山 李義肅의 〈金忠善傳〉을 참조한 것 같으나 14화는 〈전〉과는 사뭇 딴판이라는데 주목할 필요가 있다.

우선 〈김충선전〉과 『기인기사록』 15화의 끝부분을 살펴 송순기가 참조한 작품이 이의숙의 〈김충선전〉임을 살펴보겠다.

---

24) 황패강, 『임진왜란과 실기문학』, 일지사, 1994, p.205 참조.

25) 『기인기사록』은 「기인기사」라는 제목으로 여러 신문에 연재되었다. 이 점에 대한 고찰도 필요하다.

㉠ …丙子에 淸兵이 大至함의 朝野가 震動하니 此時에 忠善이 비록 年老하얏스나 忠勇은 前日보다 衰치 아니한지라 晝夜 兼程하야 京城에 上하니 車駕는 旣히 南漢山城으로 播遷한지라 直히 雙嶺에 抵하야 淸兵을 迎擊함의 勇力이 倍加하니 敵軍이 大亂하야 各自 逃散하는지라 進擊大破하야 數千餘級을 斬하고 戰帒를 用하야 賊의 鼻數千箇를 割하야 此盛하고 將次行在에 獻할셰 南漢에 至하야 和議가 已成함을 聞하고 忠善이 이에 鼻帒를 地에 擲하고 憤恚大哭하야 曰…一時忠義名士의 李德馨, 李廷馣,[26] 金命元, 李時發, 金誠一, 郭在祐[27], 李舜臣, 金德齡, 鄭徹[28] 等 諸人이 모다 敬重 致禮를 爲하고 國人이 모다 其風儀를 想慕치 안은 者가 無하니라.[29]

㉡ …丙子 虜警急 時公雖老 忠勇不衰 兼日夜馳赴京 乘輿已播遷于南漢城 遂直抵雙嶺陣 戮力戰鬪 虜軍大亂 死傷不可勝計 用戰袋盛賊鼻千級 將獻于行在 至南城 和議已成 公以袋鼻擲地 憤恚大哭曰…一時忠義藎臣 如鄭澈 李德馨 李廷馥 金命元 李時發 金誠一 郭再祐 李舜臣 金德齡諸公 莫不致書爲禮…[30]

㉠은 『기인기사록』이고 ㉡은 〈金忠善傳〉이다. 국문현토를 만드는 과정에서 『기인기사록』이 〈金忠善傳〉에 비하여 약간의 부연, 첨삭, 오기가 보이는 정도임을 알 수 있다. 따라서 적어도 『기인기사록』 하의 15화는 〈金忠善傳〉을 참조한 것임을 알 수 있다. 그러나 14화는 전

26) 『모하당 문집』「上言狀」 등에서 일관되게 李廷馥으로 되어 있는데 李廷馣이 맞는 듯하다.
27) 『모하당 문집』에는 郭再祐로 되어 있는데, 이를 郭在祐로 잘못 옮겼다.
28) 『모하당 문집』에는 鄭澈로 되어 있는데, 이를 鄭徹로 잘못 옮겼다.
29) 『기인기사록』 하, pp.37-38.
30) 『모하당 문집』, 〈전〉.

연 다르다. 우선 14화의 가장 특이점이라면 서두에 예의지국으로서의 조선을 강조하고 김응서에게 김충선이 귀화 의사를 밝히고 이를 김응서의 부관들이 의심하는 부분이 제법 길게 서술되어 있다.

우선 14화의 서두를 보겠다.

> 過去의 朝鮮은 元來東方禮義의 邦으로 稱하야 禮樂文物이 燦然히 具備하얏스며 人倫은 上에 明하고 敎化는 下에 行하야 風俗의 美가 中華에 侔擬함으로 朝鮮을 稱하야 小中華라하얏다함은 旣히 先賢의 正評이 有하얏도다 如斯히 誇耀할만한 禮敎의 俗은 他國人이라도 宜히 悅慕하야 化에 歸하는 것은 足히 괴이할 바ㅣ가 안이나 人의 善한 것을 慕하고 義에 歸하야 其 本을 忘한 者는 金忠善이 其人인져…[31]

분명 작가의 시점에서 당대를 논하고 있으니, 야담이란 문장의 결치고는 사뭇 다르다는 것을 알 수 있다. ‘민족의식’이니 ‘시혜’니 하는 용어를 쓸 수 있을 정도로 설교적이기 때문이다.

그런데 문제는 김응서에 관한 부분이다.

> ㉠ 是時에 忠善이 歸順할 心이 日로 益切하야 먼져 密使를 慶尙兵使 金應瑞에게 移하야 來附를 約하야 曰…應瑞가 書를 得하고 中心에 甚喜하야 其來使를 厚待하고 卽時 回書를 裁하야 馳送하니 部下諸將이 一齊히 帳에 入하야 諫止하되 彼敵人이 元來 奸譎多詐하거늘 엇지 一片의 書를 接하고 此를 輕信하야 彼 奸計에 墮코져 하나잇가 應書曰 그 書意의 懇篤함을 見하건대 其 眞意에셔 出함이 無疑하고 快코 邪를 挾함이 아니라 古人의 言에 自信者는 不疑人이라하얏스니 人이 誠

---

31) 『기인기사록』 하, p.35.

心으로 我에 附할진대 我도 쏘한 誠心으로 納치 아니하면 不可하다하고 諸將의 諫하는 言을 納치 아니하니 諸將은 各自 疑惑이 未定하야 尙히 其 不可함을 力說下는 者가 多하얏는대 應瑞웅 尙히 聽치 아니하고 更히 書를 致하야 時日을 約하야 出迎할 準備를 爲하였더라.[32)]

㉡ 마침 병사(兵使) 김응서가 군율을 지키는 것을 잘못하여 도독이 성이 나서 군율로 죽이려하니 공(公: 김충선)이 글을 올려 청하여 말하기를 "소장과 응서는 주객의 관계일 뿐입니다. 응서가 군율에 저촉되니 소장이 어찌 감히 앉아서 그의 죽음을 보겠습니까. 금일의 전투에서 마땅히 왜군의 장수를 베어서 응서의 죄를 속량받고자 합니다. 만약 제가 말한대로 못할 것 같으면 즉시 소장을 베어 응서의 허물을 대신하기를 바랍니다." 하고는 뛰어 싸움터에 나가서 왜장의 머리를 베어 돌아오니 응서가 죽음을 면하였다(會兵使金應瑞 坐軍失伍 提督怒 將斬之 公署狀請命曰 小將與應瑞主客耳 應瑞罪抵軍律 小將將何敢坐視其死 今日之戰 當斬獲倭將頭 贖應瑞 有如不效 卽斬小將 代應瑞之辜署已 躍出戰 斷倭將頭以歸 應瑞得無死).[33)]

㉠은 14화에 보이는 김응서와 김충선이 서신을 주고받는 부분이고 ㉡은 〈김충선전〉이다. 영 딴판인 이 기록들에서 원 기록을 바꾼 것은 『기인기사록』이다. 사실 〈김충선전〉은 물론이고 『모하당 문집』의 여기저기에 김응서를 구하는 내용이 여러 번 보이는 것으로 미루어 보아 ㉡이 더 정확성을 얻을 것이다. 이러한 사실은 김응서가 준 편지[34)]에서도 분명히 밝혔다. 그런데 이 『기인기사록』 하에는 이 부분이 위처럼 사실의 기록과는 딴판으로 그려져 있다.

---

32) 『기인기사록』 하, pp.35-36.
33) 『모하당 문집』 권지삼 〈전〉.
34) 『모하당 문집』 권지하, 「左節度使金公應瑞書」.

송순기는 여러 정황으로 보아 『모하당 문집』을 본 듯하다. 그런데도 위처럼 김응서의 지혜로움을 만들어 넣었다는 것에서 그의 분명한 저술의지를 읽을 수 있다. 조선인 김응서의 상대적 우의를 보이고자 한 글쓰기라는 점이다.

물론 다음 기록들처럼 김응서와 김충선의 사이가 예사롭지 않음을 알 수 있는 자료도 있었기에 가능한 일이었을 것이다.

> ㉠ 정조 이십 이년 무오년(1798)에 문집을 간행하려고 연보를 지었다. 공의 지절과 공훈 및 자잘한 일까지도 세세히 사람들의 입으로 전하지만 사실의 기록은 흩어져서 아직 다 모으지 못하였다가 기유년에 비로소 용강 김응서 장군께서 남기신 기록으로 전질을 얻고 여러 잡다한 기록을 고증하여 주워 모아서는 공의 이력을 서술하였다(二十二年 戊午 刊文集 撰年譜 公之志節功勳 及微事細行瑣 爲人口碑 而若實錄事蹟散出未裒 己酉 始得 全帙於龍岡金將軍遺篋 考證於稗記 錄攈摭曆叙).[35]

> ㉡ 글의 내용에 바다를 건너서 만리 밖으로 행차하실거라 하오니 비록 이것이 조정의 명령이라하나 나라를 떠나시는 감회가 없겠습니까. 엎드려서 헤아릴 수 없이 염려스럽습니다. 그리고 제가 쓴 허다한 글들은 이곳에 올 때 살아 돌아올지를 알지 못하여 어린자식들에게 전에 쓴 것입니다. 대인의 안하에 맡긴 것은 백세의 후에라도 저의 어린 자식들과 잔약한 후손들에게 전해져 유전시키려는 생각에서 였습니다.…오직 저는 미천한 포로로 먼 나라에 있습니다. 요행이도 합하(閤下)의 미더운 인편을 만났으나 중화와 오랑캐가 자별하기 때문에 부

35) 『모하당 문집』 권지이, 「연보」.

모와 자식, 형제에게 마음을 담은 글을 부탁하지도 못하오니 이 마음이 슬프고도 처량함이 혹 어떠한 줄 아실는지요. 요행히도 저의 여러 형제를 만나셔서 제가 편안히 있다는 말씀을 전해주신다면 실로 이 몸이 직접 고국에 다녀 온 것과 다름이 없을 것입니다. 이 일을 말씀드리려종이를 대하여서는 통곡을 하였습니다(書中示意 將有涉海濤 做萬里之行 雖是朝家之命 能無去國之懷耶 爲之伏慮萬萬 而僕之所記 許多文字 來此之時 未知生還對童穉故 托屬於大人之案下 百世之後 俾傳於僕之弱子殘孫 以爲流傳之計矣…惟此賤俘 旣在殊方 幸値閤下之信便 以緣於華夷之自別 未能寄情書於骨肉之間 此心悲凉 倘如何哉 幸望如逢僕之諸兄 而傳語報平安則 實無異於此身之親往來於故國也 欲說此事臨紙痛哭也)[36]

㉠은 『모하당 문집』을 만들 때 김응서가 간직해 두었던 김충선의 기록에 힘입은 바 컸다는 기록이요, ㉡은 일본 부사로 떠나는 김응서에게 준 편지이다. 특히 ㉡의 편지를 보면 김응서와의 사이가 각별하였으며 김응서가 김충선의 여러 글을 보관하고 있음을 알 수 있다. 더구나 고향의 형제를 그리워하는 흉금을 그대로 털어놓는 것으로 보아 친분 관계를 넉넉히 짐작하고도 남음이 있다.

따라서 송순기는 이것을 보고는 김응서의 지혜로움과 김충선과의 믿음을 그리려한 듯하다.

여하간 송순기는 민족의식을 기저로 항왜 김충선 이야기를 적절하게 살을 붙였으며 야담으로 꾸며 놓은 것이다. 이러한 점은 1920년대의 구활자본 야담문학을 단지 상업적으로만 볼 수 없다는 분명한 사실을 보여주는 증거이다. 그것에는 분명 또렷한 민족의식이 있기 때문

36) 『모하당 문집』 권지일, 「答日本副使 金公應瑞書」.

이다.

② 김충선 이야기의 현재성

전쟁으로 인한 세포분열은 적지 않다. 그래서 전쟁의 비극성만을 강조하거나 역사 박물관의 장식물만으로는 담아낼 수 없다. 그것은 마치 살아 있는 생물체처럼 전쟁이 끝난 수 백년 뒤에도 현재성을 갖추기 때문이다. 당연히 임란 또한 예외가 아니다. 임란은 조선과 일본, 그리고 명나라뿐 아니라 당사국들 외에 용병으로 참전한 사람들까지 복합적으로 얽혀 현재까지 이어지고 있다.

임란을 일으켰으나 조선이란 나라를 점령하는데 실패한 일본은 300여 년 뒤, 재수 끝에 조선을 점령한다. 그리고 그 격절감을 뛰어넘어 1920년대, 일본 제국주의와 식민지 백성 송순기 앞에 김충선은 현재성을 지닌 존재로 서있다. 앞에서 살핀 바 송순기는 『기인기사록』이란 책에서 민족자존의 은유적 존재로서 김충선을 끌어왔으며, 일본 제국주의로서는 식민지 백성들에게 굴복한 영 마뜩치 않은 인물로 그를 몰아세웠다.

그로부터 다시 한 세기를 지나, 김충선은 새로운 현재성을 획득하고 있다. 이제 김충선은 한국과 일본 양국 모두에게 새로운 미래를 여는 '평화적 인물'로 읽히고 있다.

대구 시내를 벗어나 야트막한 산줄기에 둘러싸인 평범한 농촌 마을, 대구시 달성군 가창면 우록(友鹿)마을이다. 이곳에는 김충선의 생전부터 지금까지 줄곧 賜姓金海金氏의 후예들이 집단으로 거주하고 있다.[37]'사슴을 벗하며'살고자 했던 김충선의 뜻은, 그렇게 400여 년

37) 이곳에는 三亂功臣 慕夏堂 金忠善을 제향한 鹿洞書院, 유품을 모신 忠節館, 慕夏堂 墓所 등의 유적이 있다.

을 이어 장려한 화폭으로 남아있다. 2백여 호 가운데 50여 호가 이 가문이요, 전국에 흩어져 살고 있는 후손들까지 따지면 약 4천 명 가량이 될 것이라 한다.

우록마을 입구에서 1백 여 미터를 걸어가면 녹동서원이 나온다. 서원 뒤엔 김충선의 위패를 모신 사당 녹동사가 있고 해마다 3월이면 유림들이 모여 제사를 지낸다. 언급한 바, 이 녹동서원과 사당은 김충선이 세상을 뜬 뒤 유림들이 조정에 소를 올려 지은 것이다.

그리고 92년부터 이 마을에는 일인들의 방문이 줄을 이으며 '한·일 우호 평화의 마을'로서 활성화되고 있다. 아울러 일본에서 그에 대한 재조명 작업도 눈에 띈다.[38]

> 우록마을이 일본에 본격적으로 알려진 계기는 지난 92년 임진왜란 4백주년을 맞아 일본 오사카와 나고야에서 '왜 지금 사야가인가'라는 주제로 열린 심포지엄이었다. 존재조차 부정되거나 매국노로 치부되던 사야가는 이때부터 명분 없는 침략전쟁을 거부한 인도주의자로 다시 살아났다. '출병에 대의 없다-히데요시(豊臣秀吉)에게 등 돌린 사나이'라는 다큐멘터리를 제작한 것을 비롯해 각 언론이 앞 다퉈 사야가를 재조명했다. 이런 열기는 정유재란 4백주년인 지난해 오사카와 교토에서 열린 심포지엄 '왜 또다시 사야가인가'에까지 이어졌다.[39]

이외에 일본에서는 하세가와 쓰토무(長谷川)의 『귀화한 침략병』이나 고사카 지로 (神坂次郎)의 『바다의 가야금』 등의 책이 나오고 있다. 이제 존재조차 부정되거나 매국노로 치부되던 김충선은 명분없는 침략전

---

38) 지난해에만 8백29명의 일본인이 이곳을 찾았다. 올해 들어서도 1월 76명, 2월 57명, 3월 1백명, 4월 1백13명, 5월 73명 등 방문객의 발길이 끊이지 않는다.

39) 「역사스페셜」, 2004년 3월 11일 방송. http://blog.empas.com/eulbull/1059659 참조.

쟁을 거부한 인도주의자로 다시 화려하게 부활하고 있음을 알 수 있다.

한국에서도 중학교 3학년 『도덕』 교과서[40]에 김충선 이야기가 실리는 등, 그에 대한 관심이 현재성을 분명히 띠고 있음을 알 수 있다.

이제 김충선의 존재는 한·일 양국에서 '평화'·'인도'·'미래' 등의 공통 언어를 흔들어 깨우는 종소리로서 그 반향을 적잖이 기대할 수 있다.

김충선은 조선에 있어서는 임진왜란·이괄란·병자호란을 직접 전선에서 보낸 우국충신이다. 임진왜란의 주기인 임진년을 맞아 122명이 연명하여 김충선에게 諡號와 書院을 만들어 달라고 까지 한 적도 있다.[41]

일본으로 보아서도 자신들의 몹쓸 침략전쟁에 반기를 든 평화론 자였다. 이제 그들도 김충선을 본국의 사람이 아니라는 췌언을 달 필요가 없다. 오히려 500년 전 그들의 역사 속에서 평화를 찾는 이도 있었다는 한 자긍이요, 자랑이다. 더욱 가해국인 일본으로서는 속 깊은 공감은 못할지언정 그를 배척할 이유가 없다. 그는 결코 매국노도, 이방인도 아닌 조숙한 평화론자였을 뿐이다. 그러니 전쟁의 상흔을 보듬어 안고 치유하려 평화의 보폭을 아프게 옮긴이의 머나먼 귀환을 따듯하게 맞이해야 한다.

한·일 양국 모두, '평화'라는 화두의 현장성을 김충선에게서 얻을 수 있음을 보이는 대목이다. 이제 부질없는 시비를 접고 그에게 진혼곡을 봉헌한들 마다할 이 없을 것이다.

그리고 무엇보다 양국 앞에 우록 마을이 현재하고 있다. 이제 500

---

40) 서울대학교 사범대학 1종 도서 『도덕·윤리』 연구 개발 위원회 편, 교육부 발행.

41) 『모하당 문집』 권지삼의 「삼도유소」나 「상언장」은 유림이 임금에게 올린 상소들로 당시 세간에서 김충선의 공적을 크게 사모했음을 증명하는 글들이다.

년 전 전장에서 피어난 소중한 평화를 잘만 보듬는다면 골이 진 양국의 역사도 조금씩 메울 수 있지 않을까 한다.

곰곰 생각해보면 일본과 우리는 역사적 적대감에도 불구하고 긴밀한 관계를 유지할 수밖에 없다. 그리고 이것은 근대 이전의 동아시아의 변방 시절을 진정 벗어버리는 일이기도 하다.

3) 역사를 넘어서

지금까지 이 글은 일제하 금서『기인기사록』하에 나타난 전쟁 체험의 篇幅을 김충선 이야기를 통하여 살펴보았다. 그리고 전쟁의 한가운데에 서 있던 한 사람의 삶이 400여 년이란 장구한 세월을 두고 현재성을 띠고 있음을 보았다.

현재는 글로벌 시대이다. 문화도 역사도 우리 것 찾기보다는 함께 보편성을 찾아 나아 가야한다. 일본에 대한 우리의 상처도 자연 치유될 만큼 성숙되었다고 생각한다. 이런 점에서 김충선은 충분히 한·일 우호의 길잡이로 내세울 수 있다.

여기에는 양국의 적극적인 노력이 필요하다. 예를 들어 김충선이 降倭라는 점을 고려한다면 그 반대의 조선인도 있을 것이고 그렇다면 그의 후손 또한 일본에 있을 것이다. 이러한 흔적들은 과거의 역사를 공유하는 동남아시아 여러 나라에서도 찾을 수 있을 것이다.

전쟁 체험의 기록들을 꼼꼼히 살피는 것은 이러한 면에서 적잖은 편폭을 지니고 있다. 우리의 문학사에서 김충선에 대한 논의가 한시 작가로 가사 작가로 그리고 야담 소재 인물로서의 문학적인 조명이 제대로 비칠 때, 우록리라는 차원의 문화교류도 더욱 활성화되리라고 생각한다.

마지막으로 임진왜란 때 일본에 포로로 잡혀갔다가, 근세 일본 주자학의 개조가 된 후지와라 세이카(藤原惺窩, 1561~1619)를 주자학자로 인도한 조선의 선비 강항(姜沆, 1567~1618)[42]의 글과 김충선의 조국에 대한 심회를 짚어 볼 수 있는 〈南風有感〉이라는 시를 나란히 놓고 이 글을 마친다. 어룽어룽하는 그들의 눈동자 위에서 현해탄을 넘어가고 넘어오는 심리적 촉수를 볼 수 있다.

위는 강항의 시이고 아래는 김충선의 작품이며, 화답은 우리의 몫이다.

금장의 명랑(예조의 낭관) 해동(일본)에 떨어지니	錦帳名朗落海東
머나먼 천리 길 풍편에 맡겼다오	絶程千里信便風
봉성(대궐)의 소식은 고래등 같은 파도 밖에 아득한데	鳳城消息鯨濤外
부모님의 모습은 접몽 속에 있을 뿐	鶴髮儀形蝶夢中
두 눈은 오히려 해와 달 보기 부끄럽지만	兩眼却慙同日月
한마음 아직도 옛 조정만 그리는구나	一心猶記舊鴛鴻
강남이라 방초 속에 뭇 꾀꼬리 요란한데	江南芳草群鶯亂
우공(나)을 돌려보낼 빠른 배 있을는지[43]	有飛返寓公

42) 강항은 「敵中見聞錄」, 「난리를 겪은 사적」 등에 일본에서 견문을 남겼는데, 제자들이 이를 엮은 책이 『看羊錄』이다. 강항은 정유재란 때 왜병에게 잡혀갔다가 1600년 일인 학자의 도움으로 고국에 돌아왔다.

43) 이 시는 그의 문집인 『간양록』에도 있는데, 오즈시(大洲市) 근교의 出石寺란 절에 들렀다가 예의로서 대하는 주지가 부채에 시를 청해 지어 준 것이라 한다. 오즈시는 이를 기념하여 강항의 시비를 세우고 그의 간단한 사적과 이 시를 한글과 일문으로 적어 놓았다.

〈南風有感〉

南風有時吹 / 開戶入內房 / 倏然有聲去 /消息無人來

남풍이 건덧 불어 / 문을 녈고 방의 든ᄂᆡ / 힝허 故鄕消息 가져 왓난가 / 남의 퇴침ᄒᆞ고 급피 일어 안지니 / 긔 어인 狂風인졔 /지ᄂᆡ가는 바람인졔/ 忽然有聲 忽不見니라 / 허히 탄식ᄒᆞ고 성그러이 안자시니 / 이ᄂᆡ 生前의 骨肉至親 消息을 알길리 업서 글노 실허ᄒᆞ노라[44]

---

44) 국립도서관 소장『慕夏堂實記』卷3, p.117([刊寫年未詳], 古朝57-가779)에 실려 있는 것으로 이전의『모하당 문집』에는 없다.

참고문헌

宋勿齋 撰, 『奇人奇事錄』 上·下.

『慕夏堂集』 金忠善 著 [刊寫者未詳 憲宗8(1842) 한古朝44-가49.

『慕夏堂文集』 金忠善 著 [刊寫者未詳] 憲宗8(1842) 승계古3648-10-239.

『慕夏堂文集』 金忠善 著 [刊寫者未詳] 1902 위창古2511-10-12.

『慕夏堂文集』 金忠善 著 [刊寫者未詳] 1908 古3648-10-1.

『慕夏堂集』 青柳綱太郎 編 朝鮮研究會 大正4[1915] 3648-1.

『慕夏堂集』 青柳綱太郎 朝鮮所究會 大正4[1915] 朝45-A03.

『慕夏堂文集』 金忠善 著 ; 金漢正 編 [刊寫者未詳] [刊寫年未詳] 古3648-10 -357.

『慕夏堂實記』 [刊寫者未詳] [刊寫年未詳] 古朝57-가779.

『慕夏堂文集』 金忠善 著 [刊寫者未詳] [刊寫年未詳] 古3648-10-193.

『국역 주해 慕夏堂文集 附實記』(1996).

강 항, 『看羊錄』.

남윤수(2002), 「『기인기사록』(제1집) 51화소 경개(其1)」, 『古書研究』, 19집.

______(2002), 「『기인기사록』(제1집) 51화소 경개(其2)」, 김경수 편, 『고전문학의 현황과 전망』, 역락.

이윤석·정명기 공저(2001), 『구활자본 야담의 변이양상 연구』, 보고사.

『일제하의 금서 33권』(신동아 1977년 1월호 별책부록), 동아일보사.

『월간 야담』(1935) 제 3권 6호(통권 19호).

권영철(1981), 「모하당시가 연구」, 효성여대연구논문집, 1967(국어국문학회 편, 『국문학연구 총서 가사문학연구』, 정음사, pp.312-370에 재수록)

이동영(1987), 『가사문학논고』, 부산대학교출판부.

『선조실록』 권 94, 30년 (丁酉) 11월 22일 (己酉).

『승정원일기』 인조 6년 4월23일

민족문학사연구소 한문분과 옮김(1997), 「병세재언록 원문 교주문」, 『18세기 조선 인물지 병세재언록』, 창작과비평사.

『金忠善·沙也可·友鹿里』(2000), 녹동서원.

辛基秀(2000), 「풍신수길의 조선침략에 반기를 든 사야가·김충선」, 『金忠善·沙也可·友鹿里』, 녹동서원.

小山帥人(2000), 「한국인과 일본인의 심금을 울린 사야가」, 『金忠善·沙也可·友鹿里』, 녹동서원.

황패강(1994), 『임진왜란과 실기문학』, 일지사, p.205.
「역사스페셜」, 2004년 3월 11일 방송. http://blog.empas.com/eulbull/1059659 참조.
서울대학교 사범대학 1종 도서 연구 개발 위원회 편, 『도덕·윤리』, 교육부 발행.

V장

작품목록

물재의 작품 중 학계에 알려지지 않았거나 문학사적으로 의의 있는 작품을 각 장르별로 선별 수록하였다.

1. 한시

〈만향(晩香)〉 매일신보 1912.8.14. '문원(文苑)'에 실린 시

솔바람 아래 누워 술 마시니 이슬은 내리고	臥酒松風露自己
세상살이 맛을 보니 맵기도하구나	嘗來世味覺酸辛
글쟁이들 가득 차선 이러쿵저러쿵	騷客滿堂爭甲乙
벽에 걸린 자명종은 저물녘을 알리고	鳴鐘掛壁報酉申
한밤중 마음이라, 달은 자정으로	半夜精神月近午
따뜻한 바람이라, 봄은 시작되네	和風消息春歸寅
한가한 겨를을 얻어 노니는 제자들	優游暇日共諸子
도처에 우리 무리 모두 좋은 날이로세.	到處吾儕皆令辰

〈가(歌)〉 매일신보, 1920.6.8. '문원(文苑)'에 실린 시

光陰이 流水갓ᄒᆞ야
人生百年이 須臾로다
오릐지 못한 期間에
엇지타 우리 人生은
高尙ᄒᆞᆫ 事業을 經營치 못하고
優遊度日 虛送歲月

人生不得少恒年에

우리가 다시 점지 못ᄒᆞ나니라
오는 光陰이 蹉跎ᄒᆞ야
霜落頭邊 늙어지면
白首窮廬에 恨歎ᄲᅮᆫ일가나

靑春紅顔을 자랑말아
쏠을 사가는 세월을
누가 어이 挽留ᄒᆞᆯ가
勤勉力學 工夫ᄒᆞ야
十年學海에 心舟를 ᄯᅴ어노코
將來 事業에 힘써볼가나

歲月아 네月아 너 가질말아
우리 靑年 다늙는다
졂을 ᄯᅢ에 事業이오
늙어지면 虛事로다
一村一刻을 虛送ᄒᆞᆯ가나
마음ᄃᆡ로만 힘써보셰

〈신설회사(新設會社)〉 매일신보, 1920.7.16. '문원(文苑)'에 실린 시

온갖 이익을 보려는 사업을 신설하니	百而營營事業新
갖가지 회사가 비온 뒤 대순 솟 듯	千般會社雨中筍
하루 아침에 서리 맞은 금융계는	一朝霜邊金融界
영락없이 가을바람에 잎 떨어진 빈 나무	零落秋風○樹貧
종남산인이 말한다.	終南山人曰

“사람이 먼 일을 근심치 않으면	人無遠慮
반드시 근심이 가까운데 있나니.”	必有近憂
올 봄 이래	今春以來
힘이 있구나.	有力
투기사업에 열중하니	熱中於投機事業
각종 회사가 활발히 일어나	各種會社勃勃
마치 비온 뒤 대순 솟 듯	如雨後竹筍
하루 아침에	一朝
금융핍박하니	金融逼迫
신설회사	新設會社
…이었으나 파탄난 자들이 많구나.	○繼而破綻者居多
반드시 성공한 줄 믿었던가!	百勝信哉
영락없이 가을바람에 잎 떨어진 빈 나무이니	零落秋風○樹貧者
그럴듯하게 시늉을 잘 하기는 그 일하는 자라네.	善形容其事者也

〈백제충신 성충을 논함〉 매일신보, 1920.6.6.의 글에 실린 시

석양은 흰모래 깔린 백마강가 떨어지는데	日落沙明白馬頭
강물도 오열하니 천추의 한이로다	江聲嗚咽怨千秋
그때 만약 성충의 말을 따랐다면	當時若採成忠言
당나라 장수가 어찌 이 물을 넘었으리오.	唐將何能度此流

〈봉의산(鳳儀山)〉[1] 매일신보, 1920.3.7. 「춘천일별기」에 보이는 시

봉의산 위에서 봉황이 노닐다	鳳儀山上鳳凰遊

1) 이 시는 이백의 〈등금릉봉황대〉를 일부 차용하였다.

봉황은 떠나가고 물만 흐르네	鳳去山空江自流
팽오[2]의 옛 비는 아득한 길에 묻혔고	彭吳舊碑埋幽逕
예맥의 남은 터 옛 언덕 되었네	貊○遺墟成古邱
삼악[3]은 푸른 하늘 위로 불끈 솟고	三山聳出青天外
이수[4]는 백로주[5]까지 길게 이어져	二水長連白鷺洲
앞 사람을 찾으려 해도 발자취조차 없으니[6]	欲探前人陣去跡
석양은 말없이 사람을 슬프게 하누나	夕陽無語使人愁

『시금강』[7] 소재 시 송순기 집, 최승학 주, 송순기 편집인 겸 발행인, 신문관 발행, 장학사, 1926[8]

물가에 가득한 버들은 긴 봄안개 끼엇고[9]	滿汀楊柳長春烟
비 지난 앵두꽃에 한 낮의 하늘이 비치네	經雨櫻桃映午天
온 천하 글쟁이들 꽃을 수놓은 비단 같고	四海文章花上錦

---

2) 한 무제(漢武帝)가 팽오(彭吳)를 보내서 춘천(春川)의 물길을 냈다는 기록이 있다.
3) 강원 춘천시 서면 덕두원리에 있는 삼악산(三岳山)이다.
4) 북한강과 남한강이 합류하는 지점인 양수리(兩水里: 두물머리).
5) 신연강(新延江: 의암호 주변 북한강의 옛이름) 상류에 있다.
6) 이백(李白)의 〈등금릉봉황대(登金陵鳳凰臺)〉 시에 "삼산은 푸른 하늘 밖으로 반쯤 떨어졌고 두 강물은 백로주에서 나뉘네. 이 모두 뜬구름이 태양을 가린 때문이라, 장안을 보지 못하니 사람을 슬프게 하누나.[三山半落青天外 二水中分白鷺洲 摠爲浮雲能蔽日 長安不見使人愁]"라고 한 구절이 있다. 삼산, 이수, 백로주를 물재의 시구 "석양은 말없이 사람을 슬프게 하누나[夕陽無語使人愁]"와 연결한다면 일제에게 패망한 조국을 생각하는 비정(悲情)이라고도 볼 수 있다.
7) 『시금강』은 친일적인 색채가 짙은 문인들의 작품 모음집이다. 하지만 금강산이란 단일 소재를 1000여년 읊어 내려온 '금강산한시'의 맥을 이었고 더욱이 200여 명의 문인이 동시에 금강산을 읊은 '금강산한시집'이라는 데 문학사적인 의의가 있다.
8) 송순기는 꽤 한문학에 지식이 깊었다. 전제적으로 시는 전고를 차용하였으면 수준 높은 비유를 구사하였다. 원문과 번역문을 함께 싣는다.
9) 송순기 집 ; 최승학 주, 『시금강』, 1926, 장학사, p.4. 이 시는 대동시단 문인들과 금강산 유람을 약속하고 1925년 5월 2일 한강에 나들이하여 지은 시이다. 『시금강』에 실린 16편의 시는 자연을 완상하는 정도의 시상이다.

오호의 산수는 거울 속에 비치는 배이고　五湖山水鏡中船
정신은 삼천리 강산에 노니는데　神遊大界三千濶
꿈은 금강산 만이천봉에 걸려있네　夢到金剛萬二懸
공자의 굳건함을 배워서　願學仲尼須及健
올해도 내년에도 세상을 떠돌아야지　轍環今歲又明年

到長安寺[10]

그 옛날 속세와 연이 지금은 부처와 연　伊昔塵緣今佛緣
탁트인 가슴 속에　濶然胸海更悠然
남쪽을 유람하니 사마천과 같아 좋고[11]　南遊好是同司馬
동쪽을 밟았으니 노중연(魯仲連)을 어찌 배우리[12]　東蹈胡爲學魯連

---

10) 이하 시들은 모두 위의 책, pp.15-16. 이 시는 대동시단 문인들과 금강산 유람을 약속하고 1925년 5월 2일 한강에 나들이하여 지은 시이다. 『시금강』에 실린 16편의 시는 자연을 완상하는 정도의 시상이다.

11) 서거정의 「送郁上人遊妙香山序」에는 사마천이 남방을 여행한 것을 이렇게 기록하고 있다.
"우리 유가에 사마자장(司馬子長: 사마천(司馬遷))이라는 분이 있는데, 지기(志氣)가 있고 문장에 능하였다. 일찍이 강회(江淮)에서 노닐고 회계산(會稽山)에 올라 우혈(禹穴)을 더듬어 찾고 구의산(九疑山)을 엿보았으며, 원수(沅水)와 상수(湘水)에 배를 띄워 문수(汶水)와 사수(泗水)를 건너는 한편 제로(齊魯)에서 강학하고 추역(鄒嶧)에서 향사례(鄕射禮)를 배우며, 파촉(巴蜀)으로 사신 가고 공도(邛都)와 작도(筰都)를 경략하여 천하의 큰 경관을 다 둘러보고 그 의기를 더욱 증진하였다. 그러므로 그 글이 자유분방하고 광대하여 홍건히 고인 물처럼 연원이 깊으며, 혹은 굳세고 웅장하여 우뚝 솟은 산처럼 엄정하며, 혹은 전아(典雅)하고 온순하며, 비분에 젖고 감격에 떨어 천 가지 모양이 만 가지로 변화하니, 괴이하고 놀랄 만하여 마치 산악과 강하처럼 기상이 무궁무진하였다. 이것은 유독 그 사람의 글이 웅장해서가 아니라, 단지 본 바가 넓었기 때문이다." 물재는 은근히 자신을 사마천에 비유하고 있다.

12) 노중련(魯仲連)의 고사를 끌어왔다. 노중련은 전국 시대 제(齊)나라의 고사(高士)로 그는 동이(東夷)를 오고 싶어 하였다. 『동이열전(東夷列傳)』에는 "나의 할아버지 공자(孔子)께서 동이에 가서 살고 싶어 하셨다. 나의 벗 노중련도 동이로 가고 싶어한다. 나도 역시 동이에 가서 살고 싶다."라는 기록이 있다. 이 노중련이 조(趙)나라에 있을 때이다. 진(秦)나라 군대가 조나라의 수도인 한단(邯鄲)을 포위하고서 위(魏)나라 장군 신원연(新垣衍)을 보내, 진나라를 제국(帝國)으로 섬긴다면 포위를 풀어 주겠다고 하였

창 밖 빗소리는 폭포가 우는 듯하고 窓外雨聲鳴似瀑
안개 속 산빛은 어둡기가 안개같아 霧中山色黯似烟
여보게! 덧없는 세상이라 말 마시게 傍人莫說滄桑變
금강산은 흙을 붓지 않아도 만년이로세[13] 不壤金剛亘萬年

明鏡臺

하늘이 만들어낸 산과 명경대 天作之山天作之臺
어느 장수가 신묘한 도끼로 깎아 만들었나 誰將神斧削成來
석양이 거꾸로 비치니 夕陽倒入平潭水
한 거울 열린 때 두 거울이 열린 듯 一鏡開時兩鏡開

歇惺樓

끝없는 인생 끝없이 유람하니 無盡人生無盡遊
맑은 바람 밝은 달 몇 천 년인가? 淸風明月幾千秋
신령한 땅 밟노라 마음이 탁트여 躡來靈境靈臺濶
이 금강산에서 제일 좋은 누각일세 好是金剛第一樓

萬瀑洞

미친 듯 겹겹의 산과 바위 틈을 콸콸 내달려 狂吼重巒疊石間

다. 이에 노중련은 이렇게 말했다.
"저 진나라는 예의를 버리고 공리를 앞세우는 오랑캐이다. 저들이 천하를 차지하고 제(帝)가 된다면 차라리 동해에 빠져 죽을지언정 내 차마 그 백성은 되지 못하겠다." 『사기』 권83, 「노중련·추양열전」.
진나라는 이 말을 듣고 군사를 후퇴시켰다. 물재는 은근히 자신을 강개한 선비인 노중련에게 비유하고 있다.

13) 『사기』에 보이는 "태산은 아무리 작은 흙덩이라도 마다하지 않기에 그렇게 높아질 수 있고 강과 바다는 아무리 작은 물줄기라도 가리지 않기에 그렇게 깊어질 수 있다.(泰山不讓土壤能成其高 河海不擇細流能就其深)"를 차용하였다.

폭포수를 굳이 왜 여산에서만 찾나[14]	飛流何必問廬山
은하수가 떨어져 금강의 물이 되니	銀何落作金剛水
하늘과 인간이 서로 왕래하는 듯하네	天上人間互往還

白雲臺

높은 누대 흰 구름가네 우뚝 솟았는데	高臺廻出白雲邊
인간 세상 아닌 곳에 별다른 세상이라	別有洞中別有天
만약 이 봉우리처럼 붓으로 그려낸다면	若似此峯能作筆
어찌 청연(靑蓮)[15]에게 시를 양보하리오	寫詩何必讓靑蓮

毘盧峰

다리 아래 뭇 산들 감히 높을 수 없지	脚下羣山不敢高
남아가 이곳에 오면 바로 호걸이라[16]	男兒到此是雄豪
아득히 넓은 하늘 끝까지 보이고	茫茫眼界天空濶
바닷빛 구름빛이 저물녘에 도포 안으로 스며드네	海色雲光晩入袍

普德窟

돌감실, 구리기둥, 쇠난간으로	石龕銅柱鐵欄干
반은 허공에 반은 산에 있도다	半在虛空半在山
여덟 연못이 관음전을 지어내어	八潭化作觀音宅
흰구름 사이에 아스라이 솟아있네	逈出白雲縹緲間

---

14) 여산(廬山)은 강서성(江西省) 구강시(九江市) 남쪽에 위치한 명산으로 이백의 〈망여산폭포(望廬山瀑布)〉 시에 '비류직하삼천척(飛流直下三千尺)'이라는 표현이 나온다.

15) 청연거사(靑蓮居士) 이백(李白)을 말함. 시선(詩仙) 이백에게 견주는 물재의 호연지기이다.

16) 정호(程顥)의 〈추일우성(秋日偶成)〉 시에 "재산과 지위에 현혹되지 않고 가난하고 초라해도 즐겁게 살아가니 남아가 이런 경지에 이르면 그게 바로 영웅호걸이라[富貴不淫貧賤樂 男兒到此是豪雄]"라는 구절이 있다. 물재는 비로봉을 올라 은연중 자신을 영웅호걸에 비유하고 있다.

八潭

옥소리 울리는 한 줄기가 만 줄기로 흐르는데　一派琮琤萬派流
섬마다 밝은 구슬이 빈 물가에 흩어지네　明珠斛斛散空洲
연못 속의 돌은 낱낱이 연화석(蓮花石)이니　潭中個個蓮花石
천년토록 늙지 않거늘 나만 백두(白頭)[17]로세　不老千秋己白頭

入摩訶衍

하늘 사다리길로 들어서니　路入天梯石棧間
흰구름과 흐르는 물이 서로 얽혀 감도네　白雲流水互縈還
가고 또 가도 산은 끝이 없어　行行去去山無盡
한 산을 지나면 또 한 산이로세　過了一山又一山

內霧嶺

겹겹의 구름길 작은 내를 끼고 나 있는데　雲路重重挾小川
위태로운 바위 높은 곳에 절벽이 매달려 있네　危巖高處斷崖懸
땅을 나누어 동서쪽 경계로 만드니　截土劃作東西界
한 고개가 두 곳의 하늘로 나뉘었네　一嶺分開兩地天

楡岾寺次本韻

천 년 유점사는 큰 절이라　千年楡岾大伽藍
꽃은 본래 향기롭지만 특이한 향기 뿜네　花本芬芳動異馣
만 길이나 되는 법운은 석실에 빛나고　萬丈法雲光石室
둥근 혜월은 꽃 감실을 비추네　一輪慧月照花龕
옛 연못에는 아홉마리 용이 날아가고　古池飛去龍單九

17) '허옇게 센 머리', 즉 벼슬하지 못한다는 의미로 이해하면 일제치하에서 자신도 벼슬할 수 없음을 중의적으로 표현하였다고도 보인다.

동해에서 53구의 부처가 날아왔다네[18]	東海浮來佛五三
오늘날 비로소 현재(縣宰) 노춘(盧椿)의 일 알았으니[19]	今日始知盧宰事
여러 편의 전기는 모두 기이한 이야기일세	數篇傳記總奇談

赤壁江

소동파가 언제 배를 타고 놀았던가[20]	蘇仙何日泛舟遊
세월은 이미 구백년이 흘렀어라	風月已經九百秋
사람은 어느 곳으로 갔는 지 알 수 없고[21]	人面不知何處去
적벽강만 예전처럼 소리내어 흐르네	碧江依舊放聲流

其二

물안개 십리를 나룻배 타고 가니	烟波十里動輕舸
밝은 달 아래 천 년 동안 노는 이 많구나	明月千秋遊客多
사람마다 짓게 한다면	若使人人能作賦
한 사람의 동파가 백사람의 동파일레라	一東坡是百東坡

---

18) '아홉 마리 용'과 '53인의 부처' 운운은 구룡연과 유점사에 얽힌 전설이다. 구룡연은 본래 유점사(楡岾寺) 자리에서 살던 아홉 마리의 용이 53불에게 쫓겨 이곳에 와서 살았다는 전설에서 유래하였다.

19) 유점사에 얽힌 노춘(盧椿)의 설화이다. 고려시대 민지(閔漬)의 「유점사기(楡岾寺記)」에 의하면, 서역의 월지국에서 53 구의 부처가 무쇠 종을 타고 안창현(安昌縣: 현 강원 고성군 간성)의 포구에 대었다. 이때 현재(縣宰)였던 노춘이 찾아가니 종을 느릅나무 가지에 걸어 놓고 여러 부처들이 못 언덕에 죽 벌여 앉아서 이상한 향기를 풍겼다. 이에 그 자리에 부처들을 봉안하고 창건한 절이 유점사라 한다.

20) 소동파(蘇東坡)가 적벽의 아래에 배를 띄우고 쓴 〈적벽부〉를 끌어다 썼다.

21) 당(唐) 최호(崔護)의 시를 차용하였다.

지난해 이때 이 문을 들어설 적에는	去年今日此門中
사람 얼굴에 복사꽃이 서로 붉게 어울렸지	人面桃花相映紅
사람은 어느 곳으로 가는지 알 수 없고	人面不知何處去
복사꽃은 여전히 봄 바람에 웃고 있는데	桃花依舊笑春風

海金剛

면면이 금으로 새기고 옥으로 쪼아 만들어	面面金雕玉琢成
이 돌이 천년동안 명성 독점	擅石千載放高聲
이 몸이 신기루 위에 있다면	此身如在蜃樓上
넓고넓은 바다엔 오채가 빛나리	漠漠海天五彩明

萬物相

한 길을 가고가고 또 가니	行行一路復行行
지팡이 휘저으며 구름을 뚫고 가벼운 걸음걸음	飛杖穿雲步步輕
귀신이 교묘히 모든 물상을 만들어내니	鬼巧神工皆像物
천태만상을 모두 이름짓기 어려워라	千形萬態摠難名

三日浦

세상의 덧없는 영화 즐겁지 않으니	塵世浮榮不足歡
우선 눈으로 시원스레 보아야지	且將冷眼灑然看
사람들은 가버리고 정자는 이미 퇴락했는데	人已去時亭巳謝
저물녘 구름만 공연히 오래된 난간을 덮고 있네	暮雲空鎖舊闌干

東海舟中

만경 바다에 일엽편주 나부끼니	一葉飄飄萬頃天
푸른 파도 위의 흰구름 가이라네	蒼波之上白雲邊
작은 섬 통과하니 둥글기가 달과 같고	小島穿通圓似月
푸른 노을이 끊어지니 안개처럼 맑구나	碧霞中斷淡如烟
바다가 크고 넓으니 청산은 천리에 잠기고	海濶青山千里沒
평평한 물결에 높은 돛이 반공에 걸렸네	浪平高帆半空懸
금강산 유람 부족하다 한스러워 말게	忿忿莫恨金剛遊

후일 좋은 인연 있을 줄을 알겠어라　知有他時許大緣

『시단(詩壇)』[22] 축시 홍우원 편집인 겸 발행인, 신문관 인쇄, 대동시단, 1926

뭇 손들 큰 문장을 떠바치니　衆手扶大雅
대동의 시단이라네　大東有詩壇
시단을 창단한 뜻은　詩壇創壇志
단우들과 보기로 약속해서라네　要與壇友看
반짝반짝 온나라 안 금이요　燁燁九州金
들어가니 이것은 큰 풀무이니　入此大爐鞴
커다란 솥을 주조하는구나　錯鑄一大鼎
문장은 구름과 우레처럼 그려졌고　文章雲雷畫
풍풍[23]한 음악이 만들어졌네　渢渢音樂成
찬란한 도서의 세계가 열리니　燦燦圖書開
지성이면 신도 감동할 터　至誠庶感神
천하에 재주를 드날린다네　發揚天下才

22) 『시단(詩壇)』은 1926년 11월에 창간된 시전문지이다. 경성 대동시단사(大東詩壇社) 발행이고 편집 겸 발행인은 홍유원(洪裕遠)으로 되어있다.(국립중앙도서관에 제1호만 소장되어있다) 대동시단 문인들과 선시대회(選詩大會) 참가자들의 시를 수록하였다. 전체적으로 최영년이 주재하였으며 물재가 창간호 축시를 썼다.

23) 위진 시대의 학자 두예(杜預)는 '풍풍은 중도에 맞는 음악'이라고 해석하였다. 『春秋左氏傳 襄公29年』

〈춘사(春詞)〉[輪轉圖] 매일신보, 1926.1.1.

〈讀法〉

自春城一柝海之東起句, 順次右旋, 至春光多在綠樽中, 爲七律 一首

又內輪第一, 一氣氤氳起句, 此亦右旋, 至吾獨多醉, 爲四言 一首

外輪, 自青帝巡于東[24]起句, 又右旋, 至人在和氣中, 爲五律 一首

〈독법〉대로 번역하면 아래와 같다.

24) 원문에는 '東于'라 하여 바로 잡았다.

〈춘사(春詞)〉

1.

봄 성이 한 번 툭 터진 이 나라	春城一柝海之東
봄 기운이 육륙궁[25]에 성하구나	春氣氤氳六六宮
봄 시내에 버들은 가지가지 푸르고	春溪楊柳枝枝綠
봄 언덕에 도리꽃 송이송이 붉구나	春岸桃李點點紅
봄 강엔 밤마다 달이 넘실넘실	春江夜夜溶溶月
봄 담장엔 아침마다 바람은 맑고맑아	春院朝朝淡淡風
봄이 내 집을 찾으니 새 술은 익고	春到吾家新酒熟
봄빛이 많이도 술동이 속에 있구나	春光多在綠樽中

2.

한 기운이 성하니	一氣氤氳
버들가지 도리꽃	楊柳桃李
밤마다 아침마다	夜夜朝朝
나 홀로 대취하네	吾獨多醉

3.

청제[26]께서 동쪽으로 순행하시니	青帝巡于東
봄이 육륙궁에 가득하구나	春在六六宮
새싹이 신록을 뽑아내니	柔芽抽新綠
뭇 꽃봉오리 옛처럼 붉구나	群芳續舊紅
밤중에 창 앞 달빛 길어 올리고	夜挹窓前月

25) 삼십육(三十六)은 육륙삼십육(六六三十六)과 같은 뜻으로 『주역(周易)』에서 말하는 육십사괘(六十四卦) 전체를 말한다. 곧 육륙궁은 천지를 뜻한다.

26) 봄을 맡은 신 이름이다. 동제(東帝)·동황(東皇)·청황(青皇)이라고도 한다.

아침엔 추녀 끝 바람을 맞이하는데	朝迎軒外風
집집마다 도소주[27]가 익어가는구나	家家屠蘇熟

27) 도소주(屠蘇酒)는 귀기(鬼氣)를 도절(屠絶)하고 인혼(人魂)을 소성(蘇醒)한다고 해서 그 이름이 붙여졌다고 하는데, 『본초강목(本草綱目)』에 의하면 화타(華佗)의 비방(秘方)이라고 한다. 새해 아침에 가족 모두 의관을 정제하고 모여 차례로 도소주 술잔을 어른에게 올린 뒤에 나이 어린 사람부터 일어나서 나가는 풍습이 있었다.

2. 논(論)

「고려의 대인물 김방경씨를 논함」 『개벽』 제 2호, 개벽사, pp.31-36

高麗의大人物金方慶氏를論함

勿齋 宋淳夔

一、緒論

古는往하고今은來하매縱으로往昔을溯하며橫으로現時를察하여보건대由來의歷年이久치아님이아니며林總한蒼生이多치아님이아니로대長久한歷年인其間과衆多한民族即億兆蒼生인其中에오즉偉大한人物이란元來그類가罕하며그數가少한것이니그럼으로英雄과豪傑은世不常有라는古來부터傳來하는言이有하니라故로西洋으로말하면拿破侖、稗斯麥과如한者도世出치못하얏스며東洋으로는支那의管仲、諸葛과日本의北條時宗、細川賴之와、我朝鮮에는姜邯贊、李舜臣、가튼이도또한世에常有치못하얏도다그런즉今에謂하는바偉大한人物이라는것이高一世世로出하며個個히能하다하며英雄도豪傑도그무엇도足히高할것이無하며貴할것도無할지니라

그럼으로英雄과豪傑이라는것은偉大한品格을具하얏는故로偉大한思想이有하며偉大한思想이有한故로偉大한事業을遂하며偉大한事業을遂하는故로偉大한名聲이當時를震하며後世에鳴하나니故로偉大한人物은狹意的으로하면世를濟하고民을救하며廣義的으로말하면能히天地를斡旋하며乾坤을彌縫한다하나니그런즉此等의人物은此를輕히하려도輕히하지못하며侮하려도侮하지못할뿐아니라그當時는勿論幾千年後에在한者라도스스로愛하고慕하며敬하지아니치못하나니라

二、可愛、可敬、可慕할金方慶氏

記者는玆에高麗의高元及忠烈의世에서名聲이赫赫하며功績이巍巍한金方慶氏를愛하고敬하며慕하노라그러나吾人의愛하고敬하며慕하는바는何를爲함인가金方慶氏는新羅敬順王의後裔요高麗大政丞金傳의後孫으로特別히門地가高함을爲함인가……아니라그러면그當時의權赫勢와高官顯爵으로出하면將하고入하면相하야재에는攻戰侵略에斧鉞의任을帶하고兵馬都元帥가되엿다가後에는大國大貴로上洛公開國伯이되엿슴으로그高尙顯耀한地位를爲함인가?아니라高

一其人이名門巨族임으로此를愛하고敬하며慕한다하면崔忠獻은四世公侯로그門地의高함과富貴의極함은高麗四百年間에第一指를屈할만하지마는吾人이此를愛하고敬하며慕하지아니할뿐아니라反히此를唾하고罵하나니라또그顯官要職으로一人의下와萬人의上에處하야隆赫한權勢와高貴한地位에在한關係로此를愛하고敬하며慕한다하면李資謙은高麗仁宗의外祖로朝鮮公이란榮爵을帶하고萬僚의上에處하야勢는人主를傾하고威는天下를動할만한地位에在하엿섯지마는今日에吾人이此를愛하고敬하며慕하지아니할뿐아니라反히此를誅하며刺하는바이아닌가그러면彼金方慶氏는엇더한關係엇더한理由下에서彼를愛하고敬하며慕하는가?多言을要치아니하야도그高尙한品格과偉大한人物을愛하고敬하며慕하는바이니라

三、博學廣聞、多知多能、文章大家의金方慶氏

金方慶氏는天才가穎悟하야聰明이絕人한人이니라金方慶氏는好學不厭하야孳孳히倦할줄不知하는人이니라!!金方慶氏는博學多聞하며多知多能한人이니라

金方慶氏는慷慨히鵬程萬里의大志를抱하고小節에不拘하는人이니라!

이러함으로金方慶氏는幼時로부터過目不忘하며一覽輒記하는才가有하얏슴으로羣書를博覽하야弱冠의歲에不及하야學聞이大進하얏더라古로부터才가多하면德을勝하기易하고才가德을勝하면小人이되는것이으又才가高하면放曠하고荒悖하기易하고浮躁하고淺露한者ㅣ多하며又才를恃하면其心이滿하고其氣가高하야巍然自大하며驕昂自恣하는者가十의六七을占하는것이지마는金方慶氏는才가高함을隨하야學이富하며學이富함을伴하야德이厚하야英明하고도沉毅하며寬厚하고도重默하야俗人이것만俗人이아니며書生이것만書生이아니얏나니氏는儼然히君子의態度를持하얏스며超然히英雄의氣風을帶하얏나니此가他日에出將入相하는大器大材를成한胚胎物이며鳴天動地하는豊功偉勳을遂한原動力이엇섯나니라

그리고또文章大家라는것은元來華가多하고實이少하며文辭는長하나思想이淺하며形式에는富하나氣節이弱하나니그럼으로筆下에는비록數千萬言이有할지라도國을筭하고邦을治하는데와難에處하야敵을制함

에對하야는半籌의謀를展치못하며一臂의力을逞하는者ㅣ極히罕少하야古來부터其例가乏치아니하얏나니故로宋의大學者인程伊川이가르되「有高才能文章、人之不幸」이라하며又曰하되「彼以文辭而已者는陋矣」라하엿나니라假令新羅의强首와高麗의李奎報로말하면그文章이能히人을驚하며世를鳴하엿지마는彼는오즉文辭에만長할샏이오經國治邦의器자乏하며靖難扶危의才가無하야오즉一個文士에不過하얏도다그러나金方慶氏는그才學이彼보다劣치아니하며그文章이彼에讓치아니하야筆이落하면風雨가驚하며詩가成하면鬼神이泣하는大文士이며大方家됨에無愧하지마는이것뿐만으로써氏를偉大한人物이라指함은아니라곳말하자면國이治함에는賢相良佐로廟堂에處하야百官을治하고萬民을撫하는大材가되며國이亂함에는名將勇士로矢石의場에立하야戰必勝攻必取하는大才가有한者는오즉金方慶氏이니此가이른바世에超하며人에過한偉大한人物이라稱하는所以이라世에武將은文이少하며文士는武가少하다함에不拘하고氏는實로文武를兼全한不世出의英雄이엇섯나니다

四、前知의能、先見의明、
大智大慮의金方慶氏

金方慶氏는狹少한識見이아니라遠大의識見이有한人이니라金方慶氏는普通의智를有한者이아니라特別의智를具한人이니라金方慶氏는前知의能과先見의明이有한人이니라今에그一事를紹介하건대高宗三十五年에氏는兵馬判官이란微職에縻하얏섯는대其時에는蒙古가强盛하야年年이大兵을提하고邊境을入寇하야所至에侵略하야百姓을殘害하며兇을肆하고暴을播함으로民이그堵를安하야그業을樂치못하얏더라是歲에도蒙兵이平安道北界에侵入하야擄을捕한다言을託하고所過에縱掠을肆함으로邊境의民이荼毒에苦하야耕作의事를營爲키難하야그窮途慘狀은實로滿目悽然한지라於是에北界兵馬判官의職을帶한金方慶氏는居民을移하야모다海島에入하야居하게하얏는대安北府에葦島가有하야海潮의出入으로耕種함을不得하야民情이大히嗷嗷한지라金方慶氏는此實況을目擊하고大히憂하고慮하야寢食을忘하고此善後의策을講究하얏도다當時의情況으로말하면進하려도進할수업고退하려

開闢第二號　　二四

도退할수엽서서 可謂進退維谷이오 計不入量인 危險千萬의 窮境에 陷하야잇는대 此時를當하야 平日에所謂智謀의士라고稱하는者等도腦管이通치못하며心竅가開치못하야能히그萬全의計로써一時救急의方도案出치못하야그倒懸의危를解치못하는難關에處하얏슬터이지마는오즉彼金方慶氏는俗子의針孔만한智를有함이아니라戶口와如한智를有하얏스며普通人의臨時彌縫의策을運하야一時姑息의計를取하는者이아니라完全無缺하게永久한幸福을享受할百年의大計를用하얏더라그리하야氏는民으로하야곰四圍에堤防을築하야海潮의侵入을防케하고其中에서開墾하야稗를種케하는案을制定하야此를公布實施케하얏는대本案을公布하던當時에는人人마다그迂濶無智함을譏하며徒勞無功할것을提唱하야그不可함을說하는者가滔滔皆是인狀態에在하얏섯는대金方慶氏는支을로그紛紛한衆議를排하고自己의案出한計畫이반듯이그正鵠을中할것을主張하고强制的으로此를實行케하얏는대民間에는到處에怨聲이漲溢하더니밋그秋期에至하야는種穀이豐登하야無前의大稔을致하얏슴으로於是乎民間에는家家에石廩이高하야千斯萬斯의倉이充實하게되엇더라그런대農與은歲를遇하야退치아니하고島中의移民은年年히歲가登함으로少毫의饑窮을感치아니하야頗히그業을樂하며島中에또井泉이無하야飮用의水가不適함으로金方慶氏는이에堤를築하고水를貯하야大澤을爲하고夏에는灌漑에便케하고冬에는氷을鑿하야人民의利用厚生의道를開케하얏더라此에至하매人民은비롯오그大智를服하고此後로는그德을頌하며그恩을懷하야一境이賴安함을得하얏도다

그런즉此一事를觀할지라도此가金方慶氏의事業上으로는特別한大事와大功이아니며僅이小事와小功될에不過하다하겟지마는何如間此가世俗智謀의士의能히及할바ㅣ아니니곳말하자면金方慶氏는百人이思치못한바를思하얏스며千人이謀치못한바를謀한者로百人千人의頭上에適出한特別的智能을具한者라고謂치아니치못할지로다

五、赳赳한武夫、矯矯한虎臣、雄謀大畧을抱한金方慶氏

金方慶氏는勇毅果敢한人이니라! 金方慶氏는愛國如家하는人이니라ㅣ 金方慶氏는雄謀大畧이有한人이

니라金方慶氏는赳赳한武夫ㅣ며矯矯한虎臣이엇섯나
니라元宗의世에三別抄가黨을聚하야叛하매그兇獰의
勢는到處에猖獗을極하야可謂豺虎가六橫하며蛇豕가
荐食하는大亂을致하얏는대彼는州郡을侵畧하야人民
을殺戮하며家屋을燒蕩하야烟焰이天에漲하고血肉이
地에塗하는大慘狀은可히形言키難한此時이엇더라이
에元宗께서는宸憂가耿耿하사金方慶으로逆賊追討使
를拜하야써그征伐을專케하셧는대氏는이에閫外의大
任을帶하고黃金의斧鉞을携하고그旅를整하며그威를
揚하야屹然히矢石의場에立하얏도다

元宗十二年에金方慶氏는桓桓의勢와堂堂의威로써
賊을追討하야前後에勝捷이多하얏고是歲三月에元將
洪茶丘及忻都로더부러珍島에서賊을大破하야殺獲이
甚衆한지라遂히追奔逐北하야賊을逼하니그餘黨이耽
羅에竄入하야更히軍衆을嘯聚하매그勢가更히大振하
고賊은內外城을築하야그險固를恃하고更히虺蛇의毒
을肆하야州郡을寇掠하매殆히虛日이無하얏더라朝廷
에서는이에氏를中軍兵馬大元帥를拜하야國家干城의
任을그雙肩上에負荷하얏섯도다氏는이에萬餘人의軍
卒을提하고鷹揚飛翰하며雷馳循迅하야戰艦으로써耽

羅에到하야威德浦에入하매賊의伏兵이突起하야官軍
을圍코저하거늘氏는大呼一聲에賊勢가遂히風靡하야
子城으로奔入하는지라이에官軍은乘勝長驅하야外城
을蹂하야此를掃蕩하고賊將을斬하얏는대이에天下는
難이靖하고兵燹이熄함을得하얏도다

古人의言에夏蟲에는可히氷을語치못하며小人에게
는可히大事를圖치못한다하얏스니此時를當하야賊의
勢는如彼히猖獗하얏스며蒼生의塗炭은如彼히慘酷하
얏스며國家의力은如彼히微弱하얏스니設令若干의謀
士와勇將이有할지라도彼를對抗함에强弱이不同하며
衆寡가不敵하야能히그謀를逞치못하며그勇을施치못
하엿슬것이로다그러나金方慶氏는一時를彌縫하는策
略을有한者가아니며一人을對敵하는勇武를有한者이
아니라超然히그類에出하며그萃에拔하얏슴으로비록
元의一臂의力을得하얏슬지라도專혀國을安케하며民
을保케한偉功奇勳은오즉此金方慶氏에게로歸치아니
치못할것이로다

六、結論

假令同一한木이지마는樗櫟은此를賤히여기고桐梓

는此를貴히여기는것이오同一한鳥이지마는鷗鶚는輕하되鳳凰은重하며同一한獸이지마는豚犬은賤하되麒麟은貴한것이니此가何故인고오즉그德性과品格의高尙함을指함에不外한것이니라此와同理로同一한人이지마는大人은高하고貴하며凡人은卑하고賤함이니此가何故인가이저도또한그材器와品格과價値를謂함이니라그럼으로人이진실로英邁雄豪할진대當時쑨만아니라幾千年後에在한人도此를追仰하고景慕하는것이오此에反하야庸俗하야材가못되며鄙劣하야德이無하면當時는勿論百世下에在한者도此를蔑侮하며輕忽히하는것이니故로古語에하얏스되「得其人에重之如山하고不得其人에忽之如草」라하얏도다그런즉吾人이幾百世下에在하야彼金方慶氏를愛하고敬하며慕하는것이엇지他에在하리오上에陳述함에不外한것이로다그러나吾人이徒然히此를愛하고敬하며慕하기만할쑨으로는甚히不當하며不可하다하노니吾人은此를效하며此를學할것이라하노라人이學하야及치못하는事가無하며學하야達치못하는事가無하나니吾人이彼의德을學하며彼의智를學하며彼의勇을學하야得할진대幾百萬의金方慶이가我半島天地에簇出할지未知이니그런즉吾人은「願學金方慶」이란五字를忘却치말지어다

文明的農事는電氣로한다

米國의農村에서는近來農事上에電力을利用함이盛行하는데就中 칸사스州等地에서는多數하더라 電氣會社가競爭하야該村의耕地上에 電線을設備하야打穀又는作物의運搬 害虫驅除等一切를此電力을利用케하야農民에게多大한便利를與한다는대 此電力을利用하는時는蒸氣力을使用함보다 至極便利할뿐안이라費用이低廉함으로農民에게大歡迎을受하는바인대 그地方의統計에依하건대 二十一日間電力을使用하야八千八百十四「뿌ㅅ쉬ㄹ」의小麥八을打穀한經費가僅히三六一 弗인대一「뿌ㅅ쉬ㄹ」에約四一「셋트」에該當하고蒸氣力을利用할時는一「뿌ㅅ쉬ㄹ」에十二乃至二十「세ㅅ트」에達하는故로此에比하면費用이約四分之一에不過하다더라

3. 전(傳)

〈娘子將軍傳〉 매일신보, 1919.10.22.

娘子將軍者는 京城靑樓人也ㅣ라 其名曰 金波니 以婦人而善用兵○○號曰 娘子將軍이라 自幼로 ○恣 絶才藝 善歌舞 解音律ᄒᆞ야 年未及笄年에 讀破花柳兵書 十六에 ○○○ᄒᆞ며 十七에 登○ᄒᆞ야 擢拜爲代將ᄒᆞ니 於是에 始奮武揚威ᄒᆞ고 臨難制敵ᄒᆞ야 其用兵이 如神ᄒᆞ니 雖古之孫吳라도 實不能及也라 以衽席으로 爲戰場ᄒᆞ고 以錦裳玉佩으로 爲甲冑ᄒᆞ고 以脂粉으로 爲弓矢ᄒᆞ고 以鍾鼓琴瑟로 爲銃砲ᄒᆞ고 以盼睞로 爲劍戟ᄒᆞ고 以金環玉簪으로 爲印符ᄒᆞ고 以繡屛錦帳으로 爲城寨ᄒᆞ고 以淸歌妙舞로 爲運籌畫策ᄒᆞ고 以甘言婉詞로 爲出奇設伏ᄒᆞ야 遂爲天下無敵焉이라 其所爲敵國者ㅣ 其類有三ᄒᆞ니 其一曰 卿相家子弟니 此爲大敵이오 其二曰 長安富豪니 此爲中敵이오 其三曰 鄕曲富豪니 此爲小敵이라 然而與國家之用兵으로 其主義不同ᄒᆞ니 國家則以攻○略地로 爲主義ᄒᆞ되 而娘子將軍은 以奪金取錢 爲目的者也ㅣ라 且國家則以一國으로 對一國ᄒᆞ고 以一將으로 敵一將ᄒᆞ나니 故로 弱不敵强ᄒᆞ며 寡不敵衆者는 勢之固然ㅣ라 周赧之末에 ○嬴秦이 以六國으로 爲敵이나 然이나 是不過以一服六也오 過般○逸이 以世界爲敵이나 然이나 終見崩頹○裂乃已로ᄃᆡ 娘子將軍則如有多金者면 雖千萬人이라도 不辭焉ᄒᆞ나니 以弱制强ᄒᆞ며 以一當百ᄒᆞ야 犯之者摧ᄒᆞ고 觸之者ㅣ 碎ᄒᆞ야 戰而必勝ᄒᆞ고 攻而必取ᄒᆞ니 此는 强於秦而優於獨逸也ㅣ니 女將軍眞可畏哉라 金波ㅣ爲將數歲에 凡大小數百餘戰而敗人之家ᄒᆞ고 亡人之身者ㅣ幾至數千人ㅣ리라 噫라 智愚는 才也오 勝敗는 數也ㅣ니 運其智는 易ᄒᆞ고 得其數者는 難也라 然而才與數者ㅣ 幷歸于金波一人 則事安得不成이며 功安得安得不遂乎리오

孫子曰 知彼知己라야 百戰百勝이라ᄒᆞ니 故로 爲將者ㅣ 謨勝以後에 進ᄒᆞ며 慮敵以後에 會ᄒᆞ되 若彼巧我拙ᄒᆞ며 彼智我愚어든 奄甲而逃ᄒᆞ고 曳兵而走ᄒᆞ야 不與爭鋒 則可免敗亡之患矣니 向使富豪家로 能知彼知己ᄒᆞ야 思遠慮而謨後計ᄒᆞ야 初不與娘子將軍으로 爭衡而交兵 則安有今○之敗亡哉아 此ᄂᆞᆫ 愚之甚也ㅣ니 ○不戒哉리오 金波自成功之後로 貲貨如山ᄒᆞ고 金玉이 滿筐ᄒᆞ야 不○○○致長安巨富矣러라

一日에 乃喟然嘆曰 古人이 云 知足ᄒᆞ면 不辱ᄒᆞ고 知止ᄒᆞ면 不殆라ᄒᆞ니 有而不知足이면 失其所以有ᄒᆞ며 欲而不知止ᄒᆞ면 失其所以欲ᄒᆞ나니 儂이 以么麽一個女子로 起身微末ᄒᆞ야 早登武科ᄒᆞ야 抱干城之才ᄒᆞ고 受斧鉞之任ᄒᆞ야 破大敵成大功ᄒᆞ고 富且貴焉ᄒᆞ니 此ᄂᆞᆫ 布衣之極이오 榮耀之至也ㅣ라 更何求焉이리오 此正吾色斯擧之秋也ㅣ라ᄒᆞ고 遂解兵符ᄒᆞ야 歸之於青樓營歸之於青樓營ᄒᆞ고 超然而退ᄒᆞ야 歸於田里ᄒᆞ야 杜繁華之門ᄒᆞ고 塞功名之路ᄒᆞ야 自是로 乃廣置田宅ᄒᆞ고 憐貧恤孤ᄒᆞ며 濟弱賑窮ᄒᆞ야 以此로 爲晩年事業ᄒᆞ고 遂終身不仕云이러라

太史公이 曰 自春秋戰國이래로 未聞有女將軍之用兵 而支那漢高之初에 有東門女子出陣之○와 仲哀天皇之世에 有神功皇后攻韓之事나 然이나 此非專美者也오 且 漢獻之末에 以貂蟬之設計誅董卓으로 比之於女將軍ᄒᆞ고 唐高之始에 以公主之將兵渭北으로 號之以娘子軍이나 然이나 寔不過虛名而已로ᄃᆡ 如金波者ᄂᆞᆫ 武藝絶倫ᄒᆞ고 智勇이 寡人ᄒᆞ야 破大敵如運掌ᄒᆞ고 取上將如探○ᄒᆞ니 古之名將이라도 何以及此哉리오. 又及其成功之日에 決然解印ᄒᆞ고 超然避世ᄒᆞ니 此非武夫之所能行之 而金波[28]能爲之ᄒᆞ니 其高志遠慮가 亦非常人의 所能及之니 如金波[29]者ᄂᆞᆫ 可謂功成身退 而明哲保身者也로다

---

28) 원문에는 '錦波'로 되어 있다.

〈낭자장군전〉 번역문

낭자장군이란 자는 경성 청루 사람이다. 그 이름은 금파(金波)이니 부인의 몸으로 군대를 잘 거느려 호를 낭자장군(娘子將軍)이라 하였다. 어려서부터 방자하고 재주가 뛰어났으며 가무를 잘하였고 음률을 잘 깨달아 나이 아직 열다섯이 못 되었는데 화류계의 병법서를 독파하고 열여섯에 …열일곱에 …하여 대장으로 발탁하였다.

이에 비로소 무예로 위세를 떨치고 위난에 직면했을 때 적을 제압하여 그 병사를 운용하는 법이 귀신과 같으니 비록 옛 병법가인 손오(孫吳)[30]라도 미치지 못하였다. 이부자리를 전쟁터로 삼고 비단치마와 패물로 갑옷을 삼고 연지와 분으로 활과 화살을 삼고 풍악으로 총포를 삼고 눈흘김으로 창검을 삼고 귀고리와 비녀로 장군의 징표로 삼고 비단병풍과 금장막으로 성채를 삼고 맑은 노래와 묘한 춤으로 전략을 꾀하고 달콤한 말과 아름다운 말로 기이하게 복병을 배치하여 마침내 천하무적이 되었다.

그 소위 적국이 된 자는 무리가 셋이니 그 하나는 높은 벼슬아치들의 자제이니 대적이요, 그 둘은 장안의 부잣집 자식이니 중적이요, 그 셋은 시골의 부잣집 자식이니 소적이다. 그러나 국가의 용병술과는 그 뜻이 맞지 않았다. 국가는 영토를 공격하는 것을 주된 뜻으로 삼았으나 낭자장군은 금을 빼앗고 돈을 취하는 것을 목적으로 삼았다. 또한 국가는 한 나라로 한 나라를 상대하고 한 장수로 한 장수를 대적하였다. 그런 까닭으로 약한 나라로는 큰나라를 대적할 수 없으며 적은 숫자로 많은 적을 상대할 수 없는 것은 한결같은 이치이다. 주(周)나라

29) 원문에는 '錦波'로 되어 있다. 전체적인 문맥으로 보아 바로잡았다.
30) 중국 춘추 전국 시대의 병법가인 손무(孫武)와 오기(吳起)를 아울러 이르는 말.

난왕(赧王) 말[31]에 영진(嬴秦)[32]이 여섯 나라를 적으로 삼았으나 한 나라로써 여섯나라를 복종시키는 것에 불과하였다. 지난번엔 [독]일[33]이 세계를 적으로 삼았으나 끝내는 붕괴되어 버리고 말았지만 낭자장군은 금을 많이 가지고 있는 자라면 비록 천만인이라도 마다하지 않았다. 약으로써 강을 제압하였으며 일당 백하여 범하려는 자를 꺾어 버리고 만지려는 자를 부수고 싸우면 반드시 이기고 공격하면 반드시 빼앗았다. 이는 진나라보다 강하고 독일보다 뛰어난 것이니 여장군은 참으로 두려운 자이라.

금파가 장군이 된 여러 해에 모두 대소 수백여 전을 치뤘으니, 패한 사람의 집과 망한 사람의 집이 거의 수천인이나 되었다. 슬프다! 지혜와 어리석음은 재주요, 승패는 운수이다. 그 지혜를 운용하는 것은 쉽고 운수를 얻는 것은 어려우니라. 그러나 재주와 운수라는 것이 모두 금파 한 사람에게 돌아가니 일이 어찌 이루어지지 않으며 공이 어찌 성사되지 않겠는가.

손자(孫子)[34]가 말하였다. "저를 알고 나를 알면 백전백승이다." 그러므로 장수된 자가 꾀로 승리의 계책을 세운 이후에 나아가며 적을 살핀 이후에 부딪쳐야하되, 저쪽이 능숙하면 나는 서투르고 저쪽이 지혜로우면 나는 어리석거든, 몸을 가리고 달아나고 병기를 끌며 달아나 싸우니 않는 것이 곧 패망하는 근심을 면하는 길이다. 만약 부잣집 자식들에게 능히 저를 알고 나를 알게 하여 먼 일을 생각케 하고 훗날을 계획시켜 애초에 낭자장군과 만나지 않는다면 쟁패를 가르고

---

31) 난왕 때 주나라가 진(秦)나라에 망하였다.
32) 진나라이다. 진나라 왕실의 성(姓)이 영(嬴)씨이다.
33) 한 자가 없으나 내용으로 보아 독일인 듯하다.
34) 중국의 전국 시대 병법가 손무(孫武) 또는 손빈(孫臏)을 높여 이르는 말이다.

맞아 싸워도 어찌 지금처럼 패망하였겠는가. 이것은 어리석음이 깊어서이니 경계하지 않겠는가.

금파가 스스로 성공한 후에 꾸러미에 담긴 돈이 산과 같고 금옥이 광주리에 그득하여…장안 거부가 되었더라.

하루는 한숨을 쉬고 탄식하며 말하였다.

“옛 분들이 말씀하시기를 ‘족함을 알면 욕되지 않고 그침을 알면 위태롭지 않다’고 하였다. 있는데도 족함을 알지 못한다면 그 있는 까닭을 잃어버릴 것이며, 욕심을 내어 그침을 알지 못하면 그 욕심내는 까닭을 잃어버릴 것이다. 내가 자질구레한 일개 여자로 아주 초라한 데서 몸을 일으켰다. 일찍이 무과에 급제하여 나라를 지켜내는 재주를 품어 장군의 직분을 맡아 큰 적을 파하여 큰 공을 세웠으니 부하고 귀하게 되었다. 이것은 베옷을 입은 이로서는 극히 사치하게 됨이요, 빛남이 지극한 것이다. 다시 무엇을 구하겠는가. 지금이 바로 내가 색거(色擧)[35]할 가을이로다.”

그러고 마침내 장군의 징표인 병부를 끌러 청루를 경영하는 곳에 돌려주고 초연히 물러나 시골로 가서 번화한 세상의 문을 닫아걸고 공명의 길을 막았다. 이로부터 밭과 집을 널리 두고 가련하고 가난한 이와 외로운 이들을 구휼하며 약한 자들을 힘써 도우며 그렇게 만년의 일로 삼고 종신토록 벼슬길에 나가지 않았다.

태사공(太史公)이 말하였다.

---

35) 신속히 행동을 취한다는 의미이다. ‘색거’는 색사거의(色斯擧矣)의 준말로, 사람이 어떤 기미를 보고서 신속하게 행동을 취해 자신의 안전을 도모하는 것을 말한다. 『논어』 「향당(鄕黨)」의 “새가 사람의 기색이 좋지 않은 것을 보면 날아올라 빙빙 돌며 살펴보고 나서 내려앉는다.[色斯擧矣 翔而後集]”라는 말에서 유래한 것이다.

춘추전국시대 이래로 여장군의 용병은 듣지를 못하였다. 그러나 저 중국 한나라 고조의 초에 동문으로 여자들이 출진한 적이 있고[36] 중애천황 때에 신공황후가 한(韓:신라)을 공격한 일[37]이 있으나 이것은 오로지 아름다운 것은 아니다. 또 한나라 헌제 말에 초선(貂蟬)이 동탁(董卓)을 죽인 일을 여장군에게 비길만하고 당나라 고종 때에 공주가 장병들을 이끌고 위북(渭北)에서 활동했는데 낭자군이라 불렀다[38]한다. 그러나 이것은 허황한 일에 불과할 뿐이다. 금파라는 자는 무예가 뛰어나고 지혜와 용기가 남들보다 뛰어나 큰 적을 무찌르기를 손바닥 뒤집듯이 하였고 놓은 장수 취하기를 … 탐하듯 하였으니 옛날의 명장이라도 어찌 이에 미치겠는가.

또한 그 성공한 날에 장군의 직위를 내려놓고 초연히 세상을 버렸으니, 이것은 사내도 능히 행할 바가 아니나 금파는 능히 해내었다. 그 높은 뜻과 멀리 잘 생각하는 것이 또한 보통 사람이 능히 미칠 바가 아니니 금파라는 자는 공을 세워서 이룬 뒤에 그 자리에서 물러난 명철하고 몸을 보신한 자라고 이를 만하다.

---

36) 초한전에서 '야출동문(夜出東門)' 고사를 끌어 온 말이다. 후일 한나라 고조가 된 유방은 형양에서 항우에게 포위를 당해 절체절명의 위기에 빠졌었다. 이때 진평(陳平)이 유방으로 위장한 장군 기신(紀信)과 갑옷 입은 군사로 꾸민 여자 2천 명을 동문으로 내보내 거짓으로 항복하게 했다. 그러는 사이 유방 일행은 항우의 군사들이 방심한 틈을 타 서문으로 탈주에 성공하게 된다.

37) 신공황후는 일본의 제15대 중애천황(仲哀天皇)의 후(后)로 69년 동안 나라를 다스렸다고 한다. "신공황후가 한(韓:신라)을 공격한 일" 운운은 『일본서기(日本書紀)』 등에 보이는 신라 정벌에 관한 이야기이다. 그러나 『일본서기』는 연대도 맞지 않기에 사실(事實)로 보기 어렵다는 것이 통설이다. 송순기는 이 『일본서기』를 그대로 믿은 듯하다.

38) 당나라 고조(高祖) 이연(李淵)의 딸인 평양공주 이야기다. 평양공주는 시소(柴紹)의 아내다. 수양제 대업(大業) 13년(617) 시소가 이연을 따라 거병하여 수나라에 반기를 들었을 때 호현(鄠縣)에서 가산을 팔아 병사를 모집해 호응했는데, 병사의 숫자가 7만에 이르러 위세가 관중(關中)에 진동했다. 당시 사람들이 낭자군(娘子軍)이라 불렀다. 나중에 군대를 이끌고 이세민(李世民)과 함께 위북(渭北)에서 활약했다.

〈金處女傳〉 매일신보, 1919.11.11.

金處女之事ᄂᆞᆫ 曩已揭載於本報紙上 而其特異之行이 恐或逸 而無傳故로 作爲傳ᄒᆞ야 俾廣布○下ᄒᆞ노라

金處女者ᄂᆞᆫ 咸北 明川産也ㅣ라 自幼로 甚明慧多才ᄒᆞ고 又窈窕有淑德ᄒᆞ야 持身貞潔ᄒᆞ며 事父母甚孝ᄒᆞ니 鄰里暨親戚이 莫不歎賞焉 光陰이 荏苒ᄒᆞ야 小姐 芳年이 已一十九歲라 其父ㅣ 曾與 郡金英燮으로有舅父 而其長男孝天이 年方十四에 亦聰明俊秀라 大正 七年 二月(1918년 2월)에 兩家ㅣ凝意ᄒᆞ야 結秦晋之約 而日以孝天之年幼로 期以明年成親이러니 今年八月에 郎家ㅣ 不幸ᄒᆞ야 英燮이 偶爾得疾 而益沈重ᄒᆞ야 竟無間棹之望이라 將其易簀也에 謂家曰 今秋에 將行家兒之婚禮러니 皇天이 不暇我以時日ᄒᆞ야 泉臺之行이 迫於一瞬ᄒᆞ니 其於年限에 無所餘憾이나 然이나 未睹兒與婦琴瑟之同樂ᄒᆞ니 是爲恨也아 雖成禮前이라도 率新婦以來ᄒᆞ야 我若一面而死ᄒᆞ면 當瞑目于地下ᄒᆞ리라 家人이 依其言ᄒᆞ야 送人于新婦家ᄒᆞ야 傳其命ᄒᆞ니 其父母ㅣ 聞此報ᄒᆞ고 忽然變卦曰 當初에 無與彼로 有結婚之約하니 寧有是理也리오ᄒᆞ고 遂叱退其來人ᄒᆞ야 促其歸ᄒᆞ니 小姐ㅣ 聞此言ᄒᆞ고 對其父曰 大人이 旣與金氏家로 有伐柯之約者를 小女已知之熟矣어ᄂᆞᆯ 今日無此事者ᄂᆞᆫ 是何言也닛고 匹夫ㅣ於小事에 尙不食言커든 況大人之處人倫之大事者乎잇가 一次許婚于彼則 雖不合巹이라도 小女ᄂᆞᆫ 卽金家之人也ㅣ라 今以其家之貧寒과 家長之重患으로 中途變卦ᄒᆞ야 欲塵舊約 而改前言ᄒᆞ시니 神明所鑑에 寧不畏哉잇가 小女若已出嫁于彼 而其家에 有不祥之事ᄒᆞ면 將改嫁之乎잇가 父親○擧ㅣ 大不合于○理ᄒᆞ니 若背約卽 此ᄂᆞᆫ 大人이 無信也오 若他適則是ᄂᆞᆫ 小女ㅣ無節也ㅣ라 君子與淑女ᄂᆞᆫ 不以貧富貴賤으로 易其心而改其節ᄒᆞ나니 小女ㅣ 寧赴湯火而死언정 矢靡于他ᄒᆞ리니 願大人은 宜從其請ᄒᆞ야 以副尊舅之願

케ᄒᆞ소셔 於是에 其父母ㅣ 感其言ᄒᆞ야 送小姐于郎家ᄒᆞ니라

英燮이 初聞家奴之復命ᄒᆞ고 且怒且悲러니 及見小姐之來ᄒᆞ고 甚喜ᄒᆞ야 使之坐於病榻之側ᄒᆞ고 撫其背曰 吾ㅣ平日에 稔聞小姐之淑德이러니 及爾相對에 果然容貌端正ᄒᆞ고 動止安詳ᄒᆞ니 實叶所望이라 但恨老父ㅣ命慳福薄ᄒᆞ야 不見佳兒街婦同室之慶ᄒᆞ고 遽作一去不反之路ᄒᆞ니 是○恨也ㅣ로다 家本淸寒ᄒᆞ야 往往 有桂玉之嘆이나 然이나 願小姐ᄂᆞᆫ 幸勿以此로 介○意ᄒᆞ고 黽勉精勵ᄒᆞ고 ○樂且諧ᄒᆞ야 興家業正家迫ᄒᆞ며 家兒ㅣ 年幼無知ᄒᆞ야 爲身婦之累ㅣ必多ᄒᆞ리니 每事를 親自敎之ᄒᆞ야 以顯內助之美ᄒᆞ라 小姐ㅣ 流涕曰 小婦ㅣ不似ᄒᆞ야 恐有誤下託이나 諄諄下敎를 寧不銘干膺 而佩于心ᄒᆞ야 孝貞固之德ᄒᆞ며 端端一之心ᄒᆞ야 以盡婦○乎잇가 英燮이 嘆曰 小姐此言이 足使我로 瞑目이니 他日에 大吾門戶者ᄂᆞᆫ 必新婦也ㅣ라ᄒᆞ고 言訖而遂嗑然ᄒᆞ니 小姐ㅣ急取小刀ᄒᆞ야 斷無名指ᄒᆞ야 以淋漓鮮血로 灌于是口ᄒᆞ야 以圖復甦 而原是宿疴ㅣ已固ᄒᆞ야 莫奏且效焉이라 小姐乃哀毁僻踊○아 克盡其禮ᄒᆞ고 行襄禮後三日에 始歸親家云이러라

記者ㅣ曰 迨○世隆俗末ᄒᆞ야 紀綱이 解弛ᄒᆞ고 禮義ㅣ荒蕪ᄒᆞ야 晦○否塞ᄒᆞ고 反覆沈痼ᄒᆞ야 風敎ㅣ泯滅ᄒᆞ고 倫理淪喪ᄒᆞ야 挽近卿相之家와 士夫之門에 往往 有穢聞이 日彰而至若金處女ᄒᆞ야ᄂᆞᆫ 生於遐鄕民家ᄒᆞ야 平日에 無所見焉ᄒᆞ며 無所學焉이로ᄃᆡ 其天品이 特異ᄒᆞ야 守大義也ㅣ炳如日星ᄒᆞ며 把○節也ㅣ嚴若霜雪ᄒᆞ니 最近世之罕有 而雖古之貞女哲婦라도 何以過此哉리오 但未醮之前에 面其舅斷○指者ᄂᆞᆫ 非禮家所許나 然而此特出於○○之中이니 夫以其誠孝로 觸○非禮者ᄂᆞᆫ 君子ㅣ不訾之也ㅣ니 美哉ㅣ라 金小姐ㅣ與新羅之濟厚[39]로 其事ㅣ略○似ᄒᆞ야 當在伯仲之間 而其令名은 共與之不朽이리라

〈김처녀전〉 번역문

김처녀의 일은 저번에 본보 〈매일신보〉 지상에 보도하였다. 그러나 그 특이한 행적이 사라져 후세에 전해지지 않을까 두려워 그로 인하여 이 전을 지어 세상에 널리 퍼뜨리려는데 도움을 주고자 한다.

김처녀는 함경북도 명천 사람이다. 어릴 때부터 아주 총명하고 재능이 많았으며 또 요조숙녀로 몸 간수를 잘하고 정숙하였으며 부모를 잘 섬기니 인근 마을의 친척들에게까지 퍼져 칭찬하지 않는 이가 없었다.

세월이 흘러 소저의 나이 꽃다운 열아홉이 되었다. 그의 아버지가 같은 군의 김영섭 집안에 시집을 보내려하였다. 영섭의 장남 효천은 나이 십사 세에 또한 총명한 수재였다. 1918년 2월에 양가에서 혼인하기로 약속하였으나 효천의 나이가 어리므로 내년에 혼인하기로 기약을 하였다. 금년 8월에 신랑 집이 불행하여 영섭이 뜻밖에 병을 얻어 날로 심해져 잠깐 사이에 병이 깊어 죽음을 바라보게 되었다. 장차 죽으려 할때 가솔들을 불러 말하였다.

"가을에 아들의 혼인을 행하려 했는데 하늘께서 나에게 날짜를 잡을 틈을 안주시는구나. 무덤 가는 길이 일순간에 박두하였는데 이 나이에 무엇이 섭섭하겠느냐마는 아들이 신부를 맞아 부부의 즐거움을 보지 못하는 것이 한이로구나. 비록 혼례전이라도 신부를 데리고 와 내가 한번 만이라도 얼굴을 보고 죽을 것 같으면 편안히 지하에서 눈을 감을 수 있을 것 같다."

집 사람이 그 말을 따라 사람을 신부 집에 보내어 말을 전하니 신부의 부모가 이 말을 듣고 홀연 마음을 바꾸어 말했다.

"당초에 저 사람과 혼인 약속한 일이 없으니, 어찌 이러할 까닭이

39) 원문에는 濟厚로 되어있어 '際厚'로 수정하였다.

있겠는가.”

그러고는 끝내 심부름 온 사람들을 꾸짖어서 돌아가라고 재촉하였다.

소저가 이 말을 듣고 아버지에게 말했다.

“아버지께서 이미 김씨의 집과 혼인하기로 약속하신 것을 소녀도 이미 잘 알고 있습니다. 금일 이러한 일이 없다고 하시니 이 무슨 말씀이십니까. 필부도 작은 일조차 늘 식언하지 않으려하거늘, 하물며 아버지께서는 인륜지대사 아닙니까. 한번 저 집안과 혼인하기로 한 이상 비록 혼인식을 올리지 않았더라도 저는 김씨 집안사람입니다. 지금 그 집안이 빈한하고 가장이 중환이라 하여 중도에 마음을 바꾸어 옛 약속을 속되게 여기고 전의 약속을 바꾸려하신다면 천지신명께 어찌 두렵지 않겠습니까. 소녀가 이미 저 집안에 시집을 갔을 것 같으면 상서롭지 못한 일이 있다하여도 장차 개가할 수 있겠습니까. 아버지께서 하시는 행동은 이치에 크게 불합리하시니 만약 약속을 저버리신다면 이는 아버지께서 신의를 저버리시게 되는 것입니다. 만약 제가 다른 곳으로 시집간다면 이것은 소녀가 절개 없는 것이 됩니다. 군자와 숙녀는 빈부귀천으로 그 마음을 바꾸고 그 절개를 바꾸지 말아야합니다. 소녀는 차라리 불길 속으로 뛰어들어 죽을지언정 다른 곳으로 시집가지 않을 것입니다. 그러니 아버지께서는 저 집안이 청한 대로 시아버지의 원을 따르십시오.”

이에 부모가 그 말에 감동하여 소녀를 신랑 집에 보내었다.

영섭이 처음에는 보낸 종들이 돌아와서 하는 말을 듣고 화도 나고 슬프기도 하였는데, 소저가 와서 보니 너무나 기뻐하였다. 병상의 곁에 앉게 하고는 그 등을 쓰다듬으며 말하였다.

“내가 평소에 소저의 맑은 덕을 익히 들었는데 이제 너를 마주하고 보니 용모단정하고 행동거지가 편안하니 실로 바라던 바와 딱 들어맞는구나. 다만 이 늙은이의 명이 인색하고 복이 박하여 아들 내외의 즐거움을 보지 못하고 급히 한번 가면 돌아오지 못할 길을 가니 이것이 한이로구나. 집안이 본래 계옥지탄(桂玉之嘆)[40]이 있으나 원컨대 소저는 상심치 말고 뜻을 굳게 갖고 힘을 다해 부지런히 애쓰고 즐겁게 화합한다면 가업이 흥기하여 집안이 바로 잡힐 날이 박두할 것이다.

아이가 나이 어려 무지하니 신부에게 누가 될 일이 반드시 많을 것이다. 매사를 친히 가르치어 내조의 아름다움을 드러내도록 하라."

소저가 눈물을 흘리며 말했다.

"제가 그렇지 못하여, 말씀하신 내용과 어그러질까 두려우나 정성스럽게 타이르신 말씀을 어찌 가슴에 새기지 않으며, 마음에 가득 효성스럽고 정숙함을 굳건히 해 오로지 한 마음으로 제 온 힘을 다하지 않겠는지요."

영섭이 탄식하여 말했다.

"소저의 이 말이 족히 나로 하여금 편안히 눈을 감게 하니 훗날 우리 집안을 부유하게 할 사람은 신부로구나."

말을 마치고는 입을 다물어 버리니 소저가 급히 작을 칼로 무명지를 베어 핏방울을 입에 떨어뜨리니 소생하였다. 그러나 원체 이미 깊은 병이기에 더 이상 효험을 볼 수는 없었다. 소저가 이에 슬퍼 가슴을 치며 울고 힘껏 예법을 다하고 장례 후 삼일 만에 비로소 친정으로 돌아갔다고 말하더라.

기자가 말한다.

---

40) 몹시 구차한 살림살이다. 계옥(桂玉)은 전국 시대 소진(蘇秦)이 초(楚)나라를 떠나려고 하면서 "식량은 옥을 구하기보다도 어렵고, 땔감은 계수나무보다도 구하기 어렵다.[食貴于玉 薪貴于桂]"고 말했다는 고사에서 나온 것이다.

“거의 세상 풍속이 말세로 떨어져 기강이 해이하고 예의가 황폐화되어 캄캄하니 막혔고 엎치락뒤치락 고질병이 들어 풍교가 더러워졌다.

윤리가 사라지고 근래 공경대부나 사대부 집안에서도 더러운 추문이 날로 드러난다. 그러나 이 김처녀는 먼 시골에서 자라난 처녀로 평소에 본 것이 없고 배운 것이 없는 데도 그 천성이 특이하여 대의를 지키었다. 밝기가 해와 달 같으며 한결같은 절개로다. 엄하기가 서리와 눈 같으니 최근세의 드문 일이다. 비록 옛날의 정숙한 여인과 현명한 부인이라도 이에 소저보다 나음이 있겠는가. 다만 아직 초례를 치르기도 전에 시아버지를 뵙고 손가락을 자른 것은 예의 있는 집에서 허락하는 것은 아니다. …특출난 일이니 무릇 그 효성으로 예가 아닌 일에 저촉된 것은 군자가 흠잡을 수 없는 것이니 아름답도다! 김소저가 신라시대 제후(際厚)[41]와 더불어 그 일이 대략 비슷해 마땅히 우열을 다투기 어렵다. 그 아름다운 이름은 함께 영원토록 사라지지 않을 것이다.

41) 신라 진평왕 때에 백운과 약속을 지킨 제후를 말한다.

〈錢神傳〉 매일신보, 1921.5.23.

錢神者는 銅山人[42]也ㅣ라. 爲人이 倜儻不羈ᄒᆞ고 剛直不阿ᄒᆞ며 又處已甚高ᄒᆞ야 未嘗受物之汶汶孺이라. 惟交人以善ᄒᆞ고 接人以義ᄒᆞ야 有勵儉樹德者ㅣ면 世守가 家ᄒᆞ고 懈惰而奢華者면 ○如弊履ᄒᆞ야 雖有屢世之宿交舊誼도 有不合於意 則不以其恩情으로 廢公而拘於私也ㅣ라.

京城에 有一 巨富ᄒᆞ야 其父及祖矣는 克勸克儉ᄒᆞ고 乃辛乃苦ᄒᆞ야 無時豫怠ᄒᆞ며 夙夜黽勉ᄒᆞ야 待錢神甚厚ᄒᆞ니 錢神이 感其德ᄒᆞ야 與主人으로 結八拜之交러니 其子가 不肖ᄒᆞ야 浮浪成性ᄒᆞ고 安樂爲事ᄒᆞ야 荒淫無度ᄒᆞ고 放縱無斁ᄒᆞ야 日擲千金ᄒᆞ되 猶爲不足ᄒᆞ니 錢神이 遂大會其衆ᄒᆞ고 乃下令曰 我等之守此家者ㅣ爾來三世矣ㅣ라. 主人之父與祖도 以○儉爲德ᄒᆞ고 忠孝爲法ᄒᆞ야 未嘗以逸豫로 惰其志ᄒᆞ며 未嘗以驕昻으로 持其身ᄒᆞ야 錦繡麗之物을 不入于家ᄒᆞ며 金玉珍異之品을 不列於前ᄒᆞ야 不從耳目之所好ᄒᆞ며 日攻學業之所疵하며 愛一錢如身ᄒᆞ며 惜分銅如金ᄒᆞ야 用之有法ᄒᆞ고 投之以度ᄒᆞ야 邀我等於賓卿之位ᄒᆞ고 特加以殊禮 故로 我等이 感其知遇之恩ᄒᆞ야 百有餘年間에 置身于彼金匱之中ᄒᆞ야 未嘗擡頭於門外ᄒᆞ고 惟日與夕에 閑居無事ᄒᆞ야 專以生産爲業ᄒᆞ고 繁殖爲事ᄒᆞ야 日生千子ᄒᆞ고 月生萬孫ᄒᆞ야 吾族이 始得今日之繁衍ᄒᆞ니 此家占有之山林用宅이 皆吾子孫之敬居雜處之地而具麗不億也ㅣ라. 不幸此家에 有悖子逃梁ᄒᆞ야 廢先人遺法ᄒᆞ고 沒父兄之佳謨ᄒᆞ야 荒淫放縱ᄒᆞ고 惟事安逸ᄒᆞ야 沉湎日月色ᄒᆞ고 窮奢極侈ᄒᆞ야 惰其四肢ᄒᆞ고 廢其百度ᄒᆞ야 視我等如草芥ᄒᆞ며 我族如奴隷

42) 송순기는 진천 송씨이다. 이를 보면 자신을 의인화하여 이 글을 썼음을 알 수 있다. 일반적인 '-전(傳)' 형식에서 작가의 본관을 쓰는 경우는 없다. 이는 송순기가 창신(創新)의 글쓰기를 했음을 알게 해준다.

ᄒᆞ니 ○我等은 皆介潔之士ㅣ라.

不可於受侮辱어니 公等은 皆去ᄒᆞ라. 吾亦從此逝矣리라."ᄒᆞ고 於是에 遂決然勇退ᄒᆞ야 乃提子絜孫ᄒᆞ고 望望然不顧而去了러니 厥後에 其不肖ㅣ 始知錢神 已亡ᄒᆞ고 欲進而回之나 已無及矣라. 而未幾에 家敗身亡ᄒᆞ야 無餘地云이니라.

却說[43] 錢神이 悻悻然出其門ᄒᆞ야 率其徒ᄒᆞ고 行不一方 去無定處ᄒᆞ야 遍踏長安ᄒᆞ되 無立脚之地ㅣ라. 乃喟然歎曰 繁華大都之地ᄂᆞᆫ 仁情이 狃於安逸ᄒᆞ고 風俗이 馳於華靡ᄒᆞ야 必無邀俄者ㅣ라. 彼山野之人은 人多淳古俗不淆薄ᄒᆞ야 多勤勞不怠ᄒᆞ고 黽勉力作者ᄒᆞ야 必有托身之地라ᄒᆞ고

乃背景下鄕ᄒᆞ야 遊歷四方ᄒᆞ다가 到于一處ᄒᆞ야 見一農夫ㅣ 夫勤於耕ᄒᆞ고 婦勤於織ᄒᆞ며 子勤於學ᄒᆞ야 震震不休 孶孶不怠ᄒᆞ고 乃謂其徒曰 觀此家之三勤ᄒᆞ니 可知其爲人也ㅣ라 ᄒᆞ고

乃訪于蓬蓽之下ᄒᆞ야 待主人曰 重遠踪이 飄零四海ᄒᆞ야 無容身之處러니 今見主人이 日夜○○ᄒᆞ야 勤於稼穡ᄒᆞ니 其有篤以純一之德은 可不龜而自卜也ㅣ라. 竊聞良禽은 擇樹而棲ᄒᆞ고 賢士ᄂᆞᆫ 擇主而事라하니 我等이 得其卜矣라. 乃敢自薦于門下ᄒᆞ노니 未知케라. 君其有意乎아? 主人이 大喜ᄒᆞ야 幄手而言曰 千里高躅 不嫌醜陋 枉顧山野之夫ᄒᆞ니 深荷○遐之德ᄒᆞ야 不知敢謝라ᄒᆞ고 遂延之上座ᄒᆞ야 待以上賓之禮러니 不幾年에 其家ㅣ大興ᄒᆞ아 爲一鄕之巨富焉이러라.

作傳者ㅣ曰 夫賢士ㅣ 進則國治ᄒᆞ고 錢神이 立則家興ᄒᆞ나니 是以로 明主與哲人은 或 勞於政事ᄒᆞ며 或 勤於家業ᄒᆞ야 愛賢士如爪牙ᄒᆞ며 待錢神如手足 故로 彼亦竭忠盡力ᄒᆞ야 以輔翼之ᄒᆞ나니 昔者에 管

43) 고소설의 화두를 바꾸는 용어를 사용하였다.

仲進而齊桓이 覇ᄒᆞ고 金谷이 出而石崇이 富焉者ᄂᆞᆫ 皆以此通也ㅣ라. 若有庸君愚夫ㅣ用之不以其道 待之不以其禮ᄒᆞ면 賢士ᄂᆞᆫ 去其國ᄒᆞ고 錢神은 去其家ᄒᆞ야 國必亡ᄒᆞ고 家必敗ᄒᆞ리니 可不戒哉리오.

〈전신전〉 해석

전신(錢神)은 동산(銅山)[44]사람이다. 사람됨이 기개가 있고, 뜻이 커서 남에게 눌려 지내지 않고 강직하여 아부도 하지 않았다. 또 처세함이 매우 고고하여 일찍이 외물의 더러움을 받지 않았다. 오직 선으로써 사람을 사귀고 의로써 사람을 대하였다. 근면 검소하고 덕을 세우는[45] 사람이 있다면 대대로 집안을 지키고 게으르고 나태하며 사치가 극에 달한 자라면 헌신짝처럼 버렸다. 비록 여러 대를 함께하고 오랜 정분이 있는 자라도 뜻에 합하지 않으면 은혜와 정으로 대하지 않고 공적인 것을 폐하고 사적인 것에 구애되었다.

경성에 한 거부가 있었다. 그의 아버지와 할아버지는 매우 근면하고 검소하였다. 그리하여 몹시 어렵고 괴로워 안락함을 즐기고 게으름을 피울 때가 없이 이른 아침부터 늦은 밤까지 애쓰며 전신 대하기를 심히 후덕하게 하였다. 전신이 그 후덕함에 감동하여 주인과 팔배지교(八拜之交)[46]를 맺었다.

그러나 그의 아들은 불초하여 떠도는 버릇이 있고 안락함을 일삼고 지나치게 색을 좋아하며 법도가 없고 방종한 것을 싫증내지 않았다. 하루에 천금을 버리는 것도 오히려 부족하였으니 전신이 마침내 크게

---

44) 한 문제(漢文帝)가 일찍이 촉(蜀)의 엄도동산(嚴道銅山)을 등통(鄧通)에게 주어서 임의로 돈을 주전(鑄錢)하게 한 곳을 이른다.

45) 『한비자』「외저설좌하」의 "훌륭한 관리는 덕을 세운다(善爲吏者 樹德)"라는 말이 있다.

46) 성이 다른 사람이 서로 형제의 의를 맺고 사귐.

여러 사람들을 모아놓고 명령을 내렸다.

"우리들이 이 집안을 지킨 것이 지금 삼 대째이다. 주인의 아버지와 할아버지가 검소하고 덕을 행하여 충효를 법으로 삼았다. 일찍이 멋대로 놀아 그 뜻을 게으르게 하지 않았으며 교만하게 그 몸을 지탱하려고도 않았다. 비단에 수놓은 고운 물건을 집에 들이지 않았으며 금과 옥으로 만든 진기한 물건도 앞에 나열하지도 않았다. 눈과 귀가 좋아하는 것을 따르지 않으며 날마다 학업함에 모자라는 점을 공부했으며 한 푼을 몸처럼 아끼었고 분동(分銅)[47] 아끼기를 금처럼 하였다. 쓰는 데는 법도가 있고 주는 데도 정도가 있었다.

우리들 맞기를 손님과 벼슬아치처럼 맞이하고 아주 특별한 예로 대하였다. 그러므로 우리들이 그 벗 사귐에 감격하여 백여 년 간 저 금궤 속에 몸을 두고 일찍이 문 밖으로 머리를 내지 않고 오직 아침부터 저녁까지 일없이 한가히 거하여 무사하였다. 오로지 생산하는 것을 업으로 삼고 늘리는 것을 일삼아 날마다 천명의 자식을 낳고 달마다 만 명의 자손을 낳아 우리 종족이 비로소 오늘날 번성하게 되었다. 이 집이 소유한 산림과 집이 모두 우리 자손이 공경하여 여러 곳의 땅에 살아서 모두 아름다움을 많이 갖추게 된 것이다.

불행하게도 이집에 어그러진 자식이 제멋대로 날뛰어 선대에서 전한 법을 폐하고 부형의 아름다운 계획을 없애고 지나치게 여색을 가까이하였다. 제멋대로 행동하고 오로지 제 몸의 편안함만을 일삼아 날과 달로 여색에 빠져들고 사치가 극에 달하여 게으름이 사지에 뱄고 온갖 법률과 제도를 폐하였다. 우리들을 매우 하찮게 보며 우리 종족을 노예처럼 여긴다.

47) 천평칭(天平秤)으로 물건의 무게를 달 때 한쪽 판 위에 올려놓는, 표준이 되는 추.

우리들은 모두 개결한 선비이다. 모욕을 받을 수 없으니 그대들은 모두 가거라. 나도 그대들을 좇아가리라." 하였다.

이에 마침내 결연히 용기 있게 물러나와 자손들을 끌고 허둥허둥 뒤도 돌아보지 않고 급히 떠나버렸다.

그 후에 그 불초한 자식이 비로소 전신이 이미 없어진 것을 알고 나아가 돌아오게 하였으나 어찌할 수가 없었다. 그리하여 얼마 지나지 않아 집안은 망하고 몸은 둘 곳이 없으며 남은 땅이 없었다고 하더라.

각설(却說)하고, 전신이 성이 발끈하여 자리를 박차고 문을 나섰다. 그 무리를 이끌고 가려고 하였으나 어느 곳으로 갈 줄 몰라 정처 없이 갔다. 두루 장안(長安)을 돌아 다녔으나 다리를 멈출만한 땅이 없었다.

이에 탄식하여 말하였다.

"번화한 큰 도시의 땅은 인정이 안일함에 길들여지고 풍속이 호화롭고 사치스러워 반드시 나를 맞는 자가 없으리라. 저 시골은 사람들이 순박한 옛 풍습이 많고 인정이나 풍속이 어지럽거나 아주 각박하지 않다. 매우 근면하여 게으르지 않고 힘써 일을 한다면 반드시 몸을 의탁할 날이 있으리라."

이에 시골로 내려가 사방으로 돌아다니다가 한 곳에 도착하니 어떤 한 농부가 보였다. 남편은 부지런히 밭을 갈고 아낙은 열심히 방직을 하고 아들은 글을 읽으니, 천둥치듯 쉬지 않았고 부지런히 하여 게으름피지 않았다. 이에 전신이 그 무리들에게 말하였다.

"이 집의 세 사람의 근면함을 보니 가히 이 집 사람들의 됨됨이를 알겠다."

이에 대나 잡목으로 엮어 만든 집에 들어가 주인을 대하여 말했다.

"여러 차례 멀리 방랑을 하며 이리저리 사방으로 돌아다녀도 몸을 용납할 곳이 없습니다. 지금 주인을 보니 밤낮없이…부지런히 농사를 지으니 그 순일한 덕은 두텁고 거북점을 치지 않더라도 스스로를 헤아려볼 수 있습니다.

그윽이 듣건대 '지혜로운 새는 나무를 가려 깃들고 현명한 선비는 주인을 가려 섬긴다' 하니 우리들이 그 점괘를 얻었습니다. 이에 감히 그대의 문하에 있기를 스스로 천거합니다. 알지 못하겠습니다. 당신께서는 이러한 뜻이 있으신지요?"

주인이 크게 기뻐하여 손을 잡고서 말하였다.

"천리 걸음을 하신 높은 발길로 누추하다 미워않고 산야에 사는 이 사내를 찾아오셨습니다. 멀리 찾아오신 덕이 참으로 고마우니 어떻게 감사를 드릴지 모르겠습니다."

그러고는 윗자리에 끌어 상빈으로 대접하였다. 얼마 되지 않아 그 집안이 크게 일어나 한 고을의 큰 부자가 되었더라.

전을 짓는 자는 말한다.

"무릇 현명한 선비가 나아가 나라를 다스리고 전신이 우뚝 서 집안을 흥하게 하였다. 이런 까닭으로 총명한 임금과 명철한 사람은 혹은 정치에 힘쓰며 혹은 가업에 부지런하여 현명한 선비를 손톱과 어금니처럼 아끼고 전신을 팔 다리와 같이 대하였다.

그러므로 저들도 나라와 임금을 위해 온 힘을 다하여 도우니 옛날에 관중이 나아가자 제나라 환공이 패자가 되었고 금곡(金谷)[48]이 있고서 석숭이 부자가 된 것은 모두 이와 통한다. 만약 임금이 용렬하고 어리석은 사내가 있어 그 도로써 등용하지 않고 그 예로써 대우하지 않는다면 현명한 선비는 나라를 떠나고 전신은 그 집을 버려, 나라와 집안은 반드시 망할 것이니 가히 그렇게 되지 않겠는가.

---

48) 석숭의 별장이 있던 곳.

4. 야담

1) 「해동야화」[49]

〈犴童의 翻然自悟〉[50]

沈一松 喜壽가 早孤 失學하야 編髮의 時로부터 全혀 放蕩을 事하야 日과 夜로 挾斜靑樓의 邊으로 往來하며 公子王孫의 宴과 歌娥舞女의 席으로 徘徊하야 無處不往ᄒᆞ되 蓬頭突鬢과 破履弊衣로 小毫도 羞澀의 色이 無하니 人이 모다 狂童으로써 目하더라 一日은 某郡 權太守 宴席에 赴하야 紅綠叢中에 雜하얏는대 唾罵하야도 顧치 아니하며 驅逐하여도 去치 아니하더니 粉黛叢中에 一少年 名妓 一朶紅이라는 者가 有하야 新히 錦山으로부터 上來하얏는대 容貌와 歌舞가 一世에 獨步홈이 風流男子와 豪家子弟 等이 千金을 擲하야 一夜 合歡하기를 求하는 者가 日至하것마는 此 一朶紅은 志操가 特異하야 一次도 身을 許치 아니하고 動輒 拒絶을 爲하얏더라 喜壽가 其 色을 慕하야 席을 接하고 坐홈이 座中의 諸妓가 詬罵하되 何許 醜物이 吾等의 鼻를 掩케 하ᄂᆞ뇨 하고 驅逐홈이 오즉 一朶紅은 小毫도 厭苦의 色이 無하고 秋波로써 其 動靜의 色을 微察하더니 因하야 如厠ᄒᆞᆫ다 稱하고 僻處 一隅에 至하야 手로써 喜壽를 招하야 足을 躡하고 耳를 附하야 謂하되 君의 家가 何處에 在ᄒᆞᆫ고 喜壽가 某洞 第幾家임을 詳述하니 紅娘이 曰 君은 須히 先往하야 家로 歸하라 妾이 맛당히 宴이 罷하기 前에 病을 托하고 席을 起하야 隨後 卽往하리라[51] 喜壽가 其 過望임을 一

---

49) 『신천지』, 제2년 제2호, 신천지사, pp.32-39, 1922.1.1.

50) 『기인기사』 상. 10화에서는 4회로 나누어 재수록하였다. 제목은 〈一代名士沈一松, 天下女傑一朶紅〉이다.

51) 卽往하리라: 『기인기사』 상. 10화에서는 '卽往ᄒᆞᆯ 터이니 君은 幸히 三亭의 約을 負치 말나 妾이 決코 信을 失치 아니ᄒᆞ리라'라는 부분을 더 넣었다.

喜一訝하며 먼저 家에 歸하야 門庭의 塵을 掃하고 俟하더니 落日이 山에 掛홈이 紅娘이 果然 約과 如히 來혼지라 喜壽가 喜出望外하야 더부로 膝을 接하고 酬酌홀세 一童婢가 內로부터 出하야 其 光景을 見하고 走하야 其 母夫人에게 告하얏는디 其 夫人이 其 子의 狂蕩으로써 爲憂하야 將次 招入하야 叱責하려홀 際에 紅娘이 曰 妾이 今에 入하야 大夫人ㅅ긔 謁하고 一一히 事由를 上達하리라 ᄒᆞ고 童婢를 呼出하야 먼저 其 事實을 通ᄒᆞᆫ 後에 內에 入ᄒᆞ야 階下에 拜伏하며 曰ᄒᆞ되 某는 錦山妓의 一朶紅이란 者로 今日 某宰家 宴會席에셔 맛참 貴都令과 邂逅하얏는디 諸人은 모다 狂童으로써 目하나 賤妾이 비록 相人의 術은 無할지라도 知人의 鑑이 無타 謂키 難하온지라 妾의 肉眼으로 貴都令을 觀ᄒᆞ건대 相貌가 非凡하고 骨格이 特異ᄒᆞ야 他日에 必然 金章紫綬로 青雲에 登하야 大히 顯達할지오 又名이 一世에 動할지라 그러나 學業을 不事하고 氣質이 未化하야 閭巷牧豎의 態를 蟬脫치 못하얏슨즉 今으로부터 身를 講樹書林의 間에 投케 하야 學業을 修得하고 氣質을 變化케 하야 人材를 成就케 ᄒᆞᆫ 後에야 可히 他日 出身의 望이 有할지라 萬一 花柳의 風情으로써 踰墻穿穴을 爲하얏다 ᄒᆞ면 엇지 都令과 如ᄒᆞᆫ 寒乞의 兒를 從ᄒᆞ얏스릿가 妾이 비록 不敏ᄒᆞ나 都令 修學의 事는 一切 擔任할지오 妾이 비록 同居할지라도 都令의 學問이 成就ᄒᆞ기 前에는 決코 衽席의 歡을 爲ᄒᆞ야 其志를 喪케 하니 하리니 夫人은 此에 意가 有하시니가 夫人이 曰 吾兒가 家嚴을 早失하야 學業을 勉치 아니하고 全혀 狂蕩放縱을 爲事하야 老母의 訓을 服膺치 아니홈으로 老身이 日과 夜로 憂愁悲嘆할ㅅ분이더니 千萬料外에 何許好風이 汝와 如한 一代佳人과 女中豪傑을 我家로 吹送ᄒᆞ야 我의 狂童으로 ᄒᆞ야금 成器養材에 全力을 注코져 하니 實로 此生此世의 莫大ᄒᆞᆫ 恩이라 僕僕 感謝할 바를 不知하나 다만 吾家가 貧寒하야

朝夕의 饔餐을 可繼치 못하고 汝는 繁華豪奢의 中의셔 生長ᄒᆞ든 娼女로 엇지 能히 飢寒을 忍하며 孤寂을 甘하야 此에 留하겟ᄂᆞ뇨 紅娘이 對하되 此는 小毫도 念慮홀 바 아니라 하고 드대여 其日로부터 緣을 靑樓에 絶하고 이에 踪을 斂하고 跡을 秘하야 沈家에 身을 隱하고 오직 喜壽로 하야금 晝夜로 課工에 勤케 하야 科程을 嚴立하고 稍히 怠意만 有하면 문득 勃然作色하며 曰 都令이 如是홀진대 妾은 都令을 捨하고 退去하야 更히 相見치 아니하겟다 홈으로 喜壽가 此를 憚하야 敢히 學業을 怠치 못하얏더라.

喜壽가 如斯히 課工을 勤ᄒᆞᆫ지 數年에 學業이 日就月將홈에 至하고 年이 弱冠에 及홈에 紅娘의 故로써 娶妻코져 아니하니 紅娘이 그 意를 揣하고 一日은 喜壽를 對하야 議親하기를 勸ᄒᆞᆫᄃᆡ 喜壽 曰 汝가 在하니 娶妻하면 何爲ᄒᆞ리오 紅娘이 正色하며 曰 都令이 名家의 後裔로써 前程이 萬里이니 엇지 我와 如ᄒᆞᆫ 一賤妓로써 人家의 大倫을 廢하리오 都令이 萬一 娶妻치 아니하시면 妾은 此로 從하야 逝하겟노이다 喜壽가 不得已하야 某門에 媒를 通하야 妻를 娶하니 紅娘이 下氣怡聲하며 洞洞屬屬하야 老夫人을 事홈과 如 히 하며 喜壽로 하야금 一月에 二三回式 內房에 入하기를 制限하야 萬一 此 制限을 違홀 時에는 紅娘이 必히 門을 掩하야 納치 아니하얏는내 如斯ᄒᆞᆫ지 數年을 過하얏더라 喜壽가 成親ᄒᆞᆫ 後로 厭學의 症이 日滋하야 課業을 怠하더니 一日은 書를 紅娘의 前에 投하며 曰하되 汝가 아모리 我로 하야금 學業을 勤케 하고져 ᄒᆞᆫ들 我가 欲치 아니홈에야 如何히 하겟나뇨 紅娘이 此를 見홈이 口舌로써 可히 爭치 못홀줄 知하고 一日은 喜壽가 出外ᄒᆞᆫ 時를 乘하야 老夫人에게 告하야 曰하되 阿郞厭讀의 症은 日로 滋長하야 비록 妾의 誠意로도 如何키 難ᄒᆞᆫ 境에 至하온지라 妾은 此로 從하야 告辭하겟노이다 妾의 今日의 擧도 ㅅ도ᄒᆞᆫ 萬不得已홈에셔 出

하야 將次 此로써 激動勸誘의 策을 爲코져홈이니 妾이 비록 辭退흔들 엇지 永辭할 理가 有하리잇가 今後에 都令이 前非를 悔하야 學業을 不怠하고 大히 成就한 後에 登科하얏다는 報만 聞하면 맛당히 卽地還來하겟나이다 하고 因하야 拜辭하니 夫人이 手를 執하고 流涕하며 曰하되 汝가 入한 以後로 吾家 狂悖의 兒가 嚴師를 得홈과 如하야 學業이 거의 成就함에 至하고 行儀凡百이 舊態를 脫却하얏스니 吾兒가 成人됨에 至함은 皆 娘子의 賜한 바ㅣ라 今에 厭讀의 一事로써 忽然히 我의 母子를 捨하고 去하니 將次 誰를 倚하며 ㅅ도 家兒의 學業은 誰를 賴하야 成就함을 得하리오 紅娘이 含淚하며 曰 妾이 木石의 腸이 안인 바에 엇지 別離의 悲함을 不知하리잇가 그러나 都令을 激勸하는 道는 오즉 此 一事에 在한 거이니 妾의 此擧는 實로 萬不得已함이라 都令이 歸家하야 妾의 辭歸한 事와 登科 後에 相逢하기로 決心하얏다는 言을 聞할진딕 必然發憤忘食하고 刻苦精勵하야 學業을 成就하기로 自誓할지니 遠하면 六七年이오 近하면 四五年間의 事이라 妾은 맛당히 潔身自守하야 登科의 期만 待할 터이오니 幸히 此 意로써 都令에게 傳敎하소셔 하고 因하야 慨然히 門을 出하야 飄然히 去하얏더라.

此時 紅娘이 望望히 門을 出하야 長安一帶의 地를 遍行하다가 엇던 老宰의 家에 入하야 其 老宰를 對하야 曰 禍家의 餘生이 形單影隻하고 托身할 處가 無하니 願컨대 奴婢의 班에 編하시면 맛당히 犬馬의 勞를 盡하야 裁縫飮食과 灑掃 又는 其他 使役의 節에 盡悴하겟노이다 老宰가 紅娘의 容貌가 端麗하고 言辭가 安閑하고 又 行儀動作이 法이 有홈을 見하고 甚히 奇愛하야 其 住接함을 許하니 紅娘이 其日로부터 廚에 入하야 飯을 具하고 饌을 備함에이 極히 甘香肥濃의 旨를 盡하야 其食性을 適케 하니 老宰가 더욱 奇愛하야 曰 老夫가 奇

窮의 命으로써 幸히 汝와 如한 者를 得하야 衣服과 飮食이 甚히 口體에 適하니 我의 晩年의 樂은 오즉 汝에게 依賴할 것이라 我가 旣히 心을 許하얏스니 汝도 ㅅ도한 誠을 殫하야 自今으로 父女의 義를 結하자 하고 이에 婢子의 列로부터 拔擢하야 內舍에 處케 하고 女로써 呼함이 紅娘도 ㅅ도한 其老宰를 父와 如히 事하야 數年의 光陰을 度了하얏더라

此時에 喜壽가 家에 歸한 則 紅娘이 不在한지라 其母에게 問하니 夫人이 其 事由의 顚末을 述하고 因하야 責하되 汝가 男兒로써 學業을 修하야 他日에 功名을 取함은 人을 爲함이 안이라 卽 我를 爲함이어날 課業을 怠하야 一方으로는 一個 女子에게 容한 바ㅣ 되지 못하고 一方으로는 將來 出身의 途를 杜하니 何面目으로 世에 立코져 하나냐 彼가 言하기를 汝가 登科한 後라야 更히 相逢하겟다 하니 萬一 汝가 他日에 月桂冠을 取하지 못하는 時에는 彼와 相逢하지 못할 것은 勿論이어니와 汝의 將來 身勢도 오즉 林泉의 下에셔 老할 ㅅ분이니 如斯할진대 一日이라도 此世에 生하야 何를 爲하려 하나뇨 速히 死함만 不如하니라 喜壽가 聽罷에 涕泗가 滿眶하며 痛恨함이 劒으로 胸을 刺함과 如하야 半晌토록 語가 無하다가 其翌日에 人을 使하야 京城 內外를 遍踏하면셔 紅娘의 消息을 探하얏스나 形影이 渺然한지라 이에 搥胸大痛하며 스사로 心에 矢하야 曰하되 我가 落落丈夫로써 一個 女子에게 見棄된 바ㅣ 되얏스니 將次 何面目으로 冠을 彈하며 纓을 振하야 此世에 立하리오 彼가 旣히 登科한 後에 相逢하기로 約을 爲하얏슨 則 맛당히 熱心撑目하고 發憤忘食하야 써 學業을 成就한 後에 靑雲에 梯에 躋하야 紅娘을 負치 안이하리라 하고 드대여 門을 杜하야 客을 謝하고 晝夜를 不徹하야 勤課篤學하야 如是한지 數年에 學業이 大就하야 可히 文學大家를 做할만치 되얏더라 이에 科에 應하

야 壯을 擢하야 高히 龍門에 等하얏는대 新恩遊街의 日에 各宰相의 家를 遍訪하야 交를 納할세 一日에 偶然히 一老宰를 訪問하니 卽 喜壽의 父執이라 老宰가 欣然히 手를 握하야 無數히 賀를 致하고 數刻을 留케 하야 方丈의 需로셔 極히 款待할 際에 喜壽가 心에 語하되 我가 學業을 成就하야 身이 靑雲의 路에 登함은 皆 紅娘의 所賜이라 且我가 今日이 有함을 期한 것은 專혀 紅娘을 逢하자는 決心에셔 出함이어날 我가 今에 科에 登하얏스나 紅娘의 跡踪은 漠然히 問할 處가 無하니 此를 將次 如何히 할가 하고 愀然히 樂치 아니하더니 而已오 酒饌이 進하는지라 喜壽가 箸를 下함익 其 饌品이 珍異함을 見하고 悄然히 色이 動하는지라 老宰가 此를 怪하야 其 故를 問하니 喜壽가 紅娘의 前後首末로써 告하고 曰하되 侍生이 刻意做業하야 登科하기를 期한 바는 專혀 故人相逢의 地를 爲함이라 今에 饌羞를 嘗함에 其 料理의 法이 完然 紅娘의 所爲인듯 하기로 스스로 慼然히 傷心함을 不堪하는 바이니이다 老宰가 年紀와 容貌의 如何를 問하고 曰하되 吾가 一個 養女를 畜한지 數年이 餘함익 其 所從來를 莫知하얏더니 或은 此가 아인가 言이 未畢에 忽然 一 美人이 後窓을 推하고 突入하야 喜壽를 抱하고 痛哭하는지라 喜壽가 睛을 定하고 看하니 此가 別個의 人이 아니오 卽 思切慕切하든 紅娘이라 喜壽가 一驚一喜하야 ㅅ도한 紅娘을 抱하고 泣하니 一時는 其 老宰家에 一悲劇의 幕이 開함과 如하더라 老宰가 旣히 其事實을 聞하고 又 其 光景을 目擊함에 其 神異함을 嘆賞하더니 喜壽가 老宰를 向하야 恩을 謝하고 且 曰하되 侍生이 紅娘으로 더부러 旣히 同穴의 約이 有하온지라 맛당히 死生을 同히 하리니 願컨대 此女子를 侍生에게 許하소셔 老宰ㅣ 曰하되 我가 垂死의 年에 幸히 此女를 得하야 晩年의 樂을 享하려 하얏더니 今에 君에게 許歸하면 老夫는 此로 從하야 左右의 手를 失함과 如한지라

그러나 君이 舊緣을 復續하려 함에 際하야 엇지 此를 沮止함을 得하리오 喜壽가 僕僕히 稱謝하고 卽히 身을 起하야 程을 發할셰 日이 旣히 昏黑함으로 紅娘으로 더부러 並히 一馬를 騎하고 僕從으로 炬火를 執하고 前을 導하야 家에 歸할셰 門에 及하야 大聲으로 其 母를 呼하며 今에 紅娘이 來한다 하니 母夫人이 驚喜함을 不勝하야 屣을 倒하고 中門에 까지 及하야 紅娘의 手를 執하고 悲喜父集하야 能히 語를 成치 못하더라 此로 從하야 沈門에 和氣가 一堂에 充溢하고 喜壽는 紅娘으로 더부러 每夜 洞房華燭의 下에서 兩情이 十分 歡呼함을 極하얏더라

其 後에 喜壽가 天官郎이 되얏는대 一夕에 紅娘이 愀然히 衽을 斂하고 言하되 妾의 一端 誠心은 오즉 進賜의 成就하기를 爲하야 十餘年토록 念이 他에 及치 못하얏슴으로 吾鄕父母의 安候를 ㅅ도한 承聞할 遑이 無하얏스니 此는 妾이 日夜에 心을 撫하는 바이라 進賜가 今에 可爲홀 道에 在하셧슨즉 幸히 妾을 爲하야 錦山宰를 求하신 後에 妾으로 하야곰 父母를 生前에 得見케 하시면 至願을 畢하겟나이다 喜壽 曰 此는 實로 至易한 事이라 하고 이에 疏를 上하야 地方에 外補하기를 乞하얏더니 未幾에 果然 錦山倅가 되얏더라 이에 紅娘을 挈하고 偕往하야 赴任하는 日에 其父母의 安否를 探한 則 俱皆 無恙히 經過하는지라 紅娘이 大喜하야 三日을 過한 後에 官府로 브터 盛饌을 備하야 가지고 其 本家에 往하야 父母를 拜見하니 其 父母가 ㅅ도한 喜悲交集하야 噓唏함을 不已하더라 紅娘이 又 故舊親戚을 一堂에 會하야 三日 大宴을 爲함이 隣里 鄕黨이 모다 嘖嘖히 稱揚하지 안는 者가 無하얏더라 宴을 罷한 後 其 翌日에 衣服과 需用의 資를 極히 豊厚케 하야 其 父母에게 遺하고 乃言하되 官府가 私家와 不同하고 官衙의

內眷이 又 他人과 異한터인즉 父母와 兄弟가 萬一 小女의 故로써 頻數히 官衙에 出入하면 人의 論議를 招하며 又는 官政에 累를 貽하는 事가 不少한 것이니 今에 小女가 親側을 離하야 一次 官府에 入한 後에는 數數히 出하지 못할 것이오 又 父母와 兄弟도 頻頻히 官門에 入치 말아서 公私內外의 分을 嚴히 하소셔 하고 因하야 拜辭하고 退하야 官衙에 歸한 後로 殆히 莫往莫來가 되얏더라 如斯히 數年을 過한 後에 喜壽가 紅娘으로 더부러 情好가 日篤하더니 一日은 公이 公廳에 坐하야 公事를 理할셰 婢子가 內衙로부터 出하야 紅娘의 意로써 內에 入하기를 請함이 맛참 公事를 決하기 前인 故로 卽時 起하지 못하얏더니 未幾에 婢子가 一連 數次로 來하야 入하기를 促하는지라 公이 內心에 甚怪하야 急急히 內에 入한즉 紅娘이 新衣新裳을 着하고 新枕新席을 設하얏는대 別로히 疾病의 痛은 無하나 顔에 悽愴한 色을 帶하고 言하되 妾이 今日에는 進賜를 永訣하고 冥府에 長遊할 期니이다 公이 愕然히 色을 失하며 曰 汝의 此 言이 眞乎아 假乎아 忽然히 今日에 至하야 此가 何謂함이요 紅娘이 流涕하며 曰하되 進賜와 相逢한지 于今 十餘年의 星霜을 經하온지라 本意는 永久히 君子의 巾櫛을 奉侍하야 百年을 偕老하며 富貴를 同享하려 하얏더니 數가 奇하고 命이 短하야 天이 壽로써 假치 아니하심이 人의 力으로 如何키 難한 것이라 今에 至하야 中途에셔 永別하오니 此生 此世에셔는 更히 相見할 日이 無한지라 後生에나 更히 相逢하야 此生의 未盡한 緣을 續하려 하오니 願컨대 進賜는 千萬 保重하시고 富貴를 長享하여 妾의 故로써 懷를 傷치 마소서 그리고 妾의 遺體는 幸히 進賜先塋의 下에 返葬하기를 望하나니이다 言을 罷함이 奄然히 逝하니 公이 哭하기를 痛하야 數日을 醬을 進치 아니하며 이에 長嘆하되 我가 學業을 成就하아 青雲의 路에 身을 出함은 皆 紅娘의 力이라 今에 忽焉 中途에 我를 捨

하고 遠히 泉臺로 歸하니 此生 此恨을 將次 如何히 할고 悠悠한 蒼天이 엇지 極함이 잇스리오 且我가 此郡을 守함은 專혀 紅娘을 爲함이라 渠가 旣히 身死하얏스니 我가 엇지 獨留하리오 官을 棄하고 柩를 運하야 錦江에 至할세 此時는 八月天氣라 秋雨가 蕭蕭하야 人의 悲懷를 助하는지라 公이 이에 憮然大痛하야 悼亡詩를 作하야 曰

一朶紅蓮在柳車 香魂何處可踟躊
錦江秋雨丹旌濕 疑是佳人泣別餘

公은 後에 大官을 次第로 歷하야 右議政에 至하고 年이 七十餘에 天年으로 終하니라

〈안동의 번연자오〉 번역문

들개같은 아이가 문득 깨우치다

일송(一松) 심희수(沈喜壽)[52]가 일찍이 고아가 되어 공부할 시기를 놓치고 관례(冠禮)를 하기 전부터 방탕을 일삼아 밤낮으로 청루의 곁을 끼고 왕래하였다. 공자왕손(公子王孫)[53]의 잔치와 가아무녀(歌娥舞女)의 모임에 찾아가지 않는 곳이 없었다. 쑥대머리에 덥수룩한 수염과 떨어진 신발과 헤어진 옷을 입고 있으면서도 조금도 부끄러워하는 기색이 없으니 사람들은 모두 그를 광동(狂童)으로 지목하였다.

---

52) 문신. 자는 백구(伯懼), 호는 일송(一松)·수뢰루인(水雷累人). 1572(선조5)년 별시문과에 병과로 급제, 승문원에 등용됨. 부응교(副應敎), 응교 역임. 임진왜란 때로 왕을 호송했다. 1599년 이조판서가 되었고, 우찬성·좌찬성을 진낸 뒤 1606년 좌의정이 되었다. 1615(광해7)년 영돈령부사(領敦寧府事)가 되었고, 1620년 판중추부사에 임명되었으나 국사를 비관하여 취임하지 않았다.

53) 공과 같이 높은 지위에 있는 사람의 자손과 왕의 자손이라는 뜻이다.

하루는 아무 군(郡)의 권 태수(權太守) 잔치자리에 달려가 기생 가운데 섞여 있었다. 사람들이 침을 뱉고 꾸짖어도 돌아보지 않고 몰아 내쫓아도 가지 않았다. 기녀 중에 명기 일타홍(一朶紅)이라는 자가 있어 새로이 금산(錦山)에서 올라왔는데, 용모와 가무가 일세에 독보적이었다. 풍류남자와 부유한 집의 자제들이 천금을 주고 하룻밤 합환하기를 구하는 자가 날마다 왔지마는 일타홍은 지조가 특이하여 한 번도 몸을 허락치 아니하고 툭하면 거절하였다. 심동(沈童)이 그녀의 미색을 연모하여 자리를 붙이고 앉았으나 그 기녀는 조금도 싫어하는 기색이 없었다.

희수가 그 아름다움을 사모해 자리를 붙이고 있으니 좌중의 여러 기생들이 꾸짖어 욕하였다.

"어떠한 추물이 우리의 코를 막게 하느냐."

그러고는 내쫓으려 하는데 오직 일타홍 만은 조금도 싫은 빛이 없고 추파를 던지며 그의 동정을 가만히 살폈다. 그러고는 일어나 측간에 간다는 핑계를 대고 나가 은밀한 귀퉁이에서 손짓으로 희수를 불러내 발을 밟아서 주의를 끈 뒤 귀에 입을 대고 살짝 속삭였다.

"그대의 댁이 어디신지요?"

희수가 아무 동 몇 번째 집이라고 자세히 말해주었다. 홍랑(紅娘)이 말했다.

"그대는 모름지기 먼저 가 계십시오. 첩이 마땅히 잔치가 파하기 전에 병을 칭탁하고 자리에서 일어나 뒤따라 곧 가겠습니다."

희수가 기대 이상이므로 한편으론 기뻐하고 한편으론 의아해하며 먼저 집으로 돌아가 뜰의 먼지를 쓸어내고 기다렸다.

저무는 해가 산에 걸리니 홍랑이 과연 약속대로 왔다. 희수가 뜻밖의 일에 기뻐하여 더불어 무릎을 맞대고 수작을 하였다.

한 나이 어린 계집종이 안에서 나오다가 그 광경을 보고 달려가 모부인(母夫人)에게 아뢰었다. 그 부인이 아들의 광기어린 방탕함을 근심하여 불러들여 꾸짖으려할 때 홍랑이 말했다.

"첩이 지금 들어가 대부인을 뵙고 일일이 사유를 아뢰겠습니다."

그러고는 계집종을 불러 먼저 이러한 사실을 통지한 후에 안으로 들어가 섬돌 아래에서 절을 올리며 말했다.

"저는 금산 기생 일타홍으로 금일 아무개 재상의 연회자리에서 마침 귀댁 도련님을 보았습니다. 여러 사람들이 모두 그를 광동(狂童)으로 지목하였지만, 천첩이 비록 관상을 보는 수법은 없을 지라도 사람을 알아보는 능력이 없지는 않습니다. 첩이 귀댁 도련님을 보건대 얼굴의 모습이 비범하고 골격이 특이하여 후일 반드시 금장자수(金章紫綬)[54]로 벼슬길에 올라 크게 현달할 상입니다. 그러나 학업은 하지 않고 기질이 조화롭지 못하여, 여항의 목수(牧豎)[55]의 태도를 벗어나지 못하였습니다. 이제부터 몸을 학교와 책 숲의 사이에 던지게 하여 학업을 닦아 기질을 변화하여 학식과 능력이 있는 사람으로 만든 뒤에야 훗날 입신출세를 바랄 것입니다. 첩이 만일 화류계의 풍정으로 담을 넘고 울타리에 구멍을 뚫기만을 하려 하였다면 어찌 도련님과 같은 걸인 아이를 따르겠습니까. 첩이 비록 불민하나 도련님이 학업 닦는 일은 일체 맡겠습니다. 첩이 비록 함께 할 지라도 도련님의 학문이 성취하기 전에는 결코 이부자리에 눕는 즐거움을 위하여 그 뜻을 잃게 하지 않을 것입니다. 부인은 이에 뜻이 있으신지요."

부인이 말하였다.

"우리 아이가 일찍이 아버지를 잃어 학업에 힘쓰지 않고 오로지 광

54) 황금인(黃金印)의 붉은 인끈을 말하는데, 고관을 지칭한다.
55) 풀을 뜯기며 가축을 치는 더벅머리 아이라는 뜻이다.

기어린 방탕한 짓만 일삼아 늙은 어미의 훈계를 가슴에 새기지 않더구나. 늙은 몸이 밤낮으로 금심하고 탄식할 뿐이었는데, 천만 뜻 밖에도 어디선가 순풍이 너 같은 일대 가인(佳人)이요, 여중호걸을 우리 집으로 불어 보내었구나. 우리 집의 광동으로 하여금 그릇이 이루어지고 재주를 기르게 하는데 온 힘을 쏟고자한다니 실로 이 인생 이 세상에 막대한 은혜로구나. 어찌 감사해야할지 알지 못하나 우리 집이 가난하여 아침저녁 끼니도 잇지 못한다. 너는 호화롭고 사치한 가운데에서 자라난 기녀로서 어찌 춥고 배고픔을 참으며 고독하고 적막함을 달게 여겨 이 곧에 머물겠느냐?"

홍랑이 말했다.

"이것은 조금도 의심하실 바 없습니다."

드디어 그날부터 청루(青樓)와 인연을 끊고 발자취를 거두어 은밀히 하여 심 씨 가문에 몸을 숨기고 오직 희수로 하여금 밤낮으로 학업을 부지런히 닦게 하였다. 학업의 과정을 엄히 세우고 조금이라도 태만하면 발연히 얼굴빛을 바꾸며 말하였다.

"이와 같다면 첩은 도련님을 버리고 가서 다시는 얼굴을 보지 않을 것이에요."

그러니 희수가 이를 꺼려하여 감히 학업을 태만치 못하였다.

희수가 이와 같이 공부과정을 부지런히 한 지 여러 해에 학업이 일취월장하게 이르고 나이는 역관(弱冠)이 되었다. 홍랑 때문에 아내를 취하려고 하지 않았다. 홍랑이 그 뜻을 두려워하여 하루는 희수에게 혼인 논의하기를 권하였다.

희수가 "그대가 있는데 아내를 얻으면 어떻게 하리오."라고 하니, 홍랑이 정색을 하며 말했다.

"도련님은 명가의 자제로 앞길이 만 리인데 어찌 저와 같은 일개 천한 기생 때문에 대륜(大倫)[56]을 폐하려 하십니까? 도련님이 만일 아내를 취하지 않는다면 첩은 당장 떠나렵니다."

희수가 부득이하여 아무 가문에 매파를 놓아 아내를 취하였다. 홍랑은 부드러운 목소리로 몸가짐을 신중하고 신실히 하여 노부인을 섬기듯 부인을 섬겼다. 희수로 하여금 한 달에 이삼 회씩 내방(內房)에 들어오는 것도 제한하였다. 만약 이 기한을 어기면 반드시 문을 닫아 걸고 들이지 않았다.

이와 같이 하여 수년의 세월이 지났다. 희수가 혼인을 한 뒤로는 학업을 싫어하는 증세가 날로 더하여 공부를 태만히 하더니 하루는 홍랑 앞에 책을 던지며 말했다.

"네가 아무리 나로 하여금 학업을 부지런히 하고자 한들 내가 하고 싶지 않은데 어찌하겠느냐!"

홍랑이 이를 보고 말로 다투지 못할 줄 알고 하루는 희수가 외출한 때를 타서 노부인에게 아뢰었다.

"서방님의 책읽기 싫어하는 증세가 날로 더욱 심해져 첩의 성의로도 어찌 못할 지경에 이르렀습니다. 첩은 지금 당장 떠나려는 말씀을 올립니다. 첩이 오늘 떠나는 것은 만부득이하여 나가는 것입니다. 장차 이로써 마음을 격동시키려는 계책입니다. 첩이 비록 물러간들 영원히 이별할 이치가 있겠습니까. 금후에 도련님께서 잘못을 후회하여 학업을 게을리 하지 않고 크게 이루어 과거에 급제했다는 소식을 들으면 마땅히 길을 되짚어 돌아오겠나이다."

그러더니 일어나 절을 올리고 작별을 고하였다. 부인이 그녀의 손을 잡고 눈물을 흘리며 말했다.

---

56) 사람이 마땅히 지켜야 할 큰 도리이다.

"네가 온 이후로 우리 집의 망나니 아이가 엄한 스승을 만난 듯하였다. 학업이 거의 성취함에 이르고 온갖 예의범절이 옛 모습을 벗었구나. 우리 아이가 사람이 된 것은 모두 낭자의 은덕이로다. 이제 책 읽는 것을 싫증내는 한 가지 일로 홀연히 우리 모자를 버리고 간다니 누구를 의지하며 또 아이의 학업은 누구에게 힘입어 이루겠느냐?"

홍랑이 눈물을 머금고 말했다.

"첩이 목석의 마음이 아닌데, 어찌 이별하는 고통을 알지 모르겠습니까. 그러나 도련님을 격동시키는 방법은 오직 이 한 길에 있습니다. 첩의 이 행동은 실로 만부득이합니다. 도련님이 귀가하여 첩이 하직하던 말과 과거에 급제한 후에 다시 만나겠노라고 결심하였다는 말을 들으면 반드시 발분망식(發憤忘食)[57]하고 뼈를 깍는 고통으로 힘써 행하여 학업을 성취할 것을 스스로 약속할 것입니다. 멀면 6, 7년이요, 가까우면 4, 5년 간의 일입니다. 첩도 몸을 깨끗이 스스로를 지키어 과거에 급제할 날만을 기다리겠습니다. 바라옵건대 이 뜻을 도련님에게 전해 가르쳐주세요."

인하여 홍랑은 개연히 문을 나서 훌쩍 떠나가 버렸다.

홍랑은 망망하니 문을 나서 장안 일대를 두루 다니다가 어떤 노 재상의 집을 방문하여 말하였다.

"저는 죄화(罪禍)를 입은 집안의 목숨붙이로 의지가지없는 몸을 의탁할 곳이 없습니다. 비복의 열에 끼워주시면 견마(犬馬)의 수고로움을 다하여 바느질을 하고 음식을 만들고 집안을 쓸고 닦으며 또한 기타 일을 시키시면 온 힘을 다하겠습니다."

57) 『논어』 「술이(述而)」의 "진리를 터득하지 못하면 발분하여 먹는 것도 잊어버리고, 진리를 터득하면 즐거워서 걱정도 잊어버린 가운데, 늙음이 장차 닥쳐오는 것도 알지 못한다.[發憤忘食 樂以忘憂 不知老之將至]"라는 공자의 말에서 발췌한 것이다.

노 재상은 홍랑의 용모가 단정하고 아름답고 언사가 편안하고 또 예의범절과 기거동작이 법도가 있음을 보고 몹시 사랑하여 몸을 의탁하여 살도록 허락하였다.

홍랑이 그날로부터 주방에 들어가 음식을 갖추고 반찬을 준비함에 극히 달콤한 향과 살지고 기름진 맛을 다하여 그의 식성에 알맞도록 하니 노 재상은 더욱 그녀를 사랑하여 말했다.

"늙은이가 아주 궁박한 운명으로 다행히도 너를 만나 음식이 입에 맞으니 내 만년의 즐거움은 오직 너에게 의지할 것이라. 나는 이미 너에게 마음을 주었고, 너 또한 성의를 다하니 지금부터 부녀의 정을 맺도록 하자꾸나."

이에 종의 대열에서 뽑아내어 안채에 거처하게 하고 딸로 불렀다. 홍랑도 또한 그 노 재상을 아버지와 같이 섬겨 여러 해가 지났다.

이때에 희수가 집에 돌아와 보니 홍랑이 없었다. 어머니에게 그 까닭을 물으니 모부인이 그 사유의 전말을 이야기하고 인하여 책망했다.

"네가 사내로서 학업을 닦아 다른 날 공명을 취하는 것은 남을 위함이 아니다. 곧 너 자신을 위함이거늘 학업을 태만히 하여 한 편으로는 여자에게 용납되지 못하고 한 편으로는 장래 입신출세를 막으니 무슨 면목으로 세상에 서겠느냐? 그 아이가 말하기를 네가 과거에 급제한 후라야 다시 만나겠다하니 만일 네가 훗날 월계관(月桂冠)[58]을 취하지 못하는 때에는 그 애와 상봉치 못할 것은 물론이고 너의 장래 신세도 오직 초야에 묻혀 늙을 뿐이다. 이러할진대 하루라도 이 세상에 살아서 무엇을 하려느냐. 속히 죽는 것만 같지 못하다."

희수가 듣기를 마치고는 눈물이 눈에 그득하니 검으로 가슴을 찌르

---

58) 여기서는 과거급제를 말한다.

는 것 같아 반나절을 말이 없었다. 그 다음날 사람을 시켜 경성 안팎을 두루 다니며 홍랑의 소식을 탐하였으나 형용이 묘연하였다. 이에 가슴을 잡고 크게 통곡하며 스스로 맹서하였다.

"내가 호방한 장부로 한 여자에게 버림을 당했으니 장차 관(冠)을 털며 갓끈(纓)을 떨치고[59] 이 세상에 서겠는가. 그녀가 이미 내가 등과한 후 상봉하겠다는 기약을 하였으니 내 마땅히 열심히 눈을 버티고 발분망식하여 학업을 성취한 후에 청운(青雲)의 사닥다리에 올라 홍랑을 저버리지 않으리라."

그러고는 드디어 문을 닫아걸고 손님을 사절한 채 밤낮을 쉬지 않고 부지런히 과업을 닦고 학문을 돈독히 하였다.

이와 같이 한 지 수년에 학업이 크게 이루어져 가히 대가의 문학을 지을 만치 되었다. 이에 과거에 응시하여 장원에 발탁되어 높이 용문(龍門)에 합격하였다. 신은유가(新恩遊街)[60]의 날에 명 재상가를 두루 방문하여 서로 사귀기를 할 때였다.

하루는 우연히 한 노 재상을 방문하니 곧 희수의 부집(父執)[61]이었다. 흔연히 손을 잡고 무수히 치하하고 여러 시간을 머물게 하여 주인의 예로써 극히 환대할 때 희수가 마음속으로 생각하였다.

'내가 학업을 성취하여 몸이 청운의 길에 오른 것은 모두 홍랑이 베

---

59) 『맹자』「이루 상(離婁上)」에 나오는 말을 끌어왔다. "유자(孺子)가 노래하기를, '창랑(滄浪)의 물이 맑거든 나의 갓끈을 씻고 창랑의 물이 흐리거든 나의 발을 씻는다.' 하였는데, 이에 대해 공자가 '너희는 들으라. 물이 맑으면 갓끈을 씻고 흐리면 발을 씻게 되니, 이는 물이 스스로 취하는 것이다.' 하셨다."

60) 신은은 새로 과거에 급제한 사람을 말하는 것이다. 과거에 급제하는 것은 매우 영광스러운 일이므로, 국가에서는 신은에게 어사화(御賜花)를 나누어 주고, 풍악을 앞세우고 서울 거리를 한바탕 돌아다니게 하였는데, 이것을 유가라 한다. 그리고 신은이 각기 고향으로 돌아가면, 국가에서는 또 영친연(榮親宴)을 베풀어 주었다.

61) 아버지와 친한 벗이다.

푼 것이라. 또 나에게 오늘을 기약한 것은 오로지 홍랑을 만나자는 결심에서 나온 것이거늘 내가 이제 과거에 올랐으나 홍랑의 종적은 막연히 물을 곳이 없으니 이를 장차 어찌할 것인가.'

그러고는 쓸쓸하여 즐겁지 않을 뿐이었다. 술과 찬이 나왔는데도 희수가 수저를 내려놓더니 그 반찬거리가 진이함을 보고 쓸쓸하게 얼굴빛이 변했다. 노 재상이 이를 이상하게 여겨 그 까닭을 물어보니, 희수가 홍랑에 관한 앞뒤의 사연을 자세히 이야기해주고 또 말했다.

"시생이 각고히 학업을 닦아 과거에 급제하기를 기약한 것은 오로지 옛 여인과 상봉할 처지를 위한 것이었습니다. 지금의 반찬거리를 맛보니 그 요리법이 완연 홍랑이 한 것 같기에 스스로 슬퍼 상심함을 감당치 못한 것입니다."

노 재상이 그녀의 나이 및 생김새가 어떠하냐고 묻고는 말했다.

"나에게 한 양녀가 있는데 여러 해를 함께했으나 어느 곳에서 왔는지 알지 못했네. 혹 이 아이가 바로 홍랑이 아닌가 싶네."

노 재상의 말이 미처 끝나기도 전에 홀연 한 미인이 뒤창을 열고 뛰어 들어와 희수를 껴안고 통곡했다. 희수가 똑바로 쳐다보고 살펴보니 이가 딴 사람이 아니라 곧 늘 생각하고 잊지 못하던 홍랑이었다. 희수가 한편으론 놀랍고 한 편으론 기뻐하여 또한 홍랑을 안고 우니, 한 때 노 재상가에 비극의 막이 열린 것 같았다.

노 재상이 이미 그 사실을 듣고 또 그 광경을 목격함에 그 신이함을 탄식하고 칭찬하였다. 희수가 노 재상을 향하여 은혜를 감사하고 또 말하였다.

"시생이 홍랑과 더불어 이미 함께 무덤에 들어가기로 약속하였으니 마땅히 죽고 사는 것을 함께 할 것입니다. 원컨대 이 여자를 시생에게 허락해 주소서."

노 재상이 말했다.

“내가 죽음이 드리운 나이에 다행히 이 아이를 얻어 만년의 즐거움을 누리려 하였더니 이제 자네에게 보내기를 허락한다면 이 늙은이는 마치 좌우의 손을 잃은 듯할 것이네. 그러나 자네가 옛 인연을 다시 이으려 하는데 어찌 이를 막겠는가.”

희수가 복복(僕僕)62)히 사례하였다.

몸을 일으켜 길을 떠날 때 날이 저물어 어두워졌다. 홍랑과 함께 나란히 한 말을 타고 종들에게 횃불로 앞을 인도케하여 집 문 앞에 당도하였다. 큰 소리로 그 어머니에게 “홍랑이 왔습니다!”라고 하니 모부인이 놀라 기쁨을 이기지 못하여 신발을 거꾸로 신고 중문(中門) 안까지 나와 홍랑의 손을 잡고 슬픔과 기쁨이 뒤섞여 아버지가 온 듯 말을 하지 못하였다.

이로부터 심씨 가문에 화기가 집안에 넘치고 희수는 홍랑과 더불어 화촉동방에서 두 사람의 정이 넉넉히 넘쳐 즐거워함을 다하였다.

그 후에 희수가 천관랑(天官郞)63)이 되었다.

하루 저녁은 홍랑이 옷깃을 여미면서 말했다.

“첩의 한줄기 마음은 오로지 나으리의 성취만을 위하느라고 10여 년 동안 생각이 다른 것에 미치지 못하였습니다. 제 고향에 계시는 부모님의 안부 또한 들을 겨를이 없었으니, 이것이 첩의 마음을 밤낮으로 누릅니다. 나으리는 이제 벼슬길에 들어서셨으니 행이라도 첩을 위하여 금산(錦山) 수령이 되시어, 첩으로 하여금 부모님을 생전에 만나 뵙게 하신다면 지극한 원을 다 할 수 있겠습니다.”

희수가 말했다.

---

62) 귀찮을 만큼 번거로운 태도이다.

63) 육조(六曹)의 5~6품관인 정랑(正郎)·좌랑(佐郎)의 통칭이다.

"그것은 지극히 쉬운 일이네."

이에 소(疏)를 올려 지방에 보직을 원하였다. 오래지 않아 과연 금산 원님이 되었다. 이에 홍랑을 데리고 함께 금산에 부임하는 날에 그 부모의 안부를 찾아보니 그들은 모두 무고하게 지내고 있었다.

홍랑이 크게 기뻐하여 3일이 지난 후, 관부(官府)에서 술과 음식물을 성대하게 갖추어 친정집에 가 절하고 뵈오니 그 부모가 또한 기쁨과 슬픔이 뒤섞여 탄식함을 그치지 못하였다. 홍랑이 또한 옛 친척들을 한 집에 모아 사흘을 크게 잔치를 하니 이웃 마을의 여러 사람들이 모두 떠들썩하니 칭찬하지 않는 자가 없었다.

잔치를 마친 후, 그 다음 날에 의복과 일용에 쓰는 물품을 극히 풍부히 부모에게 보내고 말했다.

"관부는 여염집과 다르고 관아의 내권(內眷)[64]도 다른 사람들과 더욱 다릅니다. 부모형제가 만일 저 때문에 빈번하게 자주 출입하신다면 사람의 논의를 부를 것이며 또한 관정(官政)에 누를 끼치는 일이 적지 않을 것입니다. 이제 소녀가 부모님과 헤어져 한번 관부에 들어간 후에는 자주 나오지 못할 것이며, 또한 부모형제도 자주 관부에 들어오지 말아 공사의 구분을 엄히 해주십시오."

그러고 인하여 절하고 작별을 고한 후 물러나 관아로 돌아간 뒤로는 거의 가는 것도 오는 것도 없었다. 이와 같이 여러 해가 지났다. 희수와 홍랑의 정은 날로 더욱 두터워졌다.

하루는 희수가 관청에 앉아 공사를 다스릴 때 계집종이 관아의 안채에서 와 안채로 잠깐 들어오시라고 청하였다. 희수는 마침 공사를 결정하기 직전이기에 곧바로 일어나 가보지 못하였는데, 머지않아 계

64) 아내이다.

집종이 연속해 와서 들어오기를 재촉하였다.

공이 마음속으로 심히 괴이하여 급하게 안으로 들어가 보니 홍랑이 새로 지은 의상을 입고, 새로 지은 침석을 펴고, 별다른 질병의 고통은 없는데도, 얼굴에 몹시 슬프고 애달픈 빛을 띠고 말했다.

"첩이 오늘은 나으리와 영원히 이별하고 저승에 갈 날인 것 같습니다."

희수가 놀라 얼굴빛을 잃고 말하였다.

"당신의 이 말이 참이오? 거짓이오? 홀연히, 오늘? 이 무슨 말이요."

홍랑이 눈물을 흘리며 말하였다.

"나으리와 만난 지 지금 십여 년이 지났습니다. 본 뜻은 영원히 나으리를 받들어 모시고 백 년을 해로하며 부귀를 함께 누리려하였더니 운수가 기박하고 명이 짧아 하늘이 목숨을 빌려주시지 않아 사람의 힘으로는 어찌하기가 어렵습니다. 지금에 이르러 중도에 영원히 이별하오니 이 세상에서는 다시는 서로 볼 날이 없을 것입니다. 후생에서나 서로 만나 이 생에서 못 다한 인연을 이으려 합니다. 원컨대 나리께서는 천만 보중하시어 부귀를 길이 누리시어 첩 때문에 마음을 상하지 마세요. 그리고 첩의 죽은 몸은 나으리의 선영 아래에 반장(返葬)[65] 시켜주시기를 바랍니다."

말을 마치고는 갑자기 죽으니 희수가 곡하기를 애통히 하여 여러 날 음식을 먹지 않으며 길게 탄식하였다.

"내가 학업을 성취하여 청운의 길에 입신출세함은 모두가 홍랑의 힘이었소. 이제 홀연 중도에 나를 버리고 멀리 천대(泉臺)[66]로 돌아갔으니 멀고 먼 푸른 하늘이 어찌 다함이 있겠는가. 또 내가 이 고을의 수령이 된 것은 오로지 홍랑을 위함이라. 그대가 이미 죽었거늘 내가

65) 객지에서 죽은 이의 시체를 제가 살던 곳이나 고향으로 옮겨 장사를 지냄을 말한다.
66) 저승이다.

어찌 홀로 남아 있겠소.”

그러고는 벼슬을 버리고 관을 운반하여 금강(錦江)에 이르렀을 때였다. 이때는 팔 월이었다. 가을비가 쓸쓸하여 사람의 슬픈 마음을 부추겼다. 희수가 이에 멍하니 크게 슬퍼하여 죽음을 애도하는 시를 지었다.

한 떨기 붉은 연꽃 유거(柳車)[67]에 실렸으니	一朶紅蓮在柳車
향기로운 넋은 어느 곳에서 서성거리는 가	香魂何處可踟躕
금강에 가을비 내려 단정(丹旌)[68]을 적시니	錦江秋雨丹旌濕
아름다운 여인 이별하며 흘린 눈물이런가	疑是佳人泣別餘

희수는 후에 큰 벼슬을 차례로 역임하여 우의정에 이르고 나이 칠십 여세에 천수를 누리고 삶을 마쳤다.

〈李長坤의 恩人〉[69]

燕山 甲子에 士禍가 大起하야 一時의 淸流가 殺戮殆盡하얏는대 一李姓이 有하야 校理로써 命을 亡하야 寶城을 過하다가 一處에 至함이 喉가 甚渴한지라 맛참 川邊에 一童女가 有하야 水를 汲하거늘 李校理가 忙步로 趨하야 飮을 求한즉 其女가 瓢子에다 水를 盛한 後에 川邊의 柳葉을 摘하야 水中에 浮하야 與하는지라 李校理가 內心에 怪訝하야 問하되 過客이 渴甚하야 急히 飮을 求하거늘 何故로 水에 柳葉을 浮하야 與하나뇨 其 女가 答하되 我가 尊客의 甚渴함을 見하건대 萬一

67) 나라나 민간에서 장사지낼 때에 시체를 실어 끄는 큰 수레이다.

68) 상례에서, 일정한 폭과 길이의 붉은 천에 죽은 사람의 품계. 관직. 본관. 성씨를 쓴 깃발이다. 장대에 달아 상여 앞에서 들고 가서 널 위에 펴고 묻는다.

69) 『기인기사』 상. 4화에서는 2회로 나누어 재수록 하였다. 제목은 ‘夕陽窮途亡命客, 托身賤門配淑女’이다.)

冷水로써 急히 飮한즉 반다시 不虞의 病을 生할가 慮하야 柳葉을 水에 浮한 것은 尊客으로 하야금 緩緩히 飮케 하고져 한 바이로다 李校理가 此言을 聞하고 頗히 驚異하야 其 明敏한 智를 服[70]하고 이에 誰家의 女子됨을 問하니 越邊 柳器匠의 女라고 答하는지라 校理가 드대여 其 後를 隨하야 柳器匠家에 往하야 女婿되기를 求하야 一身을 托하얏스나 本來 京華 卿相家 貴骨로써 오즉 學業을 事하엿슬 쑨이니 엇지 柳器의 製造를 知하리오 每日에 從事할 業務가 無하야 오즉 午睡로써 常事를 作하니 柳器匠의 夫妻가 怒罵하되 我가 女婿를 贅한 本意는 柳器의 役을 補助하기를 冀함이어날 所謂 新郎이란 者가 다만 朝夕의 飯만 喫하고 오즉 午睡로써 事를 爲하니 卽 一個의 飯囊이라 此後로는 朝夕의 飯에 半分을 減하야 饋하라 홈의 其 女가 此를 甚히 憫憐하야 每樣 其 父母의 眼을 欺하고 供饋하기를 不怠하며 李校理다려 私謂하되 君子의 相이 草草한 凡人이 아니라 今에는 一時에 厄으로 窮途에셔 彷徨하나 他日에는 必히 福祿이 無窮하올지라 願컨대 難苦를 耐하야 後日의 運이 到來하기를 俟홈만 不如하다 하고 夫婦의 間에 恩情히 甚篤하야 此와 如히 度了한지 數年 後에 中宗이 改玉하심에 際하야 曾히 昏朝에셔 獲罪沉廢한 士類를 一並赦宥하고 其官을 復하라는 大詔가 渙發하엿슴으로 校理의 本家 又는 其他 知舊의 間에셔 人을 四處에 派遣하야 李校理의 所在를 探問하얏는대 此 傳說은 汎히 閭巷間까지 藉藉함의 李校理도 此 傳說을 聞하고 內心에 甚히 喜하야 將次 出脚할 策을 思하더니 맛참 朔日을 當하야 主家가 將次 柳器를 官府에 納하려 하거날 校理가 이에 其 婦翁다려 謂하되 今番에는 我가 親히 官府에 輸納코져 하노라 其 婦翁이 罵하되 君과 如한 渴睡漢이 東과

70) 원문에는 '服'으로 되어 있다. 문맥을 고려하여 '伏'으로 바로 잡았다.

西를 不知하는 者로 엇지 柳器를 官門에 納함을 得하리요 且 我가 親히 輸納할지라도 每每 見退하는 事가 多하거날 君과 如한 癡漢이 엇지 無事納付함을 得하겟나뇨 하고 容諾치 아니하니 其女가 曰하되 古人이 云하되 人固未易知오 知人亦難이라 하얏스니 少女의 夫가 비록 不敏하다 할지라도 行事함을 觀한 然後에 其 可否를 論할지라 엇지 預히 其 不可함을 責할 것이릿가 一次 試驗하는 것이 可하니이다 其 父가 이에 許諾하니 李校理가 親히 柳器를 負하고 官門에 到하야 直히 中庭에 入하야 高聲으로 本官을 呼하야 曰하되 某處 柳器匠이 柳器를 輸納하얏노라 하얏는대 本官은 卽 李校理와 平日에 切親한 武弁이라 本官이 其聲을 聞하고 後에 其貌를 察하더니 이에 大驚하야 跣足으로 堂에 下하야 手를 執하고 噓唏流涕하되 一自君이 亡命한 後로 蹤跡을 何處에 晦하얏다가 今日에 엇지 此行色으로 來하얏나뇨 朝廷에셔 君을 搜訪한지 已久하니 速히 上京하라 하고 이에 酒饌을 進하야 款待하고 또 衣冠을 出하야 服을 改着하니 李校理가 涙를 垂하야 曰하되 負罪한 人이 生을 柳器匠家에 偸하야 今日까지 頑命을 延하야 來하얏는대 엇지 天日을 復覩할 줄을 意하얏스리오 本官이 車馬를 備하야 上洛하기를 促하니 李校理가 曰하되 三年主客의 誼를 顧치 아니치 못하겟스며 且 其 女로 더부러 糟糠의 情이 有하니 我가 맛당히 主翁에게 告別하고 數日後에 出發하려 하노니 君은 明日에 我의 所在處로 訪하라 하고 更히 來時의 衣를 還着하고 柳器匠家로 歸하야 復命하되 今番에 柳器를 無事히 上納하얏노라 하니 主翁이 言하되 奇異하도다 古語에 云하되 鴟老千年에 能搏一雉라 하더니 果然 虛言이 아니로다 今夕에는 宜히 大碗의 飯을 給하라 하얏더라.

其 翌日 平明에 李校理가 早起하야 門庭을 灑掃하니 主翁이 曰하되 吾婿가 昨日에는 無事히 柳器를 納하고 今朝에는 又 門庭을 灑掃

하니 又 門庭을 掃除하니 前日의 午睡만 事하든 時에 比較하면 거의 大人君子가 되얏도다 李校理가 藁席을 庭에 舖함이 主翁이 그 故를 問하니 李校理가 曰하되 今日 本官이 將次 行次할 터이기로 此와 如히 하노라 한즉 主翁이 冷笑하되 君이 夢中의 語를 出하는도다 本官의 地位로셔 엇지 我와 如한 常賤의 家에 行次할 理가 有하리오 此는 千不近萬不近의 謊說이라 到今思之컨대 昨日에 柳器를 無事히 納付하얏다는 것이 必然 路上에 委棄하고 歸하야 誇張의 虛語를 作함이 아닌가 言을 畢하기 前에 門外에 辟除의 聲이 聞하더니 官府工吏가 彩席을 持하고 急히 門內에 入하야 房中에 舖하며 曰하되 官司主 行次가 門外에 已至하얏다 하는지라 主翁의 夫妻가 大驚하야 蒼黃히 色을 失하고 頭를 抱하야 籬間에 匿하얏더라 少焉에 前導聲이 門에 及하더니 本官이 馬에 下하야 房內에 入하야 李校理의 手를 執하고 寒暄을 罷한 後에 校理다려 謂하되 嫂氏와 相面코져 하노라 校理가 이에 其 妻로 하야금 來拜케 하니 其女가 荊釵布裙으로써 來拜함이 容儀가 端雅하야 常賤의 女子와는 大히 不同한지라 本官이 致謝하되 李學士가 身이 窮途에 在한 것을 幸히 嫂氏의 力을 得하야 今日에 至하얏스니 비록 意氣男子라도 此에 過하지 못할지라 엇지 敬歎치 아니하리오 其 女가 衽을 斂하고 對하되 微賤의 女로써 君子의 巾櫛을 得侍한지 三年에 貴人인줄을 全然히 不知하고 接待周旋의 節에 無禮가 極한지라 엇지 敢히 尊客의 致謝를 受하리잇가 本官이 嘖嘖稱嘆하고 官隷를 命하야 柳匠夫妻를 召하니 主翁夫婦가 恐懼莫措하야 膝行匍匐하면셔 階下에 俯伏하야 敢히 仰視치 못하는지라 本官이 官隷로 하야금 扶起하야 堂에 上케 하고 酒를 賜하야 謝를 致하얏더라 一二日을 過한 後 李校理의 事實顚末이 傳播聞知함이 列邑의 守宰가 次第로 來見하야 門外에 絡繹不絶하고 每日人馬가 熱鬧하니 觀光하는 者가

堵와 如하더라 李校理가 本官다려 謂하되 彼가 비록 常賤의 女이라도 我가 旣히 配를 作하야 三年間 同居의 誼가 有할 뿐 아니라 彼가 我를 爲하야 誠과 禮가 備至하얏스니 我가 今에 可히 貴한 것으로써 易하지 못할지라 願컨대 一 轎子를 借하야 더부러 偕行코져 하노라 本官이 이에 轎馬를 備하고 行具를 治하야 李校理의 夫妻를 送하야 京城으로 上케 하얏더라 李校理가 闕에 入하야 恩을 謝하니 中宗께셔 流離의 顚末을 下問하심에 李校理가 이에 其 前後事實을 奏達하니 上이 再三嗟嘆하시며 此女子는 可히써 賤妾으로 待하지 못할 것이라 特히 後夫人으로 陞하라 하셧더라 李校理가 未幾에 位가 判書에 至하고 其女로 더부러 終身偕老하야 榮貴가 無比하며 又 子女가 滿堂하얏는대 此가 卽 李判書 長坤의 事라 云하니라.

〈이장곤의 은인〉 번역문

연산군 때 갑자사화(甲子士禍)[71]가 크게 일어나 일시에 청류(淸流)[72]들이 살육되어 거의 태반이 죽었다. 한 이 씨 성을 자진 자가 있었는

71) 1504년(연산군 10) 연산군의 어머니 윤씨(尹氏)의 복위문제에 얽혀서 일어난 사화이다. 연산군은 비명에 죽은 생모의 넋을 위로하기 위해 폐비 윤씨를 복위시켜 왕비로 추숭하고 성종묘(成宗廟)에 배사(配祀)하려 하였는데, 응교 권달수(權達手)·이행(李荇) 등이 반대하자 권달수는 참형하고 이행은 귀양 보냈다. 이 과정에서 연산군은 정·엄 두 숙의를 궁중에서 죽이고 그들의 소생을 귀양 보냈다가 사사하였다. 그의 조모 인수대비에게도 정·엄 두 숙의와 한 패라 하여 병상에서 난동을 부렸으며 인수대비는 그 화병으로 세상을 떠났다. 또한 성종이 윤씨를 폐출할 때 찬성한 윤필상(尹弼商)·이극균(李克均)·성준(成俊)·이세좌(李世佐)·권주(權柱)·김굉필(金宏弼)·이주(李胄) 등을 사형에 처하고, 이미 죽은 한치형(韓致亨)·한명회(韓明澮)·정창손(鄭昌孫)·어세겸(魚世謙)·심회(沈澮)·이파(李坡)·정여창(鄭汝昌)·남효온(南孝溫) 등을 부관참시(剖棺斬屍)하였으며, 그들의 가족과 제자들까지도 처벌하였다. 이 외에도 홍귀달(洪貴達)·주계군(朱溪君) 등 수십 명이 참혹한 화를 당하였다.

72) 절의를 지키는 깨끗한 사람들이다.

데 교리(校理)[73]로 지내다 목숨을 건지려고 달아났다. 보성(寶城)[74]을 지나다가 한 곳에 이르니 목이 몹시 말랐다. 마침 시냇가에 한 여자 아이가 물을 긷기에 이 교리[75]가 황급한 걸음으로 달려가서 마실 물을 구하니 그 여자 아이가 바가지에다 물을 뜬 후에 냇가의 버드나무 잎을 따서 물에 띄워 주었다.

그래 이 교리가 속으로 괴이하고 의아스러워 물었다.

“지나는 나그네가 갈증이 심하여 물을 구하거늘 무슨 까닭으로 물에 버드나무 잎을 띄어서 주는 게요.”

그 여자아이가 대답하였다.

“제가 나그네께서 몹시 갈증나하시는 것을 보고 만일 찬물을 급히 마시면 반드시 뜻밖의 병이 나실까 염려되었습니다. 그래, 나뭇잎을 물에 띄워 천천히 마시게 하려고 그러했습니다.”

이 교리가 이 말을 듣고 자못 놀라며 그 명민한 지혜에 끌려 이에 뉘 집의 여자임을 물으니 개울 건너 유기장(柳器匠)[76]의 딸이라고 대답하였다.

---

73) 교서관(校書館), 승문원(承文院)의 종5품(從五品) 벼슬이나 홍문관(弘文館)의 정5품(正五品) 벼슬이다.

74) 전라남도 보성군의 군청 소재지이다.

75) 이장곤(李長坤, 1474~1519)이다. 그의 본관은 벽진(碧珍). 자는 희강(希剛), 호는 학고(鶴皐)·금헌(琴軒)·금재(琴齋)·우만(寓灣)으로 신지(愼之)의 증손이다. 1504년 교리로서 갑자사화에 연루되어 이듬 해 거제도에 유배되었다. 이 때 연산군이 무예와 용맹이 있는 그가 변을 일으킬까 두려워해 서울에 잡아 올려 처형하려 하자 이를 눈치채고 함흥으로 달아나 양수척(楊水尺)의 무리에 숨어 살았다. 후일 중종반정으로 자유의 몸이 된 뒤, 동부승지, 평안도병마절도사, 대사헌, 이조판서를 역임하였다. 기묘사화에는 조광조(趙光祖)를 비롯한 신진 사류들의 처형을 반대하였다 삭탈관직을 당하였다. 그 뒤 경기도 여강(驪江 : 지금의 여주)과 경상도 창녕에서 은거하였다. 사후 창녕의 연암서원(燕巖書院)에 제향 되었다. 저서로는 『금헌집』이 있으며 시호는 정도(貞度)이다.

76) 고리장이. 고리버들로 고리짝이나 키 따위를 만들어 파는 일을 직업으로 하는 사람이다.

이 교리가 드디어 그 뒤를 따라 유기장의 집에 가서 사위가 되어 일신을 의탁하였다. 교리는 본래 서울 재상가의 아들로 귀하게 자라 오직 학업을 일삼았을 뿐이니 어찌 유기 만드는 방법을 알리오. 날마다 할 일이 없어 오직 낮잠으로 하루 일과로 삼으니 유기장 부부가 성내어 꾸짖었다.

"내가 사위를 데릴사위로 얻은 본래의 뜻은 유기 만드는 역을 보조하기를 바람이었는데, 소위 신랑이란 자가 다만 조석으로 밥만 먹고 오직 낮잠으로 일을 삼으니 일 개 반낭(飯囊)[77]이라. 다음부터는 아침 저녁 밥을 반을 덜고 주어라."

그 딸이 이를 심히 민망하고 가련히 여겨 늘 부모의 눈을 피하여 속이고 음식을 조심스럽게 주기를 게을리 하지 않으며, 이 교리에게 은밀히 말했다.

"군자의 상이 보통 사람이 아니에요. 지금은 한 때에 액을 만나 곤궁한 처지로 방황을 하나 훗날에는 반드시 복록이 무궁할 것입니다. 원컨대 어려운 괴로움을 견디시고 후일 운이 도래하기를 기다림만 같지 못합니다."

그러고 부부 사이에 은정이 아주 돈독하였다. 이와 같이 지낸 지 수년 후에 중종(中宗)으로 임금이 바뀌었다. 이에 연산군 조정에서 죄를 얻어 폐한 선비들 모두를 너그러이 사면하고 그 관직을 되돌려주라는 큰 조서를 천하에 반포하였다. 교리의 본가, 또 기타 오랜 벗에게 사람을 사처에 파견하여 이 교리의 소재를 탐문하였다. 이 이야기가 널리 마을과 마을 사이에 자자하니 이 교리도 이 말을 듣고 속으로 심히 기뻐하여 장차 출각(出脚)[78]할 방책을 생각하였다. 마침 초하루가 되

77) 밥주머니라는 뜻으로, 무능하고 하는 일 없이 밥이나 축내는 사람을 조롱하는 말이다.
78) 벼슬 자리에서 물러났다가 다시 벼슬길에 나아가는 것을 말한다.

니 장차 유기를 관부에 납품하려하자 교리가 이에 그 유기장에게 말하였다.

“이번에는 내가 관부에 납품하러 가려네.”

그러자 유기장이 꾸짖어 말하였다.

“그대와 같이 몹시 잠만 자고 동과 서도 알지 못하는 자가 어찌 유기를 관부에 납품할 수 있겠는가. 또 내가 납품할지라도 늘 보고서는 내치는 일이 많거늘, 그대와 같은 어리석은 사람이 어찌 무사하게 납품하겠는가.”

그러고는 받아들이지 않으니 그 딸이 말하였다.

“옛 사람들이 말하기를 ‘사람은 진실로 알기가 쉽지 않고 다른 사람을 알기도 역시 쉬운 일이 아니다(人固未易知 知人亦未易也)’[79]라고 하였으니 소녀의 지아비가 비록 불민하다 할지라도 일을 행하는 것을 본 연후에 그 가부를 이야기하세요. 어찌 미리 그 불가하다며 책망하시는지요. 한번 시험하는 것이 좋겠어요.”

그 아버지가 이에 허락하니 이 교리가 직접 유기를 지고 관문에 도착하여 곧장 마당 한가운데 들어 가 큰 소리로 본관사또를 불러 말하였다.

“아무 곳에 사는 유기장수가 유기를 납품하노라.”

본관사또는 곧 이 교리와 평소에 친절한 무변(武弁)이었다. 본관이 그 소리를 듣고는 얼굴을 살피더니 크게 놀라 버선발로 당에서 내려와 손을 모으고 탄식하고 눈물을 흘리며 “그대가 목숨을 구하기 위해 도망한 후로 종적을 어느 곳에 감추었다가 오늘에야 어찌 이러한 행색으로 온 것인가. 조정에서 그대를 찾은 지 이미 오래되었으니 속히 상

79) 『사기(史記)』「범수채택열전(范睢蔡澤列傳)」에 나오는 말로 후영(侯嬴)이 신릉군에게 한 말이다.

경하게."

그러고는 술과 음식을 내와 잘 대접하고 또 의관을 가져와 옷을 바꿔 입게 하였다. 이 교리가 눈물을 흘리며 말했다.

"죄를 진 사람이 목숨을 유기장의 집에서 도둑질하여 오늘까지 죽지 않고 모질게 살아 목숨을 이어왔네. 어찌 태양을 다시 볼 줄 뜻하였겠는가."

본관이 수레와 말을 준비하여 상경하기를 재촉하니 이 교리가 말했다.

"삼 년이나 주인과 나그네의 정의를 돌아보지 않으면 안 되고 또 그 딸과 조강(糟糠)의 정이 있으니 내가 마땅히 유기장에게 작별 인사를 고하고 수일 후에 출발하려 하네. 자네는 내일 내가 사는 곳을 방문해 주게."

그러고는 다시 올 때의 옷으로 갈아입고 유기장의 집으로 돌아와 "이번에 유기를 무사히 상납하였소."라고 하니 유기장이 말하였다.

"기이하도다. 옛글에 말하기를 '올빼미도 천 년을 늙으면 능히 꿩을 잡는다(鶹老千年 能搏一雉)'라 하더니 과연 헛말이 아니로구나. 오늘 저녁은 마땅히 큰 사발에 밥을 주거라."

그 다음날 날이 밝자 이 교리가 일찍 일어나 문간을 물 뿌리고 쓰니 유기장이 말하였다.

"우리 사위가 어제는 무사히 유기를 납품하고 오늘 아침에는 또 문간을 청소하니, 낮잠만 일삼던 때에 비교하면 거의 대인군자가 되었도다."

이 교리가 짚방석을 뜰에 펴니 유기장이 그 까닭을 물으니 이 교리가 말하였다.

"금일 본관이 장차 행차하기에 이와 같이 하오."

이렇게 말하니 유기장이 냉소하며, "그대가 꿈속에 말을 하는구나.

본관의 지위로 어찌 우리 같은 상천(常賤)[80]의 집에 행차할 까닭이 있으리오. 이는 천 가지도 가깝지 않고 만 가지도 가깝지 않은(千不近萬不近) 사리에 전혀 맞지 않는 황탄한 이야기라. 지금 생각하니 어제 유기를 무사히 납품했다는 것이 필연 노상에 버리고 돌아와 과장된 헛말을 한 것이 아닌가."

유기장이 말을 마치기도 전에 문 밖에서 "물렀거라!" 하는 벽제(辟除)[81] 소리가 들리더니 관부의 공방아전이 채색 방석을 가지고 급히 들어와 방안에 펴며 말하였다.

"본관사또의 행차가 문 밖에 이미 도착하였다."

이러하니 유기장 부부가 크게 놀라 창황히 얼굴빛이 변하여 머리를 감싸쥐고는 울타리 사이에 숨었다. 잠깐 동안 앞을 인도하는 소리가 문에 이르더니 본관이 말에서 내려 방안으로 들어 와 이 교리의 손을 잡고 한훤(寒暄)[82]을 마친 후에 교리에게 말하였다.

"제수씨와 상면하고 싶네."

교리가 이에 그 아내로 하여금 와서 뵙게 하니 아내가 형차포군(荊釵布裙)[83] 차림으로 와서 절하였다. 그 몸 가지는 태도가 단아하여 상천의 여자와는 크게 다르니 본관이 감사의 말을 하였다.

"이 학사(學士)가 어려운 처지에 있는 것을 다행히도 제수씨의 힘을 얻어 오늘에 이르렀으니 비록 의기남자라도 이보다 더하지 못할 것이니 어찌 경탄치 않겠소."

그 딸이 옷깃을 여미고 대답하였다.

---

80) 상민과 천민을 아울러 말한다.

81) 지위 높은 사람이 지나갈 때 구종 별배(驅從別陪)가 잡인의 통행을 통제하는 소리이다.

82) 날씨의 춥고 더움을 말하는 인사말이다.

83) 『열녀전(烈女傳)』에 보이는 고사로 가시나무 비녀를 꽂고 베치마를 입은 부인의 검소한 차림. 후한시대 양홍(梁鴻)의 처인 맹광(孟光)의 고사에 나온다.

"미천한 여자로 군자의 건즐(巾櫛)[84]을 얻어 모신지 삼 년에 귀한 분인 줄을 전연 알지 못하고 대접하고 일을 처리하는 절차에 무례가 많았습니다. 어찌 감히 본관사또의 치하말씀을 받겠습니까."

이러하자 본관이 큰소리로 칭찬하고 관례(官隸)[85]에게 명하여 유기장 부부를 불렀다. 부부가 매우 두려워 어찌할 바를 몰라 무릎걸음으로 납작 엎드려 뜰아래에 부복하여 감히 우러러 쳐다보지를 못 하였다. 본관이 관례로 하여금 부축하여 일으키게 하여 마루에 올라 오게 하고 술을 내려 치하하였다. 하루 이틀을 지남에 이 교리의 사실과 앞뒤 이야기가 퍼져 알게 되니 여러 고을의 수재(守宰)[86]가 차례로 와서 뵙는 것이 문 앞에 끊임이 없고 매일 인마가 모여 떠들썩하니 구경하는 자들이 담과 같았다.

이 교리가 본관에게 말하였다.

"저 사람이 비록 상천의 딸이라 하여도 내가 이미 배필로 삼아 삼년간 함께 산 정의가 있을 뿐 아니라, 저 사람이 나를 위하여 정성과 예의를 갖추었으니 내가 지금에 귀하게 되었다고 내치지 못한다네. 원컨대 교자 하나를 빌려 함께 가고자 하네."

본관이 이에 수레와 말을 준비하고 행구(行具)[87]를 갖추어 이 교리 부부를 경성으로 올라가게 하였다.

이 교리가 대궐에 들어가 은혜를 사례하니 중종(中宗) 임금께서 이곳저곳 떠돌아다닌 자초지종을 물었다. 이 교리가 이에 그 전후사실을 아뢰니 임금이 두세 번이나 탄식하시며 "이 여자는 가히 천한 첩으

84) 수건과 빗으로 부인이 되어 남편의 시중을 든다는 의미이다.
85) 관가에서 부리던 하인들이다.
86) 각 고을을 맡아 다스리던 지방관들을 통틀어 이르는 말이다.
87) 여행할 때 쓰는 물건과 차림이다.

로 대하지 못할 것이라. 특별히 후부인으로 올리라." 하셨다. 이 교리가 오래지 않아 지위가 판서(判書)[88]에 이르고 그 여자와 더불어 종신토록 해로하여 지체가 높고 귀함이 비교할 데가 없으며 또 자녀가 집안에 그득하였다. 이것은 곧 판서 이장곤의 이야기라 하더라.

---

88) 육조(六曹)의 으뜸 벼슬로 정2품(正二品)이다.

2) 〈君王豈識公主志, 城南乞夫爲駙馬〉[89]

潘水公主는 高句麗 平原王의 小女이니 名은 檀姬라 公主가 幼時에 常히 善啼홈으로 王이 常戲ᄒᆞ되 汝가 恒常 啼하기를 好하야 我의 耳를 聒하니 長成한 後에는 宰相의 家로 出嫁치 아니하고 城南 愚溫達의 婦가 되게 하리라 하얏는대 愚溫達이란 者는 城南의 乞兒이니 容貌가 龍鐘하고 家勢가 甚히 貧寒하야 市井으로 往來하면셔 乞食 養母하는 者임으로 時人이 指하야 愚溫達이라 稱하는 터이더라 其 後에 公主가 笄年에 及홈ᄋᆡ 王이 駙馬를 下部卿 高密의 子 高白에게 定하얏는대 容貌가 美麗하고 又 才品이 人에 過한지라 高密은 本 孔子의 門人 高子羔의 後裔이니 中國 公孫淵의 亂에 高密의 祖가 高句麗에게 被俘하야 來하얏는대 王이 賢人의 後라 하야 官爵과 田宅을 賜하고 其 子孫이 ᄯᅩ한 榮貴하야 門地가 頗히 爀爀하얏더라 公主가 此를 聞하고 王ᄭᅦ 問하되 王이 常히 我를 愚溫達에게 出嫁케 ᄒᆞᆫ다 하시더니 今에 至하야 前言을 改하고 他에 適코자홈은 何故이냐뇨 王이 曰하되 溫達은 乞兒이니 前言은 我가 戲홈이니라 公主가 曰하되 婚姻은 萬福의 始오 五倫의 重한 것인즉 可히 戲치 못홀 것이라 願 컨대 溫達에게로 適하겟노이다 하고 畵形하기를 不許하얏는ᄃᆡ 畵形은 高句麗時 婚幣에 丹書式으로 爲重하니 丹書式이란 者는 肖像으로ᄡᅥ 交換하는 것이라 王이 大怒하되 我의 敎를 不從하면 我의 女가 아니니 汝의 所欲ᄃᆡ로 速히 溫達에게로 嫁하라 公主가 이에 寶釧 數十枚를 肘後에 繫하고 侍婢 綠介로 더브러 宮門을 出하야 溫達을 城南에 訪홀세 速히 涓水를 望하고 江有舟(詩名) 四章을 作하니 其詞에 曰

89) 『기인기사』 제1집, 51화.

△ 江有舟○ 舟無篙○ 從子于壕 ○ 興而比又賦也 此欲從溫達而無謀可導也

△ 江舟舟○ 舟無楫○ 從子于隰 ○ 興而比又賦也

△ 江有舟○ 舟無櫛○ 雖則無櫛○ 從子于渠○ 興而比又賦也

△ 江有舟○ 舟無柁○ 雖則無柁○ 從子于河○ 興而比又賦也

(江有舟 四章)

公主가 此 詩를 作하고 直히 溫達家에 至하니 家에 老母가 有하야 眼이 盲하고 且衰한지라 公主가 其 母를 向하야 溫達의 所在를 問하고 又 其 所懷를 言하니 其 母는 甚히 驚怪하야 曰하되 子의 臭를 聞하니 芬馥이 異常하고 子의 手를 接하니 柔滑하기 綿과 如ᄒᆞᆫ즉 必是 天下의 貴人이라 吾兒는 貧하고 且 陋하야 接近ᄒᆞᆯ 바이 아니어놀 貴人이 吾兒의 如ᄒᆞᆫ 丐乞의 漢子와 緣을 結ᄒᆞᆫ다ᄒᆞᆷ은 實로 其所宜가 아니로다 今에 吾兒가 飢가 甚하야 楡皮를 取하여 山에 往하야 返치 아니하얏노라 公主가 溫達의 歸ᄒᆞᆷ을 待하야 其 所懷를 言하고 드ᄃᆡ여 勺水로서 禮를 成하야 夫婦의 緣을 結ᄒᆞᆫ 後에 公主가 金釧을 賣하야 田宅과 器物을 買하고 ᄯᅩ 馬를 多養하야 溫達을 資하얏셧는ᄃᆡ 王이 嘗히 出獵ᄒᆞᆯ 時에 溫達이 문득 馬로서 遂行하야 馳騁을 善히 ᄒᆞᆷ으로 一日은 王이 召하야 姓名을 問하야 溫達임을 知하고 甚히 驚異하얏더니 其 後에 周武帝가 遼를 攻ᄒᆞᆷᄋᆡ 溫達이 先進하야 敵을 大破하얏슴으로 功이 第一에 居ᄒᆞᆫ지라 王이 이에 大喜하야 曰 眞實로 我의 外甥됨이 無愧하다 하고 大兄의 爵을 授하야 日로 寵遇를 加하얏더라 溫達의 字는 鷹八이니 其 父는 本 女眞人이라 嘗히 人을 殺하고 仇를 避하야 高句麗에 流入하다가 中道에셔 死亡하고 溫達이 獨히 其 母로 더부러 同居하야 乞食 養母하다가 一日은 五龍山에셔 採樵ᄒᆞᆯ세 忽然

異人이 來하야 兵書를 授홈으로 夜에 常히 此를 讀習하더니 意外에 公主와 緣을 結홈의 江有舟의 詩를 聞하고 「鴻雁于飛」의 詞로 和하니 其 詞에 曰

△ 鴻雁于飛○ 亦止于梁○ 菰之方落○ 載啄無糧 ○
興而比也 此 言貧窮之至不可與綺王宴安也
△ 鴻雁于飛○ 亦戾于天○ 色斯之擧○ 非繳伊絃○
興而比也 此 言吾將遠去而今公主之來非欲以繳害我而琴瑟相求也

△ 鴻雁于飛○ 亦集于原○ 戀彼脊令○ 兄弟相援○
興而比也 此 言貧而無兄弟也
△ 鴻雁于飛○ 亦顧其侶○ 宜敢睽離○ 畏爾信誓○
興而比也 此 言旣以琴瑟相求不敢違信誓也

此後로 溫達이 大將이 되야 軍功을 多立하얏더니 其 後新羅와 戰하다가 竟이 節에 殉홈의 葬하려 하야도 柩가 動치 아니하니 公主가 來하야 哭하야 柩를 撫하야 曰 國事를 爲하야 死生을 決하얏스니 可히 歸홀지어다 혼즉 柩가 이에 動하야 還葬을 爲하니라.

〈군왕기식공주지, 성남걸부위부마〉 번역문

임금이 어찌 심수공주의 뜻을 알리오! 성 남쪽의 걸인이 임금의 사위가 됐다네![90]

90) 이 화(話)는 『삼국사기』 권145와 『삼국사절요』 권7, 평원왕 32년 조에 실려 있는 〈온달〉 이야기이나 평강공주를 심수공주라 하고 이름을 단희라 하며 『시경』의 시를 패러디하

심수공주(瀋水公主)는 고구려 평원왕(平原王)[91]의 어린 딸이니 단희(檀姬)라고 한다. 공주가 어려서 울기를 잘하여 왕이 항상 장난삼아 말했다.

"너는 항상 울어대어 내 귀를 시끄럽게 하는구나. 자라서 재상의 집으로 출가할 수 없으니 성 남쪽에 사는 바보 온달(溫達)의 아내가 되게 하리라."

바보 온달은 성 남쪽에 사는 비렁뱅이 아이였다. 용모는 못생겼고 매우 가난하여 시장을 오가면서 밥을 빌어 어머니를 봉양하여 당시 사람들이 바보 온달이라 불렀다.

그 후에 공주가 처음으로 비녀를 꽂는 15세가 되니 왕이 부마를 하부경(下部卿) 고밀(高密)의 아들 고백(高白)으로 정하였다. 고백은 용모가 미려하고 또 재주와 품성이 남보다 뛰어났다. 아버지 고밀은 본래 공자의 문인인 고자고(高子羔)[92]의 후예였다. 고자고는 중국 공손연(公孫淵)[93]의 난에 조부가 고구려에 포로로 잡혀왔는데, 왕이 현인의 후손이라 하여 관작과 전답을 하사하고 그 자손이 또한 귀하게 되어 문벌이 자못 혁혁하였다.

공주가 이를 듣고 왕에게 말했다.

"아바마마께서는 항상 저를 바보 온달에게 시집보낸다고 하시더니, 지금에 와서는 전의 말을 바꾸어 다른 곳으로 시집가라는 것은 무슨 까닭이신지요?"

여 신는 등 작가 송순기의 윤색이 뚜렷한 작품이다. 심수(瀋水)는 요령성에 있는 강으로 일명 만천하(萬泉河)라고도 하니, 심양(瀋陽)이라는 이름이 여기에서 연유하였으며 청 태조가 도읍을 정한 곳이기도 하다.

91) 고구려 제25대 왕으로 재위 559년~590년.

92) 공자의 제자로 성품이 우직하였다고 한다.

93) 삼국시대 위나라 사람이다. 후한 강(康)의 아들로 스스로 연(燕)나라 왕이 되었다.

왕이 말했다.

“바보 온달은 비렁뱅이 아니냐. 전에 한 말은 네가 하도 울기에 우스갯소리로 한 게지.”

공주가 말하였다.

“혼인은 만복의 시작이요, 오륜에서도 중한 것이기에 우스갯소리로 할 것이 아닙니다. 저는 바보 온달에게 시집가겠어요.”

그러고는 화형(畵形)하기를 거부하였다. 화형은 고구려 시절에 혼폐(婚幣)[94]에 붉은 모래로 만든 채료로 그린 그림이니 초상화를 서로 교환하는 중한 일이었다. 왕이 크게 성내었다.

“내 가르침을 따르지 않는다면 내 딸이 아니다. 너 하고 싶은 대로 속히 바보 온달에게 시집가라.”

공주가 이에 팔찌 수십 개를 두 팔꿈치에 이어 매고, 시비 연개(緣介)와 함께 궁문을 나서 온달을 성 남쪽으로 찾아갈 때, 멀리 대동강을 바라보고 〈강유주(江有舟)〉 4장을 지으니, 그 노랫말은 이러했다.

강물에 배는 떠 있는데,	江有舟
배에는 상앗대가 없구나!	舟無篙
비록 상앗대가 없지마는,	雖則無篙
님을 따라 성 밖에 둘러 판 못이라도 건너리라.	從子于壕

흥(興)이면서 비(比)요, 또 부(賦)이다.[95] 온달에게 종사하려 하나 인도하여줄 매파가 없음을 말함이다.

---

94) 혼인 폐백.

95) 흥, 부, 비는 『시경』의 작법이다. 주자(朱子)의 견해에 따르면, ‘흥’은 먼저 다른 대상을 읊은 다음 읊고 싶은 대상을 읊는 것이고 ‘부’는 대상을 직접 길게 펼쳐 쓰는 것이요, ‘비’는 빗대는 것이라 하였다.

강에는 배가 있건만,　　江有舟
배에는 노가 없구나!　　舟無楫
비록 노가 없지마는,　　雖則無楫
님을 따라 진펄이라도 건너리라.　　從子于隰
홍이면서 비요, 또 부이다.

강에는 배가 있는데,　　江有舟
배에는 새는 물을 막을 뱃밥이 없구나!　　舟無袽
비록 뱃밥이 없지마는,　　雖則無袽
님을 따라 도랑이라도 건너리라.　　從子于渠
홍이면서 비요, 또 부이다.

강물에는 배가 떠 있는데,　　江有舟
배에는 키가 없구나!　　舟無柁
비록 키가 없더라도,　　雖則無柁
님을 따라 강하라도 건너리라.　　從子于河
홍이면서 비요, 또 부이다.
〈강유주〉 4장이라.

공주가 이 시를 짓고 바로 온달의 집에 이르렀다. 온달의 늙은 어머니가 계신데 눈도 멀고 몹시도 여위었다. 공주가 온달의 어머니에게 온달이 있는 곳을 묻고 찾아 온 연유를 말하였다. 온달의 어머니는 심히 놀라며 괴이하다 여기고는 말하였다.

"그대의 냄새를 맡으니 향기가 짙어 우리네와는 다르고 그대의 손을 잡아보니 뼈마디가 부드럽기 비단 같으니 반드시 천하의 귀인이 분명하오. 내 아들은 가난하고 또 누추하여 가까이할 수 없는데 귀인이

내 아이인 비렁뱅이 사내와 인연을 맺는다함은 마땅치 않으오. 그리고 지금 우리집 아이는 굶주림이 심해 느릅나무 껍질이나 벗겨다 먹으려 산에 가서 아직 돌아오지 않았다오.”

공주가 온달이 돌아오기를 기다렸다가 온 까닭은 말하고 물 한 모금 떠놓고 혼례를 치러 부부의 연을 맺었다. 그러한 후에 금팔찌를 팔아 집과 밭, 세간붙이들을 사들이고, 또 말을 많이 길러 온달을 도왔다.

왕이 어느 날 사냥을 나갈 때였다. 온달이 말을 타고 수행하여, 말 달리기를 잘하니 하루는 그 성명을 물어 온달임을 알고는 심히 이상하게 여겼다.

그 후에 북주(北周)의 무제(武帝, 560~578)가 요동을 공격함에 온달이 앞서 나아가 적을 대파하니 공이 제일 높았다.

왕이 크게 기뻐하여 “나의 사위됨이 부끄럽지 않다.”고 하며, 대형(大兄)의 벼슬을 내리고 총애와 대우가 날로 더하였다.

온달의 자(字)는 응팔(鷹八)이니, 그의 아버지는 본래 여진인으로 일찍이 살인하고 원수를 피하여 고구려로 흘러 들어오다가 길에서 사망하고 온달이 홀로되신 어머니와 살아가며 비렁뱅이질을 하여 봉양하며 지냈다. 하루는 오룡산(五龍山)에서 나뭇짐을 할 때 홀연히 이인이 와서는 병서(兵書)를 주었다. 온달은 밤에 항상 이 책을 읽었었는데 뜻밖에도 공주와 인연을 맺고 〈강유주〉의 시를 듣고 『시경』 〈소아(小雅)〉편의 〈기러기 날다(鴻雁于飛)〉라는 시를 차용하여 화답하니, 그 노랫말은 이렇다.

기러기가 나는데,	鴻雁于飛
대들보에 앉았네.	亦止于梁
줄풀이 사방에 떨어져버려,	菰之方落

쪼아보지만 알곡은 없어라. 載啄無糧

흥이면서 비이다. 이 말은 지극히 가난한 집에 와 비단과 구슬 속에 편안하게 지낼 수 없음을 읊은 것이다.

기러기가 나는데, 鴻雁于飛
하늘로 치솟아 오르네. 亦戾于天
안색을 보고 날아가니, 色斯之擧
주살이 아니고 거문고 줄이어라. 非繳伊絃

이것은 자기가 장차 멀리 도망가려 하였으나, 공주가 와서 나를 해치려하는 것이 아니기에 부부의 연을 맺겠다는 말이다.

기러기가 나는데, 鴻雁于飛
언덕에 모였도다. 亦集于原
할미새를 그리워하니, 戀彼脊令
형제가 서로 구원한다. 兄弟相援

흥이면서 비이다. 이 말은 집이 가난한데 형제 없음을 읊은 것이다.

기러기가 날다가, 鴻雁于飛
그 짝을 돌아보도다. 亦顧其侶
마땅히 외면하고 떠나고 싶지만, 宜敢睽離
그대와 맹서한 것이 두렵구려. 畏爾信誓

흥이면서 비이다. 이 말은 이미 부부간에 화합하여 감히 맹세를 어길 수 없음을 말하는 것이다.

이후로 온달이 대장이 되어 군공(軍功)을 많이 세웠는데, 신라와 싸우다가 마침내 충절을 위해 죽었다. 장차 장례를 치르려 하자 관이 움직이지 아니하여, 공주가 와서 통곡하며 어루만지면서, "국사를 위하여 사생을 결단하였으니 돌아가세요." 하니 관이 그제야 움직여 돌아가 장례를 치렀다.

3) 〈角戱場少年賭婦, 糞窖中頑僧員殞命〉(上)[96]

近古時代에 郭雲이란 者가 有하야 勇力이 倫에 絶함으로 時人이 呼하야 郭壯士라 하얏더라 雲이 能히 一萬 錢 (此時는 葉錢을 用하얏나니 今에 五錢이 葉錢으로 五十箇인즉 萬 錢의 數는 實로 多하고 量이 重하야 普通人이 能히 擧치도 못할 것이라)을 挾하고 數十 步의 深淵을 超하는 勇이 有함으로 常히 스사로 其 力에 負하고 動하기를 喜하야 能히 靜을 守치 못하얏더라 그리하야 或 不平한 事를 見하면 문득 腕力에 訴하야 其 身을 忘하더니 一日은 延安地에 過할새 一 僧이 有하야 身長 八 尺에 形貌가 魁偉한 者가 엇던 店門 外에 箕踞하야 店主에게 債를 督함애 店主는 오즉 命을 乞하더니 맛참 屠牛하는 者가 有하야 牛를 解하려 할 際에 忽然 索이 斷하고 牛가 逸하야 數 丈을 跳躍하며 人을 逢하면 곳 觸하고 直히 僧의 前으로 奔함애 僧이 安坐하기를 自若히 하고 곳 拳을 擧하야 其 額을 抵하니 牛가 곳 斃하거늘 郭雲이 此를 見하고 舌을 吐하니 傍에 織席하는 者가 有하야 雲다려 謂하되 此는 足히 道할 것이 無하니 某寺에 一 巨石이 有하야 途에 當하얏는대 七 牛로써 挽하되 動치 아니하는 者를 此 僧이 能히 轉하고 又 角觝의 戱를 好하야 常히 世間에 敵手가 無함을 恨한다 하거늘 雲이 더욱 驚嘆하더니 已而요 多數의 村民이 酒饌을 持하고 來饋함이 此는 皆 僧의 債를 負한 者 等이 其 威力을 畏함이더라 僧이 바야흐로 縱飮헐 際에 맛참 一 女子가 牛를 騎하고 來하는데 長衣로 其 首를 蒙하고 後에는 一 少年이 隨하니 體質이 纖弱하야 衣를 勝치 못하는 者이라 其 女子가 牛에 下하야 店에 入할세 其 面을 半露함애 僧이

96) 원전은 조선 후기의 역관인 밀산(密山) 변종운(卞鍾運, 1790~1866)의 시문집인 『소재집(嘯齋集)』에 실려 있는 〈각저소년전〈角觝少年傳〉이다.
『기인기사』 하, 42화.

見하니 其 花容月態는 實로 國色이라 僧이 惘然 良久에 娉婷嬌艶한 態가 人의 目을 眩하니 所謂 這般可喜娘은 見하기 稀罕함이로다 이에 其 少年의 弱함을 欺하야 手로써 少年을 招하야 曰 牛를 騎한 者가 汝의 妹이냐 妻이냐 少年이 對하되 我의 箕箒妻이니다 僧이 謂하되 我가 雲林 中에 處하야 見하는 바는 오즉 山花野草쑨이더니 今에 汝의 妻는 我의 魂을 銷하는지라 我가 三百金으로써 汝에게 償하리니 汝婦를 我에게 納하고 汝는 此 金으로써 更히 良家에 求하라 少年이 笑하며 曰 我婦가 비록 傾城의 色은 아일지라도 能히 大師의 魂을 銷한다 하면 三百金이 太히 寡少치 아니하뇨 僧이 眉를 蹙하며 그러면 今年 秋收穀物을 汝에게 付하리라 하며 溪南을 指하야 曰 此處로부터 某處에 至하기ᄭᅵ지는 皆我의 田庄이라 此 村中에 二十戶가 秋熟한 後에는 各히 十石의 賭를 納하니 此로써 汝에게 償할지라 汝는 再言치 말나 不肯하면 我가 汝를 殺하리라 하고 負債한 者 各人을 招하야 謂하되 我의 債金 三百을 三日 內에 此 兒郎에게 移償하라 不然이면 汝等을 모다 粉碎하리라 諸人이 敢히 違치 못하고 唯唯히 服從하는지라 僧이 이에 店內에 入하야 其 美人을 取하려하니 少年이 謂하되 我와 如한 幺麼小子가 敢히 大師의 命을 違치 못할지라 그러나 結婚한지 未幾에 親情이 方洽하얏스니 今에 片時의 暇를 得하야 一次 握手한 後에 別하는 것이 何如하뇨 僧이 笑하되 此도 人情上 固然할 듯 하도다 그러면 汝에게 一刻의 暇를 與하노니 一言으로써 別하고 幸히 遲치 말나 此時에 郭雲은 此를 見하고 勃勃然 俠氣가 飛動하나 쏘한 奈何키 難한지라 少年이 長嘆하되 每夜에 我 夫婦가 角觝를 爲하야 房中의 戱를 作하얏더니 今에는 復得치 못할지로다 僧이 欣然하야 曰 汝가 能히 角觝할 줄을 知하면 我로 더부러 一戱함이 何如하뇨 少年이 答하되 我가 能하다 하는 것이 아니니 願컨대 學하려 하노라 그러나 角觝를 爲함애 賭를 爲치 아니하면 勝負를 別하기 難하니 願컨대 賭를 爲하야 傍觀의 一笑를 助함이 何如하뇨 僧이 喜하야 曰 그러면 何로써 賭를 爲할고 少年이 曰 大師가 萬若 我를 勝하는 時에는 我에게 一金도 償치 말고 我의 妻를 取하고 萬一 我가 大師를 傷하는 時에는 大師의 一文의 金을 要치 아니하고 다만 我 婦로 더부러 同歸하기를 望하노라 僧이 大喜하야 曰 비록 小子이나 性이 濶達하도다 하고 이에 藝를 試하기로 하얏더라

〈角戱場少年賭婦, 糞窖中頑僧員殞命〉(下)

僧이 更히 少年다려 謂하되 賭하기는 賭하겟스나 汝가 我를 對手로 함이 이른바 赤卒(잔자리)이 石柱를 撼함이 아니뇨 少年이 曰 大師는 다만 石柱가 될 쑨이니 엇지 蜻蜓[97]을 對하야 憂할 것이리오 僧이 又笑하되 角觝하기 前에 汝의 口角이 先利하니 怜悧한 兒이로다 時는 正히 暮春天氣에 宿雨가 初歇하고 道途가 泥濘으로 化하얏스되 오즉 店 前 一 小阜가 稍히 廣闊하고 其 上이 平衍한지라 少年이 僧으로 더부러 俱히 阜에 登하니 村人이 多數히 集會하고 郭雲도 쏘한 其中에 在하얏더라 阜 下에 一 糞窖이 有하니 一村의 糞을 貯置하야 每年 田畓에 肥를 施하는 者인대 其 深이 底가 無한 것이더라 兩人이 東西로 分立하야 各히 其 上衣를 脫하고 僧이 諸人을 顧하며 謂하되 老僧이 此 小兒로 더부러 戱하니 虎와 羊이 相敵함과 如하도다 少年이 이에 其 右膝을 跪하고 其 左膝을 竪하며 其 背를 窿하고 其 腹을 實하야 右手로 僧의 左股를 扼하고 更히 左手로써 僧의 背를 循하야 堅하게 其 腰를 把握하야 僧을 帶하기를 箕와 如히 하되 僧은 오히려 詡詡

97) 보통 잠자리를 '蜻蜓'이라한다.

히 笑하더니 少年이 忽然 大呼一聲에 突然 崛起하야 僧을 其 左肩 上에 橫着하니 僧이 兩手는 空을 爬하고 兩脚을 虛空에셔 舞하얏 맛치 泅하는 者가 波濤 中에셔 宛轉함과 如한지라 少年이 因하야 盤旋하기를 맛치 大鵬이 山雀을 搏함과 如하되 僧은 尙히 少年의 肩上에 橫掛하야 紡車[98]가 機를 隨하야 軋轉함과 如함애 能히 其 力을 施치 못하는 지라 時에 少年의 一 肩은 高하고 一 肩은 低하야 左手는 盤에 水를 盛함과 如히 하고 右手는 劒을 鞘에셔 拔함과 如하더니 忽然 僧의 腰를 折하야 一擧에 僧을 糞窖 中에 擲하니 此는 角戱法의 所謂 金剛飜身玉山倒空의 勢이라 僧이 糞堆 上에 一 落함애 星이 天에셔 隕함과 如하며 水가 甁에셔 瀉 함과 如하야 其 勢를 遏하기 難함애 糞이 開하얏다가 다시 合하니 可憐한 彼淸淨法身은 頃刻 涅槃하야 蟲蛆汚穢 中에 埋葬하얏더라 是日에 環立하야 觀하는 者가 無慮 六七百 人에 達하얏는대 初에 少年이 手를 運하기 小兒와 如히 하는 것을 見하고 모다 兩目이 瞠然하더니 及其 僧을 糞窖 中에 投함을 見하고 모다 吃驚하며 繼하야는 喝叫치 안는 者이 無하얏더라 此時 衆人의 心理에 僧의 死함을 歡喜稱揚한 것은 一은 僧이 人의 妻를 强奪코져함을 惡함이오 一은 平日에 在하야 村人에게 行惡하던 것을 痛憎하얏던 故이라 初에 少年이 其 婦를 許함에 難色함을 見하고 모다 其 少年을 爲하야 哀憐이 思하얏스며 又 少年이 角觝의 戱로써 其 婦를 賭함을 見하고 又 少年을 爲하야 危懼하얏더니 밋 此에 至하야는 僧의 死함을 欣快하고 少年의 勇力을 奇愛치 안는 者이 無하야 이에 紛紛히 其 前에 進하야 姓名 年齒 及鄕里를 問하니 少年이 答하되 姓은 李오 年은 十六이라 하고 名과 鄕里는 告치 아니하얏더라 諸人이 因하야 少年다려

98) 본문에는 '舫車'으로 되어 있다. 『소재집(嘯齋集)』의 〈角觝少年傳〉을 참조하여 '紡車'로 바로 잡았다.

謂하되 僧의는 債 果然 三百金이어니와 渠의 所謂 溪南의 田은 皆京營土이니 彼가 엇지 立錐의 地가 有하리오 하며 또 問하는 者가 有하야 曰 僧의 角觝를 好하는 것을 먼져 聞知한 事가 有한고 엇지 能히 그 好함을 利用하야 制하얏나뇨 少年은 다만 笑를 含하고 答치 아니하며 이에 店舍로 返하야 人으로 하야금 惡僧의 債券을 取하야 火에 焚하고 드대여 其 婦를 携하고 從容히 出去하니 郭雲의 氣가 僧에게 奪하고 膽이 少年에게 慴하야 歸家한 後로 敢히 人으로 더부러 其 勇을 較치 못하얏다 云하니라

外史氏曰 古人의 言에 善騎하는 者는 墮하고 善遊하는 者는 溺한다 하얏스니 僧은 角觝를 善히 하다가 맛참내 角觝에 死하얏도다 古來부터 그 能함에 死한 者가 幾人이며 又 스사로 其 勇力을 恃하고 天下에 敵手가 無하다고 自詡하다가 皆 此 僧의 最後를 遂한 者가 또한 幾人이뇨 匹夫의 勇과 一技의 能이 有한 者는 宜히 此에 鑑하야 戒할진뎌

〈각희장소년도부, 분교중완승원운명〉 번역문

씨름장에서 아내를 걸고 내기한 소년, 똥구덩이에 빠져 죽은 흉악한 중(상)

그리 오래되지 않은 옛날 곽운(郭雲)[99]이란 자가 있었다.

힘을 쓰는 것이 절륜하여 그때에 사람들이 '곽 장사'라고 불렀다.

곽운이 능히 일만 전(이때는 엽전을 사용하였는데 금의 오전이 엽전으로 오십 개였다. 만전의 수는 실로 많고 그 양도 무거워 보통 사람들은 들지도 못

---

99) 『소재집』에 의하면 원봉(圓峯) 이자명(李子明)의 외손자라고 한다. 이자명은 이광사의 『원교집(圓嶠集)』을 보면 이름은 광철(光喆)인데, 나이가 들어 흉인의 이름을 피하기 위하여 제로(濟老)로 바꾸었다고 한다.

하였을 것이다)을 옆구리에 끼고는 수십 보의 깊은 연못을 뛰어 넘을 만큼 과감함이 있었다.

늘 스스로 그 힘을 믿고 행동하기를 즐겨 조용히 진중함을 지키지 못하였다. 그리하여 혹 불평한 일을 모면 문득 완력에 의지하여 일신을 망각하곤 하였다.

하루는 연안(延安)[100]을 지나갈 때였다.

한 중이 있는데, 신장은 8척에 생김새와 체격이 장대하고 훌륭하였다. 어떤 주막의 문 밖에 두 다리를 뻗고 앉아서는 주막집 주인에게 빚 독촉이 성화같고 주막집 주인은 오직 '목숨만 살려줍시오' 하고 구걸하였다.

그때 마침 소를 잡는 자가 막 도살하려고 하였다.

갑자기 줄이 끊어지더니 소가 달아 나 여러 길을 펄쩍 뛰어 오르며, 사람을 만나면 뿔로 들이받고는 곧장 중의 앞으로 달려드는 것이었다. 그런데 중은 이것을 보고도 편안하게 앉았더니 주먹을 들어서는 그 머리를 쳐버리자 소가 그 자리에서 풀썩 넘어져 죽어 버리는 것이 아닌가.

곽운이 이것을 보고 혀를 내두르니, 곁에서 돗자리를 짜던 자가 있다가는 운에게 말하였다.

"이것은 족히 말할 것도 없소. 아무 절에 한 커다란 돌이 길을 막았는데, 소 일곱 마리로 끌었지만 움직이지 않는 것을 이 중이 굴려버렸다오. 또 씨름 놀이를 좋아하는데 늘 세상에는 적수가 없음을 한탄한답디다."

운이 더욱 경탄할 뿐이었다.

여러 명의 촌사람들이 술과 안주를 가지고 와서 중에게 대접을 하

100) 황해도 연백군 연안면(延安郡).

였다. 이것은 모두 중에게 빚을 진 자들이 그 위세와 힘을 두려워해서 였다. 중이 한창 마시고 싶은 대로 술을 실컷 마실 때였다.

마침 한 여자가 소를 타고 왔다.

여자는 장의(長衣)[101]로 머리를 가리고 뒤에는 한 소년이 따라오는데 몸이 약해 옷을 가누지도 못하는 듯하였다.

그 여자가 소에서 내려 주막에 들어 갈 때, 여인의 얼굴이 반쯤 드러난 것을 중이 보았다. 여인의 아름다운 얼굴과 몸맵시는 실로 나라 안에서 으뜸으로 칠만 하였다. 중이 멍하니 한참을 바라보더니 말하였다.

"어여쁘고도 교태가 있고 요염한 자태가 사람의 눈을 아찔하게 하니 이른바 이토록 즐거움을 줄만한 여인은 보기 드물게다.'"

그리고는 그 소년의 약함을 업신여겨 손으로 소년을 낚아채며 말하였다.

"소를 타고 온 여인이 너의 누이냐? 처이냐?"

소년이 대답했다.

"내 처입니다."

중이 말하였다.

"내가 산 속에 살아 보는 것은 오직 산꽃과 들풀뿐이었는데, 지금 네 처가 내 혼을 빼버리는구나. 내가 300금을 너에게 보상할 것이니 네 여편네를 나에게 바치고 너는 이 돈으로 다시 좋은 여인을 구해보라."

소년이 웃으며 말하였다.

"내 아내가 비록 나라를 뒤흔들만한 미인은 아니지만 능히 대사의

---

101) 예전에, 여자들이 나들이할 때에 얼굴을 가리느라고 머리에서부터 길게 내려 쓰던 옷. 초록색 바탕에 흰 끝동을 달았고, 맞깃으로 두루마기와 비슷하며, 젊으면 청·녹·황색을, 늙으면 흰색을 썼다.

혼을 뺐다하니 300금이 너무 적지 않은가?”

중이 눈썹을 찡그리며 “그러면 금년 추수할 곡물을 너에게 주겠다.”라고 하며 시내 남쪽을 가리키며 말하였다.

“여기부터 아무 곳까지는 모두 내 땅이다. 이 마을에 20호가 추수한 뒤에는 각자 10가마의 도지(賭地)[102]를 내니 이를 너에게 주겠다. 너는 두 말하지 마라. 만약 내 말을 따르지 않으면 너를 죽여 버리겠다.”

그리고는 채무를 진 여러 사람을 각각 불러서는 말하였다.

“내가 받을 빌린 금 300을 3일 내에 이 꼬마신랑에게 주어라. 그렇지 않으면 너희들을 모두 가루로 만들어 버리겠다.”

여러 사람이 감히 거역하지 못하고 “예예” 하고 복종하였다.

그리고는 중이 주막 안으로 들어와서는 그 미인을 데려가려하니 소년이 말하였다.

“나와 같은 자질구레한 사람이 감히 거역하지 못할 것이오. 그러나 혼인을 한 지 얼마 되지 않아 새로운 정이 막 합쳐졌으니, 지금 잠시 시간을 주어 손이라도 한 번 잡은 뒤에 이별하는 것이 어떠하오.”

중이 웃으며 말하였다.

“이 말도 인정상 그러할 듯 하구나. 그러면 너에게 잠시 겨를을 줄 테니 한 마디 말로 이별하고 행여 더디게 하지 말라.”

이때에 곽운이 이것을 보고 호방한 의협심이 강하게 끓어오르나 또한 어찌하기가 어려웠다.

소년이 길게 숨을 쉬고는 말했다.

“늘 밤에 우리 부부가 씨름을 하여 방 안의 놀이를 삼곤 하였는데 이제는 다시 하지 못하겠네.”

---

102) 빌려 쓰는 논밭의 대가로 주는 금액. 도조(賭租).

이 말을 듣고 중이 기뻐하며 말하였다.

“네가 능히 씨름을 할 줄을 아느냐? 알면 나와 한 번 붙어보는 것이 어떠하냐?”

소년이 답하였다.

“내가 잘한다는 것이 아니니, 원한다면 한 수 배우겠소. 그러나 씨름을 하며 내기를 하지 않으면 승부를 내기 어려운 게요. 내기를 하여 주위에서 보는 사람들에게 웃음거리를 주기를 바라는데, 어떻겠소.”

중이 즐거워하며 말하였다.

“그러면 무엇으로 내기를 할꼬?”

소년이 말하였다.

“대사가 만약 나를 이길 때에는 나에게 한 푼도 주지 말고 내 처를 갖으시오. 만일 내가 대사를 이길 때에는 대사에게 한 푼의 금도 요구하지 않고, 다만 내 아내만 데리고 가겠소이다.”

중이 크게 기뻐하여 말하였다.

“비록 어린 아이나 거 성품이 활달하구나.”

그리고는 이어 재주를 시험하기로 하였다.

씨름장에서 아내를 걸고 내기한 소년, 똥구덩이에 빠져 죽은 흉악한 중(하)

중이 다시 소년에게 말하였다.

“내기는 내기다만, 네가 나를 적수로 한다는 것은 이른바 ‘적졸(赤卒)[103]이 돌기둥을 흔드는 격’ 아니냐?”

소년이 말하였다.

---

103) 고추잠자리.

“대사는 다만 돌기둥일 뿐이니, 잠자리를 대해 근심할 게 뭐 있겠소.”

중이 또 웃으며 말했다.

“씨름을 하기 전에 네 주둥아리로 먼저 승리를 다짐하니 영리한 아이로고.”

이때는 딱 늦봄 음력 3월이었다.

날씨는 여러 날 계속해서 내리던 비가 처음으로 그쳐 온 길이 진창으로 변하였으나 오직 주막 앞 조그만 언덕만이 조금 넓고 그 위가 평퍼짐하였다.

소년이 중과 함께 이 언덕에 올라가니 촌사람들이 많이 모여들고 곽운도 그 사람들 중에 끼었다.

언덕 아래에는 한 똥구덩이가 있었다. 이 마을의 똥을 저장해 두어 매년 논과 밭에 거름을 주려고 하는 것인데 어찌나 깊은지 알 수 없을 정도였다.

두 사람이 동쪽과 서쪽으로 나누어 서서 각기 그 윗도리를 벗었다.

중이 여러 사람들을 죽 둘러보며 말하였다.

“노승이 이 조그만 아이와 함께 노니 호랑이와 양이 서로 맞서는 것 같구나.”

소년이 이에 오른쪽 다리를 꿇고 그 왼쪽 다리를 세우며 등허리를 활처럼 휘게 하고 배에 힘을 딱 주고 또 오른 손으로는 중의 왼쪽 다리를 움켜쥐고 다시 왼손으로는 중의 등을 바짝 감싸 안아 허리를 세우게 하여 허리를 꽉 잡고는 중을 키처럼 가볍게 들었다.

그러나 중은 오히려 큰소리를 치면서 웃었다.

소년이 갑자기 큰 소리를 한 번 지르더니 돌연히 우뚝 일어나 중을 왼쪽 어깨 위에 가로로 놓았다. 중은 두 손으로 허공을 젓고 두 다리는 공중에서 춤을 췄다. 마치 헤엄을 치는 사람이 파도 속에서 헤엄치는 모양새와 같았다.

소년이 인하야 빙빙 돌리는데 마치 대붕(大鵬)[104]이 곤줄박이[105]를 치는 듯하였다. 중은 아직도 소년의 어깨 위에서 가로 걸려 물레가 틀을 따라 돌아가는 것과 같으니 영판 힘을 쓰지 못하였다.

이때에 소년의 한 쪽 어깻죽지는 높고 한쪽은 낮으니 왼편짝 손은 물이 가득한 소반 같고 오른편 손은 칼을 칼집에서 뽑는 것과 같았다.

소년이 홀연 중의 허리를 우지끈 꺾었다.

그리고는 중을 들어서는 똥구덩이 속으로 던져 버리니, 이것은 씨름 기술 중에서 이른바 '금강번신옥산도공(金剛飜身玉山倒空)[106]의 형세였다.

중이 똥구덩이 속에서 한 번 떨어지니 별이 하늘에서 떨어지는 듯하고 물이 쏟아지는 듯 하였다. 그 기세를 막기 어려워 똥구덩이가 확 열렸다가는 모아지니 가련한 청정법신(淸淨法身)[107]은 눈 깜빡할 사이에 열반(涅槃)[108]하여 벌레 구더기가 들끓는 똥구덩이 속에 매장되어

---

104) 하루에 구만 리를 날아간다는, 매우 큰 상상의 새.

105) 박샛과의 새. 머리와 목은 검은색, 등·가슴·배는 밤색, 날개와 꽁지는 잿빛 청색이며 뒷머리에 'V' 자 모양의 검은 무늬가 있다. 텃새로 야산이나 평지에 산다.

106) 금강역사(金剛力士)가 몸을 뒤집고 술 취한 사람이 밀지 않아도 거꾸로 쓰러진다는 뜻.
'금강역사'는 금강야차(金剛夜叉)라고도 한다. 사찰 문의 좌우에 서서, 승려들이 불도를 닦을 때에 쓰는 도구인 방망이인 금강저(金剛杵)를 손에 들고 불법을 수호하는 신. '옥산도공'은 술에 취해서 몸을 가누지 못하는 것. 『세설신어(世說新語)』 용지(容止)에 "산공(山公)이 말하기를 '혜숙야(嵇叔夜)의 사람됨은 외로운 소나무가 우뚝하게 서 있는 듯하며 술에 취하면 높은 옥산이 장차 넘어지려는 것 같다.'고 했다." 하였음. '산공'은 진(晋) 나라 산도(山濤)의 별칭이고 '혜숙야'는 삼국 시대 위(魏) 나라 혜강(嵇康)이다. 혜강은 죽림칠현의 한 사람으로 술을 즐겨했다. 산공은 이러한 혜강이 술에 취했을 때 흐느적거리는 모습이 마치도 옥산(玉山)이 무너지려 하는 것 같다고 표현한 것이다.

107) '청정'은 나쁜 짓으로 지은 허물이나 번뇌의 더러움에서 벗어나 깨끗해지는 것이요, '법신'은 불법의 이치와 일치하는 부처의 몸을 이른다. 중의 악행을 꼬집는 반어적 표현이다.

버리는 것이 아닌가.

이날 빙 둘러서서 보던 사람들이 무려 600~700명에 달하였다. 처음에 소년이 손을 쓰는 것이 어린애 다루듯 하는 것을 보고 모두 두 눈이 휘둥그레지더니, 급기야 그 중을 똥구덩이 속으로 던져 버리는 것을 보고는, 모두 깜짝 놀라며 이어서 박수를 치고 큰 소리를 지르며 통쾌해 했다.

이때 중이 죽는 것을 보고 여러 사람들은 마음으로 중의 죽음을 매우 기뻐하고 칭찬하였으니, 하나는 중이 남의 처를 강탈하려하여 미워해서요, 또 한 가지는 평소 촌사람들에게 악행을 하던 아픔을 증오하였기 때문이었다.

차음에 소년이 그의 아내를 하락하는데 어려운 기색이 없는 것을 보고는 모두 소년을 위하여 불쌍하게 생각하였다가, 소년이 씨름 내기에 아내를 거는 것을 보고는 또 소년을 위하여 위태롭게 여기고 두려워하였다. 그런데 이제 중의 죽음을 보았으니 흔쾌하게 여기고 소년의 힘씀을 사랑치 않는 사람이 없게 된 것이었다.

그래서 어지러이 소년 앞으로 가서 성명과 나이와 고향 등을 물으니 소년이 대답했다.

"성은 이씨(李氏)요, 나이는 열여섯이외다."

그리고 이름과 고향 마을은 알려주지 않았다.

여러 사람이 이어서 소년에게 말하였다.

"중의 채무는 과연 300금이 된다지만. 저쪽 소위 시내 남쪽의 밭은 서울에서 경영하는 둔토(屯土)[109]일세. 제깐 놈이 어디 어찌 송곳 꽂

108) 불교에서 일체의 속박에서 해탈한 최고의 경지인 죽음.
109) 둔전과 둔답을 아울러 이르는 말로 각 궁과 관아에 속한 토지. 관노비나 일반 농민이 경작하였으며, 소출의 일부를 거두어 경비를 충당하였다.

을 땅이 있다던가?"

또 한 사람이 물었다.

"중이 씨름을 좋아한다는 것을 먼저 들은 일이 있는가? 어찌 그가 좋아하는 씨름을 이용해서 제압한 것이지?"

소년은 다만 싱그레 웃음을 머금고 대답하지 않았다.

그리고는 주막집으로 돌아가 사람들 시켜 악한 중의 채권을 거두어 들여서는 불사르고 그의 아내를 데리고 조용히 나가버렸다.

곽운은 기운이 중에게 뺏기고 담력은 소년에게 눌리어 집으로 돌아온 후로는 감히 다른 사람과 용기를 견주지 못하였다고 한다.

외사씨가 말한다.

옛사람의 말에 '말을 잘 타는 자는 말에서 떨어져 죽고 헤엄을 잘 치는 자는 물에 빠져 죽는다.'고 하였다. 중은 씨름을 좋아하다가 끝내는 씨름으로 인하여 죽었다. 예로부터 자기가 능함으로써 그 능한 것 때문에 죽은 자가 몇 사람이며, 또 자기가 제 힘만을 믿고 '천하에 적수가 없다.'고 빼기다가 모두 이 중과 같은 최후를 따른 사람이 또한 몇이던가. 깊은 생각 없이 혈기만 믿고 함부로 부리는 소인의 용기와 한 가지 재주가 있는 자는 마땅히 이 이야기를 살펴서 경계를 해야 할 것이다.

4) 〈燕雀安知鴻鵠志, 可惜豪傑老林泉〉(上)[110]

京城 墨積洞에 許生이란 者가 有하야 家勢는 貧寒하되 讀書하기를 好하며 其 妻는 人의 縫剌를 爲하야 僅僅히 糊口하더니 一日은 妻가 飢甚하야 泣하되 君子가 平生에 讀書하기를 好홈은 將次 何를 爲홈이뇨 生이 笑曰하되 吾가 아즉 讀書 未熟하얏노라 妻가 怒罵하되 晝晝夜夜에 오즉 書만 讀하고 不工不商하니 엇지 盜賊이 되지 아니하나뇨 生이 이에 卷을 掩하고 起하야 喟然히 嘆하되 可惜하도다 我가 讀書하기를 十年을 期하얏더니 今에 旣히 七年이라 今에 此를 廢홀진딘 엇지 一簣의 功을 虧홈이 아니리오 하고 이에 門을 出하야 雲從街에 至하야 市人에게 問하되 此 京城 內에 誰가 가쟝 富饒하뇨 市人이 卞某로써 對하는지라 이에 其 人을 訪하고 長揖하야 曰 我가 家貧하야 自資키 難홀세 小試홀 바가 有하니 願컨딘 萬金을 借하라 卞이 此를 謝却치 안이하고 곳 萬金으로써 與하니 其 子弟와 賓客 等이 諫하되 大人이 一朝에 萬金을 一丐乞의 者에게 與하심은 何를 爲홈이 니잇고 卞이 曰하되 汝等의 知홀 바 아니니라 生이 旣히 萬金을 得하야 가지고 安城에 往하야 棗, 栗柿, 柑橘의 屬을 貿하얏더니 未幾에 國中에 果가 乏함이 生이 此를 賣하야 十培의 利를 獲하고 又 濟州에 入하야 馬鬣를 買하얏는대 又 未幾에 十培의 利를 得하얏더라 生이 又 老篙師의게 問하야 空島를 得한 後에 山林에 伏在한 群盜 數千人을 誘說招募하야 其島에 居케 하고 錢三十萬緡을 輸하야 產業을 爲할세 群盜를 使役하야 其荒蕪의 地를 開墾하고 五穀을 播하얏더니 秋에 至하야 數百萬石을 收穫하얏는지라 時에 日本이 大飢하얏슴으로 船에 載하

110) 『기인기사』 제1집, 19화.

연암 박지원의 『열하일기(熱河日記)』 「옥갑야화(玉匣夜話)」 중 〈허생〉을 축약하였다.

고 往하야 賑하미 銀百萬을 獲하얏더라 生이 이에 嘆하되 我가 今에 旣히 小試하얏도다 하고 島中諸人다려 謂하되 我는 今에 去 하노라 하며 銀數千萬을 濟州에 散하야 貧寒한 者를 救恤하고 尙히 十餘萬이 餘한지라 生이 以爲하되 此로 可히 써 卞氏의 金을 報하리라 하고 卽時 京城에 反하야 卞氏를 往見하니 卞이 驚하야 曰하되 或은 失利함이 아니냐 生이 笑하며 前後 獲利한 事를 述한 後에 銀十萬을 卞의게 還하니 卞이 大驚하야 什一의 利를 受키를 願하니 生이 怒하되 君이 엇지 賈竪로써 我를 視하나냐 하고 드대여 衣를 拂하고 家에 歸하니 其 妻는 生이 一自 出門흔 以後로 經年토록 信息이 漠然함으로 客死함으로 知하고 其 出家하든 日로 祭를 行하얏더라 卞이 人으로 銀은 生에게 致하니 生이 又 銀을 持하고 卞家에 往하야 遺하고 生이 辭하되 我가 萬一 富하고져 할진대 엇지 百萬을 棄하고 十萬을 取하리오 君이 我의 家口를 計하야 飢寒이나 免하도록 衣糧을 送하야 一生을 過하게 하는 것이 足하니라 卞이 此로 從하야 生의 匱乏을 度하야 문득 衣食으로써 賑恤하고 情誼는 遂히 莫逆으로 되얏더라 卞이 一日은 生다려 謂하되 方今 朝廷에셔 南漢의 耻를 雪하려 하야 廣히 人材를 求하는 中에 在하니 此는 志士의 振腕奮智의 秋이라 子와 如한 才로써 功名을 求치 안코 林泉의 下에셔 老코져 하나냐 生이 嘆曰 古來 豪傑의 沉名한 者가 엇지 一二에 止하리오 趙聖期와 如한 者는 可히 國을 扶할만한 才가 有하얏스되 맛참닉 布衣로 死하고 柳馨遠은 足히 大將이 될만한 才가 有하얏스나 海面에셔 逍遙하야스니 今에 國政을 謀하는 者를 觀하건대 可히 其爲人의 如何를 知할지라 我는 善賈하는 者이니 我의 銀이 足히 九王의 頭를 市할만하나 海中에 投하고 來한 것은 可用할 處가 無흠으로써 함이니라 卞이 言을 聞하고 太息함을 不已하얏더라.

〈燕雀安知鴻鵠志, 可惜豪傑老林泉〉(下)

卞이 元來 貞翼公 李浣으로 더부러 善하더니 浣이 時에 御營大將이 되야 孝宗의 眷寵을 蒙하야 嘗히 上意를 乘하야 將次 北伐을 謀할셰 廣히 人材를 求하더니 一日은 卞으로 더부러 時事를 談論하다가 卞다려 謂하되 里巷閭閻의 中에도 或 奇才가 有하야 可히 더부러 大事를 共히 할 者가 有한가 한즉 卞이 許生으로써 對하니 浣이 大喜하야 其 名을 問하니 卞이 曰하되 同交한지 二年에 맛참닉 其 名을 言치 아니함으로 다만 許生이라 呼할뿐이로다 浣이 曰 此는 異人이라 今夜에 君으로 더부러 偕往하자 하고 星夜에 浣이 騶從을 屛하고 獨히 卞으로 더부러 共히 許生의 家에 至하얏는대 卞이 浣을 門外에 立하고 先入하야 李公의 來한 意를 道하니 生이 聽若不聞하고 다만 卞을 留하야 酒를 共飮할셰 卞이 浣의 久立佇待함을 悶하야 屢屢히 言하나 生이 應치 아니하다가 夜가 旣히 二更에 至함이 生이 卞다려 客을 召入하라 하니 浣이 入하야 禮를 爲함이 生이 安坐不動하는지라 浣이 坐定한 後에 國家求賢의 意를 述하니 生이 手를 揮하며 曰 夜는 短하고 語는 長하야 聽하기 太遲하니 細碎한 語는 此를 省略하라 汝가 今에 何官에 居하나뇨 浣이 曰 方今 訓練大將의 職에 居하노라 生이 曰 我를 來訪함은 何意이뇨 浣이 曰 方今 聖上께셔 將次 北伐을 謀하실셰 求賢如渴하심으로 今에 先生의 高名을 聞하고 可히 大事를 議하며 大任을 授하야 大業을 成하리라 하고 將次 先生의 駕를 枉하기 爲하야 來하얏거니와 先生이 旣히 大略과 奇才를 抱하야 不世出의 大器로 凡人에 卓出한 以上에 苟히 國家를 爲하야 上으로 南漢의 耻를 雪하고 下으로 芳名을 當時와 後世에 垂함이 實로 男兒의 事이라 幸히 先生이 蹶然히 起할진대 國家의 幸이며 生民의 幸일가 하노라 生이 曰

然한즉 汝는 信臣이라 我가 맛당히 諸葛孔明이 될지니 汝가 能히 聖上께 奏하야 草廬를 三顧케 하겟나뇨 浣이 低頭良久에 乃曰하되 此事는 實難하니 願컨대 其次를 問하노라 生이 曰 其次는 不知하노라 浣이 固請하니 生이 乃曰 明의 將士가 朝鮮으로 더부러 舊恩이 有한 者의 其 子孫이 多數히 東來하야 流離孤獨하니 汝가 能히 主上께 請하야 宗室의 女를 出하야 彼의게 遍嫁하고 金塗張維의 家를 奪하야 彼等을 處케 하겟나뇨 浣이 沈思良久에 又曰하되 此도 쏘한 難할지로다 生이 曰 人家庶孼에게 淸顯의 職을 與하며 士大夫로 더부러 交相婚嫁하는 制度를 定하겟나뇨 浣이 曰 其 弊가 已痼하야 改하기 實難하도다 生이 怒曰 此도 難하며 彼도 難하다 하면 何事를 可能하다 하겟나뇨 一事의 가장 易한 者가 有하니 汝가 能爲하겟나뇨 浣이 曰 聞하기를 願하노라 生이 曰 大義를 天下에 伸코져 할진대 먼져 天下의 豪傑을 交結치 아니하는 者가 有치 아니하며 人의 國을 伐코져 할진대 먼져 間諜을 用치 아니하고셔는 能히 功을 成치 못할지라 今에 滿洲가 遽然히 天下에 主하미 스사로 中國에 親치 아니하얏는대 我國이 率先하야 彼에 服하얏스니 彼의 信하는 바이라 今에 萬一 國家에셔 子弟를 遣하야 入學遊宦하기를 唐元의 故事와 如히 하고 商賈의 出入을 不禁하면 彼가 반다시 其見親함을 喜하야 許ᄒᆞ리니 國中의 子弟를 選擇하야 薙髮胡服을 爲케 하야 君子는 往하야 賓貢에 赴케 하고 小人은 江湖에 遠商하야 其虛實을 覘한 後에 廣히 豪傑을 結合하야 事를 擧하면 天下를 可히 圖하며 國耻를 可히 雪하리라 浣이 憮然히 色을 動하야 曰 我國의 士大夫가 皆 禮法을 謹守하야 先王의 法服이 아니면 敢히 服치 아니하나니 誰가 薙髮胡服을 肯爲하리오 生이 大叱하되 國家의 大耻를 雪코져 함이 엇지 區區히 禮法을 論하리오 樊於期는 私怨을 報키 爲하야 其 頭를 惜치 아니하고 趙 武靈王은 其國을

强케 하로져 하야 胡服을 耻치 아니 하얏스니 今에 大明을 爲하야 讐를 期코져 하면셔 尙히 一髮을 惜하려 하니 此等의 者는 足히 써 大事를 論치 못할지로다 무릇 我의 言한 바를 汝가 一도 可能치 못ᄒᆞ다하면셔 스ᄉᆞ로 信臣이라 謂하니 所謂 信臣이란 者ㅣ 果然 斯와 如하뇨 汝를 可히 斬할지라 하고 左右를 顧하야 劒을 索하니 浣이 大驚하야 逃走得免하얏는대 明朝에 復往하니 旣히 其 家를 空하고 去하야 其往한 處를 莫知하며 又 其所終을 不知하얏다 云하니라.[111]

〈연작안지홍곡지, 가석호걸노림천〉 번역문

소인이 어찌 큰 인물의 뜻을 알겠는가, 호걸이 초야에서 늙으니 애석하구나(상)

경성 묵적동(墨積洞)에 허생(許生)[112]이란 자가 있었다. 집안 형편은 가난한데 책읽기를 좋아하여 그 아내가 남들의 삯바느질을 하여 간신히 입에 풀칠을 하였다.

하루는 아내가 너무 배가 고파서 울면서 말했다.

“군자가 평생에 책읽기를 좋아함은 장차 무엇을 하려함이오?”

허생이 웃으며 말하였다.

111) 원문은 “다음날 아침에 다시 허생의 집을 찾아가보니 이미 집은 텅 비어 있고 떠나가 버렸더라.(明日復往 已空室而去)”로 되어있다. 그러나 물재는 여기에 “又 其所終을 不知하얏다 云하니라.”를 부연하여 허생의 종적을 더 신비화하였으며 ‘-云하니라.’라는 의고적인 문어체 종결어투로 자신을 이야기의 서술자 정도로 객관화시키고 있다.

112) 연암은 『열하일기』 「옥갑야화」에서 윤영(尹映)이라는 실재(實在)가 확인되지 않는 사람의 말을 인용, ‘허생은 끝내 자신의 이름을 밝히지 않았으니, 세상에서 그의 이름을 아는 자가 없다.’라고 하였다. 하지만 김태준, 『조선소설사(朝鮮小說史)』(학예사, 1939, pp.174-175)중 ‘대문호 박지원과 그의 작품’에서는, 허생은 실존인물인 와룡처사(臥龍處士) 허호(許鎬: 1654~1714)를 모델로 하였다고 주장했다.

“나의 독서는 아직 미숙하오.”

아내가 성을 내어 꾸짖어 말했다.

“밤낮으로 오직 책만 읽고 공업도 장사도 안하니 어찌 도둑이 되지 않습니까?”

허생이 책을 놓고 일어나 위연히 탄식하였다.

“애석하도다! 내 책읽기를 십 년을 기약했는데 이제 겨우 칠 년이라. 이제 이를 폐할진대 어찌 한 삼태기의 공을 버리는 게 아니겠는가.”

그러고는 문을 나서 운종가(雲從街)[113]에 이르러 시장 사람에게 물었다.

“이 경성 안에서 누가 가장 부자요?”

시장 사람이 변 아무개(卞氏)[114]라고 대답하였다. 이에 그 사람을 찾아가 깊이 허리를 숙여 인사를 올린 후 말하였다.

“나는 집안이 가난하여 장사밑천을 마련하기가 어렵소이다. 작은 시험을 해보고 싶은데 만금만 빌려 주시기 바라오.”

변 씨가 이를 거절하지 않고 만금을 빌려주니 그 집의 자제와 손님들이 감하였다.

“대인께서 만금을 한 거지에게 빌려주니 어째서 인지요?”

변 씨가 말했다.

“너희들은 알 바 아니다.”[115]

---

113) 조선시대 한성(漢城)의 거리 이름. 지금의 종로 네거리를 중심으로 한 곳인데, 이곳에 육의전(六矣廛)이 설치되었다.

114) 변 씨는 허생과 같은 시대의 거부인 변승업(卞承業)의 조부. 『열하일기』 중 ‘변승업의 부유함은 그 돈과 재물을 조상으로부터 물려받은 것인데, 승업의 조부 때에는 수만 냥에 불과했다. 그러던 것이 허씨 성의 선비를 만나 은 십만 냥을 얻었으니, 드디어 나라에서 제일가는 갑부가 되었다.’라는 구절이 있다.

115) 물재는 연암 글에서 여러 부분을 축약하였다. 원 글의 이 부분 해석은 아래와 같이

허생이 만금을 가지고 안성(安城)에 가서 대추, 밤, 감, 감자, 귤 등을 사들였더니 머지않아 나라 안에 과일이 부족하게 되었다. 허생이 이를 팔아 열 배의 이득을 얻었다. 또 제주도에 들어가 말총[116]을 사들여 또 열 배의 이득을 보았다.

허생이 늙은 뱃사공에게 물어 빈 섬을 알아낸 뒤에 산 속에 숨어 있는 도둑 수천 명[117]을 꾀어 모아서는 그 섬에 살게 하고는 십 만 민(緡)을 주어 산업을 일으키게 하였다. 도둑들을 시켜서 황폐한 땅을 개간하고 오곡을 심었더니 가을에 수백만 석을 수확하였다.

그때 일본에 기근이 들어 배에 싣고 가서 구휼하여 은 백만을 얻었다.

허생이 탄식을 하며 말했다.

"이제야 나의 자그마한 시험을 마쳤도다."

그러고는 섬 안의 여러 사람들에게 "나는 이제 가노라." 하며, 은 수천만을 제주에 풀어 가난한 자들을 구휼하니 아직도 십여만이 남았다.

허생은 '이것으로 변 씨의 금을 갚으리라' 하고 즉시 경성으로 돌아갔다. 변 씨를 찾아가니 놀라 말하였다.

"혹 손해를 보았는지요?"

허생이 웃으며 이문을 남긴 자초지종을 이야기한 후에 은 십만을

길게 서술되어 있다.

"너희들은 알 바 아니니다. 대체로 다른 사람에게 무엇인가를 구할 때에는 반드시 자신의 뜻을 장황하게 이야기하는 법이지. 먼저 자신의 신의를 내보이려고 애쓰지만 그 얼굴빛은 어딘가 비굴하며, 그 말은 했던 것을 자꾸 반복하게 마련이네. 그런데 저 손님은 옷과 신발이 비록 누추하지만, 그 말이 간단했고 그 시선은 오만했으며 부끄러워하는 기색이 조금도 없었다네. 이는 재물에 대한 욕심이 없어 스스로의 처지에 만족하고 있는 사람이기 때문이지. 그가 한번 해보고자 하는 일도 결코 작은 일은 아닐 것이니, 나 또한 그 사람을 시험해 보고 싶은 마음이 든 것이야. 게다가 주지 않았으면 또 모르거니와 이미 만 냥을 주었는데 그 이름을 물어서 무엇하겠는가."

116) 말의 꼬리나 갈기의 털.

117) 연암의 원문에는 변산(邊山)의 도적의 무리로 되어있다.

변 씨에게 돌려주었다. 변 씨가 놀라 십분의 일만 받기를 원하니 허생이 성을 내었다.

"그대는 어찌 나를 장사치로 보는 게요!"

드디어 허생이 옷자락을 떨치고는 집에 돌아왔다.

그 아내는 허생이 한번 문을 나선 이후로 해를 넘기도록 소식이 막연함으로 객사한 것으로 알고 그가 떠난 날에 제사를 자냈다.

변 씨가 사람을 시켜 은을 가져다주니 허생이 또 은을 가지고 변 씨에게 되돌려 주며 말하였다.

"내가 만일 부자가 되려고 바랐다면 백만을 버리고 십만을 취하겠소? 그대가 우리 살림을 계산하여 굶주림이나 면하게 양식을 보내 일생을 지내게 한다면 족하오."

변 씨가 이 말대로 허생의 살림을 살펴 의식을 날라다 주니 정의가 막역한 사이가 되었다.

하루는 변 씨가 허생에게 말했다.

"지금 조정에서는 남한(南韓)에서의 치욕[118]을 설욕하려 널리 인재를 구하는 중일세. 이는 뜻있는 선비가 팔뚝을 걷어붙이고 그 지혜를 떨칠 때 아닌가. 그대와 같이 뛰어난 사람이 공명을 구하지 않고 세상에서 숨어 늙으려 하는겐가? 초야에 숨어서 이 세상을 마치려 하는가?"

허생이 탄식하며 말했다.

"예로부터 호걸로서 초야에 묻혀 일생을 마친 사람이 어찌 한 둘에 그치겠는가? 조성기(趙聖期, 1638~1689)[119]와 같은 자는 능히 나라를

118) 1637년 청(淸) 태종(太宗)이 조선에 대하여 군신의 예를 강요하며 침략한 병자호란 때 인조가 남한산성(南漢山城)에서의 항전을 포기하고 삼전도(三田渡)에서 굴욕적인 항복을 한 사실을 가리킨다.

119) 숙종 때의 학자로 자는 성경(成卿), 호는 졸수재(拙修齋). 임천(林川) 사람으로 뛰어난 재주가 있었지만 평생 독서와 학문에만 전심하였다. 저서로는 한문소설 『창선감의록(彰

떠받칠만한 재주가 있었지만 마침내 베옷을 입은 선비로 죽었고, 유형원(柳馨遠, 1622~1673)[120]은 족히 대장이 될 만한 재주가 있었지만, 해곡(海曲)[121]에서 한적한 삶을 보냈지. 지금 국정을 꾀하는 자들을 보건대 그 사람됨을 가히 알만하잖나. 나는 장사를 잘 하는 사람이라, 나의 은이 족히 아홉 나라 임금의 머리도 살 수 있었지만, 모두 바다에 던지고 온 까닭은 그 돈을 사용할 데가 없었기 때문일세."

변 씨가 말을 듣고는 크게 한숨 쉬기를 그치지 못하였다.

소인이 어찌 큰 인물의 뜻을 알겠는가, 호걸이 초야에서 늙으니 애석하구나(하)

변 씨는 원래 정익공(貞翼公) 이완(李浣, 1602~1673)[122]과 친분이 있는 사이였다. 그때 이공(李公)이 어영대장(御營大將)[123]이 되어 효종(孝宗)의 총애를 입고는 임금의 뜻을 받들어 장차 북벌(北伐)을 도모하려 널리 인재를 구하였다. 하루는 변 씨와 세상일을 이야기하다가 말하

善感義錄)』이 있다.

120) 효종 때의 실학자로 자는 덕부(德夫). 호는 반계(磻溪). 문화(文化) 사람으로 평생 저술과 학문 연구에 전념하였으며, 실학을 학문으로서의 위치에 올려놓았다. 그의 학문은 뒤에 이익·홍대용·정약용 등으로 이어졌다. 저서에 『반계수록(磻溪隧錄)』 등이 있다.

121) 지금의 전북 부안. 유형원은 효종 4년(1653)부터 부안의 우반동(愚磻洞)에서 저술 및 학문 연구에 힘썼다.

122) 효종·현종 때의 명신으로 자는 징지(澄之), 호는 매죽헌(梅竹軒), 정익공(貞翼公)은 시호이다. 경주 사람으로 효종 때 훈련대장을 지냈으며, 왕의 밀명을 받아 송시열과 함께 북벌의 대업을 도모했으나, 효종의 죽음으로 무산되었다. 현종 때에는 우의정을 지냈다.

123) 어영청(御營廳)의 주장(主將)으로 종이품 벼슬. 어영청은 인조 때에 설치된 어영군(御營軍)이 발전된 것으로서 효종3년(1652) 이완을 대장으로 삼아 처음으로 군영(軍營)을 설치하였다.

였다.

"위항(委巷)과 여염(閭閻)124) 중에도 혹 기이한 재주를 가진 자가 있어 큰일을 함께 할만한 사람이 있소이까?"

그러자 변 씨가 허생의 이야기를 하자 이공이 크게 기뻐하며 그 이름을 물으니, 변 씨가 "허생이라 부를 뿐이오." 하였다.

이완이 말했다.

"이 사람은 필시 이인(異人)이요. 오늘 밤 그대와 함께 찾아가 봅시다."

이날 밤에 이완이 수행하는 사람들을 물리치고 홀로 변 씨와 함께 허생의 집을 찾아갔다. 변 씨는 이완을 문밖에 세워두고 먼저 들어가 허생에게 이완이 온 뜻을 말했다. 허생은 못들은 척하며 다만 변 씨가 가져온 술만 함께 마셨다.

변 씨가 이완이 오래 기다리는 것이 민망하여 여러 차례 말했으나 허생은 대꾸하지 않았다. 밤이 이미 이경(二更)이 되니 허생은 비로소 변 씨에게 이완을 불러들이라고 하였다.

이완이 들어와 예를 표하였으나 허생은 자리에 앉은 채 움직이지 않았다. 이완이 자리에 앉은 뒤에 나라에서 어진 사람을 구하는 뜻을 설명하니 허생은 손을 내저으며 말하였다.

"밤은 짧고 말은 기니 듣기에 무척 지루하외다. 자세한 말을 생략하시오. 당신 지금 벼슬이 뭐요?"

이완이 말했다.

"지금 훈련대장을 맡고 있소."

허생이 말하였다.

"나를 찾아 온 목적이 뭐요?"

---

124) 백성들이 모여 사는 거리와 집.

이완이 말했다.

"지금 성상께서 장차 북벌을 계획하고 지금 어진 이 구하기를 목마르듯 하시오. 선생의 높은 명성을 듣고 큰일을 의논할 벼슬을 맡기셔서 대업을 이루시려하오. 장차 선생이 몸을 굽히게 하기 위하여 온 것이오. 선생은 이미 큰 지략과 기이한 재주를 품었소. 그러니 불세출의 큰 인물로 뛰어난 이상에야 진실로 국가를 위하여 위로는 남한산성의 치욕을 씻고 아래로는 아름다운 이름을 이 시대와 후대에 남기는 것이 진실로 남아의 일이오. 다행히 선생이 일어선다면 나라의 다행이요 백성들에게도 다행일까 하오."

허생이 말하였다.

"그렇다면 당신은 이 나라의 믿음직한 신하라 할 수 있소이다. 내가 마땅히 제갈공명(諸葛孔明, 181~234)[125]이 될지니 당신은 임금께 아뢰어 삼고초려(三顧草廬)[126]를 하시게 하겠소."

이완이 고개를 숙이고 한참 생각하다가 말했다.

"이 일은 실로 어렵겠소이다. 그 다음의 일을 묻겠소?"

허생이 말하였다.

"그 다음은 알지 못하오."

이완이 계속하여 청하니 허생이 말하였다.

"명나라 장군과 벼슬아치들로 조선에 베푼 옛 은혜[127]가 있는 자의 자손들이 우리나라로 많이 탈출했소. 그들은 이리저리 떠돌아다니며

---

125) 삼국시대 촉(蜀)나라의 군사(軍師)이자 승상(丞相)인 제갈량(諸葛亮). 자는 공명(孔明)이며 뛰어난 전략으로 유비를 도와 지금의 사천성 일대에 촉나라를 세우고 만족(蠻族)을 평정하는 등 큰 공을 세웠다. 위(魏)나라를 치던 도중 오장원(五丈原)에서 병사하였다.

126) 유비가 남양(南陽) 융중(隆中) 땅에 있는 제갈량의 초가집을 세 번이나 찾아가 자신의 뜻을 말하고 그를 초빙하여 군사로 삼았다는 고사.

127) 임진왜란 때 명나라가 조선에 원군을 파병한 것을 가리킴.

고독하오. 당신이 임금께 청하여 종실(宗室)의 여자들을 출가시키고 김류(金瑬, 1571~1648)[128]와 장유(張維, 1587~1638)[129]의 재산을 털어 저들의 거처를 마련해 주겠소?"

이완이 머리를 숙이고 한참을 생각하다가 말했다.

"이도 또한 어렵겠소이다."

허생이 말하였다.

"인가의 서얼들에게 청현(淸顯)[130]의 직분을 주며 사대부집과 서로 혼일하게 하는 제도를 정하겠소?"

이완이 말했다.

"그 폐단이 이미 고질병이 되어 실로 어려운 일이오."

허생이 성내어 말했다.

"이도 어렵다, 저도 어렵다하면 무슨 일인들 가능하겠소. 일 중에 가장 쉬운 것이 있으니 당신이 해 보겠소?"

이완이 말했다.

"듣기를 바라오."

허생이 말하였다.

"천하에 큰 뜻을 떨치고자 한다면 먼저 천하의 호걸들과 교분을 가지지 않으면 안 되오. 또한 남의 나라를 치고자 한다면 먼저 간첩을 이용하지 않고서는 능히 성공할 수 없소. 지금 만주(滿洲)[131]가 갑자기

---

128) 인조 때의 문신으로 자는 관옥(冠玉), 호는 북저(北渚). 순천(順天) 사람으로 인조반정 때 공을 세워 공신의 반열에 오르고 병자호란 때에는 화친을 주장하였다.

129) 인조 때의 문신으로 자는 지국(持國), 호는 계곡(谿谷). 덕수(德水) 사람으로 인조반정 때 공신이 되었고, 병자호란 때에는 화친을 주장하였다. 예조판서를 거쳐 우의정의 자리까지 올랐다. 저서로 『계곡집(谿谷集)』·『음부경주해(陰符經註解)』 등이 있다.

130) 학식과 문벌이 있으며, 인품이 청렴하여 높은 지위에 있는 것. 혹은 그러한 관직을 뜻함. 곧 청환현직(淸宦顯職)의 준말.

131) 청나라를 세운 여진족(女眞族)을 가리킴.

일어나 천하의 주인이 되었는데 스스로 중국과 친하지 못했소. 우리 나라가 솔선하여 저들에게 항복했으니 저들은 우리를 믿을 것이오. 지금 만일 국가에서 자제를 저들에게 보내어 학문도 배우거니와 벼슬도 하기를 당(唐)·원(元)의 고사(故事)[132]같이 하고 상인들의 출입을 금지하지 말도록 한다면 저들은 반드시 우리의 친절을 기뻐하며 허락할 것이오. 그러면 나라 안의 자제들을 가려 뽑아, 치발(薙髮)[133]하고 호복(胡服)[134]을 입혀, 군자는 빈공과(賓貢科)를 보게 하고 소인은 멀리 강남 땅에까지 장사를 가서, 그 허실을 염탐하고 널리 호걸들과 친분을 맺어 거사를 한다면 천하를 도모할 수 있고 과거의 치욕도 씻을 수 있을 것이오."

이완이 얼이 빠진 듯하다가 말하였다.

"우리나라 사대부들이 모두 예법을 삼가 지키는데 선왕의 법복(法服)이 아니면 감히 입지 않으니 누가 치발을 하고 호복을 받아들이겠소?"

허생이 크게 꾸짖었다.

"나라의 큰 부끄러움을 씻고자하는데 어찌 구구하게 예법을 논하려 드는가. 번어기(樊於期, ?~B.C.227)[135]는 사사로운 원한을 갚기 위해 자신의 머리도 아까워하지 않았고, 조무령왕(趙武靈王, ?~B.C.295)[136]

---

132) 당나라·원나라 때에는 소위 빈공과(賓貢科)가 있어 우리나라의 유학생들을 받아들였다.

133) 남자의 머리 주위를 깎고 중앙의 머리만을 땋아서 뒤로 길게 늘인 것. 만주 사람들의 풍속이다.

134) 오랑캐의 의복. 여기서는 만주족의 옷을 가리킨다.

135) 전국시대 진(秦)나라의 무장. 『사기』 '자객열전'에 의하면, 그가 연(燕)나라로 망명하여 태자 단(丹)에게 몸을 의탁하고 있을 때 형가(荊軻)가 진시황을 암살하려 하자 자신의 목을 내주어 진시황이 형가를 의심하지 않게 하였다고 한다.

136) 춘추전국시대 조(趙)나라의 임금. 『사기』 '조세가(趙世家)'에 의하면, 그는 지형적으로 오랑캐들에게 둘러싸인 조나라를 부강하게 하기 위해 주위의 비웃음에도 불구하고 호복을 입은 채 기마술과 궁술을 익혔다고 한다.

은 나라를 강하게 하기 위해 오랑캐 복장을 하는 것도 부끄러워하지 않았다. 지금 명나라를 위하여 원수를 갚기를 기약하면서 아직도 머리털 하나 자르는 것을 애석해하느냐. 이래서야 무슨 대사를 논하겠는가. 무릇 내가 한 말을 너는 한 가지도 가능치 못하다면서 스스로 믿음직한 신하라고 자처한단 말이냐! 소위 믿음직한 신하라는 것이 과연 이와 같단 말이냐? 너를 베어 버려야겠다!"

그러고는 좌우를 둘러보며 칼을 찾으니 이완이 크게 놀라 도망쳐 죽음을 모면하였다.

다음날 아침에 다시 허생의 집을 찾아가보니 이미 집은 텅 비어 있고 허생은 떠나가 그 간 곳을 알지 못하였으며 또 그가 어떻게 생을 마쳤는지도 모른다고 하더라.

5. 소설

1) 〈홍수녹한(紅愁綠恨)〉 매일신보, 1920.7.3.

글을 모두 현대화하였으며 일부 문투와 부호는 시대상을 고려하여 그대로 두었다. 판독이 불가능한 부분은 앞뒤 문장으로 대처하였고 그래도 알 수 없는 부분은 ○○○으로 표기하였음을 밝힌다.

단편소설 〈홍수녹한(紅愁綠恨)〉

① 슬픈 눈물 긴 한숨-하늘도 무정, 사람도 무정, 유유한 이 한을

천조의 공정으로 일호의 사정이 없이 곳곳마다 양춘 삼월이 다다르니 빈부와 귀천을 물론하고 집집마다 따뜻한 바람이 습습하고 화한 기운이 융융하여 근심에 싸인 자도 소복이 될만한 중, 산과 들에는 이화도화가 만발하여 가지가지 난만하여 봉올~우숨을 먹음은 듯하며 수풀 사이에 날아갔다 날아드는 새무리는 날개를 훨씬 펴고 영영히 좋은 소리로 노래를 부르는 이때에 초목군생까지도 이러한 낙이 있음은 물론하고 사람 쳐 놓고 이러한 좋은 때와 이러한 좋은 광경에 기쁘지 않은 사람이 없으며 즐겁지 않은 사람이 없을 터인데 진남포[137] 한 모퉁이 어떤 청루(青樓)의 한 구석방에는 혼자 갈바람을 맞았는지 소소하고 실실하여 한량없이 찬바람이 앞창을 엄습하는데 한 손으로 아래턱을 고이고 시름없이 먼 산 바라보며 팔자춘산에는 막막한 근심 구름이 가득하여 한편으로 하늘의 야속함을 부르짖으며 또 한편으로는 인정세태에 반복무상함을 탄식하여 두 눈 아래로 가는 실 같은 눈물을 쌍줄기를 흘리는 사람은 당년 십구세의 숫가지를 가진 어여쁜 청년 여자

137) 평안남도 '남포'로 일제강점기 때 진남포(鎭南浦)로 불렸다.

로 당시 매춘부(賣春婦) 영업을 하는 임산식(林珊植)이라는 여자이다.

그런데 이 임산식은 번화한 화류계에 몸을 던져 춘풍추월과 같은 좋은 때와 화조월석같은 양신에 아침에는 이별하고 저녁에는 맞아들이는 터로 무한한 풍류행락의 취미를 많이 가졌을 터인데 어찌하여 홍수와 녹한(紅愁綠恨)이 중중 철저히 싸이여 반 점의 기쁨과 행락을 누리지 못함은 과연 아지 못게라. 무슨 이유로 인연함인가?

대저 사람의 심정과 덕행은 표면적으로도 관찰하여가지고는 공평하게 판단치 못하는 것이다. 이 임산식의 내막의 사정을 알고 보면 참 가엾고 불쌍하며 기특하고도 가상한 것이다.

② 중생남 중생녀-내 딸이 이 내 딸이야, 장중보옥같이 길러내어

그 부모에게 양육을 받을 때에 무한한 사랑에 싸이어서 남의 열 아들 부럽지 않게 귀중히 길렀는데 가령 어떤 사람이든지 자기 자식에 대한 애정은 비록 그 자식이 팔다리 병신에 눈에는 봉을 박았더라도 부모된 마음은 이것을 혐의치 않고 극진히 애지중지하거늘 하물며 임산식으로 말하면 원체 기골이 청수하고 용모가 가려하여 화용월태의 어여쁜 자태를 가졌을 뿐만 아니라 천성이 온순하고 재주가 영특하여 백령백리한 품격을 구비하였으니 상관없는 다른 사람이라도 이를 사랑하고 귀히 여길 터인데 하물며 그 부모가 된 당자 어찌 더 할 말이 있으리오. 그러므로 그 부모는 혹독히 사랑하며 편벽되이 귀히 여겼다. 그런데 세월이라 하는 것은 조금도 지체치 않고 물과 같이 흐르는 까닭으로 어언간 임산식은 벌써 십 여 세에 광음이 다다랐다. 장성하니 영리한 행동과 아름다운 자태는 아무 사람이 보든지 혀에 침 한 점 없이 칭찬할만하게 되었더라. 그러므로 그 부모는 어찌하면 저와 아름다운 배필을 구하여 녹수에 원앙이 춤을 추듯 오동에 봉황이 나는

듯하게 하여 저의 일평생을 안락한 가정에서 안락한 생활을 하게하려 밤낮으로 애를 쓰고 근심하여 적당한 낭가를 구하기에 일편단심을 모조리 허비하였다.

그런 임산식의 가정으로 말하면 풍족한 생활을 못하고 근근득생으로 호구하는 처지이며 또 문벌로 말할지라도 토민의 지위는 좀 못 되나 중인은 될 만하니 그다지 예절에 무무치 않은 터였다. 무식한 사람 같으면 이러한 어여쁜 딸을 두었으니 이것은 기화가거(奇貨可居)로 큰 재물 밑천으로 만들어서 큰 부잣집에 첩으로나 들여보내어 재물이나 낚아 먹을 마음을 둘 자가 많겠지마는 임산식의 부모는 결단코 이러한 더러운 마음은 낭가가 사람만 똑똑하면 행색의 유무도 관계치 않고 딸의 백년의 신세를 그 사람에게 부탁하려 하는 점잖은 마음을 가진 터였다.

③ 강제의 결혼-한번 실수로 평생을 그릇되게 한 그 부모

임산식의 나이 어느덧 십육 세에 이르니 임씨 집에 아름다운 규수가 자란다는 말을 듣고 각처로부터 여기저기서 통혼이 들어오기 시작하더니 날마다 매파의 발자취가 문이 닳을 만치 들락날락하였는데 그 중에는 부자도 더러 있었고 사회에나 석석사업에 종사하는 유력가도 있었고 또는 시체 벼슬로 만청에 봉직하는 사람도 있었는데 지추덕제(地醜德齊)로 상당한 곳도 많이 있었지마는 이상타 사람의 팔자라는 것은 평생에 화평과 행복을 사람의 힘으로 구하지는 못하는 것이오 남녀의 인연이라는 것은 과연 천정이 있다하는 것이 진실로 허언이 아닌 줄 다 짐작할 것이다.

그런데 이 허다한 혼처를 퇴하여 버리고 임산식의 부친은 자기 마음에 가장 상당하다 하는 자리를 가리어 출가를 시킨다는 것이 어떤

곳에 사는 십칠 세 된 청년 ○○○와 결혼하기로 하였다. 그런데 물론 낭가되는 그 집도 과히 상스럽지 아니하고 또한 그다지 무무치 아니한 집안일뿐 아니라 그 낭자되는 청년도 얼굴이 반주그레하고 매사에 영리한 점도 있어서 아무가 보더라도 전도유망한 청년이라고 일컬을만 하던 터이다. 그런데 이때에 임산식이는 아직 …아니하면 따뜻한 부모의 슬하를 차마 떠나기 어려워서 그리하였든지 시집가는 문제에 대하여 얼마간 반대하였다. 그 반대는 신랑집이 시원치 않아서 그러한 것도 아니오 영영 출가를 아니 하려고 한 것도 아니라. 다만 그의 주장하는 바 반대의 요점은 아직 나이 성년에 이르지 아니하였으니 이후 삼사 년 후를 기다려 출가하겠다는 주장이다.

그러나 그 부모의 말은 네가 나이 방금 십육 세인즉 결혼 연령에 달하였을 뿐 아니라 여러 가지 범절이 숭경하여 시집살이에 별로 구애될 일이 없을 터이며 또 우리 내외는 하루라도 너희 두 사람이 원앙 같은 고은 짝끼리 서로 만나 재미있게 지내는 것을 보려고 하는 터인즉 그렇게 고집할 것이 아니라고 말을 틀어막았다.

④ 결혼식 거행-삼생가약과 백 년의 좋은 인연을 맺는 이날의 광경

그런데 임산식은 자기의 결혼문제가 일어난 이후부터는 공연히 심신이 황홀하여지며 자연 천사만념이 날과 밤으로 신경을 수고롭게 하여 십 분이나 상쾌하지 못한 감상이 일어나서 누누이 저의 부모 앞에 가서 중지하기를 청구하였으나 우리 조선은 오백 년 이래로 오직 부모 전의 적이며 강제적인 이상야릇한 혼인법이 있어서 자녀로 하여금 손톱만치도 혼인문제에 입부리를 용납지 못하게 하는 악습이 있는 까닭으로 임산식은 부모에게 무수한 질책까지도 당하고 필경은 강제의 결혼을 시키는 우릿간으로 들어가고 말았다.

지금으로부터 사 년 전이데 정축년 양춘 삼 월 어떤 날은 임산식의 만금 같은 일신으로 백 년의 신세를 ○○○에게 영구히 부탁하는 큰 조약이 성립하며 중대한 문제를 결하는 날이다. 그런데 사람으로서 세상에 나서 남녀를 물론하고 일평생에 제일 기쁘고 즐거운 날이 어느 때냐 하면 청년남녀 두 사람이 철날 만하는 때에 길일 양신을 가려 흑색사모와 자줏빛 족두리로 서로 얼굴을 대하여 전안성례한 후에 동방화촉 아래에서 단꿈을 꾸는 때가 제일 기쁘고 즐겁다 할 것이오. 이외에는 다시 없다하여도 과한 말이 아니다. 그런즉 임산식은 이러한 때와 기쁜 날을 당하였으니 즐겁고 좋은 마음이 더 할 말없이 응당 덩어리채 폭포수 줄기같이 쏟아져 나올 터인데 어떤 혜음인지 팔자미산에 근심이 가득하고 그 곱고 예쁜 얼굴에는 화평한 빛을 띄우지 않고 주름살이 가득 뻗치었는데 아무리 하여도 그 까닭은 알 수가 없고 임산식 자기도 또한 무슨 이유인지 자기의 마음을 자기가 알 길이 없었다.

아지 못게라. 이것이 장래에 신운이 기박할 전조를 나타내 보이는 것인가. 만일 그렇다하면 시속에서 시참언참(詩讖言讖) 있는 것과 같이 이것은 심참 아니 의참(意讖)이라고 할 것인가.

⑤ 생불여사의 신세-살려해도 살 수 없고 죽자해도 죽지 못해

대체 사람의 말이라 하는 것은 결단코 고루거각에 금의옥식으로 일평생에 호화로이 지내는 것에 있는 것이 아니다. 아무리 호의호식을 하더라도 부부 간에 불화불목을 하여 신성한 연애가 끊어지면 그와 같이 더 슬픈 일과 고통되는 일이 없고 만일 부부 사이에 금슬이 화락하여 정의만 두터울진대 아무리 삼순구식을 할지라도 낙이 그 가운데 있어 사시춘풍에 화기가 융융함을 얻을 것이다.

그런데 임산식으로 말하면 얼굴이 남과 같이 똑똑하지 못한 것이

아니며 범절이 남과 같이 아름답지 못한 것이 아니며 심덕이 남과 같이 착하지 못한 것이 아니다. 아니 못할 것이 없을 뿐 아니라 도리어 보통사람보다 훨씬 우승한 점이 있는 터이다. 그런즉 세상 경박 소년이 아내를 소박하는 결례는 태반이나 그 아내의 덕행으로 어찌되었든지 다만 그 얼굴이 아름답지 못함에서 이러나는 법인데 이 임산식의 소박은 천고에 전례 없는 소박을 새법으로 당한 것이다. 임산식이 출가 이후로 두어 달이 지나 지 못하여 남편에게 조금씩 조금씩 학대를 받기 시작하더니 날이 가고 달이 갈수록 그 덩어리는 풀리기는 고사하고 점점 뭉뚱그리어 전에는 좁쌀알만 하던 덩어리가 지금은 조선은행 집채만치 되었다. 가령 임산식이 보통 여자와 같이 강강한 기개가 있고 영독한 심술이 있어서 남자를 항거하는 행동이 있었을 것 같으면 조그마한 십여 칸 되는 그 가정 안에서는 마치 두 적국이 서로 웅거하여 날마다 수륙대전이 일어나 전쟁의 풍파는 땅을 걷어 들어올만치 흉악하였겠지마는 원래 임산식은 천성이 온순하여 무슨 불쾌한 일이 있더라도 씻은 듯 부신 듯 대패로 밀은 듯 기계칼로 그린 듯하여 죽으면 죽었지 감히 남편에게 항거할 마음을 두지 못하였더라. 그러함으로 시시때때로 눈총알과 입뿌리창과 주먹대포는 허구헌날 임산식의 머리에 떨어짐에 연약한 임산식의 마음군사와 덕의 방패는 능히 이 무서웁고 두려운 적국을 방어하며 대적치 못하여 날마다 동패서상(東敗西喪)하는 최후의 궁경에 빠졌더라.

⑥ 기박한 이내 팔자-전생의 죄악인가, 조물주의 시기인가

사물이 세상 밖에 나와 설령 백년 삼만 육천일을 산-다 할지라도 그 사는 중간에 비록 내외가 화락하며 자손만당한 복을 누린다하여도 사람이 살아가자면 각각 우환질고가 따르는 법이니 그러면 이 길지 못

한 삼만 육천일 동안에 근심과 고통과 병든 날을 제하고보면 과연 며칠이나 편안한 생활을 하며 즐거운 세월을 보내리오. 그런데 하물며 사람이 인생칠십고래희로 칠십을 살지 못하는 단기에 제일 인간에서 신성하다고 일컫는 부부의 연애도 누리지 못할 뿐 아니라 겸하여 무한한 학대와 남 못 당할 풍파를 겪으며 사-는 것이 죽는 것만 같지 못한 신세 빠진 사람이야 과연 그 정경이 어떠하다 하리. 이목구비가 억시어서 평생에 눈물을 흘리지 아니한다는 장사와 영웅이라도 이러한 사정을 알고 볼 지경이면 동정의 두 줄기 눈물이 저절로 흐름을 깨닫지 못하거든 불상타 임산식은 시집온 지 두어 달이 지나지 못하여 남편의 따뜻한 정이라고는 웃노라고도 맛을 보지 못하며 일 년 삼백육십일 허구헌 날에 남편에게로부터 귀에 들어오는 '이년! 저년!'의 말투는 꼭 상대우로 받았으며 몸에 돌아오는 주먹과 몽치는 선사로 받았었으니 꽃으로 말하면 장차 피려고 하는 봉우리가 여지없이 된서리를 맞는 셈으로 이것이 임산식의 신운이든가 팔자이든가 그렇지 않으면 전생의 죄악으로 이생에 보응을 받는 것인가? 조물이 시기하여 새암을 놓는 것인가?

한두 살 때부터 열여섯 해 광음을 보내는 그 동안에 그 부모에게 유다른 사랑과 깊고 깊은 정에 싸여 짚고갱이만한 회초리 맛도 보지 못하며 한마디 꾸지람도 들어보지 못하든 임산식이라서 쥐면 깨질세라 불면 날아갈세라 하여 나이 십사오 세에 이르러 지각이 나고 신체도 건강하여 장성한 낫세가 되었지마는 그 부모는 "우리 아기가 키만 엄부렁할 따름이지 지 젖꼭지 아니 댄 지가 며칠 되나." 하며 혹 어떤 날 밥을 덜 먹어도 깜짝 놀라 등과 배를 어루만지며 "이 애야! 네가 웬일이냐. 어디가 아프냐?" 하 이 마음을 한줌이 되게 한 때도 허다하였고 또 어떤 날 혹 제때에 일어나지 않아도 제 방으로 전지도지 이르러 "왜 몸이 불편하냐? 속이 좋지 못하구나." 하 이 가슴을 놀라게 한 일도 한두 번이 아니었었는데 이렇게 귀중하고 허~ 기른 정이라서 오늘날 이 서럽고 이 고통을 당할 줄이야 꿈에나 뜻하였으리오.

⑦ 춘풍추월도 무정-장우단탄으로 벗을 삼고 홍수녹한으로 때를 보내

가령 천시로 말하면 춘하추동 네 절기에 춥지도 않고 덥지도 아니하여 제일 때 좋고 경치 좋은 때가 과연 어느 때이냐 하면 묻지 않아도 춘삼월 호시절에 백화난만한 때와 추팔월 맑은 밤에 달 밝은 때라 할 것이다.

그러면 춘풍추월 이 좋은 때에 어느 사람이 즐겁지 아니한 이가 있으리오마는 유독 임산식에게 대하여는 화한 봄바람도 차기 어름 같고 밝은 가을달도 캄캄하여 빛이 없는 것 같다. 옥창 앞에 앵화와 복숭아꽃이 하룻밤 기쁜 비에 몽을몽을한 봉오리가 짝짝 바라져서 가지가지 난만한 꽃떨기 피다 곱게 어여쁜 색채를 띠었는데, 이때에 임산식은 홀로 창 앞에 턱을 고이고 기대서서, “앵화야! 도화야! 너는 삼춘의 행복을 너 혼자 독차지한 듯이 아리따운 태도로 방긋방긋 웃는다마는 나는 어찌하여 너와 정 반대로 즐거움이 근심으로 화하고 웃음이 울음으로 되었느냐. 아! 무정한 이 세상! 아, 전생에 무슨 죄악으로 이생에 이런 재앙을 받는가.” 하며 장우단탄으로 벗을 삼은 때도 허다하였으며

수풀 사이에 우는 새와 동산 속에 노래하는 꾀꼬리가 그 전에는 모두 심상하게 들었더니 오늘날 당하여는 들릴 때마다 희롱하는 듯 조롱하는 듯한 소리 두 소리와 한 곡조 두 곡조가 모두 다 원정사요 단장곡을 불러내는 것 같다. 더구나 무월 삼경 적적한 밤에 공산 위에 두견 소리는 초~마음이 사라지고 구비구비 밸이 끊어진다. 도리 위에 둥우리를 틀고 날아갔다 날아드는 저 제비 수컷이 날면 암컷이 따르고 암컷이 놀면 수컷이 좇아가서 노래를 서로 주고 공중에 펄펄 날아가 다

시 꼬리를 맞물고 들어오는 거동을 보면 “저것은 일개 미물의 새이건마는 어쩌면 저같이 내외 간 의가 좋아서 잠시 서로 떨어지지 아니하고 그 같이 좋아 지낼까? 원컨대 죽어서 제비가 되어 너와 같은 낙을 누리어 보았으면.” 하고 다짐 한때도 많았다.

추팔월 십오야에 중천에 떠나오는 밝은 달은 광명한 빛을 띠고 사정없이 인간에 비치는데 적적한 방안 홀로 잇는 임산식의 가슴에까지 은근히 와서 빛을 준다.

“이 얘! 밝은 달아! 너는 다정하다마는 팔자 기박한 나에게는 오지 마라. 너를 대하니 실낱같은 간장이 더욱 녹는구나.” 하며 한숨 지은 때도 많았다. 또 소소실실한 서리바람이 한번 지나간 후로 문 앞에 성성하든 버들잎이 소낙비 쏟아지듯 우수수 떨어져서 바람을 따라 몇 바퀴를 빙빙 돌아다니다가 어지러이 또 앞에 와서 굴러다니는 것만 보아도 새로운 심회가 가슴을 찢는 듯 하는 때도 한두 번이 아니었었다.

⑧ 친가의 최후수단-사라도 시집서 살고, 죽어도 시집서 죽어

그런데 사실은 여기까지 쓰고 독자께 사례할 말씀은 이때 임산식의 시부모가 있었는지 만일 있었다하면 그 며느리 내외에게 대한 태도가 어떠하였으며 처사를 또 어찌 하였는지는 남기지 못하였으므로 그 일절이 이 그 사정에 전연 누락이 됨은 마치 옥에 티 있는 것 같이 유감됨이 적지 아니하나 이것은 전혀 기자의 소홀함에서 말미암음이니 독자는 용서하시기를 바라는 바이로다.[138]

138) 이 소설의 배경이 있는 것을 알 수 있게 해준다. 또한 물재는 ‘기자’라고 호칭하고 있다. 그렇다고 이 단편을 기사로 보아야하느냐 하면 그렇지도 않다. 이미 ‘단편소설’이라 분명히 제명을 하였고 장회 기법과 풍경묘사 등으로 미루어 사실에 허구를 적절히 곁들여 놓았기 때문이다.

이때 임산식의 친정부모는 그 귀히 길러낸 딸을 출가시킨 이후로 주야의 축수하는 바는 오직 내외 간에 금슬이 화락해 이 일생에 복록을 누리다가 백년을 해로하기만 천만번 축수하였더니 천만 뜻밖에 청천에 벽력이 내리는 듯한 일을 당함에 그 부모 내외는 발을 구르며 무한 가슴을 쳤었다. 속담에 고 '두더지 고른다'는 말과 같이 허다한 혼처를 다 물리치고 두 눈이 캄캄하니 삵에 귀 같은 사람에게 딸의 평생을 그릇되게 한 생각을 할수록 원한이 골수에 들어가서 화증이 터질만치 되었는데 이 일을 장차 어찌하면 좋을까하여 날과 밤으로 노심초사한 결과로 마침내 한 가지 최후 수단을 쓰기로 결단하였더라.

그 최후 방법은 무엇인고하면 이 체면 저 체면 돌아볼 것 없이 그 딸을 집에 데려다가 놓고 이혼을 시킨 후에 다시 상당한 남자를 택하여 개가를 시키리라는 방책이었다. 그러한 이후 내외는 이와 같이 서로 작당한 후에 시집에 사람을 보내어 근친시키기를 청하였었는데 결곡한 임산식은 "내가 기위 남에게 출가한 후에는 살아도 에서 살고 죽어도 에서 죽어서 생전에 남의 집 사람이 되고 사후에는 이 (집) 귀신이 될 터인데 집안에 변고가 없고 안락무사한 평시 같으면 부모 뵈옵기 위하여 근친 가는 것도 미위불가이지마는 나의 사세가 이렇게 곤박한 처지에 있는 몸으로 남편을 떠나 집으로 가고 보면 그 빌미하며 더구나 또 어떠한 화액이 내 몸에 다다를지 아지 못할 터인즉 내가 설령 집에 가 있다할지라도 나의 신세에는 해만 있을지언정 이익 될 일은 만무하니 차라리 학대를 받더라도 에서 받는 것이 좋다." 하고 그 부모의 명령을 복종치 아니하였더라.

⑨ 개가의 문제-잘되나 못 되나 남편, 어찌 차마 이 노릇을

이때 그 부모는 임산식의 고집이 굳셈을 보고 강제로 데려오지 못

할 줄 알고 한 계교를 내서 하루는 사람을 보내어 그 모친의 병세가 위급함을 말하고 생전에 모녀 간 다시 한 번 만나보고 죽으면 한이 없다는 말까지 거짓말로 꾸며 임산식의 마음을 구동시켰다.

임산식은 가뜩이나 심란한 끝에 별안간 급보를 듣고 내려앉은 가슴을 겨우 진정하여 가지고 급히 친가로 돌아왔다. 급히 와서 본즉 명지경각하다는 모친이 성성하게 일어나 앉았는데 그 딸이 들어오는 것을 보고 달려들어 얼싸 안고는 슬피 통곡하고 그 부친도 또한 울음을 내놓는다.

임산식 저 역시 샘물 솟는 듯하는 눈물을 걷어치고 만단으로 그 부모를 위로하였는데 그 부모는 오히려 울음을 그치지 아니하고 "이 몹쓸 아비 어미가 눈깔이가 캄캄하여 너를 천인갱참에 넣어서 오늘 이 참혹한 신세를 만들었으니 너의 어미 아비는 죽어도 이 죄를 속밧치기 어렵구나."

임산식은 화평한 기색으로 "여자가 남에게 출가하여 그 누리는 바 복불복은 모두다 신운이오 팔자소관이오니 어찌 부모 허물이오리까." 하며 천연스럽게 부모를 위로하였다.

그 부모는 임산식이에게 "어느 때까지든지 남편이 마음을 돌리기까지는 집어 있어라."라고 권고를 하여 억제로 붙들고 지내었었는데 하루는 그 부친이 임산식이에게 다시 그 악독한 굴혈에 들어가지 말고 팔자를 고치도록 은근히 건이며 달내었는데 임산식은 아버지가 한번 정하여 주신 남편은 잘 되어도 저의 남편이오 못 되어도 저의 남편이라. 만일 남편이 죽은 이상 같으면 모르거니와 지금 남편이 멀쩡하게 살아있는 터에 차마 어찌 다른 남편을 구하리까." 하며 거절하였다.

그 부친은 "지금 이혼법이 있으니 관계할 것이 없고 또 너의 남편이란 자가 너를 아내로 아니하는데도 너는 그것을 남편으로 할 까닭이 무엇이냐. 두 말 말고 내가 시키는 대로 하여라." 하며 누누이 권유를 하였는데 임산식은 그저 "아이구! 하나님이 무섭습니다." 하며 도시 승낙을 아니하였더라.

⑩ 무서운 소년 적국-마음 빼으려는 노파, 유예미결하는 임랑

"글쎄 너의 전정을 위해서 나의 말대로 하라니까. 웬 고집을 쓰고 부모의 말을 아니 듣느냐." 하며 그 부친은 책망하였다.

"아버지 말씀이 그러할 듯하시지만 살아있는 남편을 두고 차마 다시 시집가겠다고 경솔히 대답을 하여 드리기 어려우니, 한두 해 좀 생각한 후에 가부간 말씀을 여쭙겠습니다." 하며 임산식은 오히려 고집을 쓰고 있다. 그 부모는 제가 더 좀 생각하여 본다는 것이 그리 낙망될 말이 아님으로 "그러면 그렇게 하여라." 하고 문제의 최상을 잠깐 덮어두었더라.

그러자 그 이웃에 한 소년이 있는데 경성에서 상당한 학교를 졸업하고 가세도 과히 어렵지 아니한 터인데 학교를 마치고 집에 와서 놀고 있는 터이다. 그런데 어떤 날 이 소년이 산보하기 위하여 홀로 임신식의 집 근처에서 방황하다가 마침 임산식이가 문 앞 우물가에 나온 것을 별안간 샛별 같은 눈동자를 임산식 얼굴에 사진을 박었다. 정신이 황홀한 이 소년은 심중으로 '아이고 고거 어여쁘기도 하다. 조것을 가만히 둘 내가 아니다.' 하고 집에 돌아와서 정신없이 좋은 계획을 궁리하였다. 그러나 피차간 이웃에 있지마는 인구가 조밀한 도회지인 고로 다만 임산식을 탐내일 뿐이오 전연히 그 사정을 알지 못하였다.

그러나 이일로 노심초사하던 소년은 즉시 자세한 사정을 모두 탐지하여 알았는 고로 "옳다구나." 하며 성사나 한 듯이 좋아하였다. 그리하여 상당한 금전을 던지어 여편네 후리어 내기에 능구렁이가 다된 노

파 하나를 구해서 돈으로 입을 틀어막은 후에 소진이가 육국 제후들을 달내던 수단으로 부린 방법을 쓰던지 기어코 임산식을 후려내 이토록 하라고 부탁을 하였는데 이 노파는 즉시 임산식의 집으로 가 임산식을 대하여 놓고 백 가지 천 가지로 꿀 같은 말로 들어부어 임산식의 마음을 덩어리채로 빼어오려 하였다. 그런데 임산식이도 전날 우물가에서 한 번 그 소년과 눈이 서로 마주친 이후로부터 혼자 내심으로 '저 남자는 참 얌전하다' 하며 은근히 부러워함을 마지않았다.

집으로 들어와서도 그 소년의 생각이 저절로 솟아나와 오는데 생각이 날 때마다 제 마음 꾸짖기를 '내가 왜 남의 남자를 생각하나.' 하고 나오는 생각을 틀어막은 때가 더러 있었든 터인데 오늘 그 노파의 부드러운 혀로다 말 들이붓는 통에는 얼마간 마음이 움직였다.

그러나 한편으로 동동심이 되는 때에 또 한편으로는 이것은 계집이 차마 할 일이 못된다하여 두 가지 마음이 서로 부딪치는데 어느 편의 마음이 승전고를 울릴는지 한참동안 쌈 싸우는 터이므로 용이히 승부가 판결이 나지 아니함에 임산식은 노파에게 "며칠 간 생각한 후에 가부간 결정하겠다."고 말을 하였더라.

⑪ 뜻밖에 남편-회과자책하는 심사, 참말인가 헛말인가

임산식은 중매하는 노파에게 대하여 그렇게 대답하고 돌려보낸 후로 홀로 빈 방안에 들어가서 전후 방침을 곰곰 생각하여 보기를 '나의 기구한 신세를 돌아보면 다시 남편을 얻어야하겠고 여편네의 정결을 말하면 아무리 하여도 양심에 부끄러운 일이라 하여 두 가지 문제에 대하여 어떻게 해결을 하면 좋을지 더욱 마음만 수고롭게 하고 있었다.

그러자 며칠이 못 되어서 천만 뜻밖에 임산식 남편이 얼굴에는 부끄러운 듯한 빛을 띠우고 내당으로 들어선다. 그런데 그 부모 되는 마음이 어찌 되었든지 임산식은 별안간 남편을 대하니 설령 자기를 죽이러 왔다할 지라도 어찌나 반가운지 일변 가슴에 두방망이질을 하면서도 은근히 기뻐하였다. 그러나 임산식은 스스로 생각하되 '저이가 이날 이때까지 나를 대하면 웃기를 좋아 아니할 뿐 아니라 나를 원수같이 알았었는데 오늘 여기 온 것은 무슨 연고인고. 나를 아주 죽이려나 아니왔나' 하고 심중으로 번이한 생각을 일으켰다. 그러자 그 남편은 공손히 그 장인 장모에게 인사를 한 후에 자기가 처에게 대하여 괄시한 것은 만 번 잘못한 것이며 지금 와서는 후회막급이온즉, 이제는 전의 허물을 고치고 내외 화락하게 지낼 터이니 전날 죄는 용서하여 달라고 하며 얼굴에는 무한히 비참한 듯한 빛을 띄운다.

이 말을 들은 임산식의 부모는 "아이구 자네가 참말 이렇게 할 터인가. 나의 자식이 비록 미거하나 시속 여자에게 그렇게 빠지지 아니할 뿐아니라 우리 귀중한 딸이니 오늘까지 당한 제 신세는 우리 내외가 금창이 찢어질 듯 한지라. 자네가 만일 회개 자책하여 내외 금슬이 화탁하면 작히나 좋겠나." 하며 일변 눈물을 흘리며 좋아하였다.

⑫ 천인갱참의 얼굴-정조를 깨뜨린 청루의 몸, 만사무석 남편의 거조

이때에 임산식은 이 말을 들으니 꿈인지 생시인지 좋은지 기쁜지 자기 남편을 붙들고 복받쳐 올라오는 눈물은 덩어리 채로 쏟으며 울기를 마지않았는데 비유하여 말하면 캄캄한 하늘에 밝은 달을 본 듯 북풍한설이 다 지나 고목나무에 따뜻한 양춘을 만난 듯 그 처지에 그 경우를 당한 임산식의 마음은 무엇이라 형용하기 어려웠다.

그 남편은 만단으로 위로하고 "자! 인제는 나하고 집으로 가서 재미있는 생활을 합시다." 하며 임산식을 데리고 문밖에를 나왔는데 임산식은 '고진감래라더니 그 말이 나에게 당한 말이로다.' 하며 마음을 턱

놓고 남편을 따라(나)섰다.

그런데 독자 제군이여! 여기까지 사실을 읽어 보시면 인제는 임산식이가 처음에는 기구하였지마는 지금은 절처본생(絕處逢生)이 되었은즉, 소위 첫 제목에 '박명다한'이라한 문투가 이와는 반대가 아닌가하고 의심하실 이가 있을 터이나 이것이 과연 그 남편이 회과를 하였는지 임산식이가 과연 좋은 운수가 돌아왔는지는 이 아래의 글말을 보면 짐작할 것이라 하노라.139)

이때 규중 여자로 동서를 불변하는 임산식은 다만 그 남편의 뒤를 따라 가는데 어떠한 곳에 이르러 본즉, 새로 지은 기와집이 일자로 즐비하게 놓였는데 한 집 문전에 와서 그 남편은 발길을 멈추더니 "이 집은 내 당고모 집이니 들어가서 하룻밤 자고 내일 가자." 하며 붙들고 들어간다. 임산식은 신지무의하고 안으로 들어서서 우선 휘휘 돌아본즉 예사 평민으로 살림하는 집이 아닌 것 같아 속으로 '아이고 이상도 해라' 하며 눈치만 보고 있다. 그러자 웬 노파 하나가 나와서 방으로 끌어들이는데 그 남편은 어떤 사나이와 한모퉁이에서 무엇이라 수군수군하더니 다시 와서 임산식이더러 "잠깐 밖에 나갔다 들어오마." 하고 표연히 나간다. 그 거동을 본 임산식은 만단 의심이 생기었다.

⑬ 참혹한 이 내 신세-소소한 신명도 야속, 명명한 천조도 무정

그러자 그 노파는 웃는 얼굴로 "자네가 속아서 왔지마는 여기도 해롭지는 아닐세. 여기는 좆도영업을 하는 곳인데 골고루 젊은 남자를 열인하는 것이니 좋지 아니한가." 임산식은 "에그머니! 무엇이야요. 좆도영업이라니. 아이고! 내가 몸을 팔리어왔네." 하며 그만 기절하였

139) 소설이라 해놓고도 기사처럼 글을 쓰고 있다.

다. 노파는 가까스로 주물러서 정신을 진정케 하고 만단으로 달래었다. 임산식은 "에구! 내가 이 몹쓸 사람으로해서 고만 신세를 마치었구나. 신명도 야속하고 하나님도 무정하고나 여자 되어서 요조숙녀는 되지 못할지언정 어찌 계집에 제일 중-하고 보배가 되는 정조를 버리고 짐승만도 못한 일을 하는가." 하며 두어 차례나 자결하여 죽으려 하였으나 그 주인은 감시가 엄중함이 일동일정하여 가위 보호 순사를 띄우 듯하고 있으니 죽으려 하여도 죽을 수 없고 살려 하여도 살기가 싫은 임산식의 신세야 참 가엾고 불쌍하다.

한번 몸을 더럽혀 아름다운 정조를 깨뜨린 이후로는 하루 한때를 이 세상에 살기가 싫어서 "염마의 사자야! 어서 바삐 나를 집어 가지라. 어느 부처님이 슬며시 칼이나 갖다 주었으면 푹 엎드려 죽은 후에 그 백골난망의 은혜를 저 세상에 가서 갚으리라. 한번 정조를 잃은 나의 몸이 설령 이 굴혈을 벗어난들 차마 무엇하리." 하며 하늘을 부르짖어 원망하였는데 원래 사람이라는 것은 마음대로 살지 못하는 것이요 마음대로 죽지도 못하는 것이다.

하루는 모지게 다른 바가 있어서 "옳다! 내가 그렇게 억지로 죽을 필요가 없이 가을에 이 굴혈을 벗어나거든 깊은 산중에 들어가 머리 깎고 여승이 되어 부처님 제자되어 내 죄를 속받치고 이 평생을 마치겠다." 하는 결심을 하였더라.

슬프다. 이 세상에 이러한 천한 영업을 장사로 아는 자도 허(다)하지마는 이것은 다 하류사회 사람의 가치가 없는 자이로되, 임산식으로 말하면 특별한 정절을 존중히 알며 아름다운 심덕이 있는 여자로 이러한 더러운 함정에 빠짐은 참 불쌍하고 (가)이 없는 일이다."

2) 〈호질(虎叱)〉 매일신보, 1926.1.1.

本文은 距今 百 七十餘年에 某 中國人의 小作[140]으로 其 作者의

---

140) 물재는 〈호질〉을 연암의 작품으로 보지 않는 듯하다. 그러나 이에 대해서 필자의 입장을 밝히라면 '연암 작품이 맞다'이다. 연암소설을 번역한 필자의 『종로를 메운 게 모조리 황충일세-연암 박지원 소설집』, 일송, 2006, pp.211~215을 일부 발췌 수록한다.

"왕왕 학자들 간에 〈호질〉의 작자가 연암이냐? 아니냐?에 대한 시비가 있어 짚고 넘어간다. 저간의 연구 결과를 보더라도 〈호질〉의 작자문제는 ①연암이 지었다는 연암 창작설, ②중국인이 지었다는 중국인 창작설, ③연암이 중국인을 끌어 들였다는 연암 가탁설, ④중국인의 원작품을 본밑으로 재창작하였다는 연암 절충설 등으로 나뉘어 합일점이 쉽지 않다.

〈호질〉의 저작상황은 '〈호질〉 전지(前誌)'와 '〈호질〉 후지(後誌)'에 기록되어 있다. 주지하듯 〈호질〉은 『열하일기』, 『관내정사』에 수록된 소설로 1780년 7월 28일에 실려 있다. 따라서 〈호질〉의 앞 뒤의 관련 내용을 '〈호질〉 전지'와 '〈호질〉 후지'라 이름 붙이고 설명해 보자.

'〈호질〉 전지'에는 연암이 산해관에서 연경으로 가는 도중 옥전현(玉田縣)이란 곳에서 묵게 되었을 때 일이 소략하게 적혀있다.

연암은 '심유붕(沈有朋)의 점포 벽에 기록된 절세기문의 격자를 발견하고 고국에 돌아와 우리나라 사람들에게 보여 한바탕 웃기기 위하여, 정진사는 중간부터 자신은 처음부터 베꼈는데, 숙소에 돌아와 살펴보았더니 정진사가 베낀 부분에 잘못 쓴 글자와 빠뜨린 자구가 많아 대략 자신의 뜻으로 얽어서 한 편의 작품으로 만든 것이 〈호질〉'이라고 하였다.

'〈호질〉 후지'에다간 "원래 작자 성명과 제목이 없었는데, 아마 근세 중국인이 비분하여 지은 것이고 글 중의 '호질(虎叱)' 두 글자를 뽑아 제목을 삼았다."라고 하였다. 결국 '〈호질〉 전지'와 '후지'는 연암 자신이 이 소설을 쓴 것이 아니라 중국의 점포에서 절세기문을 보고 베낀 것이라는 소리이다. 이 말은 그대로 〈호질〉의 작자 시비로 이어진다. 〈호질〉을 읽기에 앞서 이렇게 작자 문제부터 배반되는 상황으로 끌고 들어가니 그야말로 소설제작 과정부터가 우의(寓意)로 에두르는 셈이다.

물론 〈호질〉의 '전지'와 '후지'를 사실적인 기록임을 밝혀, 허구성에 개연성을 증대하려는 실록이론쯤으로 간략히 설명할 수 있지만, 〈호질〉에서는 작자 문제를 좀 더 심도 있게 살필 필요가 있기에 따져 보는 것이다.

결론을 미리 말하면 이 글은 '연암 절충설'을 따른다. 그 이유는 이렇다.

연암이 〈호질〉의 원작품이 되는 글을 정진사와 함께 베끼자 집주인인 심유붕이 무얼 하려느냐고 묻자 연암은 이렇게 말한다.

"돌아가서 우리나라 사람들에게 한 번 읽혀서는 모두들 허리를 잡고 한바탕 웃게 하려는 거요. 아마 이것을 읽는다면 입 안에 든 밥알이 벌처럼 날아갈 것이며 튼튼한 갓끈이

姓名은 傳치 안이하얏스나 其 筆勢의 雄健함과 其 文章의 奇崛함은

라도 썩은 새끼처럼 끊어질 거외다.”

연암의 진술대로 따라 붙으면 〈호질〉의 원작품 즉, 원거(原據)는 ‘허리를 잡고 한바탕 웃을 만한 글’이다. 〈호질〉의 원거가 연암이 써 놓은 그대로 〈호질〉이라면 상징과 우언을 두루 얼버무려 ‘썩은 선비’들을 통매하는 뛰어난 소설인 셈이다. 우언은 궤변으로 세상을 농락함이니 우스갯소리는 실상이 아니요, 오히려 거만하게 세상을 조롱하는 것이니 여간한 글이 아니다. 그렇다면, 그렇다면 왜? 심유붕이 그러한 명문을 베끼는 조선 선비의 심정을 몰라서 저토록 연암에게 ‘거 뭣에 쓰렵니까?’라는 우문을 던지겠는가?

맞대면하여 풀 의문이 아니기에 가설을 붙여 생각한다. 연암이 본 〈호질〉 원거는 범이 등장하는 그럴듯한 글이었을 가능성을 똥겨 준다. 그래서 이것을 읽은 연암이 돌아가서 ‘입 안에 든 밥알이 벌처럼 날아가고 튼튼한 갓끈이라도 썩은 새끼처럼 끊어질 만한 글을 만들 수 있겠는데…’ 라는 생각을 하고 베꼈을 추론이 가능하다.

사실 연암의 모든 소설이 이미 있었던 이야기에서 끌어 왔음을 참작한다면 진실과 낙차는 그리 크지 않다. 문제는 범을 에둘러 내놓아도 내용이 북벌(北伐)이나 당대의 사대부들에게 촉수가 지나치게 닿기에, 다시 이러한 ‘〈호질〉 전지’와 ‘〈호질〉 후지’를 내세워 놓고 자신의 글이 아니라고 짐짓 뒷짐을 진 것은 아닐까? 〈허생〉 또한, ‘〈허생〉 전지’와 ‘〈허생〉 후지’를 써 놓고는 부득불 윤영의 작품이라고 우기는 데서도 이러한 의심을 둘 수 있다. 연암이 이 글을 쓸 때인 1780년, 연암 나이 44세였다. 거침없이 붓을 들기에는 이미 세속 나이가 적지 않았을 터였다.

연암 절충설을 뒷받침하는 또 한 가지, 연암은 분명 〈호질〉 독자를 분명히 ‘우리나라 사람[國人]’으로 적시하였다. 외통수를 두기가 뭣하여 저러하였지만, 한 자락만은 분명히 〈호질〉이 누구를 위한 글인지 밝히려는 의도이다. ‘독자를 상정하지 않은 작가는 없다.’라는 분명한 사실로 미루어 본다면 연암은 ‘작가는 나, 연암’이요, 독서인은 한문을 아는 ‘식자층(양반)’임을 명시한 셈이다. 이러한 것들이 서로 엇물려서 〈호질〉 한 편을 이룬 것이니, 연암의 작으로 보아야 한다.

〈호질〉의 작자에 대한 실증적 작업은 이쯤에서 거두고 우언 문제를 좀 더 살펴보자. 〈호질〉이 우언이란 점은 이 글에서 작자 문제와 함께 독자의 눈썰미를 요구하는 부분이다. 연암은 현재 누가 뭐라 하여도 조선후기를 대표하는 소설가임에 틀림없다. 그렇다면 그의 소설은 성공하였다는 소리인데 이유는 무엇일까?

꼼꼼히 살필 것도 없이 우리는 연암소설에서 서너 가지를 들 수 있으니 ‘주제의 구체화’와 ‘패설적 문체’, 그리고 시정을 살아가는 ‘인물의 생동성’ 등이다.

그런데 〈호질〉은 다른 작품들과는 좀 다르다. 우선 주제 찾기도 쉽지 않거니와 인물들을 파악하는 것도 만만치 않은데, 이유는 이 소설이 우언 수법을 사용하여서이다. 유득공은 『고예당필기』 권3, ‘열하일기조’에서 〈상기〉·〈야출고북기〉와 함께 이 〈호질〉을 들고는 주요한 특징으로 ‘기뻐서 웃고 성을 내어 욕하고 꾸짖음이 우언으로 섞여 있다.’라고 하였다. 〈호질〉을 우언으로 보고 있음이 분명하다. 우언이란, 사물을 바르집어 말하지 않고 들떼놓고 말하는 수법을 이름이니, 독자에게 그만큼 생각할

讀者로 하야금 可히 써節을 擊하고 歎賞할만한 것이다. 正祖四年에 朴燕巖이 일즉 正使를 隨ᄒᆞ야 熱河에 赴하얏슬 時에 某處에셔 本文이 壁에 揥한 것을 見하고 此를 謄錄하야 其 日記의 中에 編入한 것인바 今에 其 全文을 摭出하야 讀者胸腹의 料에 供코저 하노라.

虎睿聖文武慈孝智仁雄勇壯猛 天下無敵 然狒胃食虎 竹牛食虎 駮食虎 (五色獅子食虎於巨木之岫 玆白食虎 䶂犬飛食虎豹)[141] 黃要取虎豹心而食之 猾(無骨)爲虎豹所呑 內食虎豹之肝 酋耳遇虎 則裂而啖之 虎遇猛獷 則閉目而不敢視 人不畏猛獷而畏虎 虎之威其嚴乎

虎食狗則醉 食人則神 虎一食人 其倀爲屈閣 在虎之腋 導虎入廚 舐其鼎耳 主人思饑 命妻夜炊 虎再食人 其倀爲彝兀 在虎之輔 升高視虞 若谷穽弩 先行釋機 虎三食人 其倀爲鬻渾 在虎之頤 多贊其所識朋友之名 虎詔倀曰 日之將夕 于何取食 屈閣[142]曰 我昔占之 匪角匪羽 黔首之物 雪中有跡 彳亍踈武 瞻尾在腦 莫掩其尻 彝兀曰[143] 東門有食 其名曰醫 口含百草 肌肉馨香 西門有食 其名曰巫 求媚百神 日沐齊潔 請爲擇肉於此二者 虎奮髯作色曰 醫者疑也 以其所疑而試諸人 歲所殺常數萬 巫者誣也 誣神以惑民 歲所殺常數萬 衆怒入骨 化爲金蚕 毒不可食 鬻渾曰 有肉在林 仁肝義膽 抱忠懷潔 戴樂履禮 口誦百家之言 心通萬物之理 名曰碩德之儒 背盎體胖 五味俱存 虎軒眉垂涎 仰天而笑曰 朕聞如何 倀交薦虎曰 一陰一陽之謂道 儒貫之 五行相生 六氣相宣 儒導之 食之美者無大於此

품을 요구하는 글쓰기 수법이다.

141) ( )를 친 부분은 없다. 원문에서 찾아 보충하였다. 이하 모두 동일하다. 원문은 『연암집』(경인문화사, 1982)이다.

142) '角'으로 되어 있어 원문대로 바로 잡았다.

143) '月'로 되어 있어 원문대로 바로 잡았다.

虎愀然變色易容而不悅曰 陰陽者 一氣之消息也 而兩之 其肉雜也 五行定位 未始相生 乃今强爲子母 分配醎酸 其味未純也 六氣自行 不待宣導 乃今妄稱(財相) 私顯己功 其爲食也 無其硬强滯逆 而不順化乎

鄭之邑有不屑宦之士曰 北郭先生 行年四十 手自校書者萬卷 敷衍九經之義 更著書一萬五千卷 天子嘉其義 諸侯慕其名

邑之東 有美而早寡者 曰東里子 天子嘉其節 諸侯慕其賢 環其邑數里而封之曰 東里寡婦之閭 東里子善守寡 然有子五人 各有其姓

五子相謂曰 水北鷄鳴 水南明星 室中有聲 何其甚似北郭先生也 兄弟五人 迭窺戶隙 東里子請於北郭先生曰 久慕先生之德 今夜願聞先生讀書之聲 北郭先生 整襟危坐而爲詩曰 鴛鴦在屛 耿耿流螢 維鬵維錡 云誰之型 興也 五子相謂曰 禮不入寡婦之門 北郭先生賢者也 吾聞鄭之城門壞而狐穴焉 吾聞狐老千年 能幻而像人 是其像北郭先生乎 相與謀曰 吾聞得狐之冠者 家致千金之富 得狐之履者 能匿影於白日 得狐之尾者 善媚而[144]人悅之 何不殺是狐而分之 於是五子共圍而擊之

北郭先生大驚遁逃 恐人之識己也 以股加頸 鬼舞鬼笑 出門而跑 乃陷野窖 穢滿其中 攀援出首而望 有虎當徑 虎顰蹙嘔哇 掩鼻左首而噫曰 儒(句)臭矣 北郭先生頓首匍匐而前 三拜以跪 仰首而言曰 虎之德其至矣乎 大人效其變 帝王學其步 人子法[145]其孝 將帥取其威 名並神龍 一風一雲 下土賤臣 敢在下風

虎叱曰 毋近前 曩也吾聞之 儒者諛也 果然 汝平居集天下之惡名 妄加諸我 今也急而面諛 將誰信之耶 夫天下之理一也 虎誠惡也 人性亦惡也 人性善 則虎之性亦善也 (汝)千語萬言 不離五常 戒之勸之 恒在四綱 然都邑之間 無鼻無趾 文面而行者 皆不遜五品之人也 然而徽墨

144) '人而'로 되어 있어 원문대로 바로 잡았다.

145) '其法'으로 되어 있어 원문대로 바로 잡았다.

斧鉅 日不暇給 莫能止其惡焉 而虎之家自無是刑 由是觀之 虎之性不亦賢於人乎 虎不食草木 不食虫魚 不嗜麴蘗悖亂之物 不忍字伏細瑣之物 入山獵麕鹿 在野畋馬牛 未嘗爲口腹之累 飮食之訟 虎之道豈不光明正大矣乎 虎之食麕鹿而汝不疾虎 虎之食馬牛 而人謂之讐焉 豈非麕鹿之無恩於人 而馬牛之有功於汝乎 然而不有其乘服之勞 戀效之誠 日充庖廚 角鬣不遺 而乃復侵我之麕鹿 使我乏食於山 缺餉於野 使天而平其政 汝在所食乎 所捨乎 夫非其有而取之 謂之盜 殘生而害物者謂之賊 汝之所以日夜遑遑 揚臂努目 拏攫而不恥甚者 呼錢爲兄 求將殺妻 則不可復論於倫常之道矣 乃復攘食於蝗 奪衣於蚕 禦蜂而剽甘 甚者 醢蟻之子 以羞其祖考 其殘忍薄行 孰甚於汝乎 汝談理論性 動輒稱天 自天所命而視之 則虎與(人 乃物之一也 自天地生物之仁而論之 則虎)與蝗蚕蜂蟻與人並畜[146] 而不可相悖也 自其善惡而辨之 則公行剽刦於蠭蟻之室者 獨不爲天地之巨盜乎 肆然攘竊於蝗蚕之資者 獨不爲仁義之大賊乎 虎未嘗食豹者 誠爲不忍於其類也 然而計虎之食麕鹿 不若人之食麕鹿之多也 計虎之食馬牛 不若人之食馬牛之多也 計虎之食人 不若人之 相食之多也 去年關中大旱 民之相食者數萬 往歲山東大水 民之相食者數萬 雖然其相食之多 又何如春秋之世也 春秋之世 樹德之兵十七 報仇之兵十三 流血千里 伏屍百萬 而虎之家水旱不識 故無怨乎天 讐德兩忘 故無忤於物 知命而處順 故不惑於巫醫之姦 踐形而盡性 故不疚乎世俗之利 此虎之所以睿聖也 窺其一班 足以示文於天下也 不藉尺寸之兵 而獨任爪牙之利 所以耀武於天下也 彝卣蜼尊 所以廣孝於天下也 一日一擧而烏鳶螻蟻 共分其餕 仁不可勝用也 讒人不食 癈疾者不食 衰服者不食 義不可勝(用)也[147] (不仁哉 汝之爲食也

146) '肩'으로 되어 있어 원문대로 바로 잡았다.

147) 물재는 이하 '不仁哉 汝之爲食也~ 此兵一動 百鬼夜哭'까지를 〈중략〉이라 해 놓았다.

機穽之不足 而爲罿也罦也罛也罾也罜也罭也 始結網罟者 袞然首禍於天下矣 有鈹者戣者殳者斨者刋者矟者鍜者鈼者者 有礮發焉 聲隤華嶽火洩陰陽 暴於震霆 是猶不足以逞其虐焉 則乃吮柔毫 合膠爲鋒 體如棗心 長不盈寸 淬以烏賊之沫 縱橫擊刺 曲者如矛 銛者如刀 銳者如釖 歧者如戟 直者如矢 彀者如弓 此兵一動 百鬼夜哭) 其相食之酷孰甚於汝乎

北郭先生離席俯伏 逡巡再拜 頓首頓首曰 傳有之 雖有惡人 齋戒沐浴 則可以事上帝 下土賤臣 敢在下風 屛息潛聽 久無所命 誠惶誠恐 拜手稽首 仰而視之 東方明矣 虎則已去 農夫有朝菑者 問先生何早敬於野 北郭先生曰 吾聞之謂 天蓋高 不敢不局 謂地蓋厚 不敢不蹐

〈번역문〉

범은 지혜와 덕이 훌륭하고 사리에 밝으며 문무를 갖추었고, 자애롭고 효성이 지극하며 슬기롭고도 어질고, 빼어나게 용맹하며 장하고도 사나워 그야말로 천하에 적수가 없다.

그러나 비위[148]는 범을 먹고, 죽우[149]도 또한 범을 먹으며, 박[150]도 역시 범을 먹고 산다. 오색사자[151]는 거목(巨木)의 구멍에서 범을

아마도 지면 관계로 뺀 듯하다.

148) 비위(狒胃) : 비위(腓胃), 혹은 비비(狒狒). 전설상의 동물로서 『후한서』 '예의지(禮儀志)' 중에는 '비위는 호랑이를 먹고 웅백은 도깨비를 먹는다.'라는 구절이 있고, 동진(東晋)의 학자 곽박은 '비비는 괴수이다.'라고 하였다.

149) 죽우(竹牛) : 미상(未詳). 전설상의 동물인 듯하다.

150) 박(駮) : 전설상의 짐승. 『이아소(爾雅疏)』중에는 '박은 말과 같으며 톱니 같은 어금니가 있어 호랑이와 표범을 먹는다.'라는 구절이 있고, 『산해경』 '서산경(西山經)' 중에는 '중곡(中曲)의 산에는… 짐승이 있는데 그 모양은 말과 같고 흰 몸뚱이와 검은 꼬리가 있다. 외뿔에 호랑이의 어금니와 발톱이 있고 울음소리는 북소리와 같은데, 그 이름은… 박이라고 한다. 이 짐승은 호랑이와 표범을 먹는다.'라는 구절이 있다.

먹고, 자백[152]도 범을 먹는다. 표견[153]은 날아다니며 범과 표범을 먹고, 황요[154]는 범과 표범의 염통을 꺼내서 먹는다. 활[155]은 뼈가 없으니 범과 표범에게 삼킴을 당해서는, 뱃속에 들어가 범과 표범의 간을 먹는다. 추이[156]는 범을 만나기만 하면 갈가리 찢어서 먹는다. 범은 맹용[157]을 만나면 눈을 감고서는 감히 바라보지 못한다.

그러나 사람은 맹용은 두려워하지 않되, 범은 두려워하니 범의 위풍이 그 얼마나 지엄한 것인가!

범은 개를 먹으면 술 취한 듯하고 사람을 먹으면 귀신 붙는다. 범이 첫 번 사람을 먹으면 그 창귀[158]가 굴각[159]이 되어 범의 겨드랑이에

---

151) 오색사자(五色獅子) : 전설상의 짐승. 아마도 진계유의 『호회(虎薈)』 중, '황금색 털의 다섯 무늬에 형상은 사자와 한 종류이며 호랑이를 먹는다. 하지만 그 이름은 알 수 없다.'라는 구절이 가리키는 짐승인 듯하다. 오색사자라는 이름은 『남사(南史)』, '왕경칙전' 중의 '경칙은 꿈에 오색사자를 탔다.'에서 빌린 듯하다.

152) 자백(玆白) : 전설상의 짐승. 『급총주서(汲冢周書)』에 의하면, '자백이란 놈은 말과 비슷한데 날카로운 이가 있어 호랑이와 표범을 먹는다.'라고 하였다.

153) 표견 : 노견(露犬). 『일주서(逸周書)』에 의하면 '거수(渠搜)란 곳에는 표견이 있는데, 이는 노견을 말한다. 능히 하늘을 날아다니며 호랑이와 표범을 먹는다.'라고 하였다.

154) 황요(黃要) : 황요(黃腰). 전설상의 동물로서 『음부경(陰符經)』에 의하면 '황요는 호랑이를 씹어먹는다.'라고 했고, 『호회』에서는 '표범과 비슷하나 조금 작은 개의 일종인데, 허리 위는 누렇고 허리 아래는 검다. 작은 놈은… 청요(靑腰)라고 하는데 역시 능히 사람을 잡아먹는다.'라고 하였다.

155) 활(猾) : 전설상의 짐승. 『호회』에 의하면 '활은 뼈가 없어서 호랑이의 입으로 들어가더라도 호랑이는 씹을 수가 없다. 이후 호랑이 뱃속에서 그 안을 깨물어 먹는다.'라고 하였다.

156) 추이(酋耳) : 전설상의 짐승. 『태평광기(太平廣記)』 '추이수(酋耳獸)'에 의하면 '한 짐승이 있어 그 모습은 호랑이와 흡사하나 매우 컸다.… 생물을 먹지 않지만 호랑이의 난폭함이 있어 생물을 만나면 죽인다.'라고 하였다. 하지만 추이가 호랑이를 먹는다는 구절은 찾아볼 수 없어, 연암이 어디에서 인용한 것인지 알 수 없다.

157) 맹용 : 미상(未詳). 전설상의 짐승인 듯하다.

158) 창귀(倀鬼) : 먹을 것이 있는 곳으로 호랑이를 인도해 준다는, 민간에서 전해오는 못된 귀신.

159) 굴각(屈閣) : 창귀의 이름. 범이 첫 번에 잡아먹은 사람의 혼령.

착 달라붙어서는, 범을 남의 집 부엌으로 끌어 들여 그 집 솥의 둘레 위로 두 귀처럼 삐죽이 돋은 부분을 핥게 한다. 그러면 집주인이 배고픈 생각이 들어 아내에게 한밤중이라도 밥을 짓게 한다.

이렇게 범이 또다시 사람을 먹으면 이번에는 그 창귀가 이올(彝兀)이 되어 범의 광대뼈에 붙어살며, 높은 곳에 올라가 사냥꾼을 살핀다. 만약 골짜기에 함정이나 감춰둔 쇠뇌3)가 있으면 먼저 가서 그 걸쇠나 방아쇠를 풀어 버린다.

범이 세 번째 사람을 잡아먹으면 그 창귀는 육혼(鬻渾)이 되어 범의 턱에 붙어서는 평소에 아는 친구들의 이름을 죄다 주어섬겨 바친다.

어느 날 범이 창귀를 불러서는 말한다.

"날이 저물려고 하는데, 어디 가서 먹을 것 좀 구해볼까?"

굴각이가 말한다.

"제가 미리 점 찍어 두었습니다. 뿔을 가진 것도 아니고 날개를 가진 것도 아닌 머리 검은 물건입지요. 눈 위에 발자국을 남긴 것으로 보아, 제자리에서 자축자축하다 뜨문뜨문 엉거주춤 걷는 걸음걸이하며, 받드는 꼬리를 머리 뒤통수에 올려 붙여 꽁무니도 감추지 못하는 그런 놈이옵니다."

이올이가 말을 받는다.

"동쪽의 문에도 먹을 것이 있습지요. 그 이름은 의원이라고 부릅죠. 아가리에는 온갖 약초를 물고 있어서 살코기가 향기롭답니다. 서쪽 문에도 먹잇감이 있는데 그 이름은 무당이라고 합지요. 온갖 귀신에게 아첨을 떨어 날마다 부정을 타지 않도록 목욕하고 몸가짐을 가다듬어 제법 고기가 깨끗합니다. 바라옵건대, 이 두 놈 중에서 골라 잡수시지요."

범이 수염을 뻗치고 불쾌함을 얼굴빛에 드러내며 말한다.

"의원의 의(醫)라 하는 것은 의심할 의(疑) 아니냐. 의심나는 것이 있으면, '여러 사람들에게 시험합네.' 하고, 해마다 사람을 수만 명이나 죽이잖느냐. 무당의 무(巫)라는 것도 사실이 아닌 일을 거짓으로 꾸미어 대는 속일 무(誣) 아닌가. 아, 신을 속이고 백성을 현혹하여 해마다 남을 죽이는 숫자가 역시 수만 명이다. 그래 수많은 사람들의 분노가 뼈에 사무쳐 금잠[160]이 된 것인데, 그 독 덩어리를 먹으란 말이냐."

육혼이가 말한다.

"숲 속[161]에도 고기가 있습니다. 어진 간과 의로운 쓸개, 충성을 끌어안고 가슴 속에는 깨끗함을 지녔답니다. 또 풍류를 머리에 이고, 예의를 밟고 다니며, 입으로는 여러 학설이나 주장을 내세우는 많은 학자들의 말을 읊고, 마음으로는 만물의 이치를 꿰뚫어 그 이름을 큰 덕망을 지닌 선비인 '석덕지유'라고 합니다. 등살이 두두룩한 것이 몸이 기름져서 맵고·시고·짜고·쓰고·단, 다섯 가지 맛을 모두 갖추었습니다."

그제야 범은 기분이 좋아 눈썹을 치켜세우고는 침을 흘리며 하늘을 우러러 껄껄 웃으며 말한다.

"짐[162]이 더 듣고 싶은데, 어떤가?"

창귀들이 서로 다투어가며 범에게 선비를 소개하였다.

"일음과 일양을 도라고 하는데 선비들은 이를 꿰뚫어 봅지요. 금(金)

---

160) 금잠(金蠶) : 누에의 일종. 『속박물지(續博物志)』에 의하면 '남쪽 사람들은 금잠을 기른다. 촉금(蜀錦)을 먹이고 그 똥을 취하는데, 음식과 섞으면 사람을 중독시킬 수 있다.'라고 하였다. 촉금은 중국 촉(蜀) 지방의 금강(錦江) 부근에서 생산되는 비단을 가리킨다.

161) 여기서는 유림(儒林)을 말함.

162) 짐(朕) : 옛날 황제의 자칭(自稱). 진시황이 처음으로 사용했으며, 여기서는 호랑이가 스스로를 이른 말이다.

은 수(水)를 낳고 수(水)는 목(木)을, 목(木)은 다시 화(火)를 낳고 화(火)는 토(土)를 서로 낳는 오행(五行)과 천지간의 음(陰)·양(陽)·풍(風)·우(雨)·회(晦)·명(明)인 육기(六氣)[163]가 서로 펴 나가는 것도 선비들이 이를 인도하는 게지요. 이 놈을 잡수시면 그 좋은 맛이, 이보다 더한 것은 아마 없을 겁니다."

범이 정색을 하고는 얼굴빛을 변하여 용모를 바로 잡고는 불쾌한 듯이 말한다.

"아, 음양이라 하는 것은 한 기운이 즉, 음이 없어지면 양이 생기고 양이 없어지면 음이 생기는 게다. 헌데 이것을 둘로 나누었으니 그 고기가 잡될 수밖에. 또 오행은 그 정해진 자리가 있어서 애시당초 서로 낳고 말고 할 것이 아니란 말이지. 그런데 지금 저들은 억지로 자식과 어미의 관계로 만들고, 거기다가 짜다느니 시다느니 가르니 그 맛은 정녕 순하지 않을 게다.

또한 육기는 제 스스로 행하는 것이지, 남이 베풀어 이끄는 것을 기다리지 않는 법이다. 그런데도 지금 저들은 망령되이 잘 조절하고 보좌해서 천지의 마땅한 것을 이룬다는 재성과 보상[164]을 떠들어대며 사사로이 제 공인 양 과시하는구나. 저 딱딱한 놈을 먹다가는 질기고 딱딱해서 체하거나 토악질을 할 것이다. 그러니 쉽게 소화시킬 수 있겠느냐?"

---

163) 육기(六氣) : 천지간의 여섯 기운, 즉 음(陰)·양(陽)·풍(風)·우(雨)·회(晦)·명(明).

164) 재(財)와 상(相) : 재성(財性)과 보상(輔相), 즉 다듬어 이룩함과 도와서 바로잡음. 『역경(易經)』 중에 '천지의 도를 다듬어 이룩하고, 천지의 옳은 이치를 도와 바로잡는다.'라는 구절이 있다.

정(鄭)나라 어느 고을에 벼슬을 탐탁하게 여기지 않는 학자가 살았으니 북곽 선생(北郭先生)이었다. 그는 나이 마흔에 손수 원고를 대조하여 틀린 글자나 빠진 글자 따위를 바로잡아 교정해 낸 책이 만 권이나 된다. 또 『역경』·『서경』·『시경』·『춘추좌전』·『예기』·『주례』·『효경』·『논어』·『맹자』 등 구경(九經)의 뜻을 부연해서 다시 저술한 책이 일만 오천 권이나 되었으니, 천자가 그의 뜻을 가상히 여기고 제후들도 그의 명망을 사모하였다.

그 고장의 동쪽에는 아름다우나 일찍이 과부가 된 여인이 있었다. 이름을 동리자(東里子)라 불렀다. 천자가 그 절개를 가상히 여기고 제후가 그 현숙함을 사모하여, 그 마을의 둘레를 봉해서 '동리과부의 문'이라고 붉은 문을 세워 동리자가 정절을 잘 지키는 것을 표창하기까지 했다. 아닌 게 아니라 정말로 동리자는 수절을 잘 하는 부인답게 슬하에 저마다 성을 달리하는 다섯 아들을 두었다.

다섯 놈의 아들들이 서로 떠들어댔다.

"강 북편 마을에서 닭이 울어대고, 강 남편 하늘에선 샛별이 반짝이는데, 방 안에서 흘러나오는 저 말소리는 어찌도 그리 북곽 선생의 목청을 닮았지."

다섯 놈이 차례로 문틈으로 들여다보고 있노라니,

동리자가 북곽 선생에게 말한다.

"오랫동안 선생님의 덕을 사모하였습니다. 오늘 밤 선생님 글 읽는 소리를 듣고자 하옵니다."

북곽 선생은 옷깃을 바로 잡고 점잖게 앉아서 시를 읊는다.

원앙새는 병풍에 그려져 있고
반딧불은 흐르고 잠 못 이뤄
저기 저 가마솥 세 발 솥은
무엇을 본떠서 만들었을꼬.
홍이로다.

이것은 바로 흥[165]이었다.

이를 엿보던 다섯 아들이 서로 말한다.

"'과부네 집 문간에는 들어가지 않는 것이 예이다.'라고 했잖아. 북곽 선생은 점잖은 분이야. 그런 짓을 안 할걸."

"내가 들었는데 정 고을의 성문이 헐어서 여우가 구멍을 팠다던데."

"나도 들었어. 여우가 늙어 천 년이 되면 몸을 바꾸어 사람 모양으로 변할 수 있대나 봐. 이놈이 북곽 선생으로 변한 게 아닐까."

그러면서 다시 서로 의논한다.

"내가 듣기에 여우의 갓을 얻은 사람은 대단한 부자가 되고, 여우의 신을 얻은 사람은 백주대낮에도 그림자를 감출 수 있고, 여우의 꼬리를 얻은 자는 남을 잘 꾀어서 사람들에게 기쁨을 준다고 하던데. 이 여우를 죽여서 나눠 갖지 않겠어?"

이러하여서 지체 없이 다섯 아들이 함께 에워싸고 들이닥쳤다.

북곽 선생은 크게 놀라 줄행랑을 놓으면서 사람들이 자기를 알아볼까봐 두려웠다. 그래 한쪽 다리를 비틀어 올려 목덜미에 걸친 채 귀신

165) 흥(興) : 『시경』의 육의(六義) 중 하나. 육의는 풍(風)·부(賦)·비(比)·흥(興)·아(雅)·송(頌)을 말하는데, 흥(興)은 표현법의 일종으로 본 내용과는 별개의 사물을 먼저 읊음으로써 흥을 일으킴과 동시에 그 주장하는 바를 이끌어 내는 수법이다.

의 춤을 추고 귀신처럼 웃음소리를 내며 문 밖으로 나가 달음박질치다가 들에 파 놓은 구덩이에 빠졌다. 그 안에는 똥이 가득 차 있었다. 북곽 선생이 간신히 무엇인가 휘어잡아 기어올라 머리를 내밀고 바라보니, 범 한 마리가 길을 떡하니 가로막고 있는 게 아닌가.

범은 눈살을 찌푸리고 얼굴을 찡그리며 구역질을 해대고는, 코를 싸쥐고 머리를 왼편짝으로 돌려 "푸우!" 하면서 말한다.

"이 선비놈아, 구린내가 역하구나!"

북곽 선생은 머리를 조아리고 납작 엎드려서는 기어 범의 앞으로 가서는 세 번 절하고 무릎을 꿇고 고개를 들어 우러러 말한다.

"범님의 덕이야말로 참으로 지극하십니다! 대인은 범님의 변화를 본받고, 제왕은 그 걸음걸이를 배우고, 인간의 자식들은 그 효성을 본받고, 장수는 그 위세를 본받습지요. 범님의 이름은 신령스런 용님과 나란히 짝을 이루시니, 한 번은 바람을 일으키시고 한 번은 구름을 일으키십니다. 저 같이 궁벽한 땅의 천한 것은 감히 격이 떨어져 아래 축들에 딸려서만 있을 따름이옵니다."

범이 꾸짖어 말한다.

"가까이 오지 마라! 저번에 내 들으니 '유(儒 : 선비유)'란 '유(諛 : 아첨할유)'라 하더니 정말이구나. 네가 평소에는 온 천하의 나쁜 이름은 모조리 모아서 망령되이 내게 덧씌우더니, 이제 다급해지자 낯간지럽게 아첨하는 것을 그 뉘라서 곧이 믿겠느냐.

무릇 천하의 이치는 하나뿐이다. 범이 참으로 악하다면, 인간의 성품 또한 악한 것이고, 인간의 성품이 착하다면 범의 성품 또한 착한 것이다. 너희들이 수없이 많이 하는 말은 모두 사람으로서 또바기 지켜야 할 다섯 가지 도리, 즉 인(仁)·의(義)·예(禮)·지(知)·신(信)이라는 오상(五常)을 떠나지 않더구나. 또 경계하고 권면하는 것이 모두 예(禮)·의(義)·염(廉)·치(恥)라는 사강(四綱)에 두기는 한다만.

그러나 서울에서 저 지방 고을의 사이에 의비형[166]을 받아 코가 베여 없고, 월족형[167]으로 발이 잘리어 없으며, 자자형[168]을 당하여 얼굴에 글자를 새김질을 당한 채 돌아다니는 놈들은, 모두 군신유의·부자유친·부부유별·장유유서·붕우유신이란 오품(五品)을 거역한 놈들 아니더냐. 그럼에도 불구하고 죄인의 처형이나 고문 등에 쓰이는 기구인 세 겹으로 된 노끈·먹바늘·도끼·톱 등이 부족해 날마다 공급하기 바쁘니, 그 모진 짓거리를 멈출 방도가 없구나.

그러나 범의 세계에는 원래부터 이와 같은 죄인을 다루는데 쓰이는 형구가 없다. 이러한 이유로 보면 범의 성품이 어찌 사람보다 어질다고 하지 않겠느냐.

우리네 범들은 풀과 나무를 먹지 않고, 버러지와 물고기도 먹지 않아. 누룩으로 빚은 술 같은 퇴폐하여 바른 도리를 어지럽히는 것들도 즐기지 않고, 새끼를 배거나 알을 품고 있는 짐승들과 자잘한 것들은 차마 먹지 않는다. 산에 들어가 노루나 사슴을 사냥하고 들에 나가 말이며 소를 잡아먹되, 일찍이 먹고사는 걱정을 하거나 끼닛거리 때문에 관가에 호소하여 판결을 구하는 송사도 없으니, 우리 범이 사는 도리야야말로 어찌 언행이 바른 게 아니냐!

헌데 우리가 노루나 사슴을 잡아먹을 때 네놈들은 범을 미워하지 않다가도, 우리가 말이나 소를 잡아먹기라도 하면 원수처럼 떠들어댄다. 이것은 아마 노루나 사슴은 인간에게 은혜를 베풀지 않지만, 말

166) 의비형(劓鼻刑): 코를 베어버리는 형벌.
167) 월족형(刖足刑): 발뒤꿈치의 힘줄을 베어버리는 형벌.
168) 자자형(刺字刑): 신체의 한 부위에 먹물로 글씨를 새기는 형벌.

이나 소는 너희들이 부려먹은 공이 있기 때문이 아니더냐! 그런데도 너희들은 마소가 태워주고 복종하는 수고로움과 충성하고 따르는 정성도 다 저버리고는, 매일 도살하여 푸줏간을 그득 채우고 뿔이나 갈기마저도 남기지 않더구나.

그리고는 다시 우리 먹잇감인 노루와 사슴까지도 침범하여 우리들이 산에서 먹을 게 모자라게 하고, 들에서도 먹을거리가 없어 굶주리게 하였다. 하늘로 하여금 이를 공평하게 처리해 달라면 너를 잡아먹어야 하겠느냐, 놓아 주어야 하겠느냐?

대체 제것 아닌 것을 취함을 '도(盜)'라 하고, 남을 못살게 굴고 그 생명을 빼앗는 것을 '적(賊)'이라 한다. 네놈들은 밤낮을 가리지 않고 쏘다니며, 황황히 팔을 걷어붙이며 눈깔을 부릅뜨고, 함부로 남의 것을 착취하고, 훔쳐도 부끄러운 줄을 모르지. 심지어는 '돈을 형'이라 부르지 않나, '장수가 되기 위해서 아내를 죽이는 일'까지도 있지 않나.[169] 이러고도 다시 인륜의 떳떳하고 변하지 않는 도리에 대해 이러쿵저러쿵 이야기할 수는 없을 것이다.

뿐만 아니라 메뚜기에게서는 식량을 가로채 먹고, 누에로부터는 그 옷을 빼앗아 입고, 벌을 가두어 그 꿀을 긁어 먹고 아, 심지어는 개미 알로 젓갈을 담가서 제 조상에 제사지낸다[170]고 하니, 그 잔인하고 박

---

169) 『진서』에 의하면 옛날 돈의 가운데 구멍이 모났으므로 '공방형'(孔方兄) 또는 '가형'(家兄)이라고도 불렀다고 한다. "장수가 되기 위해서 아내를 죽이는 일"은 중국 전국시대 위나라 병법가인 오기(吳起)의 고사다. 오기의 아내는 제나라 사람이었다. 오기는 노나라에서 증자에게 학문을 배우다가 제나라가 노나라를 치자 무장으로 등용되었다. 이 과정에서 아내가 제나라 사람임을 꺼리는 참소가 들어오자 아내를 죽임으로써 충섬심을 과시했다고 한다.

170) "개미 알로 젓갈을 담가서 제 조상에 제사 지낸다"는 말은 『예기』의 「내칙」 편에 나온다. 『예기』는 예의를 강조하는 조선 시대의 생활 지침서였다. 이 중 「내칙」 편은 남녀의 거처와 부모를 섬기는 법을 적은 장이다. '남녀칠세부동석'도 여기서 나온 말이다. 원문은 "단수에는 개미 알로 만든 젓갈을 쓴다"고 했다. 단수란 생강, 계피 등을

정한 행실이 너희보다 심한 것이 어디 있느냐?

너희는 말만 했다하면 '이치'를 논하고, '성품'의 움직임이 어떻고 하며, 번번이 하늘을 일컫더구나. 하지만 하늘이 마련한 바로써 본다면 범이나 사람이 다 매한가지 동물이요, 하늘과 땅이 만물을 낳아 기르는 이치로 논한다면 우리네 범과 메뚜기·누에·벌·개미와 사람도 모두 함께 길러지는 것이니, 서로 도리에 벗어난 짓을 할 수 없는 것이다. 그 선악으로 시시비비를 따져 보랴. 공공연히 벌과 개미의 집을 노략질하고 긁어 가는 놈들이야말로 단연코 천지간의 큰 도적이 아니며, 메뚜기와 누에의 살림을 제멋대로 빼앗고 훔쳐가는 족속이야말로 어찌 인의(仁義 : 도덕)의 큰 적이라고 하지 않겠느냐?

범은 일찍이 표범을 잡아먹어 본 일이 없다. 진실로 차마 제 동족을 해치지 못하는 까닭이다. 그리고 범이 노루와 사슴을 잡아먹은 것을 셈해 본다한들, 너희들이 노루와 사슴을 잡아먹은 것만큼 많지는 않다. 또 우리가 말과 소를 잡아먹은 것을 헤아린들, 너희들이 말과 소를 잡아먹은 것만큼 많지 않다. 기가 막힌 것은 범이 사람을 잡아먹은 것이, 너희들이 서로 간에 잡아먹은 것만큼 많지 않다는 사실이다.

지난해 관중[171]이 크게 가물었을 때, 백성들끼리 서로를 잡아먹은 자들이 수 만이었다. 더구나 그 앞서 산동[172]에 큰 물난리가 났을 때에도 백성끼리 서로 먹은 것이 수만 아니었더냐.

비록 그러하나 백성끼리 서로 잡아먹는 일이 많은 것을 따지고 들자면, 또한 어찌 춘추시대만 하겠느냐. 춘추시대에 덕(德)을 세우겠다

섞어 찧어 만든 '육포'다.

171) 관중(關中) : 중국의 땅 이름. 관(關)이란 함곡관을 가리키며, 관중은 지금의 섬서성 지방이다.

172) 산동(山東) : 중국의 땅 이름. 지금의 산동성 지방이다.

며 군사를 일으킨 것이 열 하고도 일곱 차례요, 원수를 갚겠다고 일으킨 전쟁이 서른 번이나 된다. 피는 천 리를 흐르고, 엎어진 시체는 백만에 달했다.

그러나 범의 족속들은 홍수와 가뭄을 알지 못하기 때문에, 하늘을 원망할 까닭이 없다. 또 원망도 은혜도 잊고 지내기 때문에 다른 동물이 눈을 부라릴 이유도 없지. 오직 하늘의 명을 알고 거기에 순종할 뿐이라서, 무당이나 의원의 간교함에 현혹되지도 않는다. 또한 타고난 성품을 그대로 지니고 있는 까닭으로, 세속의 이해에도 마음이 병들지 않으니, 이것이 범의 슬기롭고도 성스러운 점이다.

또 우리 가죽의 한 아롱무늬에서 족히 온 세상에 문(文)을 과시하는 것을 엿볼 수 있고, 지극히 짤막한 무기조차 의존하지 않고 다만 발톱과 이빨의 날카로움만 쓰는 것에서 온 천하에 그 무(武)를 빛낸다. 종묘 제사에 쓰는 술그릇에 범과 원숭이를 그릇에 새겨 넣는 것은 천하에 효를 넓히려는 거렸다. 또 우리는 하루에 한 번만 사냥한다. 그리고 까마귀, 솔개, 청개구리, 말개미 등이 모두 함께 우리가 먹다 남긴 음식물인 대궁을 나누어 먹게 하니, 그 인(仁)이야 말로 이루 다 말할 수 없는 것 아니냐.

그러나 남을 헐뜯어서 윗사람에게 고해바치는 놈들은 먹지 않는다. 고칠 수 없는 병이 든 자나 상을 당한 자도 먹지 않으니, 그 의(義)로움을 이루 다 말할 수 없는 것이다.

그런데 너희들이 먹는 것을 볼작시면, 참으로 어질지 못하다!

덫을 설치하고 함정을 만들어 놓는 것도 부족하여, 새 그물·고라니 그물·물고기 그물·네 귀를 잡고 들어 올리는 그물·꿩그물·작은 물고기 잡는 어망 등을 만들지 않았느냐. 애당초 그물을 엮어 만든 놈이야말로 천하에 가장 큰 화근을 퍼뜨려 놓은 게다. 게다가 쇠꼬챙이니

양지창·팔모창·자루가 네모진 구멍 난 도끼·날이 세모난 창·삼지창·뾰족창·작은 칼·긴 창 등이 생겼것다. 돌쇠뇌포란 물건도 있더구나. 이것을 쏘면 그 소리가 어찌나 큰지 화악산[173]도 무너뜨릴만하고 불꽃은 천지조화를 내뿜어 천둥치는 소리보다도 사납더군.

이러고도 부족하여 그 잔학함을 더욱 드러내려고, 이제는 보드라운 털을 쪽쪽 빨아서는 아교를 녹여 붙여 날을 만들었더구나. 몸뚱이는 대추씨처럼 뾰족하고 길이는 한 치가 좀 못 되게 하여 오징어 먹물에다 담갔다가는 세로 가로로 멋대로 치고 찌르니, 그 굽음은 세모창 같고 날카로움은 작은 칼 같고 예리함은 긴 칼 같고 갈라짐은 가지창 같고 곧음은 화살 같고 팽팽하기는 활 같지. 이 병기가 한 번 번뜩이면 모든 귀신들이 밤중에 곡을 할 지경이라니, 그 서로 잡아먹기로도 가혹함이 누가 너희놈들보다 더할 자 있겠느냐."

북곽 선생이 공경의 뜻을 나타내기 위하여 자리를 옆으로 앉아 고개를 숙이고 엎드린 채 꽁무니를 뒤로 빼고는 두 번 절하고 머리를 까딱까딱하면서 말한다.

"전하는 말에, '비록 악인이라도 목욕재계하면 상제(上帝 : 하느님)를 섬길 수 있다.'라고 하였습니다. 궁벽한 땅의 천한 신하는 감히 아랫바람에만 있을 따름입니다."

그러고 숨을 죽인 채 잠잠히 범의 말을 기다렸다.

한참이 되었으나 범의 말이 없다.

북곽 선생은 참으로 두렵고 황공하여 절을 하고 두 손을 맞잡고는

---

173) 화악산(華嶽山) : 중국의 오악(五嶽) 중 서악으로 불리는 화산(華山). 섬서성 산음현 남쪽에 있다.

비비적거리며 머리를 조아리다가 슬몃슬몃 고개를 들어 바라보니, 동방이 희붐히 밝아오는데 범은 이미 가고 없다.

한 농부가 아침 일찍이 묵정밭을 일구려고 나오다가 북곽 선생을 보고 묻는다.

"아니 선생님께서 무슨 일로 이 꼭두새벽에 들판에다 절을 합니까?"

북곽 선생이 말한다.

"내가 들었도다.

'하늘이 높다 한들
감히 몸을 안 굽히며,
땅이 암만 두텁단들
감히 재겨 딛지 않을쏘냐.'

하였느니라."

6. 기-「해동죽지기언(海東竹枝紀言)」

海東竹枝紀言

夔與勇山金君昌洙皆梅下山人之詩弟子也、勇山先夔及門已五六年、能於詩、謂夔曰山人自少時好讀書、氾濫百家、尤精於天葩離騷、味玩唐人詩、最以白香山杜紫微許丁卯爲親炙之師、爲詩、不事彫刻縫綴、且不喜艶冶僻古、惟性所適、自發天籟、時之尙楊誠齋袁隋園諸家皆不謝、然至若風骨特挺蒼勁幽暢、亦諸家之所不能訾、凡詩各體無不洞曉、尤長於長短句長篇古詩、君知之乎、夔曰僕雖不慧豈不深知、不寧惟是、山人深知詩諦、分其何者是前後解、何者是中四句、何者是無骨子無氣魄若失於此、雖奇麗都雅不以詩許、一見如燭照龜卜、甚慕其藻鑑、勇山曰余深窺其所負、孤行獨詣不欲衒於世、屋漏床床菽水屢空、坦然不介于意平生欲隻手扶雅、常言曰願使天下人知詩、其志尤可慕也、不惟詩爾、恒憂詩亡樂崩、精通于音樂之理、斲成二絃琴、每於月明花晴之辰、和唱詩歌、移情而自怡焉、余和其琴操貧猶樂、寫其情曰老梅絕似珊瑚樹、凍海

海東竹枝紀言 一

闌干不肯花、是也、夔曰已知之矣、勇山又曰君見其山人所作海東竹枝否、往在辛酉之歲、余自南來、見烟雨匏花之屋、寓興輒寫、自古代至于近世摭其奇聞異事、及於俗樂遊戲、各地名產、汎及於樓臺亭閣、廟院祠墓、爲三編、七言律絕殆近六百篇、蓋山人之神思涉遠處而投之巾笥有年、盍一觀之、夔每緣奔波、一見其草而未暇咀嚼、乃躬往請之、山人不辭而與我、歸于燈下、讀之再三、和而不流、嬌而不厲、一氣呵成、老嫗可解、蓋山人之惟性所適、自發天籟、夔所稔知、至於不事雕刻縫綴、不喜艶冶僻古、尤服勇山之先見也、吟至屢十萬言、奚獨三編而已也、至若三編文章之好非持我一人言、現今鄭茂亭尹于堂韓又黎鄭素湖安夢于諸公皆當世之名家而一見賞讚焉、乃言于山人曰竹枝之三編詩品、有慧眼者必知之不必長提、萃集五百六十餘題、卽一部史家者流、前人之所未有而今有之、老師之苦心洵多矣、觀者必有所得者亦大矣、此不可泯焉、宜剞劂而行之、願許之、山人失驚曰老病懷懼中一套夢囈語耳、奚足掛大方之眼目而鳩拙百露、使之招謗於一世耶、若再言必焚之、知其不可强、久之夔謀及勇山、齊力而回其意、得其稿而付于梓。時笑坡崔君承學素所景仰山人、方註解甚詳而未及、山人之令男東樵瓚植君、專主校役、加諸先生序題跋文之盛、山人一見而莞爾曰欺段纓絡嫫姆綺紈得無愧於心乎、於是乎記其顚末

歲乙丑上元門生宋淳夔謹稿

海東竹枝 記言 二

〈번역문〉

「해동죽지기언(海東竹枝紀言)」

기(夔: 송순기)와 용산(勇山) 김(金) 군 창수(昌洙)[174]는 모두 매하산인(梅下山人) 최영년(崔永年, 1856~1935)의 시제자(詩弟子)이다. 용산은 내가 선생의 문하에 들어가니 이미 5, 6년 먼저 와 있었다. 시에 능하였는데 나에게 말하였다.

"산인께서는 어려서부터 독서를 좋아하셨지. 백가(百家)의 책을 두루 읽으셨는데 아름다운 문장인 〈이소(離騷)〉에 더욱 정성을 들이셨지. 당나라 시인들의 시를 완미하였으니 백향산(白香山)[175], 두자미(杜紫微)[176], 허정묘(許丁卯)[177]를 최고로 치시고 가르침을 받는 스승으로 섬기셨지. 조각을 하고 꿰매지 않아도 시가 되었고 또 곱게 꾸미거나 옛 글에 의지하는 것을 좋아하지 않으셨지. 오직 성정에 적당한 바, 스스로 하늘 구멍이 열리도록 하신거지.

세월이 가며 오히려 양성재(楊誠齋),[178] 원수원(袁隋園)[179] 등 제가들을 모두 크게 보지 않으셨네. 풍채와 골격은 특별히 빼어나 검푸르고 굳셌으며 그윽하면서도 화락하셨지. 또 여러 사람들에게 흠 잡히는 것도 없으셨어.

무릇 시의 각 체는 통하여 깨닫지 않은 게 없으셨고 장단구와 장편고시에는 더욱 뛰어나셨으니, 자네는 아는가?"

내가 말하였다.

---

174) 『시금강』, 「발시금강권후」를 쓴 이로 송순기와는 최영년의 시제자이다.
175) 향산(香山)은 백거이(白居易)의 별호.
176) 당 나라 시인 두목지(杜牧之)를 말함.
177) 당 나라 시인 허혼(許渾)을 말함.
178) 남송의 관리이자 애국시인인 양만리(楊萬里). 성재는 그의 호이다.
179) 청 나라 때의 시인인 원매(袁枚). 수원은 그의 호이다.

"제가 비록 지혜 없으나 어찌 깊이 알지 모르겠습니까. 오직 이것이 편치 못합니다. 산인의 시를 살펴 깊이 안다면 어떠한 것을 나누고 이 전후를 풀어야하는지? 어떤 것이 이 중 4구인지? 어떤 것이 골자가 없으며, 기백이 없는지? 만약 이것을 잃어버렸다면 비록 모두 기이하고 아름답더라도 시를 꿰뚫는 것이 아닐 것입니다. 한번 보니 촛불이 비치고 거북점을 치는 것 같으셨습니다. 저는 그 식견을 깊이 사모합니다."

용산이 말하였다.

"내가 깊이 살펴보니, 외로이 홀로 살아가시며 세상에 발보이려는 욕심이 없으셨지. 책상 머리에 비가 떨어지는 극히 빈한한 생활이신데도 평온히 평생 동안 홀로 높은 것을 잡으려고 욕심을 두지 않으셨네. 늘 말씀하시기를 '원하는 것은 천하 사람들로 하여금 시를 알게 하는 것'이라 하셨으니, 그 뜻을 더욱 사모하네. 오직 시뿐이 아니셨든가. 늘 근심하시는 것은 시가 없어지고 예악이 무너지는 것을 근심하셨지. 음악의 이치에도 정통하셔서 두 줄 거문고를 깎아 만드셨고 늘 달 밝고 꽃 피는 맑은 날이면 시가를 화창하시며 마음을 옮기고는 스스로 기쁘게 여기셨지. 내가 그 가야금 소리에 맞추기라도 하면 가난해도 즐거워하셨네. 그 정을 말씀하시기를 '늙은 매화가 영락없이 산호수로구나. 얼어붙은 바다가 달빛처럼 아름다우나 꽃은 피지 못한다는 말이 이것이구나.'라고 하셨지."

내가 말하였다.

"저도 그것을 알고 있습니다."

용산이 또 말하였다.

"자네는 그 산인께서 지으신 『해동죽지』를 보지 못했는가. 저 지난 신유년(1921)일세. 내가 남쪽에서 왔을 때 안개비가 내리는 박꽃이 핀

집에서 보고는 문득 흥취가 일어 베꼈다네. 예로부터 지금까지 기이한 것들을 모아 속악으로 유희한 것일세. 각지에서 이름난 물품, 누대 정각과 종묘와 사당에 이르기까지 넘쳤네. 세 편을 만드니 칠언 율시와 절구가 거의 육백 편이나 되었네. 거의 산인의 신기한 생각과 먼 곳까지 이른 것들이었지. 그러나 상자에 넣어둔 것이 여러 해였네. 어찌 한번 보지 않는겐가."

내가 늘 분주하여 한번 그 초고를 보았지만 글을 씹어 맛 볼 겨를이 없었다. 그러다 가서는 청하니 산인께서 사양치 않으시고 나에게 주었다. 집에 돌아 와 등불 아래에서 두 세 번을 읽어 보았다. 부드러우면서도 속됨에 빠지지 않았고 바로잡혀 거칠지 않았으며 한 호흡으로 글이 이루어졌다. 늙은 할미도 깨달을 수 있으니 대개 산인의 성품과 꼭 맞아 하늘에서 떨어진 듯했다.

내가 잘 새겨두었다가 일이 없을 때 새김질을 하고 묶어 놓으니 너무 화려하지도 옛것에 치우치지도 않았다. 더욱이 용산이 먼저 본 것에 힘입은 것이었다. 여러 십 만 언을 읊으셨으니 어찌 다만 세 편일 뿐이랴. 또 이 세 편에 이를 것 같으면 문장이 좋으니 비단 나 한 사람만의 말이 아니다. 지금 무정(茂亭) 정만조(鄭萬朝), 우당(于堂) 윤희구(尹喜求), 우려(又黎) 한진창(韓鎭昌), 소호(素湖) 정일용(鄭鎰溶), 몽우(夢于) 안필중(安必中) 등 여러 사람이 모두 당대의 이름난 이들인데 한번 보고는 크게 칭찬하였다.

이에 산인에게 말하였다.

"『해동죽지』 세 편의 시품은 혜안 있는 자가 있다면 반드시 알 것이니 꼭 긴 둑이 필요치 않습니다. 오백육십 여 수를 모았으니 곧 한 부의 역사서류입니다. 앞 사람에게는 없었고 지금에야 있게 되었으니, 선생님의 고심이 참으로 많으셨습니다. 보는 자들이 반드시 얻는 바가 매우 클 것입니다. 이것은 없어지지 않을 것이니 책을 만들도록 허락해 주십시오."

산인이 깜짝 놀라 말하였다.

"늙고 병든 몸으로 부끄럽게도 한번 꿈속에 잠꼬대처럼 한 말일 뿐이다. 어찌 대방가들의 눈에 들기 족하겠느냐. 백로인데도 집을 짓지 못하는 비둘기와 같은 무능함[180]이다. 사람들로 하여금 일세에 비방만을 부르지 않겠느냐. 두 번 다시 말한다면 반드시 불살라 버리겠다."

그 불가함이 강함을 알았다. 시간이 오래지나 내가 용산과 모의하여 함께 힘을 합하여 그 뜻을 돌리도록 하였고 원고를 받아 출간하게 되었다. 이때 소파(笑坡) 최(崔) 군 승학(承學)은 본래부터 산인을 추앙했었다. 여러 방향으로 주해를 상세히 하였으나 완성시키지 못하였다. 이에 산인의 아들인 동초 찬식 군이 온전히 교열을 맡았다. 여기에 더하여 여러 선생들의 서(序)·제(題)·발문(跋文)이 넉넉하였다. 산인이 한번 보고는 빙그레 웃을 뿐이었다. 그리고는 말씀하셨다.

"이런! 그물같이 얽힌 세상에 모모(嫫母)[181]가 비단옷을 얻은 꼴이니 너무나 부끄럽구나."

이에 그 전말을 기록한다.

1925년 음력 1월 15일 문하생 송순기 삼가 쓰다.

---

180) 비둘기는 집을 짓는 재주가 없어 까치가 지어 놓은 집에서 산다.

181) 원문에는 '嫫母'로 되어있다. 모모는 전설상 황제(黃帝)의 넷째 부인으로 품행은 정숙하였으나 모습이 매우 추해서 추녀의 대명사로 흔히 쓰인다.

7. 『기인기사록』 상·하 서(序)[182)]

「序」

語에 曰 雖有美酒ᄂᆞ 不嘗ᄒᆞ면 不知其味ᄒᆞ고 雖有璞玉이ᄂᆞ 不琢ᄒᆞ면 不知其爲寶ㅣ라 ᄒᆞ니 信矣哉ㅣ라 斯言이여! 惟人도 亦然ᄒᆞ니 世雖有奇士偉人이라도 不觀其平日之所行이면 不知其爲奇也ㅣ라 嗚呼라! 惟我 朝鮮人物之盛이 自古로 彬彬可觀而君子淑女와 名媛才子之奇事異蹟이 雜出於諸家之記錄者ㅣ 不一其類나 然이ᄂᆞ 此記錄之行于世者ㅣ 幾希矣ㅣ라 故로 後人이 不得以考其 事而窺其 實ᄒᆞ고 世或有蒐集而刊行之者ᄂᆞ 然이ᄂᆞ 率多訛誤遺失疏略ᄒᆞ야 難可以得其全豹之一斑ᄒᆞ니 可勝惜哉리오 何幸宋君勿齋는 當時之一史家也ㅣ라 博聞强記ᄒᆞ고 篤學多知는 世旣有定評而君之執筆於報壇也에 以我東之奇人奇事로 將欲紹介於天下ᄒᆞ야 於是에 乃博採舊聞ᄒᆞ고 又蒐集諸家之雜說ᄒᆞ야 或刪削之ᄒᆞ며 或敷衍之ᄒᆞ며 或折衷之ᄒᆞ야 以成篇ᄒᆞ고 名之曰奇人奇事錄이라 ᄒᆞ니 此書가 非特爲奇事奇譚也ㅣ라 箇中에 多有彰善感義之事ᄒᆞ야 使世人으로 可以敎可以法也ㅣ라 誰可以稗說閑話로 歸之也哉리오.

辛酉 十二月 上澣[183)]

綠東 崔演澤 序

---

182) 이 글은 최연택의 글이나 송순기의 문학세계에 대해 알 수 있는 몇 안 되는 자료이기에 수록하였다. 이 글에서 최연택은 송순기를 사가(史家)라고 하였다. 우리의 문헌에서는 사마천(司馬遷)·반고(班固)처럼 역사에 정통한 한 사람을 칭한다. 이로 미루어 보면 최연택은 송순기를 기자로 보다는 사가로 인식한 듯하다.

최연택은 「時機와 勞作의 論文을 讀하고」(〈매일신보〉, 1921.1.3.)에서 물재의 '청창만록'의 글들을 '辭意가 雄健하고 筆致가 幽雅' 하다고 하였다.

183) 『기인기사록』 상·하 서는 동일하다. 다만 상권은 신유년(1921) 12월 상한이고 하권은 임술년(1922) 9월 2일이다.

〈번역문〉

「서」

속담에 "비록 좋은 술이 있으나 맛보지 아니하면 그 맛을 알지 못하고 비록 옥덩이가 있더라도 다듬지 않으면 그것이 보배임을 알지 못한다."라고 하였으니 이 말이 정녕이로구나. 생각하면 사람도 그러하니 세상에 비록 기이한 재주를 가진 선비나 위대한 사람이라도 그가 평소에 행한 일을 보지 않는다면 기이함을 알 수 없는 것이다.

아아! 유독 우리 조선에는 인물의 성대함이 예로부터 훌륭하였다. 군자숙녀와 이름난 여인과 재주 있는 남자들의 기이한 일과 발자취를 볼 수 있는 것이, 여러 대가들의 기록에서 여러 번 나오니 그 비슷한 것들이 하나둘이 아니다.

그러나 이 기록이 세상에 돌아다니는 것은 거의 드문성싶다. 그러므로 훗날 사람들이 그 일을 견주어 살피거나 그 실상을 살필 수 없다. 세상에 어떤 이가 이를 수집하여 간행하려는 사람이 있지만도 대부분 그릇되었고, 또 없어져 소략하여 그 전체의 모양을 알기가 어려우니 안타깝다.

송 물재 군은 이 시대의 역사가이다.

송 군은 널리 듣고는 기억을 잘하고 독실하게 학문을 닦아 지혜가 많은 것이 정평이 나 있다. 이 송 군이 신문 지상에 집필하여 이로써 우리나라의 기이한 사람과 기이한 일을 천하에 소개하려고 한 것이다. 이에 곧 널리 전해 들은 이야기를 채록하고 또 여러 대가의 잡설을 수집하여, 혹은 불필요한 글자나 글귀 따위를 지워 버리고 혹은 덧붙여서 자세히 설명하였으며, 혹은 양쪽의 좋은 점을 골라 뽑아 알맞게 조화시켜서 한 편을 만들고, 이름을 『기인기사록』이라 하였다.

이 책은 단지 기이한 일과 기이한 이야기만이 아니다.

그중에는 남의 착한 행실을 드러내고 의로움에 감동한 일이 많이 있으니 세상 사람들을 가르치는 모범이 될 만하다.

어느 누가 대수롭지 않은 일들을 기록한 것이나 한가한 이야기로만 돌리겠는가.

1921년 음력 12월 상한 녹동 최연택이 쓰다.

찾아보기

ㄹ

ㅁ

ㅅ

ㅈ

ㅌ

기타

▌간호윤(簡鎬允, 문학박사)

순천향대학교(국어국문학과), 한국외국어대학교 교육대학원(국어교육학과)을 거쳐 인하대학교 대학원(국어국문학과)에서 문학박사학위를 받았다.

그는 1961년, 경기 화성, 물이 많아 이름한 '흥천(興泉)'생이다. 두메산골 예닐곱 먹은 그는 명심보감을 끼고 논둑을 걸어 큰할아버지께 갔다. 큰할아버지처럼 한자를 줄줄 읽는 꿈을 꾸었다. 12살에 서울로 올라왔을 때 꿈은 국어선생이었다. 대학을 졸업하고 고등학교 교사를 거쳐 지금은 인하대와 서울교육대학교에서 학생들을 가르치며 배우고 있다.

그는 고전을 가르치고 배우며 현대와 고전을 아우르는 글쓰기를 평생 갈 길로 삼는다. 그의 저서들은 특히 고전의 현대화에 잇대고 있다. 『한국 고소설비평 연구』(경인문화사, 2002 문화관광부 우수학술도서) 이후, 『기인기사』(푸른역사, 2008), 『아름다운 우리 고소설』(김영사, 2010), 『당신 연암』(푸른역사, 2012), 『다산처럼 읽고 연암처럼 써라』(조율, 2012 문화관광부 우수교양도서), 『박지원 소설집(개정판)』(새물결, 2016) 등 저서들 모두 직간접적으로 고전을 이용하여 현대 글쓰기와 합주를 꾀한 글들이다.

연암 선생이 그렇게 싫어한 사이비 향원(鄕愿)은 아니 되겠다는 것이 그의 소망이라 한다.

송순기 문학 연구

2016년 8월 20일 초판 1쇄 펴냄

지은이 간호윤
펴낸이 김흥국
펴낸곳 보고사

책임편집 이경민
표지디자인 손정자

등록 1990년 12월 13일 제6-0429호
주소 경기도 파주시 회동길 337-15 보고사 2층
전화 031-955-9797(대표)
02-922-5120~1(편집), 02-922-2246(영업)
팩스 02-922-6990
메일 kanapub3@naver.com / bogosabooks@naver.com
http://www.bogosabooks.co.kr

ISBN 979-11-5516-588-1 93810

정가 23,000원

이 도서의 국립중앙도서관 출판예정도서목록(CIP)은 서지정보유통지원시스템 홈페이지(http://seoji.nl.go.kr)와 국가자료공동목록시스템(http://www.nl.go.kr/kolisnet)에서 이용하실 수 있습니다.(CIP제어번호: CIP2016019650)